D0617928

## DE MICHEL BUSSI
## AUX PRESSES DE LA CITÉ

*Nymphéas noirs*, 2011. Prix Polar Michel Lebrun 2011, Grand Prix Gustave
  Flaubert 2011, Prix Polar méditerranéen 2011, Prix des lecteurs du festival
  Polar de Cognac 2011, Prix Goutte de Sang d'encre de Vienne 2011, Prix
  Segalen des lycéens 2017
*Un avion sans elle*, 2012. Prix Maison de la Presse 2012, Prix du Roman
  populaire 2012, Prix du Polar francophone 2012, Prix du meilleur polar
  traduit, Oslo, Norvège, 2016
*Ne lâche pas ma main*, 2013
*N'oublier jamais*, 2014, Prix du talent littéraire normand 2016
*Gravé dans le sable* (nouvelle édition d'*Omaha Crimes*, Prix Sang d'encre de
  Vienne 2007, Prix littéraire du premier roman policier de Lens 2008,
  Prix des lecteurs Ancres noires du Havre 2008), 2014
*Maman a tort*, 2015
*Le temps est assassin*, 2016
*On la trouvait plutôt jolie*, 2017
*Sang famille* (nouvelle édition), 2018
*J'ai dû rêver trop fort*, 2019

### Rejoignez la communauté de Michel Bussi

www.michel-bussi.fr

### Ecoutez le grand entretien avec Michel Bussi
www.lisezmichelbussi.com

Scannez et écoutez le podcast !

Michel Bussi

# J'AI DÛ RÊVER
# TROP FORT

Roman

PRESSES
DE LA CITÉ

Un grand merci à Boris BERGMAN et Alain BASHUNG pour leur soutien.

Extrait de *Vertige de l'amour*, texte de BORIS BERGMAN, musique d'ALAIN BASHUNG © PREMIÈRE MUSIC GROUP / NEW PUBLISHING SAVOUR.
Avec l'aimable autorisation de Première Music Group.
Extraits de *Let It Be* (John Lennon / Paul McCartney) © 1970 Sony/ATV Tunes LLC.
Avec l'aimable autorisation de Sony/ATV Music Publishing (France). Droits Protégés.
Extrait de *Charlotte Sometimes*, Words & Music by Simon Gallup, Laurence Tolhurst and Robert James © 1986 Fiction Songs Ltd. All Rights Reserved. International Copyright Secured. Used by Permission of Hal Leonard Europe Limited.
Extraits de *Bésame mucho*, paroles et musique de Consuelo Velazquez © Promotora Hispanoamericana de Musica.

Le Code de la propriété intellectuelle n'autorisant, aux termes de l'article L. 122-5, 2ᵉ et 3ᵉ a), d'une part, que les « copies ou reproductions strictement réservées à l'usage privé du copiste et non destinées à une utilisation collective » et, d'autre part, que les analyses et les courtes citations dans un but d'exemple et d'illustration, « toute représentation ou reproduction intégrale ou partielle faite sans le consentement de l'auteur ou de ses ayants droit ou ayants cause est illicite » (art. L. 122-4). Cette représentation ou reproduction, par quelque procédé que ce soit, constituerait donc une contrefaçon, sanctionnée par les articles L. 335-2 et suivants du Code de la propriété intellectuelle.

© Michel Bussi et Presses de la Cité, 2019
ISBN 978-2-258-16283-9
Dépôt légal : février 2019

Presses de la Cité | un département **place des éditeurs**

place des éditeurs

# MICHEL BUSSI

Michel Bussi est géographe et professeur à l'université de Rouen. Il entre aux Presses de la Cité avec *Nymphéas noirs*. Il signe alors son premier succès national avec tout ce qui fera sa marque, sa signature, son originalité : le twist final, imprévisible, et l'équilibre parfait entre style, intrigue, émotion, rythme... *Nymphéas noirs* devient le roman policier français le plus primé en 2011 et inaugure une série de best-sellers : *Un avion sans elle* (2012), *Ne lâche pas ma main* (2013), *N'oublier jamais* (2014), *Gravé dans le sable* (2014, nouvelle édition d'*Omaha Crimes*, roman paru en 2007), *Maman a tort* (2015), *Le temps est assassin* (2016), *On la trouvait plutôt jolie* (2017) et *Sang famille* (nouvelle édition en 2018 d'un de ses premiers romans). En 2018, il a également publié chez Pocket un recueil de nouvelles, *T'en souviens-tu, mon Anaïs ?*, ainsi qu'une version enrichie de *Code Lupin* (Editions des Falaises) et un recueil de contes pour enfants, *Les Contes du réveil matin* (Delcourt). En 2019 paraît aussi l'adaptation attendue en bande dessinée de *Nymphéas noirs* (Dupuis).

Sans délaisser son domaine de prédilection, la géographie, Michel Bussi sillonne aujourd'hui le monde entier pour assurer la promotion de ses romans, traduits dans trente-trois langues, qui sont autant d'invitations à la découverte d'une région, d'un pays (la Normandie, la Corse, La Réunion...), mais aussi à une réflexion, sous un prisme très humain, sur les enjeux de notre époque.

Ses romans font l'objet de séries télévisées à succès : *Maman a tort* en 2018 et, en 2019, *Un avion sans elle* et *Le temps est assassin*.

En 2018, il est classé deuxième auteur français le plus lu en France (palmarès *Le Figaro*-GfK).

*J'ai crevé l'oreiller*
*J'ai dû rêver trop fort*

Alain BASHUNG

*Aux victimes des tsunamis en Indonésie*

— J'y gagne, dit le renard, à cause de la couleur du blé.

— Je ne comprends pas, maman.

Je referme le livre et me penche un peu plus sur le lit de Laura.

— Eh bien, tu vois, le renard ne reverra jamais le Petit Prince. Mais comme le Petit Prince a les cheveux blonds, la couleur des champs de blé, chaque fois que le renard les regardera, il pensera à son ami. Comme ton amie Ofelia qui a déménagé au Portugal cet été. Même si tu ne la revois jamais, chaque fois que tu entendras parler de ce pays, ou de son prénom, ou que tu verras une fille avec des cheveux noirs et frisés, tu repenseras à elle. Tu comprends ?

— Oui.

Laura attrape son doudou Caneton puis secoue la boule à neige de la Sagrada Familia avant de la reposer sur la table de chevet. Elle réfléchit, fronce les sourcils, saisie d'un doute.

— Mais maman, si jamais je n'entends pas parler du Portugal, ou d'une fille qui s'appelle comme elle, ou qui a les mêmes cheveux frisés, ça veut dire qu'Ofelia, je vais l'oublier ?

Je serre Laura dans mes bras, j'éponge mes larmes au duvet jaune de la peluche.

— Pas si tu l'aimes très fort, ma chérie. Plus tu l'aimeras fort et plus tu croiseras dans ta vie des choses qui te feront penser à elle.

Olivier passe la tête par la porte de la chambre, agite sa montre, il est l'heure de dormir. Laura est entrée au CP, c'est déjà une année importante, l'année la plus importante de toutes. Avant toutes les autres années les plus importantes de toutes. Je ne discute pas, je remonte le drap sur Laura.

Elle m'attrape le cou pour un dernier câlin.

— Et toi, maman ? Il y a quelqu'un que tu as aimé si fort que tu ne veux pas l'oublier ? Tellement fort que toute ta vie, tu croiseras des choses qui te feront penser à lui ?

# I

– 1 –

# 12 septembre 2019

— J'y vais.

Olivier est assis devant la table de la cuisine, les mains jointes en porte-gobelet autour de sa tasse de café ; son regard traverse la fenêtre et le porte bien plus loin, bien au-delà des confins du jardin, bien au-delà de l'atelier, jusqu'aux brumes de la Seine. Il me répond sans même se tourner vers moi.

— Tu es vraiment obligée ?

J'hésite. Je me lève et tire la jupe de mon uniforme. Je n'ai pas envie d'engager une longue conversation. Pas maintenant. Pas le temps. Je me contente de sourire. D'ailleurs, lui aussi. C'est sa façon de poser les questions sérieuses.

— Je suis convoquée à Roissy, terminal 2E, à 9 heures. Faut que je passe Cergy avant l'ouverture des bureaux.

Olivier n'ajoute rien, ses yeux suivent les courbes du fleuve, les caressent du regard comme pour en apprécier la perfection infinie, au ralenti, avec cette même patience qu'il prend pour évaluer l'arrondi d'une tête de lit, la cambrure d'une commode dessinée sur mesure, l'angle des poutres d'une pièce voûtée. Cette intensité avec laquelle il me regarde toujours, quand je sors de la douche et me glisse dans le lit. Cette intensité qui à cinquante-trois ans me rend belle, encore, à m'en faire frissonner. Dans ses yeux. Dans ses yeux uniquement ?

*Tu es vraiment obligée ?*

Olivier se lève et ouvre la porte-fenêtre. Je sais déjà qu'il va avancer d'un pas et jeter les miettes du pain d'hier à Geronimo, le cygne qui a construit son nid au bout de notre allée, sur les berges de la Seine. Un cygne apprivoisé qui défend son territoire, et par la même occasion le nôtre, mieux qu'un rottweiler. Nourrir Geronimo, c'est le rituel d'Olivier. Olivier aime les rituels.

Je devine qu'il hésite à me reposer sa question, cette question rituelle à chaque fois que je m'en vais :

*Tu es vraiment obligée ?*

Depuis le temps, j'ai compris que cette question d'Olivier ne se résume ni à un trait d'humour un peu répétitif, ni à me demander si j'ai deux minutes pour prendre un café avant de filer. Son *Tu es vraiment obligée ?* va bien au-delà, il signifie, *tu es vraiment obligée de continuer ce foutu boulot d'hôtesse de l'air ?*, de nous quitter quinze jours par mois, de continuer à parcourir le monde, de vivre en décalé, *Tu es vraiment obligée ?*, maintenant que la maison est payée, maintenant que les filles sont élevées, maintenant que nous n'avons plus besoin de rien. Tu es vraiment obligée de garder ce travail-là ? Olivier m'a posé la question cent fois : qu'ont-ils de plus, les chalets des Andes, de Bali ou du Canada, que notre maison de bois que j'ai construite pour vous de mes dix doigts ? Olivier m'a proposé cent fois de changer de métier : tu pourrais travailler avec moi à l'atelier, la plupart des femmes d'artisan s'associent à leur mari. Tu pourrais faire la comptabilité ou le secrétariat de la menuiserie. Plutôt que de claquer notre fric à payer des sous-traitants incompétents…

Je sors de mes pensées et prends ma voix enjouée de business class.

— Allez, faut pas que je traîne !

Pendant que Geronimo se gave de baguette tradi aux céréales, je suis des yeux la course d'un héron cendré qui s'envole au-dessus des étangs de la Seine. Olivier ne répond pas. Je sais qu'il n'aime pas le bruit des roulettes de ma valise sur son parquet d'épicéa. Ma petite colère régulière gronde dans ma tête. Oui, Olivier, je suis obligée ! Mon job, c'est ma liberté ! Tu restes et je pars. Tu restes et je reviens. Tu es le point fixe et moi le mouvement. On fonctionne ainsi depuis trente ans. Dont vingt-sept avec un anneau au doigt. Dont presque autant en élevant deux enfants. Et plutôt bien, tu en conviens ?

Je monte l'escalier pour prendre mes bagages dans notre chambre. J'en soupire d'avance, mais Olivier pourrait me torturer à la varlope ou la chignole, jamais je ne lui avouerais à quel point ça me saoule de charrier cette foutue valise dans tous les escaliers, escalators et ascenseurs de la planète. A commencer par les dix marches de notre chalet. Tout en les gravissant, je visualise dans ma tête mon planning du mois, *Montréal, Los Angeles, Jakarta.* Je me force à ne pas penser à cette invraisemblable coïncidence, même si malgré moi, les années défilent et me ramènent vingt ans en arrière. J'y réfléchirai plus tard, quand je serai seule, au calme, quand…

Je bute contre ma valise et manque de peu de m'étaler sur le parquet de la chambre.

Mon armoire est ouverte !

Mon tiroir est entrouvert.

Pas celui de mes bijoux, pas celui de mes écharpes, pas celui des produits de beauté.

Celui de mes secrets !

Ce tiroir qu'Olivier n'ouvre pas. Ce tiroir qui n'appartient qu'à moi.

J'avance. Quelqu'un l'a fouillé, j'en suis immédiatement persuadée. Les bibelots, les petits mots d'enfant de Laura et Margot ne sont pas rangés à leur place. Les bleuets et épis de blé séchés, ramassés dans le champ de mon premier baiser, sont émiettés. Les Post-it roses d'Olivier, *Tu me manques, bon vol, ma fille de l'air, reviens vite,* sont dispersés. Je tente de me raisonner, peut-être me fais-je des idées, troublée par cet étrange enchaînement de destinations, *Montréal, Los Angeles, Jakarta.* Peut-être est-ce moi qui ai tout mélangé, comment pourrais-je m'en souvenir, je n'ai pas ouvert ce tiroir depuis des années. Je commence presque à m'en persuader quand un reflet brillant attire mon regard, sous le tiroir, sur une lame du parquet. Je me penche, écarquille les yeux sans y croire.

Mon galet !

Mon petit galet inuit. A priori, il n'a pas bougé de mon tiroir depuis près de vingt ans ! Il y a donc peu de chances qu'il ait sauté tout seul sur le plancher. Ce caillou de la taille d'une grosse bille est la preuve que quelqu'un a mis son nez dans mes affaires… récemment !

Je peste tout en glissant le galet dans la poche de mon uniforme. Je n'ai pas le temps d'en discuter avec Olivier. Pas plus qu'avec Margot. Ça attendra. Après tout, je n'ai rien à cacher dans ce tiroir, seulement des souvenirs délaissés, abandonnés, dont personne d'autre que moi ne connaît l'histoire.

En sortant de la chambre, je passe la tête dans celle de Margot. Ma grande ado est allongée sur son lit, portable calé sur l'oreiller.

— J'y vais.

— Tu me ramènes des Coco Pops ? J'ai vidé le paquet ce matin !

— Je ne vais pas faire les courses, Margot, je vais travailler !

— Ah… et tu reviens quand ?

— Demain soir.

Margot ne me demande pas le nom de ma destination, ne me souhaite pas bon courage, et encore moins bon voyage. Elle remarque à peine désormais quand je ne suis pas là. Elle roule presque des yeux étonnés le matin quand elle me découvre au bout de la table du petit déjeuner, avant qu'elle ne file au lycée. Ça non plus, je ne l'avouerai pas à Olivier, mais à chaque nouvelle mission remonte la nostalgie de ces années, pas si lointaines, où Margot et Laura pleuraient à s'en rendre hystériques à chacun de mes départs, où Olivier devait les arracher à mes bras, où elles passaient leurs journées les yeux au ciel pour apercevoir maman, et guettaient mon retour devant la plus haute fenêtre montées sur un escabeau spécialement conçu par papa, où je n'apaisais leur détresse qu'à coups de promesses. Leur rapporter un cadeau du bout du monde !

*<br>* *

Ma petite Honda Jazz bleue file au milieu des champs nus grillés par un gros soleil orange. Cent vingt kilomètres de nationale séparent Roissy de notre chalet de Porte-Joie. Une route à camions, que je ne m'amuse plus depuis longtemps à doubler. Olivier prétend que j'irais plus vite en péniche. C'est presque vrai ! Depuis trente ans, j'ai emprunté la nationale 14 à toutes les heures du jour et de la nuit, avec dans les jambes des vols de douze heures et dans la tête des jetlags d'au moins autant. Certains ont peur de l'avion, j'ai pourtant connu bien plus de frayeurs sur ce tapis gris déroulé à travers le Vexin que sur tous les tarmacs de la planète où j'ai décollé ou atterri, pendant trente ans, à raison de trois ou quatre vols par mois. Trois ce mois.

Montréal du 12 au 13 septembre 2019
Los Angeles du 14 au 16 septembre 2019
Jakarta du 27 au 29 septembre 2019

Je ne vois rien d'autre de la route nationale que le carré de tôle gris d'un camion hollandais qui respecte scrupuleusement les limites de vitesse devant moi. Pour m'occuper, je me livre à un calcul compliqué. Un calcul de probabilités. Mes derniers souvenirs de probas remontant au lycée, donc à l'âge de Margot, c'est loin d'être gagné. Combien Air France, au départ de Roissy, propose-t-il de destinations long-courriers ? Plusieurs centaines au moins ? Je choisis la fourchette basse et j'arrondis à deux cents. J'ai donc une chance sur deux cents de me retrouver à Montréal... Jusque-là, rien d'étonnant, j'y suis retournée deux ou trois fois depuis 1999. Mais quelle est la probabilité d'enchaîner Montréal et Los Angeles ? Même si je suis une cancre en maths, le résultat doit ressembler à quelque chose comme 200 fois 200. Je tente de visualiser les chiffres sur le tableau gris du fond du camion, pile devant moi. On doit monter à une série de quatre zéros, donc une chance sur plusieurs dizaines de milliers... Et si on ajoute une troisième destination consécutive, Jakarta, la probabilité grimpe donc à 200 fois 200 fois 200. Un nombre à six zéros. Une chance sur plusieurs millions d'enchaîner les trois vols le même mois ! C'est à la fois totalement incroyable... et pourtant écrit noir sur blanc sur la feuille envoyée par les gars du planning.... *Montréal, Los Angeles, Jakarta...* Le tiercé dans l'ordre !

Juste avant la montée de Saint-Clair-sur-Epte, le Hollandais se range sur un parking, sans doute pour aller prendre son petit déjeuner dans un routier. Ma Jazz se sent soudain pousser des ailes. J'appuie sur l'accélérateur tout en continuant d'aligner les zéros dans ma tête.

*Le tiercé dans l'ordre...* Après tout, une chance sur un million, ça reste une chance... Celle à laquelle s'accroche chaque joueur qui noircit une grille de Loto. Rien d'impossible. C'est juste improbable. Seulement le hasard. Un dieu farceur a dû retrouver un vieux film de mon passé et s'amuse à le rembobiner. Trois destinations identiques. Il y a vingt ans.

Montréal, du 28 au 29 septembre 1999
Los Angeles, du 6 au 8 octobre 1999
Jakarta, du 18 au 20 octobre 1999

Comme pour atténuer la force des images qui malgré moi se projettent dans mon cerveau, j'augmente le volume de la radio. Un rappeur me hurle un truc en anglais dans les oreilles, je peste contre Margot qui a encore emprunté ma Jazz pour sa conduite accompagnée, et je tourne le bouton, jusqu'à capter la première musique qui ressemble à une mélodie.

Nostalgie.

*Let It Be.*

Je manque de m'étrangler.

Les zéros dans mon cerveau se mettent à tourbillonner, s'accrochent en un long collier qui étrangle mes pensées. Combien de chances, sur combien de millions, de tomber sur cette chanson ?

Quel dieu farceur ai-je bien pu provoquer ?

*When I find myself in times of trouble...*

Mes yeux s'inondent brusquement, j'hésite à m'arrêter sur le bas-côté, warnings affolés, quand mon portable accroché au tableau de bord vibre.

*Mother Nathy comes to me...*

Laura !

— Maman ? T'es sur la route ? Je peux te parler ?

Laura qui, de seize à vingt-cinq ans, s'est royalement foutue de mon planning... et qui depuis dix-huit mois en est la première destinatrice, moins d'une heure après que je le reçoive... sinon elle panique ! Qui sitôt qu'elle l'a lu se précipite pour le stabiloter... et m'appeler !

— Maman, j'ai vu que tu rentrais de Montréal vendredi soir ? Je peux te déposer Ethan et Noé samedi matin ? Avec Valentin, on doit aller chez IKEA. Hors de question d'emmener mes deux affreux là-bas. Je te les laisse à 10 heures, que t'aies le temps de te remettre du décalage ?

10 heures du matin ? Merci, ma chérie ! Avec le jetlag de six heures en revenant du Canada, tu sais qu'il y a peu de chances que je ferme l'œil de la nuit... Quant à IKEA, ma Laura, prie le ciel pour que ton papa ne l'apprenne pas !

— Merci, maman, enchaîne Laura sans me laisser le choix. Je te laisse, faut que j'aille distribuer les cachets à mes intermittents.

Elle raccroche.

Laura... Mon aînée. Vingt-six ans, infirmière à Bichat.

Laura la raisonnable, Laura l'organisée, Laura à la vie planifiée, mariée à son gendarme, Valentin, adjudant à la brigade de Cergy, qui attend sa mutation pour devenir lieutenant. Elle le point fixe et lui le mouvement. Même s'ils ont tout de même fait construire leur pavillon à Pontoise. Tu comprends, maman, c'est un investissement...

Laura, maman depuis dix-huit mois de deux jumeaux charmants et remuants, Ethan et Noé, qu'Olivier va adorer quand ils auront l'âge de bricoler et dont, en attendant, je m'occupe dès que je suis en repos. N'est-ce pas l'idéal, une mamie qui disparaît quinze jours par mois mais qui le reste du temps est entièrement disponible pour ses petits-enfants ?

Je demeure un instant à fixer mon téléphone portable éteint, sa coque rose girly, la petite hirondelle noire griffonnée au stylo-bille dessus, puis je remonte le son.

*Let It Be.*

Dans ma tête, le dieu farceur rit encore.

*Montréal, Los Angeles, Jakarta.*

Il projette les trois plus belles destinations de ma vie, avant le trou noir, le trou blanc, le néant.

Le vertige sans vestiges, l'arrachement, l'abandon, le don, le vide, insondable, insupportable,

que j'avais supporté pourtant,

toutes ces années.

Que j'ai comblé,

avec Laura, puis Margot, puis Ethan et Noé.

Que j'ai comblé...

Il y a les femmes qui comblent et les femmes comblées.

*Let It Be.*

\*

\* \*

Roissy-Charles-de-Gaulle. Terminal 2E. Cintrée dans mon costume bleu, foulard rouge, je marche à pas pressés dans le long couloir qui me mène à la porte M. Je tire d'une main ma valise et de l'autre je découvre la liste de l'équipage.

Quelques hommes me croisent et se retournent. La magie de l'uniforme et d'une démarche assurée parmi les voyageurs égarés. L'alliance de l'énergie et de l'élégance. Ce mariage qui, avec un peu de maquillage, résiste à l'âge ? Je me faufile, porte J, porte K, porte L, les yeux fixés sur les noms du personnel navigant qui va m'accompagner jusqu'à Montréal. Je retiens in extremis un cri de joie en découvrant l'un des premiers noms.

*Florence Guillaud.*

Flo !

Ma copine ! Ma collègue préférée ! En trente ans, le hasard nous a réunies moins d'une dizaine de fois sur le même vol. Le plus souvent, pour voyager ensemble, nous devons poser un desiderata commun ! Deux jours à Montréal avec Florence, sacrée chance ! Florence est une boule d'énergie. Elle a passé des années à roucouler en classe business pour dénicher un beau garçon cravaté qui serait prêt à l'épouser. Elle a fini par le trouver, même si je n'ai jamais rencontré son businessman. Flo est devenue une épouse sage, ce qui ne l'empêche pas de continuer à voler, de faire la fête à chaque

escale, de rire, de boire... mais désormais sans roucouler !
Elle l'aime, ça je le sais, son P-DG !

Flo, ma confidente. Flo qui a dû tester tous les alcools
produits sur la planète, des vodkas tropicales aux whiskies
asiatiques. Flo qui était déjà là quand... Je manque soudain
de coincer ma valise sur le tapis roulant, évitant de peu le
strike avec une famille de sept touristes enturbannés. Une
alerte vient à nouveau de clignoter dans mon cerveau.

Flo ?

Précisément sur ce vol Paris-Montréal ?

Exactement comme il y a vingt ans ?

La probabilité que cela puisse arriver doit ressembler à un
interminable collier de zéros... Nous sommes près de dix
mille navigants à Air France.

Je slalome entre les passagers, direction la porte M,
m'efforçant de chasser de ma tête ces calculs ridicules. Peut-
être Flo est-elle parvenue à trouver une combine pour voler
avec moi sur ce vol ? Peut-être y a-t-il une autre explication ?
Peut-être n'est-ce que le hasard, après tout.

Mon regard glisse vite sur les autres noms de l'équipage,
je n'en connais que quelques-uns. Je retiens celui d'Emmanuelle Rioux, plus connue parmi les équipages sous le nom
de Sœur Emmanuelle, la chef de cabine la plus à cheval
sur la sécurité de toute la compagnie. Je grimace, avant de
retrouver le sourire en découvrant un autre nom. Georges-
Paul Marie, un de mes stewards chouchous. Grand, classe,
précieux. Une légende lui aussi.

Mes yeux descendent encore, vers le nom du commandant
de bord.

Jean-Max Ballain !

Je tremble de tout mon corps.

Jean-Max...

Forcément. Mon dieu farceur n'allait pas en rester là. Il
va pousser le bouchon jusqu'au bout. Le vol Paris-Montréal

du 28 septembre 1999, celui où Flo m'accompagnait, était piloté par... Jean-Max Ballain !

Ce vol pendant lequel ma vie a basculé.

Celui où tout a commencé.

Porte M.

*Quand le jour sera levé*
*Quand les draps seront lavés*
*Quand les oiseaux envolés*
*Du buisson où l'on s'aimait*
*Il ne restera rien de nous*

– 2 –

28 septembre 1999

Porte M.

J'arrive pressée et stressée à Roissy. Laura couve une otite. Depuis son entrée en CP, c'est la deuxième. J'ai hésité entre prendre une journée enfant malade ou la laisser à Olivier. En rejoignant la porte M, la tension n'est pas retombée. L'avion est annoncé avec une demi-heure de retard, les navigants sont autorisés à se dégourdir les jambes en attendant.

La salle d'embarquement pour Montréal ressemble à un baraquement de réfugiés après l'exode. Trop de passagers et pas assez de sièges. Des voyageurs patientent assis par terre, des enfants courent, des bébés pleurent. Je file m'acheter un magazine quand un voyageur se plante devant moi, inquiet pour sa correspondance pour Chicoutimi au Canada.

Chicoutimi ? Rien que le nom m'évoque les grands lacs et les forêts de sapins, sauf que le passager n'a pas vraiment la carrure d'un bûcheron, plutôt du genre à se faire dévorer en une bouchée par un grizzly. Mon Chicoutimini se dandine devant moi, le nez à hauteur de mes seins et l'envie évidente d'y coller ses mains. Peut-être ne m'a-t-il abordée que pour ça, pour s'approcher de mon décolleté et renifler mon parfum. A trente-trois ans, je me suis habituée aux compliments, tactiques et tactiles, j'ai appris à les gérer, et à ne pas laisser n'importe qui capturer mes yeux gris, reflets verts quand ils sont en colère, reflets bleus quand ils sont amoureux. Je les cache le plus souvent sous une mèche brune, assez longue pour que je puisse l'accrocher à une pince quand je suis en vol, et la mordiller ou l'enrouler autour de mon nez, une fois posée. Mon tic, mon toc, que je me fais pardonner d'un sourire, qui, paraît-il, transforme mon petit visage un peu trop ovale en une grosse balle de tennis fendue en deux, et mes deux yeux de billes en rayon laser.

Je réponds en conservant une distance de sécurité, toute mèche retombée.

— Ne vous inquiétez pas, le commandant de bord pourra certainement rattraper le retard pendant le vol.

Bébé-bûcheron n'a pas l'air convaincu. Je ne mens pas pourtant, le commandant Ballain a pour habitude de ne pas trop respecter les limites de vitesse dans le ciel. Trop pressé d'arriver à destination ! Trop pressé de rejoindre l'hôtel. Le beau pilote quadra, avec son sourire à la Tom Cruise, la casquette bien posée sur son crâne, m'a draguée il y a quelques années, alors qu'on partageait un mojito dans le hall du Comfort Hotel de Tokyo. J'avais répondu que j'étais mariée, bien mariée, et même maman d'une adorable petite Laura. Il avait regardé la photo de mon bébé, avec un attendrissement digne de Dussollier dans *Trois hommes et un couffin*, puis ajouté que j'avais de la chance, et mon mari plus encore, qu'il n'avait pas d'enfants ni de femme, et n'en aurait jamais. C'est le prix de la liberté, avait-il conclu en se levant pour se diriger vers une petite Japonaise avec des socquettes bleues et un papillon de la même couleur dans les cheveux.

Bébé-bûcheron a fini par s'éloigner et rejoindre la foule des réfugiés. L'hôtesse chargée de l'embarquement, une fille stoïque que je ne connais pas, attend patiemment, talkie-walkie collé à l'oreille. Je lui adresse un petit signe amical, je jette un regard furtif vers les passagers… lorsque je le vois.

Pour être exacte, je l'entends d'abord. Une étrange petite musique qui détonne parmi les cris des enfants, les noms des retardataires martelés par les haut-parleurs, dernier appel pour Rio, pour Bangkok, pour Tokyo, le bruit des réacteurs vibrant de l'autre côté des baies vitrées.

Une musique douce et entêtante.

Je l'entends d'abord, puis je l'écoute. Puis je cherche d'où elle vient. Alors seulement je le remarque.

Il est assis un peu à l'écart des autres passagers, presque à la frontière de la porte N, coincé derrière un tas de valises qui semblent abandonnées, sous l'immense affiche d'un A320 filant dans un ciel étoilé.

Seul au monde.

Il joue.

Personne d'autre que moi ne semble l'écouter.

Je m'arrête. Il ne me voit pas, il ne voit personne, je crois. Il est assis sur son siège, jambes repliées, les genoux presque à hauteur de sa poitrine, et, doucement, fait glisser ses doigts sur les cordes de sa guitare.

En sourdine, comme pour ne pas déranger les voisins. Il joue pour lui. Seul dans sa galaxie.

Je reste à le regarder.

Je le trouve craquant avec sa casquette écossaise rouge posée sur ses cheveux longs et bouclés, avec son visage fin, presque effilé, museau et bec plutôt que nez et lèvres, avec son corps d'oiseau fragile. Dans la salle d'embarquement, des types lisent *Le Monde*, d'autres *L'Equipe*, d'autres un livre, d'autres dorment, d'autres parlent, et lui, les yeux mi-clos, bouche entrouverte, laisse ses mains jouer seules, tels des enfants sans surveillance.

Combien de temps je reste ainsi à le regarder ? Dix secondes ? Dix minutes ? Bizarrement, ma première pensée est qu'il ressemble à Olivier. Qu'il possède ce même regard clair, un regard de pleine lune, une lucarne allumée dans la nuit, rassurante et inaccessible. Ce guitariste est aussi sec qu'Olivier est rond, aussi brindille qu'Olivier est tronc, mais tous les deux dégagent le même charme. Celui qui m'a immédiatement séduite chez mon futur mari, cet après-midi où je suis restée à l'observer dans son atelier, à l'observer en communion avec un guéridon qu'il sciait, dégauchissait, rabotait, ponçait, chevillait, vernissait, lasurait... Ce halo solaire des êtres solitaires. Olivier est artisan, ce guitariste artiste, mais à cet instant, ils me paraissent identiques, dévoués entiers à leur art.

Comme j'admire ces hommes ! Moi la bavarde, la fêtarde qui adore tant les départs, les rencontres et les partages. Je crois qu'au fond, moi qui ne rêve que de nouveaux horizons, qui à chaque nouvelle destination plante une punaise de couleur sur le planisphère de ma chambre et ne serai rassasiée que quand chaque centimètre du poster sera troué, je crois que le jardin secret des hommes représente la plus ultime des terres à explorer. Je crois que si je continue d'aimer Olivier, tout en maudissant ses silences, ses absences même assis à la même table ou allongé dans le même lit, c'est parce que j'éprouve toujours la fierté d'être celle qu'il regarde quand il revient de son long voyage intérieur. D'être celle à qui il réserve ses mots rares. D'être la seule dont, parfois, il prend la main pour lui ouvrir les grilles de son jardin. Je suis amoureuse de la façon qu'a Olivier d'être libre, sans quitter son atelier. Moi qui pourtant déteste les meubles, les planches, les copeaux et la sciure, le bruit des perceuses, le va-et-vient des égoïnes. Moi qui n'aime que la lumière, les rires et la musique.

— Nathy ?

La voix me fait sortir de ma rêverie. Florence se tient derrière moi. Ma blondinette a l'air tout excitée. Elle a crié. Sans doute étais-je partie loin dans mes pensées.

— Nathy, insiste Flo. Nathy, tu ne devineras jamais !

Elle sautille sur place, agitée comme une gamine qui va faire son premier tour de manège. Le foulard de son uniforme n'est plus qu'une boule de soie chiffonnée entre ses doigts.

— Quoi ?

— Y a Robert dans l'avion !

— Robert ?

J'ai un moment d'hésitation, avant de répéter.

— Robert ? Non… Ne me dis pas qu'il y a aussi Raymond, Gaston, Léon ?

Flo éclate de rire.

— Smith, espèce de débile !

Smith ? Des Smith, vers l'Amérique du Nord, il y en a dix par avion.

— Waouh, Mister Smith ? Really ? Mister Bobby Smith ?

J'ignore complètement de qui il peut s'agir. Flo me fixe comme si j'étais une chimpanzé tout juste descendue de son bananier.

— Robert Smith, je te dis ! Putain, Nathalie, le chanteur des Cure, le zombie ébouriffé, le sosie d'Edward aux mains d'argent. Il chante à Montréal demain soir. Il est là, en business, avec tout son groupe et son staff.

J'arrive porte M.

J'essaye de repousser ces souvenirs qui tambourinent dans mon crâne, les uns après les autres, comme s'ils voulaient à nouveau défiler, exister, revivre pour de vrai.

Je parviens tant bien que mal à chasser les images d'avant le décollage, en 1999, le passager pour Chicoutimi, Flo surexcitée, mais pas complètement les accords de guitare. La partie la plus raisonnable de mon cerveau tente de faire preuve d'autorité : Ma belle, arrête de délirer !

Je range la liste des membres d'équipage dans la poche de mon uniforme et je serpente entre les voyageurs qui attendent. Sagement, pour la plupart. Seuls quelques-uns, plus pressés, ou arrivés trop tard pour trouver un siège libre, commencent à former une ligne devant la porte d'embarquement. Les passagers ne monteront pas dans l'avion avant vingt minutes, pourtant je sais d'expérience que petit à petit, les gens se lèveront pour allonger la file d'attente improvisée, au lieu d'attendre patiemment assis.

J'aurais préféré.

Ça aurait été plus simple pour tous les observer.

Je me sens stupide d'être venue jusqu'à la salle d'embarquement, alors que tous les collègues m'attendent déjà en cabine. A dévisager ainsi chaque passager. Aucun, d'ailleurs, ne vient me demander de renseignements, ni pour Chicoutimi, ni pour nulle part. Mon esprit continue de jouer au ping-pong entre passé et présent, obsédé par les coïncidences entre aujourd'hui et il y a vingt ans : un vol Paris-Montréal, avec Flo, qui décolle porte M, piloté par le commandant Ballain, avant d'enchaîner sur L.A. Je tente une nouvelle fois de me raisonner. D'ordinaire, être hôtesse de l'air ne m'empêche pas d'avoir les pieds sur terre.

Ce n'est pas la première fois que je ressens cette impression d'avoir déjà vécu la même scène, dans le même couloir, à la même porte d'embarquement, dans le même avion, avec les mêmes équipages, et de ne plus savoir quelle heure il est, ni qui je suis, ni où je vais, Pékin, Pointe-Noire ou Toronto, surtout quand les vols se répètent trop rapidement et que les jetlags s'accumulent. Oui, elle est fréquente cette sensation de déconnexion, hors sol, hors temps, après l'enchaînement des nuits de vol, en revenant chez moi.

Mais jamais en partant !

Jamais en arrivant de Porte-Joie après cinq jours de repos.

Malgré moi, malgré ce qui me reste du sens des réalités, je scrute chaque visage dans la salle d'embarquement, et plus encore, je me concentre pour écouter chaque son.

Même si je n'ose pas me l'avouer, pas vraiment, je sais ce que je cherche dans cette salle d'attente surpeuplée.

Une casquette écossaise !

Des cheveux bouclés, peut-être aujourd'hui argentés.

Et à défaut de les trouver, entendre une discrète mélodie jouée à la guitare sèche dans un coin de l'aéroport.

Quelle gourde !

Tout en laissant mon regard inspecter le hall, je tente d'apaiser mon trouble. La Nathalie d'aujourd'hui n'a-t-elle rien compris ? N'a-t-elle pas assez souffert ? La Nathy d'il y a vingt ans ignorait ce qui l'attendait... mais pas la Nathalie d'aujourd'hui ! Je ne vais pas laisser les fantômes venir me tirer les pieds pour trois coïncidences ridicules. La porte M du terminal 2E en 2019 n'a rien à voir avec celle de 1999. Des écrans ont surgi partout, géants aux murs ou miniatures, entre les mains des voyageurs. Certains, pour les recharger, pédalent ou les placent dans des box fermés à clé ! Les salles d'embarquement sont devenues des stations-service où l'on fait le plein de batterie avant de partir.

Mes yeux pourtant, malgré moi, poursuivent leur traque, ils se sont posés au moins trois fois sur chaque voyageur... Les jeunes, stupidement, et ceux de cinquante ans, évidemment... Aucun ne lui ressemble, de près ou de loin. Aucun ne porte de guitare ni aucun autre instrument. Aucun ne joue de quoi que ce soit pour les autres. Chacun possède sa propre musique et l'écoute en silence, branché sur ses propres écouteurs.

Le dieu farceur doit avoir épuisé son stock de blagues. Le passé ne revient jamais, même si la vie est truffée de souvenirs qui viennent vous chatouiller. On ne se baigne jamais deux fois dans la même eau, comme disent les Grecs, les Japonais ou je ne sais quel peuple soi-disant empreint de sagesse. On ne se baigne jamais deux fois dans la même eau, même si elle s'écoule aussi lentement que la Seine au bout de mon jardin. La vie est un long fleuve tranquille, avec une cascade de temps de temps, histoire de provoquer quelques petits clapotis, et surtout de ne pas pouvoir la remonter à contre-courant...

So long, Yl...

— Nathy ?

La voix me sort de ma rêverie. Je me retourne. Flo se tient derrière moi. Uniforme impeccable et chignon blond perlé de gris, quelques rides en plus depuis notre dernier vol pour Kuala l'hiver dernier, mais excitée comme une ado qui va faire son premier tour de moto.

— Nathy, répète Flo, qu'est-ce que tu fais ? Viens vite. Tu ne devineras jamais !

— Quoi ?

— Y a Robert dans l'avion.

*Robert ?*

Je veux répondre mais le prénom se bloque dans ma gorge.

*Robert ?*

Tous les traits de mon visage se paralysent. Comme je peux, je m'accroche à ma valise. Flo remarque que je titube, elle éclate de rire et me soutient en posant ses mains sur mes épaules.

— Oui ! Robert Smith, ma grande ! Le chanteur des Cure. Je te jure, il vit encore ! Ils tournent encore, ils sont dans l'avion ! Putain, Nathy, j'ai l'impression d'avoir vingt ans de moins !

\*

\* \*

J'ai encaissé le choc. En apparence du moins. Les millions de kilomètres passés à somnoler à côté du cockpit aident à fonctionner en mode sourire automatique. J'ai suivi Flo jusqu'à l'Airbus, les jambes en coton, et je me suis appuyée à la carlingue pour accueillir chaque passager de la classe économique, laissant à Flo le soin de s'occuper de la business et de ses ex-stars de la pop anglaise qui jouent au Métropolis, la salle de concert historique de Montréal, dans trois jours. Le lendemain de notre retour.

Mon cœur continue de battre à une vitesse supersonique alors que j'écoute Jean-Max débiter son baratin en prenant l'accent québécois : « Ici le commandant Ballain, attachez vos ceintures les chums, on a fini de gazer, ça va clancher. »

Une bonne blague du pilote fait davantage pour la réputation de la compagnie qu'un bon plateau-repas, paraît-il. Les passagers rient de bon cœur. Les hôtesses qui volent avec Jean-Max pour la première fois aussi, subjuguées par l'humour du commandant poivre et sel. Seuls Georges-Paul, Flo et Sœur Emmanuelle, les plus expérimentés des navigants, jouent les blasés. Georges-Paul envoie un dernier message sur son portable, Flo rajuste son chignon avant de retourner servir le champagne à ses rock stars oubliées, tandis que Sœur Emmanuelle frappe dans ses mains.

Au boulot !

J'exécute la pantomime des consignes de sécurité, affublée de mon masque de Dark Vador, parfaitement coordonnée avec Georges-Paul et Charlotte, ma petite stagiaire protégée. Nous avons intérêt à ne pas nous planter dans la chorégraphie, Sœur Emmanuelle nous surveille avec la raideur d'une maîtresse de ballet. Elle est la dernière des chefs de cabine à considérer que le rappel des consignes présente un intérêt. Je suis certaine que si elle pouvait, elle interdirait les portables, la lecture de magazines et même les conversations privées pendant que les hôtesses les miment. Ou bien elle préviendrait les passagers qu'après l'exposé, y a interro pour vérifier si tout le monde a bien écouté.

Le rappel des consignes de sécurité, sous le contrôle de Sœur Emmanuelle, dure deux fois plus de temps que d'ordinaire, mais permet, petit à petit, aux battements de mon cœur de s'apaiser.

Je continue d'occuper mes pensées en m'activant dans les allées, je rassure un enfant qui pleure, je déplace un voyageur compréhensif pour que deux amoureux séparés puissent voyager ensemble, je m'assois enfin avant que l'Airbus décolle et que Jean-Max annonce « Ostie, restez assis, le char va décoller ! ».

Ma respiration retrouve un rythme normal alors que l'avion s'éloigne de Paris. Georges-Paul précise que nous sommes déjà au-dessus de Versailles. Ceux qui l'entendent se penchent vers le hublot pour vérifier, et confirment, impressionnés.

Je suis à peu près apaisée, je crois, mais la voix de Flo continue de cogner en écho dans mon cerveau : *Y a Robert dans l'avion ! Robert Smith, ma grande ! Le chanteur des Cure. Je te jure.* Je n'arrive pas à distinguer si ces mots sont ceux d'il y a vingt minutes, ou ceux d'il y a vingt ans. Je n'ai plus envie de jouer au jeu des probabilités, je me contente d'ajouter cette nouvelle coïncidence à la liste des précédentes : un vol Paris-Montréal, piloté par Jean-Max Ballain, accompagnée par Florence... et le groupe Cure au grand complet en business class ! Une seule de ces coïncidences aurait dû suffire à me rendre folle. Peut-être, au fond, est-ce leur accumulation qui m'aide à continuer de chercher une explication, à me dire que je suis victime d'une caméra cachée, ou d'une mauvaise blague, ou d'une hallucination. Que tout ça n'est qu'un simple concours de circonstances, une de ces anecdotes incroyables qui n'arrivent qu'une ou deux fois dans une vie et qu'ensuite, quand tout s'est calmé, on aime transformer en bonne histoire à raconter.

A qui ? A qui pourrais-je la raconter ?

La raconter, ce serait avouer. Avouer l'effroyable. Avouer ma malédiction. Celle que j'ai emmurée, pendant toutes ces années.

L'avion ronronne maintenant, flottant au-dessus d'une mer de nuages. Je me lève, je sers les plateaux-repas, je rapporte des couvertures supplémentaires, j'explique comment on baisse les sièges, comment on éteint les lumières, puis je laisse l'avion se taire. Plonger dans le noir et le silence.

Assise seule à l'arrière de l'appareil, la tête appuyée contre le rideau du hublot, je me perds dans mes pensées. Je me persuade qu'il reste une différence entre le vol de 1999 et le vol d'aujourd'hui, une différence bien plus fondamentale que toutes ces ressemblances.

Dans le vol d'aujourd'hui, j'ai vérifié cent fois, chaque nom de la liste et chaque visage dans chaque rangée.

Ylian n'y est pas.

Je ferme les yeux. Je remonte le temps.

Le temps d'un vol, il y a vingt ans.

Un vol où Yl était.

– 4 –

1999

L'avion survole une mer plus vide que le désert.
L'Atlantique. Pas une seule île avant Terre-Neuve,
pendant plus de trois mille kilomètres. Pas un seul
bateau sur les flots, par le hublot.

Je suis assise à l'arrière de la carlingue. Flo se penche
vers moi, coincée entre les armoires à plateaux-repas
métalliques et les toilettes. Elle chuchote pour que les
voyageurs qui patientent en se dandinant, effet d'une
envie pressante ou des turbulences, n'entendent pas.

— Tu ne sais pas ce que le commandant Ballain
m'a demandé ?

— Non...

— Il m'a montré une copie de la liste des passagers, il avait fait une petite croix devant une dizaine
de noms, et il m'a expliqué très sérieusement qu'il
avait coché toutes les femmes qui voyageaient seules,
sans mari et sans enfants.

Les sourcils froncés de Flo me font sourire. Des
mèches rebelles s'échappent de son chignon, comme
pour participer à son indignation.

— Si ça l'amuse, fais-je. C'est long, la traversée de
l'Atlantique. Je connais des commandants qui font
des mots croisés tout en pilotant, d'autres qui...

— Attends, Nathy, c'est pas fini ! Sur les dix femmes qui restaient, il a aussi rayé toutes celles de moins de vingt ans et celles de plus de quarante…

— C'est très long, la traversée de l'Atlantique.

— Il m'a demandé d'aller regarder à quoi ressemblaient les sept filles sélectionnées… et d'inviter la plus jolie à visiter son cockpit !

Les yeux de Flo lancent des éclairs outragés. Je me retiens de rire. Je trouve la technique de drague du commandant plutôt bien rodée.

— Et… T'as fait quoi ?

— Je l'ai envoyé se faire foutre, qu'est-ce que tu crois ? Alors il a pris l'accent québécois pour me dire « Si tu veux pas m'accommoder, on va pas s'chicaner », puis il a tendu sa foutue liste à Camille, et cette petite sainte nitouche ne s'est pas fait prier pour aller jouer les rabatteuses !

J'écarquille les yeux, j'essaie de repérer Camille, boudinée dans son uniforme, passant dans les rangées avec sa lampe torche pour repérer les élues du casting. Espérant qu'aucune ne convienne au sultan et qu'elle puisse prendre la place de favorite d'un soir.

— Pas con, au fond, j'admets en murmurant à mon tour à l'oreille de Flo. T'as qu'à faire pareil !

— Coucher avec le commandant ? Tu penses vraiment que je pourrais être aussi nouille ?

Elle me pince le haut du bras. Aïe !

— Mais non, idiote ! Tu cherches un mec célibataire ? Alors tu n'as qu'à faire comme lui, repérer les types qui voyagent sans gosses et sans femmes.

Flo tente de rejouer au crabe avec ses deux doigts, mais j'anticipe, cette fois. Flo est une adorable petite blonde, toute en courbes, à croquer de la tête aux pieds, de ses pommettes rondes piquetées de taches de rousseur à ses jambes potelées, comme si la jupe de l'uniforme d'Air France avait spécialement été coupée pour mettre en valeur ses fesses et la veste taillée pour épouser ses seins.

— Qu'est-ce que tu crois ? J'y ai pensé avant ce crétin de Ballain. Sauf que c'est pas parce qu'un mec voyage seul qu'il est libre ! Jean-Max s'en fout, il veut juste coucher avec des filles qui ne s'attachent pas... Moi c'est l'inverse ! Enfin, je veux bien coucher quand même, mais si possible avec un gars qui s'attachera...

Je pose un bisou sur son bras. Elle me serre entre ses pinces pour un long câlin.

— Il me reste six ans, souffle Flo dans mon cou. Après quarante ans, c'est foutu.

— Pourquoi ? Je croyais que t'avais une théorie, qu'une hôtesse de l'air ne devait pas avoir de gamins ?

— Et je confirme, mère indigne ! Mais j'ai une autre théorie qui pourra te servir un jour. Réfléchis, ma chérie. Qu'est-ce qui se passe dans un couple mal assorti ? Tu vois, un couple où d'évidence, le mec est mieux que la fille, ou la fille mieux que le mec. Un couple où l'un des deux est un boulet, et ça commence à se remarquer. Hein, qu'est-ce qui se passe, sachant que dans 90 % des cas, ce sont les filles qui décident de se barrer ?

Je secoue la tête sans comprendre où elle veut en venir.

— Eh bien, conclut Flo, c'est pas difficile, à quarante ans tous les mecs bien sont encore en couple avec leur boulet, parce qu'ils n'osent pas la quitter, alors que les filles, elles, l'ont largué. CQFD, ma chérie, après quarante ans, tous les types bien sont casés et ceux qui restent ou reviennent sur le marché sont des planches pourries !

Elle surjoue un irrésistible soupir.

— T'as repéré des beaux mecs dans la carlingue ?

— Et ton Robert ? Et tes rockeurs ?

— Tu parles, ils carburent au Lipton et au Perrier, ils ont pendu leur chemise blanche à un cintre et ils dorment comme des bébés. Tout juste s'ils ne se sont pas mis une charlotte sur les cheveux pour ne pas froisser leur crête.

*Charlotte Sometimes...* Je souris, sans relever. J'hésite. J'hésite très longuement. Puis je me lance.

— Y a lui !

— Lui ?

Je braque avec précaution ma torche vers la rangée 18, place D. L'une des seules encore éclairées par une veilleuse.

— Lui, le garçon aux bouclettes et à la casquette.

Tout de suite, je regrette. Je pense que Flo va se moquer. Flo cherche un homme avec une situation, capable de lui offrir un appartement, une grande cuisine, un balcon plein sud, pour ne plus jouer aux hôtesses sur Air France qu'à mi-temps, pour le plaisir. Mi-fille de l'air, mi-maîtresse de maison. Son rêve à la con !

— Fais gaffe, se contente-t-elle de me répondre.

Je me retourne vers elle, surprise.

— Comment ça ?

— C'est pas mon genre, tu t'en doutes, ton Boucle d'Or. Je suis plus chapeau melon que casquette écossaise. Mais je comprends qu'il puisse te faire craquer. Alors, crois-en l'expérience de ta vieille copine, méfie-toi. Je ne sais pas si c'est un garçon qui s'attache après avoir couché, mais ce dont je suis certaine, c'est que c'est le genre de garçon auquel on s'attache, qu'on ait ou pas couché...

— T'es conne, je suis mariée !

— Je sais, ma belle, avec ton charpentier, comme la Vierge Marie.

❋

❋   ❋

Rangée 18. Place D. Les lumières se sont progressivement rallumées. La corvée recommence, distribuer près de deux cent cinquante petits déjeuners.

— Thé ou café ?

Il secoue ses boucles blondes, casquette coincée entre ses genoux, tel un petit garçon timide qui protège un trésor précieux. Il pose son livre sur la tablette. J'ai seulement le temps de lire le nom de l'auteur, Penelope Farmer (ma culture personnelle se limite à Mylène !).

— Champagne ? ose-t-il, pas si timide.

Je souris. Je remarque le tee-shirt *The Cure – Galore Tour* porté sous sa chemise.

— Pour ça, faut être en business ! Tous vos copains y sont, non ?

— Mes copains ?

Il parle français. Il est français. Peut-être un zeste d'accent espagnol.

— Ben tout le reste de la troupe... Robert Smith... Je ne connais pas les autres... Heu... Bobby Brown ? Teddy Taylor ? Paul Young ?

Il tord sa casquette entre ses mains. Il doit en consommer une par semaine.

— Hou là là... N'allez pas croire ça. Je ne fais même pas partie de la tournée. Je suis juste embauché trois jours pour le concert au Québec parce que je parle français. Vous connaissez la blague, on demande qui sait jouer de la guitare et on engage celui qui lève la main pour porter les caisses d'instruments. Robert et les autres ne savent même pas que j'existe.

— Dommage... Vous jouez bien !

C'est sorti comme ça, un mot de politesse, identique à ceux que j'adresse à chaque passager, du moins c'est à cela que je me raccroche, même si en réalité, je ne me raccroche déjà plus à rien, une petite voix à l'intérieur de moi me souffle, *tu glisses, Nathy, tu glisses, tu glisses,* et en écho celle de Flo ajoute, *méfie-toi, méfie-toi.*

Il continue de tortiller sa casquette telle une vulgaire serviette.

— Ah oui ? Comment vous le savez ?

— Je vous ai écouté, tout à l'heure, dans la salle d'embarquement.

Il a l'air surpris, gêné, comme un enfant pris en faute. Irrésistible de modestie. Je me sens glisser plus vite encore sur le toboggan. Il se reprend avec un demi-sourire.

— On me paye aussi pour vérifier les instruments. En fait, je ne jouais rien, j'accordais la guitare.

— C'est... c'est vrai ?

Il lâche enfin sa casquette, je regrette de ne pas pouvoir jouer avec ma mèche, prisonnière de mes cheveux noués.

— Non, je me moque. Je jouais vraiment. Enfin, j'improvisais.

Ce petit timide a de l'humour, en plus ! Il m'ouvre une trappe et je tombe dedans à pieds joints.

— C'était joli.

— Merci.

Un silence.

Je sens que je parviens en bas du toboggan et que si je ne freine pas, c'est ensuite la chute interminable, façon Alice au pays des merveilles. Il reprend sa pauvre casquette. Je remarque que ses ongles aussi sont rongés.

— C'était pas *Boys Don't Cry* ou *Close to Me* non plus... Mais si vous aimez la guitare, vous ne seriez pas mieux à servir les vrais musiciens en business class ?

— Je les laisse à ma copine. Elle adore les stars !

— Dommage pour vous...

Ses yeux clairs, plus bleus, plus francs que les miens, semblent sincèrement désolés pour moi, comme s'il ne méritait pas tout le temps que j'avais déjà dépensé avec lui. La première chose qu'on nous apprend, dans nos stages de formation, est de parler à chaque passager avec une telle complicité personnalisée que le client doit avoir l'impression de voyager en jet privé. Je me réfugie derrière cette excuse professionnelle pour planter mes yeux dans les siens et pousser l'audace.

— Je crois que je n'ai pas perdu au change. Dommage pour vous surtout.

Il garde les yeux braqués sur moi.

— Je ne crois pas.

Je suis incapable de savoir ce que fichent ses mains. Je cherche désespérément une porte de sortie.

— Oh si... Ma copine est très jolie... Et il y a du champagne en classe business... Vous en voulez ? Je peux aller vous en chercher.

— Laissez tomber. C'était pour plaisanter. Je n'ai pas les moyens de me le payer.

— La maison vous l'offre, ce n'est pas un problème.

— Si. Quand on n'a pas un sou en poche, on tient à payer les choses !

Je hausse faussement le ton, en fronçant les sourcils, yeux laser sans trop forcer sur le vert. Je me suis beaucoup entraînée sur Laura ces six dernières années.

— Je vous l'offre, je vous dis ! Considérez que je paye ma place à votre petit concert improvisé !

— Vous ne lâchez jamais ? Y a deux cents passagers qui attendent que vous leur demandiez thé ou café ?

— Moët ou Veuve Clicquot ?

Il souffle trop fort un soupir résigné. Ses mains sont posées à plat sur ses genoux, chacune semblant surveiller l'autre.

— OK. Moët. Mais dans ce cas, je vous invite à un vrai concert !

Et avant que j'aie le temps de réagir, il enchaîne.

— Ce soir, 19 heures, au Fouf, le bar à côté du Métropolis. Si vous venez assez tôt, je devrais pouvoir vous faire entrer dans les backstages. Vous passerez le concert les fesses sur une caisse, mais à moins de vingt mètres de Robert, Teddy, Paul et Gilbert.

Je reste sans voix. Il agite très vite ses mains, un stylo, une serviette, qu'il me tend. Il y a inscrit l'heure, l'adresse du bar, 87 rue Sainte-Catherine, rien d'autre, pas même un prénom, pas même un numéro de téléphone. Juste un gribouillis en haut de la serviette AF, une sorte d'oiseau à la queue fourchue.

— A demain, Miss Swallow ?

— Pardon ?

— Swallow... L'hirondelle... vous ressemblez à elle, mademoiselle, une hirondelle libre comme l'air qui fait le tour du monde, dans votre costume bleu et rouge.

Libre comme l'air...

Je vais répondre, je ne sais pas quoi, je n'ai jamais su quoi, quand une sonnerie retentit et la voix de Jean-Max Ballain couvre toutes les conversations de l'avion. « Hi les chums, j'espère que le trip était chouette. Astheure, on entame tout doucement notre descente vers Montréal. Fait sacrément froid là-bas, moins 30 degrés, ça sloche et zont pas passé la souffleuse. On vous fournira les patins pour rejoindre l'aérogare pasque l'tarmac t'une vraie glace. Je vous d'manderai d'rester groupés en descendant d'l'avion, on signale des bandes de grizzlys sur la piste d'atterrissage. »

## 5

## 2019

Combien de temps ai-je dormi ? Combien de temps ai-je passé, perdue dans mes pensées, la tête appuyée contre le hublot, envolée, vingt ans plus tôt ?

Charlotte me tapote doucement l'épaule. *Nathy, Nathy. Petit déjeuner…* Un instant, je crois qu'on vient me le servir au lit. Avant de poser mes yeux sur les dizaines de plateaux empilés sur les chariots. Au boulot !

Rangée 18. Place D.

Un garçon d'une trentaine d'années dort recroquevillé, la tête posée sur les genoux de la fille du siège voisin. Sans casquette ni bouclettes, juste un crâne rasé, dont son amoureuse caresse le duvet. Personne ne porte de casquette dans l'Airbus. Personne ne ressemble à Ylian. Personne ne porte son prénom.

Ylian n'est pas dans l'avion.

Tout en continuant de distribuer les plateaux, je maudis dans ma tête ce dieu farceur qui s'est amusé à semer toutes ces coïncidences, mais ne m'a pas accordé la seule dont j'aurais vraiment rêvé.

J'ai quasiment servi la moitié des rangées, 1 à 29, quand Georges-Paul s'approche pour prendre le relais.

— Je vais terminer. Va te reposer, Nathy.

J'ai l'air à ce point chamboulée ?

Je m'éloigne en observant le grand steward aux gestes racés. Un petit garçon d'une dizaine d'années le tire par la manche alors qu'il sert le café. Visiblement, il a compris le jeu.

— On est où, monsieur ?

— Au large des petites îles de la Madeleine, mon grand, répond Georges-Paul sans cesser de remplir les gobelets, à cent kilomètres au nord de l'Ile-du-Prince-Edouard.

Le garçon a l'air épaté. Il redemandera la même chose à Georges-Paul dans un quart d'heure. Lui ou un autre gamin. C'est le jeu préféré du steward, un don qu'il a cultivé, vol après vol. Georges-Paul s'est entraîné à améliorer son sens de l'orientation, tout en se construisant une sorte d'horloge mentale, qui associée à l'itinéraire, à la durée du parcours, lui permet presque en temps réel de savoir où l'avion se trouve. Bien entendu, Georges-Paul réactualise de temps en temps ses données en fonction du vent ou des turbulences, mais généralement, consulter la vitesse de l'avion lui suffit pour le localiser. Le petit tour de magie de Georges-Paul Marie...

Georges-Paul Senior, comme des petits malins l'ont baptisé, et que tous les navigants, même ceux qui n'ont jamais volé avec lui, connaissent, sous le fameux surnom de GPS.

Assise à l'arrière de l'avion, je ferme les yeux. Flo est bloquée à l'avant avec ses rock stars de la Old Wave. Je suis passée la voir une fois ou deux. Jean-Max Ballain n'a pas manqué de me claquer la bise au passage. *Toujours aussi jolie, Nathy, ça te va bien, la mèche grise, jamais tu ne vieillis ?*

Baratineur, va ! A cinquante-trois ans, même si je suis restée légère comme une plume, j'ai conscience des cratères qui se sont creusés autour de mes yeux de lune, des rides que mon sourire étire. Une pomme pas encore toute fripée. Mais plus celle que l'on croque en premier.

La fatigue me tombe d'un coup sur les épaules, ma tête pèse une tonne. Je voudrais coudre mes yeux pour que plus jamais ils ne s'ouvrent. Je voudrais clouer mes pensées pour qu'elles ne tournent plus en rond autour de ces coïncidences étranges, sans leur trouver aucune explication. Je voudrais faire comme d'habitude, m'installer à côté d'une collègue, une fois mon service terminé, et parler de rien, de tout.

Charlotte, comme si elle avait lu dans mes pensées, vient près de moi. Elle vérifie que nous sommes seules et se penche vers moi.

— Il faut que je te parle, Nathalie.

Charlotte, c'est ma protégée ! C'est la première fois que nous naviguons ensemble, mais nous avons passé deux fois trois jours de formation ensemble à Roissy, l'année dernière. Pendant ces interminables journées occupées à se coltiner les toutes nouvelles consignes de sécurité inventées par un type qui n'a jamais volé, à répondre à des tests surréalistes de santé mentale (Avez-vous le sentiment d'avoir une vie familiale normale ? Préférez-vous dormir, visiter la ville ou boire pendant les escales ?), à jouer à toutes sortes de jeux de rôle débiles allant de la crise d'hystérie à la simulation de détournement d'avion, Charlotte a davantage écouté mes conseils que ceux des formateurs ! Charlotte a tout juste vingt-trois ans, est mignonne comme un cœur et n'a pas encore perdu cette capacité d'émerveillement devant le nom exotique des destinations, Tegucigalpa, Valparaiso, Samarkand... Charlotte, c'est moi il y a trente ans ! C'est ma petite pomme préférée dans le panier. Charlotte je l'adore. Pas touche sinon je mords !

— Faut que je t'avoue un truc, Nathalie. Mais surtout, surtout, tu ne répètes rien ?

Ça a l'air grave. Je hoche la tête. Elle peut avoir confiance en moi.

— Je suis amoureuse, Nathalie...

Ah... Ce n'est pas si grave !

— Et lui, il est amoureux de toi ?

— J'espère... (Elle hésite.) Je crois, oui.

Je n'aime pas son hésitation.

— Il... Il est marié ?

— Non... non.

Elle a répondu trop vite. Il y a autre chose qui cloche.

— Il... il est plus vieux que toi ?

— Un... Un peu...

Ma pauvre Charlotte a l'air toute penaude. J'ai l'impression qu'elle veut se blottir dans mes bras, exactement comme j'aimerais que Margot le fasse quand elle a un chagrin d'amour. Comme Laura ne l'a jamais fait elle non plus. A-t-elle d'ailleurs déjà connu un chagrin d'amour, ma Laura, elle qui a rencontré son futur gendarme avant même d'avoir obtenu son brevet des collèges ? Je me contente de prendre les mains de Charlotte et de les serrer.

— Alors, qu'est-ce qui ne va pas, ma belle ?

— Tu... Tu le connais.

Ah !

Immédiatement, je pense à Georges-Paul. Il est grand, élégant, intelligent, beau si on aime le genre qui se regarde un peu trop dans le rétro, et sans doute célibataire car je ne vois pas quelle fille pourrait vivre jour et nuit avec un GPS qu'on ne peut jamais débrancher. J'en suis encore à faire défiler dans ma tête un casting d'autres stewards, parmi les plus avantageux partis, quand Charlotte se confie avec une voix de petite souris.

— C'est... c'est Jean-Max... Enfin je veux dire, c'est le commandant Ballain.

*
* *

Charlotte a été appelée à l'avant de l'avion. Des enfants malades à rassurer. J'ai seulement eu le temps de lui demander comment c'est arrivé. *Comme ça,* m'a-t-elle répondu, *par hasard*, puis elle a précisé, non, pas par hasard, il n'y a pas de hasard, il n'y a que des rendez-vous, c'est Paul Eluard qui disait ça.

Paul Eluard, rien que ça ! Je n'ai rien ajouté. J'ai hésité, mais je n'ai pas eu la force de commenter. Pauvre petite Charlotte… La première chose qu'on devrait apprendre aux jeunes gazelles, c'est la réputation des étalons en galons ! En formation, on devrait projeter sur les murs un diaporama des tableaux de chasse des commandants, pour prévenir les petites nouvelles. Que pourrais-je dire à Charlotte ? Que Jean-Max est le plus grand baiseur de toute l'aéroflotte ? Qu'il traîne cette réputation depuis trente ans ? Que je pensais qu'il s'était un peu calmé maintenant, mais visiblement non. Il est seulement plus discret.

Je réfléchis. Je n'ai pas envie de récupérer ma Charlotte à la petite cuillère.

Je calcule. Décidément, c'est la journée. Je n'ai pas fait autant de maths depuis mon bac ! Ballain est plus vieux que Charlotte de… de… trente-six ans… Trente-six ans, tout de même, ma chérie !

J'anticipe. Nous allons passer vingt-quatre heures ensemble à Montréal, avec Flo, Georges-Paul, Emmanuelle, Jean-Max et Charlotte. Je vais bien trouver un moyen d'ouvrir les yeux à ma petite sotte. Même sans faire appel aux autres. Hors de question de trahir le secret révélé par ma protégée, encore moins à Florence qui a toujours détesté le commandant Ballain !

Je relativise. Au moins, cette révélation a sorti de ma tête, pendant quelques instants, les fantômes qui la hantent. Je me surprends à les appréhender avec davantage de détachement. Si j'y repense, cette somme de coïncidences n'a rien d'impossible, au fond. La preuve, ces choses m'arrivent ! Ce qui est impossible c'est qu'elles soient liées par autre chose que le hasard... Quoi qu'en pense Paul Eluard !

Rassurée sur mon sort, soucieuse de celui de Charlotte entre les griffes de son loup des airs, je ressens avec soulagement les légères turbulences qui secouent l'avion. L'occasion de me dégourdir les jambes ! Je m'avance entre les rangées pour rassurer les passagers. Je sais d'expérience que de minuscules secousses peuvent, pour les plus craintifs des voyageurs, se transformer en terrifiantes frousses. J'apaise les parents d'un sourire, j'invite les enfants à rester tranquilles, je vérifie les ceintures, je recommande de relever les tablettes. Quelques secousses supplémentaires provoquent quelques cris, quelques rires aussi. Rien de bien méchant.

Devant moi, un passager tétanisé s'accroche de la main droite à l'accoudoir, et de la gauche à sa femme. Une quarantaine d'années, peau moutarde, cheveux pétards noirs et moustache fil de réglisse. Etranger. Malais, je dirais. Il s'exprime en anglais. Il baragouine des mots, comme une prière, tout en semblant hésiter entre arracher l'accoudoir ou le bras de sa femme. Je m'approche. Il ne m'aperçoit même pas, les yeux fermés, la bouche ouverte, continuant de réciter son chapelet censé le sauver. Sa femme écoute, tout en le caressant, je comprends que la prière de son mari s'adresse à elle. Je me penche. Pour proposer de l'eau, un bonbon, un calmant.

Et à ce moment précis, j'entends.

*When our islands are drowned, when our wings are down*

Un soubresaut de l'Airbus, que personne à part moi ne perçoit, m'envoie valser deux sièges plus loin. Je titube. Des passagers s'inquiètent pour moi. *Ça va, madame ?* Je ne réponds pas, je n'en ai pas la force, je n'ai que celle de repasser en boucle les mots que je viens d'entendre dans la bouche de ce passager malais, des mots que j'ai forcément mal entendus, *When our islands are drowned*, que j'ai cru comprendre, que j'ai mal traduits, *When our wings are down*, transformés, déformés...

*Quand nos îles seront noyées*
*Quand nos ailes seront broyées*
Est-ce que je deviens folle ?

— Ça va, Nathy ? s'inquiète cette fois Georges-Paul, arrivé près de moi en quelques enjambées.

— Oui, oui, GiPi...

Non, pourtant. Non, ça ne va pas. Je suis folle ! Ces mots, ces mots prononcés en anglais par ce passager malais, ces mots sont les derniers qu'Ylian a prononcés il y a vingt ans. Les derniers qu'il m'a offerts.

Ils sont mes mots, ils sont nos mots.

Personne d'autre que nous ne peut les connaître.

Comment ce couple malais peut-il nous les avoir volés ?

Georges-Paul m'aide à me redresser, je tiens à peine sur mes jambes. Une sonnerie cogne dans ma tête, des lumières s'allument, une voix s'élève, comme venue du ciel. Celle d'un ange ?

Un ange qui imite l'accent québécois.

« Hallo les chums, c'est votre commandant, j'espère que vous avez eu du fun pendant le vol, on attaque tout douce-ment notre descente vers Montréal. Pas besoin de vous abrier pour sortir, y avait encore trente centimètres de bancs de neige hier, mais elle a tout fondu d'un coup. Vous pouvez quitter l'avion en brassières, on vous refilera des palmes et des tubas pour rejoindre l'aérogare. Faudra juste rester groupés, on signale des bandes de rorquals sur l'tarmac. »

## 6

## 2019

Olivier n'a jamais tremblé devant un meuble. Ses mains ont appris, avec le temps, à reconnaître les différentes essences, la rugosité d'un pin, les cernes crème d'un peuplier, les contrefils tortueux d'un charme, les veines sombres d'un olivier, à apprivoiser les nœuds, les microscopiques échardes, à en distinguer chaque anfractuosité tels les grains de peau de femmes toutes différentes. Lui qui n'en a touché qu'une.

Pourtant elles tremblent, ses mains, devant ce tiroir anodin.

Ses doigts saisissent le bouton rond, une bille de chêne qu'il avait lui-même passée au papier de verre, polie, vernie. Le tiroir coulisse sur les tasseaux lisses. Une pièce parfaite d'ébénisterie. Il aurait préféré qu'il soit cloué, collé, ou simplement fermé à clé.

Mais Nathalie l'a laissé là, à portée de doigts, toutes ces années.

Un geste de confiance ?

Ou une subtile torture ?

Olivier glisse sa main dans le tiroir. Il n'a pas osé la dernière fois, il avait rouvert les doigts sitôt refermés sur les objets, sans même prendre le temps de les regarder. Il avait tout reposé, il avait refermé le tiroir comme si un gaz chimique pouvait s'en échapper, un gaz incolore et inodore capable d'empoisonner leur maison, leur famille, leur vie, tout ce qu'ils ont construit.

Il espère que Nathalie n'a rien remarqué.

Aujourd'hui, il n'a pas refermé le tiroir.

Il fouille. Il pioche au hasard.

Il cherche à se convaincre qu'il ne fait rien de mal, que si Nathalie avait quelque chose à lui cacher, elle n'aurait pas laissé tous ces objets à portée de main, que le temps est passé, qu'elle lui a tout avoué, qu'ils sont plus forts qu'un vieux trésor de souvenirs fanés.

Il saisit en aveugle une poignée d'objets, puis fait trois pas, avant de s'asseoir, de les poser sur le lit. Il en observe les plis, pour les mémoriser, comme si froisser la couette, c'était déjà tromper sa femme.

Avec prudence, il étale son butin. Les oreilles aux aguets. Margot est au lycée, elle pourrait rentrer. Et après ? Elle le trouverait dans sa chambre, assis, sur le lit. Pourrait-elle se douter que les objets exposés sur l'édredon sont les pièces à conviction d'une trahison ? Les enfants peuvent-ils imaginer les égarements de leurs parents ? Et même s'ils les imaginaient, les devinaient, se sentiraient-ils concernés ? Olivier repousse néanmoins la porte de la chambre du bout du pied. Enfin, il pose les yeux sur les objets.

Une serviette de papier, siglée AF, qui a servi de Post-it. Ni nom ni date, juste une adresse, *87 rue Sainte-Catherine*, illustrée d'un petit dessin d'oiseau : plumes noircies, ailes griffonnées, queue en V.

Une hirondelle !

Olivier la reconnaît. Cette silhouette est la jumelle de celle dessinée sur l'épaule de Nathalie, un tatouage que ses lèvres ont si souvent évité quand il l'embrasse dans le cou en élargissant le col d'un chemisier, qu'il a eu si souvent envie d'effacer, à en mordre le corps de sa femme, à le mordre au sang.

Olivier tente de ne pas se laisser vampiriser par ses pensées et poursuit son inspection. Il ignore tout des autres objets du tiroir, conservés comme des trésors précieux par Nathalie.

Un vieux programme de cinéma, du 1er août au 30 septembre 1999, *Cinéma sous les étoiles – Montréal.* Une serviette de table, floquée en lettres d'or à l'effigie de l'hôtel Great Garuda de Jakarta, identifiable à une effrayante tête d'aigle. La photographie d'une peinture très colorée, un peu naïve, celle d'une femme-soldat armée jusqu'aux dents, fusil au poing. Une enveloppe que Nathalie a dû déchirer à la hâte, puis recoller avec soin pour qu'on puisse y lire ces quelques mots : *C'est tout ce que j'ai pu sauver. Laura est très jolie. Vous aussi.*

Autant de pans de la vie de Nathy dont il ignore tout. Cette vie vécue sur d'autres continents. Cette vie d'ailleurs. Cette vie... d'avant ?

## – 7 –

## 1999

— C'est un pousse-au-crime, des trucs aussi bons !

Flo mange encore trois frites brunes puis balance le reste de sa poutine dans la poubelle la plus proche. Elle dresse fièrement le poing, comme si elle venait de marquer un panier à trois points.

— Yes ! Dix frites par poutine, pas une de plus. Et jusqu'à ce qu'on ait redécollé, pas plus de cinq vodkas par soir.

Elle éclate de rire et part coller son visage au fast-food d'en face. Elle s'y écrase le nez, emprisonnée derrière la vitrine.

— Ah ! Tentation, tentation… (elle croise ses doigts en croix). Arrière, démon ! Tu pourrais au moins m'encourager, ma vilaine.

Je ne réponds pas. J'observe, subjuguée, le Vieux-Montréal. C'est la première fois que je mets les pieds au Québec et j'aime tout. L'accent des commerçants, les chansons tordantes à la radio, l'impression de marcher dans un immense campus où tous les habitants ont moins de trente ans, la gentillesse des passants, ce décor de Far West d'opérette, tout l'inverse d'un western spaghetti, plutôt de western tartiflette, cette sensation, à chaque conversation, de débarquer chez un cousin qu'on n'a jamais vu mais qui vous accueille comme s'il vous connaissait depuis toujours.

Flo suit du regard trois jeunes Canadiens qui passent, épaisse chemise ouverte sur un tee-shirt des Toronto Raptors.

— Pas le choix, soupire-t-elle. Si je veux me trouver un mec, la diète ! Toi tu t'en fous, t'en as deux... Alors raconte, ton guitariste à casquette ?

J'épie les alentours, comme si quelqu'un pouvait nous écouter, comme si parler suffisait à me ronger de culpabilité. Florence perçoit mon trouble et me pousse dans le premier magasin venu, une sorte d'hypermarché d'artisanat nord-canadien. Elle quémande des confidences du regard. Je repère un rayon, près des bijoux, pas loin des caisses, déserté par les touristes.

— On a échangé trois phrases dans l'avion. Il est sympa, drôle, cool. Mais je suis mariée, ma grande... Vieille mariée et jeune maman !

— Je sais, avec Joseph ! Ça n'a pas empêché Marie de le tromper avec un ange tombé du ciel. Alors, accouche, c'est quoi la suite ?

— Quelle suite ?

— Tu vas le revoir ?

— Non... Evidemment que non.

Flo pose son pouce, son majeur et son index sur son nez, puis le tire pour l'agrandir.

— Pas à moi, ma grande ! Tu ne sais pas mentir. Va falloir t'entraîner avant de rentrer embrasser Gepetto à la menuiserie.

Je me tortille, gênée. Moins par Flo d'ailleurs que par le regard perçant de la vendeuse derrière sa caisse. Une femme très brune, le visage tirant presque sur le rouge, déguisée en Esquimaude. Peut-être pas déguisée d'ailleurs, on dirait une vraie ! Figée comme une statue de glace sur la banquise attendant le passage du traîneau.

— Si tu veux tout savoir, il m'a invitée à écouter les Cure ! Dans les backstages... Je peux le retrouver dans un bar à côté du Métropolis, une heure avant le concert.

Flo en a le souffle coupé. Un court instant.

— Salope ! Tu seras la seule à pouvoir mater le cul de Robert ! Et il te plaît, l'Eric Clapton écossais ?

— Il est surtout roadie, tu sais...

— Tu ne m'as pas répondu... Il te plaît ?

— Il... Il me déplaît pas... Il... Il ressemble beaucoup à Olivier.

— Gepetto ?

— Oui, Olivier quoi, mon mari !

— En plus beau ?

— Non, même pas.

— En plus neuf ?

— J'ai pas l'impression qu'Olivier soit usé.

— En plus quoi alors ?

J'aurais pu répondre « En plus rien », ce garçon n'a rien de plus qu'Olivier, c'est un parfait inconnu, un sourire, trois mots échangés, ça s'arrête là, c'est juste un passager sympa. J'aurais dû répondre ça. Le regard de l'Inuite dans mon dos m'en empêche. Sa seule présence semble m'obliger à avouer la vérité.

— En plus... En plus fou.

Flo me fixe, presque aussi intensément que l'Esquimaude gelée. Elle envoie danser d'une chiquenaude les attrape-rêves au-dessus de nos têtes, fronce les sourcils.

— Tu aimes ton mari ? finit-elle par me demander.

— Oui !

J'ai répondu sans hésiter, sa réponse claque plus vite encore.

— Alors fonce !

— Fonce où ?

— Fonce à ce rendez-vous ! Fonce dans ce bar. Fonce à ce concert.

— Tu déconnes ?

Un couple de touristes français circulent dans le rayon derrière nous, je les reconnais, ils étaient dans l'avion. Flo m'entraîne un peu plus près de la caisse.

— Fonce, je te dis. Il ressemble à ton Olivier, en mieux ? Alors tu l'étudies ! Dis-toi que c'est un moyen d'améliorer ton mari. De repérer ce qui manque encore à ton couple. De viser la perfection. Et puis surtout, dis-toi qu'en te rendant à ce rendez-vous, ce n'est pas toi qui cours un danger.

— Pourquoi ?

Florence lève les yeux au plafond, couvert de fourrures de bison.

— Regarde-toi, Nathalie. T'es belle. T'es tout sourire. T'es romantique. T'es plus croustillante qu'une frite à la sauce brune dans une poutine. Crains rien, tu vas garder la main. C'est toi qui vas lui faire perdre la tête à ton Jimi Hendrix à casquette !

Je sens le regard de la caissière inuite planté dans mon dos, aussi froid qu'une stalactite. Un poignard glacé qui atteint mon cœur brûlant. C'est peut-être ce que j'attends, au fond. Qu'il gèle, qu'il ne batte plus, qu'il ralentisse au moins, que mon cerveau puisse reprendre le pouvoir. C'est loin d'être gagné, Flo insiste.

— Et ne viens surtout pas jouer les victimes de la fatalité ! T'as un mari qui garde ta gamine pendant que tu vas faire la fiesta aux quatre coins du monde. T'as la plus cool de toutes les célibataires comme meilleure copine. T'as quasi un amant... Et mirabelle sur le clafoutis, tu vas voir un concert dont rêvent toutes les filles qui ont eu vingt ans il y a dix ans !

Je tente de pousser une dernière issue de secours.

— Va le voir à ma place si tu y tiens tant !

— Eh non, idiote, c'est ton destin, pas le mien.

Je lui prends la main. Je tente de me persuader qu'un simple rendez-vous dans un bar n'engage à rien.

— J'ai un peu peur...

— Alors viens.

Nous allons sortir toutes les deux quand une voix nous interpelle. Juste derrière nous.

— Mademoiselle.

Instinctivement, je sais que la femme derrière la caisse s'adresse à moi. Je me retourne. L'Inuite tient dans ses mains un petit galet gris, de la taille d'un œuf de caille.

— Pour vous, mademoiselle. C'est une pierre de temps.

Florence reste en retrait, silencieuse. Comme je l'ai deviné, la commerçante ne s'adresse qu'à moi.

— N'ayez pas peur, prenez.

Elle laisse tomber la pierre au creux de ma paume. C'est un caillou normal, joli, poli. Sans autre particularité. J'esquisse le mouvement de le rendre à l'Inuite. Elle retient mon geste.

— Savez-vous ce qu'est une pierre de temps, mademoiselle ?

Elle me laisse réfléchir pendant quelques secondes, avant d'expliquer.

— Le temps, mademoiselle, est un long fleuve. Il ne s'arrête jamais. Il coule toujours dans le même sens. Et pourtant, il est impossible de voir à quelle vitesse chacune des gouttes avance. Elles se ressemblent toutes, n'est-ce pas ? Comment savoir si l'une est plus pressée ou si une autre traîne en route ? Ou si l'une d'elles s'arrête, laissant le reste de la rivière continuer ?

Je l'écoute, intéressée. Je trouve son baratin bien rodé, même si je n'ai aucune envie d'acheter la pierre magique qu'elle essaiera de me refiler ensuite.

— Il existe pourtant un moyen, mademoiselle, de repérer ces gouttes qui s'arrêtent. Ces bulles d'éternité qui laissent le fleuve s'écouler, certains Esquimaux savent les reconnaître. Elles laissent des traces sur les pierres, au fond du lit des rivières. Des traces invisibles à qui ne sait pas regarder, mais les sorciers inuits peuvent rester des jours entiers à fixer l'eau vive, avant d'en repérer une.

Elle me force à serrer le poing sur la pierre.

— Celle-ci est pour vous.

J'entends le rire discret et moqueur de Florence derrière nous.

— Et elles servent à quoi, ces pierres magiques ?

— À remonter le temps, répond sérieusement la commerçante inuite. Le jour où vous en aurez besoin. Le jour où vous le voudrez vraiment.

Florence éclate de rire, sans se retenir cette fois.

— Comme dans *Retour vers le futur* ?

Sur le moment, j'en veux à Flo de rompre le charme. J'aime la poésie de cette femme, même si elle n'est destinée qu'à extorquer aux touristes quelques dollars canadiens.

— Non, sourit la vendeuse. Ces pierres ne permettent pas de retourner dans le passé, et encore moins de le changer. Elles permettent seulement d'en revivre des bribes, des petits éclats de temps, des confettis. Je vous l'ai dit, le temps, comme le fleuve, ne s'arrête jamais, il coule toujours dans le même sens. Mais quelques gouttes, juste quelques gouttes qui surgissent du passé, peuvent suffire à changer la direction d'une vie.

J'ouvre le poing.

— Merci, c'est une très belle histoire. Je vais vous rendre cette pierre. Elle est trop précieuse pour moi.

L'Inuite me regarde intensément.

— Elle est pour vous, mademoiselle.

Je vais avoir du mal à m'en débarrasser sans sortir des billets. Je continue néanmoins de sourire.

— Ça ne m'intéresse pas. Vraiment. Et je suis trop jeune pour penser au passé.

— Prenez, je vous en prie, prenez-la.

Elle referme mon poing sur la pierre de temps. Je hausse le ton. Je sens Florence s'impatienter.

— Je suis désolée. Quel qu'en soit le prix, je ne vais pas vous l'acheter.

— Je vous l'offre, dit doucement la commerçante.

Je reste poing serré. Stupéfaite.

— Vous venez de me certifier que ces pierres sont rares. Uniques. Précieuses et convoitées. Pourquoi l'offrir à une étrangère ?

La femme plante ses yeux dans les miens. Je sais bien que ce n'est qu'un truc commercial, offrir un caillou à une touriste naïve, pour gagner sa confiance, pour qu'elle revienne acheter un autre bibelot.

— Parce que vous êtes amoureuse, répond l'Inuite. L'amour ne dure pas, l'amour est aussi fragile qu'un collier. Mais la pierre de temps permet d'en conserver les plus belles perles. A jamais.

– 8 –

2019

— Goûte, je te dis !

Flo dévore sa poutine à pleines dents. J'avais oublié ce
truc québécois monstrueux dont tout le monde se nourrit
ici ! Un mélange gluant de frites, de cheddar frais et de sauce
brune. Nous marchons toutes les deux, rue Saint-Paul, dans
le Vieux-Montréal. La présence joyeuse de Florence distrait
un peu mes pensées obsédées par ce flux incompréhen-
sible de coïncidences. Je me force à ne pas jouer au jeu
des ressemblances, avec Flo, dans cette même rue, vingt ans
plus tôt.

J'attrape une frite dégoulinante du bout des doigts, Flo
rit, en attrape une pleine poignée, Flo a un peu grossi depuis
vingt ans et ça lui va plutôt bien. Des hanches plus larges,
des fesses plus épaisses, des seins pleins… Ma petite copine
blonde est devenue appétissante comme une pâtisserie avec
un peu trop de chantilly. J'ai l'impression que la plupart des
hommes gourmands apprécient. Quand je vois ce que Flo
mange et boit à chaque escale, c'est incroyable qu'elle ne
soit pas devenue obèse ! Flo a une explication, elle prétend
que chez elle, entre deux vols, elle ne vit que de salades et
d'eau fraîche. Elle a même trouvé un nom pour ça : bipolaire
alimentaire ! Bipolaire sur le reste aussi. Flo est devenue une

épouse sage et bourgeoise, veillant avec soin sur son appartement avenue d'Iéna… mais reste incontrôlable après chaque décollage. Elle a apparemment trouvé l'homme idéal pour ça : plein aux as, cool, et subjugué par la double personnalité de sa Wonder Woman, discrète dans la vraie vie mais qui dévoile ses pouvoirs magiques dès qu'il a le dos tourné. Ça existe donc, un mari aimant sa femme sans l'attacher au bout d'une chaîne ? Flo l'a trouvé ! Prends-en de la graine, mon Olivier !

— Waouh ! Je le veux ! crie encore Flo.

Elle vient de s'arrêter devant le Foiegwa, un restaurant qui vend des hamburgers aussi hauts que des gratte-ciel, puis fait dix mètres avant de rester bloquée devant les pâtisseries des Moulins Lafayette. J'adore me promener dans le Vieux-Montréal. J'ai toujours trouvé incroyable ce petit quartier construit près du fleuve, ses rues pavées, ses boutiques basses de briques et de pierres, ses bow-windows, ses volets rouges, ses drapeaux bleu roi, ses fleurs de lys, comme si les trappeurs continuaient de descendre le Saint-Laurent en pirogue et venaient s'y ravitailler ou vendre leurs fourrures. Le reste de la ville s'est construit en hauteur, ou sous terre, s'est converti à la modernité, au fer, au béton et au verre. Mais dans le Vieux-Montréal, le nouveau monde n'est pas complètement parvenu à écrabouiller celui d'avant. Surtout quand l'été se prolonge en septembre et que les touristes affluent de toute l'Amérique du Nord pour s'offrir un voyage dans l'histoire sans avoir besoin de traverser l'Atlantique.

Flo observe son reflet dans la vitrine d'un immense magasin d'artisanat traditionnel inuit.

— Rien n'a changé depuis 99, fait-elle. Même pas nous !

Elle me force à approcher pour que nos deux reflets se superposent.

— Enfin, si, toi ma chérie ! Mais pas depuis vingt ans… Depuis trois heures seulement !

71

Devant mon absence de réaction, elle me prend la main et m'entraîne à l'intérieur du magasin.

— Maintenant que j'ai eu le temps de digérer ton histoire de timbrée, on va pouvoir débriefer !

Il y a trois heures, en descendant de l'avion, pendant l'attente interminable pour passer la douane, je n'ai pas pu résister, j'ai énuméré à Flo la liste surréaliste des coïncidences qui me sont tombées dessus depuis mon arrivée à Roissy. Elle m'a écoutée, concentrée. Puis s'est tue sur la route de l'hôtel, alors que nous prenions tous rendez-vous pour boire un verre en soirée, Jean-Max, Charlotte, Georges-Paul, Emmanuelle, Flo et moi. Avant ça, quartier libre ! J'avais la ferme intention de rester cloîtrée dans ma chambre, mais Flo m'a emmenée, presque de force, dans le Vieux-Montréal, faire du magasinage comme ils disent ici. Juste le temps de prendre une douche et de laisser nos uniformes dans la penderie.

Flo se tient avec moi devant un étalage d'animaux en bois sculpté. Bisons, lynx, caribous, castors. Elle me regarde droit dans les yeux avant de commencer à parler.

— J'ai essayé de réfléchir à ton histoire de fantômes du passé qui reviennent te chatouiller les pieds... Je ne vois que quatre explications, ma vieille.

Quatre explications ? Chapeau, Flo ! Moi je n'en repère pas une seule...

— La première, je ne vais pas te bluffer avec, c'est que tout ce qui t'arrive n'est que le résultat du hasard.

J'attrape un petit écureuil roux entre mes mains. Sans cacher ma déception.

— Si t'appelles ça une explication...

— Attends... Minute, je t'explique. Tu connais la théorie ? Les coïncidences, ça n'existe pas, c'est juste une fabrication de notre esprit. Dans une journée, on voit, on entend, on capte des millions d'informations. Notre cerveau n'en sélectionne que quelques-unes, et fait lui-même les connexions.

Si on les cherche, on trouvera des coïncidences partout ! Tiens, je te donne un exemple, tu viens de rompre avec un petit copain qui est, je ne sais pas, brésilien, eh bien tu vas t'apercevoir qu'on te parle du Brésil toute la journée. C'est juste qu'avant de connaître ce gars, tu ne le remarquais pas. On voit les signes qu'on veut voir, même inconsciemment. Surtout toi !

— Surtout moi ?

Flo sourit.

— Tu sais ce qu'on dit, les Nathalie ont une nette tendance à la nostalgie ! Y a rien récemment dans ta vie qui t'aurait fait repenser à ton guitariste ?

Je revois dans ma chambre le tiroir entrouvert, le galet tombé par terre. Puis le planning reçu une semaine auparavant, les trois destinations. *Montréal – Los Angeles – Jakarta*. Je repose l'écureuil de bois. Sûre de moi. Son explication ne tient pas.

— Désolée de te décevoir, Docteur Psy, mais ce n'est pas parce que je repense à mon guitariste que je vois apparaître partout des souvenirs de notre histoire. C'est l'inverse, ma belle. Ce sont ces coïncidences qui m'ont fait repenser à lui ! Je n'ai pas choisi ces signes, ils se sont imposés ! Ce planning, pour commencer !

Nous nous déplaçons un peu dans le magasin, pour nous arrêter devant l'alimentation et un rayon entier de sirops d'érable et de whiskies canadiens conditionnés dans toutes sortes de flacons.

— OK, mon entêtée, admet Flo, si tu le dis ! Alors on passe à la seconde explication. Tu es victime d'une machination.

Elle roule des yeux ronds de comploteuse. Flo prétend que dès qu'elle se retrouve en repos dans son appartement du seizième, elle passe ses journées à dévorer des romans policiers sur son balcon. En escale, ou en vol, je ne l'ai jamais vue ouvrir un livre ! N'empêche, cette hypothèse m'interpelle.

— Explique !

— Ben, tu vois, j'ai lu des tas d'histoires où l'héroïne vire parano parce qu'un type la manipule sans qu'elle s'en rende compte. Il lui pique en douce ses clés, le numéro de sa carte bleue, fréquente ses amis sous une fausse identité. Bref, il la fait tourner en bourrique, elle croit devenir folle, et à la fin, elle le devient vraiment...

— Sympa !

Flo semble subjuguée par une rangée de bouteilles Maple Joe de toutes les nuances cuivrées des feuilles d'automne. Je réfléchis un moment, avant de contre-attaquer.

— Mais si je te suis, Miss Marple, ça veut dire que ce pervers qui veut me rendre dingue à grands coups de coïncidences trafiquées est capable de modifier mon planning de vol, de décider quels membres d'équipage m'accompagneront dans l'avion, toi et Jean-Max au moins, et plus fort encore, de faire monter Robert Smith et toute sa troupe dans l'Airbus en leur programmant un concert au Métropolis de Montréal ! Sans oublier de soudoyer un passager malais pour qu'il chuchote à sa femme, pile au moment où je passe, les mots d'adieu de mon guitariste, que seuls lui et moi connaissons (je marque un bref silence). Cerise sur le gâteau, ce petit génie est même capable de programmer *Let It Be* en direct sur Nostalgie en devinant que je vais l'écouter sur mon autoradio !

Flo fronce les sourcils.

— Tu ne m'as pas parlé de cette histoire de chanson.

— C'était... Un clin d'œil entre mon guitariste et moi... Un clin d'œil... douloureux.

Flo me pousse un peu plus loin. On se retrouve au milieu des attrape-rêves, suspendus partout au-dessus de nos têtes. Des plumes, des perles, de toutes les tailles et de toutes les couleurs. Un parfum d'encens me fait tourner la tête.

— OK, ma jolie, continue Flo, tu l'auras voulu alors. Troisième explication. Et celle-là va te faire encore moins plaisir. Tu es prête ?

— Vas-y.

— Tu as tout inventé !

— Quoi ?

Est-ce l'encens, les plumes de l'attrape-rêve au-dessus de mon nez, ou l'explication de Flo qui me fait éternuer ?

— Tu délires, ma vieille ! précise Flo. Tu rêves, tu crois avoir entendu cette chanson à la radio... Ce Malais chuchoter...

— Et le planning ? Toi, moi et Jean-Max dans la même carlingue ? Et Cure ?

— Ça prouve quoi ? On a voyagé plusieurs fois ensemble au cours de ces vingt ans, non ? C'est ton histoire d'amour que tu as inventée... Ou fantasmée... Et tout ce qui s'y rapporte. Il ne s'est jamais rien passé entre vous. Tu as tout imaginé. Peut-être même que ton guitariste n'a jamais existé.

— Merde, Flo, je te l'avais montré en 1999 sur le Paris-Montréal, le garçon à casquette écossaise, rangée 18, place D. On avait discuté de lui pendant des heures, ici, rue Saint-Paul, puis dans ce magasin. Toi aussi tu as déjà vécu cette scène, souviens-toi, tu m'avais dit que...

J'éternue encore. Flo me regarde droit dans les yeux, soudain très sérieuse.

— OK, Nathy, il y a vingt ans, tu m'as montré un type dans l'avion. Après, tu m'as ensuite parlé de lui pendant toute l'escale de Montréal. Mais je ne vous ai jamais vus ensemble !

— Si tu vas sur ce terrain-là, moi non plus, je n'ai jamais vu ton mari.

— Et moi ça fait un sacré bout de temps que je n'ai pas revu ton ébéniste... Mais te vexe pas, ma vieille, je cherche juste des explications !

Je suis vexée quand même ! J'avance et me cogne le crâne à un attrape-rêve, qui en cogne un autre, et un autre. Tous s'agitent au-dessus de ma tête dans un vent de plumes.

— Oublie celle-là alors ! Ta quatrième solution ?

— Tu es prête à tout entendre ?

— Tu peux faire pire encore ?

— Viens !

Flo m'entraîne vers le rayon des bijoux. J'observe les colliers d'argent, les dents d'ours, les cornes de caribou.

— La quatrième explication, c'est la magie !

Cette fois, je ne réagis pas. Flo insiste.

— Comment expliquer l'irrationnel autrement que par l'irrationnel ? Le monde est rempli de superstition et de magie.

Flo passe sa main dans une corbeille d'osier pleine de perles grises.

— Souviens-toi. Le pouvoir de la pierre de temps.

— Tu n'as pas oublié ?

— Je n'oublie jamais rien, Nathy.

Je lève les yeux, instinctivement, vers la caisse du magasin. Des touristes asiatiques essaient des bonnets de trappeurs et des manteaux de fourrure. Un couple âgé converse avec une jeune vendeuse, en anglais. La vieille femme à la caisse observe l'ensemble de la boutique, sans bouger. Bras croisés. Visage fermé. Elle a la peau rouge et burinée des autochtones du Nord-Canada. Elle porte une parka traditionnelle ornée de perles de verre et deux longues tresses grises nouées autour de fins os blancs. On pourrait croire à un déguisement, du folklore pour des touristes en quête d'authentique.

Je sais que non.

Je l'ai reconnue.

Et aussi incroyable que cela puisse paraître, j'ai l'impression qu'elle aussi.

Mes jambes ramollissent, je suppose que mes joues rosissent ; pour lutter contre un nouveau vertige, je m'accroche, main posée sur le petit galet dans la poche de mon jean. Celui tombé, sur le parquet de ma chambre, du tiroir de mes secrets.

A côté de moi, Flo s'est arrêtée de parler d'un coup, elle a senti une présence derrière nous, une présence qui nous espionne.

Une présence menaçante, que je ressens aussi.

A travers le tissu, le galet brûle ma cuisse. Comme si son pouvoir s'était brusquement réactivé.

Tout est en place. Même décor, mêmes acteurs, même scénario qu'il y a vingt ans. Je revois tout.

Comme si cette somme stupéfiante de coïncidences n'était que des prémices, les signes annonciateurs d'une incroyable vérité : une porte s'est ouverte sur le passé.

## 1999

Je suis sortie presque en courant du magasin de souvenirs inuits, j'ai rangé le galet dans la poche de mon jean sous le regard amusé de Florence, puis je me suis engouffrée dans le magasin d'en face, une boutique de souvenirs plus classiques avec son lot de drapeaux à feuille d'érable, de sweat-shirts de hockeyeurs et de caribous en peluche. Quelques minutes plus tard, j'en ressors avec une boule à paillettes faisant pleuvoir une neige étoilée sur le Château Frontenac. C'est au moins plus réaliste, d'un point de vue météorologique, que les tempêtes de neige sur les pyramides d'Egypte ou le Pain de Sucre. La boule québécoise viendra rejoindre ma collection planétaire dans la bibliothèque du salon de Porte-Joie, devenue désormais celle de Laura. Dès que son papa a le dos tourné, ma petite chipie haute comme trois pommes passe son temps à escalader les étagères pour faire pleuvoir les étoiles sur chaque monument rapporté du bout du monde par sa maman.

Je m'apprête à montrer mon trésor à Florence quand je me fige, manquant de glisser sur les pavés de la rue Saint-Paul. Le commandant Jean-Max Ballain se tient en face, sortant de la boutique inuite, sourire aux lèvres, tenant la main d'une très jolie jeune fille, cravate de collégienne, chemise de soie déboutonnée, jupe kilt courte et longs bas de laine colorés, suivi d'un type beaucoup moins sexy, genre colosse bedonnant qui pourrait être le père de la gamine. Impossible de dire s'ils nous ont remarquées, ils tournent tous les trois vers la rue Bonsecours.

— Tu crois qu'il nous a entendues ? me demande Flo.
Je renchéris.

— Tu crois qu'il nous espionnait ?

Je réfléchis. Ai-je croisé cet homme et cette fille dans l'avion ? Non, j'en suis certaine. La fille en kilt est d'évidence une nouvelle conquête du commandant... mais qui est ce type qui les accompagne, à l'allure de bodyguard d'un parrain de la Mafia ?

— Ou il a juste eu peur qu'on le voie avec la petite ? propose Flo.

— Pourquoi ? Il s'en fout ! Il a quarante ans, il est célibataire, la gamine doit être majeure. Il entretient la tradition des marins, version septième ciel. Une femme dans chaque aéroport. Qu'il en profite, il ne sera pas toujours aussi beau gosse.

J'ai toujours eu un faible pour le commandant Ballain, non pas qu'il m'ait attirée, je garde avec précaution mes distances depuis l'épisode de Tokyo, mais j'admire sa façon d'assumer sa liberté.

— Lui trouve pas trop d'excuses, réplique Flo. Méfie-toi de lui, je l'ai toujours trouvé louche, ce joli cœur ! Comme tous les hommes, d'ailleurs. Y compris ton menuisier un peu trop parfait. Sauve-toi mon hirondelle, file plutôt retrouver ton joueur de banjo !

❀

❀ ❀

J'arrive essoufflée rue de Bleury. Je remonte presque en courant la rue Sainte-Catherine tout en cherchant le Fouf du regard. J'aperçois d'abord la grande enseigne du Métropolis, quelques mètres devant moi. Je pensais être en retard, j'ai quelques minutes d'avance. Lorsque j'atteins l'entrée du bar, je reste sans voix devant l'incroyable décor. Ce n'est pas un café, c'est un château hanté !

Le Fouf est le diminutif de « Foufounes Electriques ». Une araignée géante en commande la grille d'entrée, ainsi que deux gigantesques crânes d'ivoire. Le décor intérieur est à l'avenant : murs de briques, graffs noirs et blancs, têtes décapitées, ambiance tantôt rouge sang, tantôt vert cadavre, qui doit devenir fluo disco et flashy zombie dès qu'arrive la nuit. Je comprends qu'il s'agit d'une institution pour les noctambules québécois.

Le bar est d'ailleurs encore presque vide, et aucune trace de mon guitariste. Un serveur dont la simplicité tranche avec la déco glauque me gratifie d'un grand sourire et me fait comprendre que je peux m'asseoir à n'importe quelle table, elles aussi étonnamment banales : des chaises de plastique disparates disposées autour de guéridons en inox. Je m'assois près de la porte, pour que mon guitariste ne puisse pas me manquer. Et presque immédiatement, je souris.

La table est bancale.

Un truc idiot que je déteste. Pourtant, dès que je pose mes fesses dans un restaurant ou un café, je tombe sur une table qui n'est pas stable. Ma petite malédiction personnelle !

J'hésite à changer de place. Sur la trentaine de tables, il y en aura bien une qui tient sur ses quatre pieds. Ça m'occupera, ça m'évitera de penser. A ce que je fais. A Olivier. A Laura. Et si je n'en trouve aucune, je m'enfuirai... D'ailleurs, pourquoi ne pas commencer par cela, m'enfuir ? Qu'est-ce que je fiche ici, à attendre un inconnu sous ces masques géants de monstres grimaçants accrochés aux murs, dans ce décor d'épouvante pour punks adolescents ? L'évidence surgit : je suis en train de commettre la pire connerie de ma vie ! La fuite m'apparaît soudain comme une urgence absolue. Je me lève.

— Vous êtes déjà arrivée ?

Mon guitariste se tient devant moi, lui aussi essoufflé, casquette de travers, écharpe au vent, un pauvre air désolé et un sourire plus élargi que les grimaces des têtes de zombies pourtant dix fois plus grandes que lui.

Une douleur fulgurante en haut du bras droit me sort de ma rêverie. Flo vient de me pincer ! Saleté ! J'étais bien pourtant, perdue dans les souvenirs du plus inattendu rendez-vous de ma vie. Le premier acte d'une longue soirée qui…

— Te retourne pas ! dit Flo d'une voix étouffée.

Je ne comprends pas ce qu'elle veut, déconnectée, coincée entre présent et passé. Instinctivement, je touche le galet dans la poche de mon jean. Ma pierre de temps ! Comme si son pouvoir magique s'était activé et que j'avais été transportée dans cette même boutique, vingt ans plus tôt. Je me force à reprendre mes esprits.

Je suis en 2019 !

Ce magasin d'artisanat est désormais un hypermarché de souvenirs truffé de caméras de surveillance, la mystérieuse Inuite à la caisse est devenue une vieille femme rabougrie aux cheveux gris, ma petite collègue blonde une quinqua boulotte et boulimique… et je n'ai aucun rendez-vous qui me fasse battre le cœur à mille à l'heure, juste un verre à partager avec des collègues dans quelques minutes.

— Avance et fais gaffe qu'il ne nous remarque pas, continue Flo en chuchotant.

Elle me pousse pour que je m'éloigne vers la sortie.

— Qui ?

Enfin, je l'aperçois ! Je manque d'en renverser un étalage de paniers tressés. Ma main malgré moi touche encore la bosse dans ma poche. Le commandant Jean-Max Ballain se tient trois rayons plus loin, dans le magasin ! A nous suivre ? Nous espionner ? Il ne semble pourtant pas nous avoir repérées. Il traîne devant le rayon alcools et discute avec deux hommes visiblement énervés. Blousons de cuir, jeans délavés, barbes épaisses. Une allure de dealers tout droit sortis du quartier d'Hochelaga-Maisonneuve, qui tranche avec la tenue soignée, pantalon et polo Ralph Lauren, du commandant. Pour épicer encore la scène, j'observe l'un des types repousser une liasse de dollars canadiens que Ballain lui tend.

— On se tire, fait Flo.

On s'arrête rue Saint-Paul au milieu des passants. Je me tourne vers ma collègue.

— Tu crois qu'il nous suivait ?

Flo n'arrive pas à se détendre. Elle tente de me sourire, mais je perçois en elle un trouble. J'ai l'impression étrange qu'elle me dissimule quelque chose. Que quelque chose se détraque dans un plan bien huilé et qu'elle est obligée d'improviser.

— Etrange, non ? dis-je pour évacuer mes réflexions stupides. Ballain se retrouve avec nous, dans le même magasin, exactement comme il y a vingt ans !

Flo s'accroche à cette branche que je lui tends. Maladroitement. Je continue de trouver que sa réponse manque de spontanéité.

— Tu vois, ma belle, c'est pile-poil ce que j'essayais de t'expliquer. On se retrouve avec lui dans la même boutique, forcément par hasard, vingt ans plus tard, et tu essaies d'y voir une coïncidence bizarre ! (Elle réfléchit, semble reprendre ses esprits.) Peut-être que le commandant nous colle au train parce qu'il nous trouve canon !

Je dévisage Flo.

— Au millénaire dernier, je veux bien. Mais aujourd'hui, désolée de te décevoir, chérie, je crois qu'on ne craint plus rien. Jean-Max cherche de la chair plus fraîche.

Malgré moi, je pense à ma petite Charlotte. Elle a le même âge que la fille en kilt et bas de laine avec laquelle Ballain sortait en 1999. Sauf qu'aujourd'hui, le commandant est plus proche des soixante ans que des quarante. Ses conquêtes n'ont plus l'âge d'être ses filles... mais ses petites-filles. Flo jette un nouveau regard dans le magasin et paraît plus pressée soudain de quitter les lieux.

— Allez, viens. On va aller arroser notre décadence avec Georges-Paul, Emmanuelle et les autres.

— On a rendez-vous où ?

Avant qu'elle ne me réponde, j'ai deviné notre destination. *Au Fouf !*

Evidemment !

Et ne cherche surtout pas à me convaincre, Flo, qu'il s'agit encore d'une coïncidence !

\*

\* \*

Le Fouf n'a pas changé. Je reconnais ma copine l'araignée, les crânes géants toujours aussi blancs et les masques de zombies toujours autant grimaçants. Toute la petite équipe nous attend autour de l'une des tables des Foufounes Electriques. Sœur Emmanuelle devant un thé, Georges-Paul devant un demi de bière, et Charlotte suçant la paille d'un jus de pamplemousse. A côté d'elle, une chaise vide.

Flo et moi en prenons chacune une à une table voisine pour nous incruster. Ma stagiaire protège la place disponible à sa droite, sur laquelle elle a posé son petit sac Desigual en nous lançant un sourire charmant.

— Jean-Max est resté faire une sieste à l'hôtel. Il nous rejoint.

Pauvre petite, tombée amoureuse de l'homme invisible !

Flo et moi commandons une Boréale dorée pour accompagner Georges-Paul. Visiblement, nous avons déjà deux bières de retard. Georges-Paul a la réputation d'être aussi sérieux en vol qu'intenable en escale. Je crois que le légendaire GPS serait à l'instant incapable d'indiquer la direction des toilettes (particulièrement typiques) des Foufounes Electriques.

— Une sieste à l'hôtel ? s'étonne faussement Georges-Paul. Il perd pas de temps, le commandant.

Je me rends compte que je suis la seule de la table à connaître le secret de Charlotte, et que ma petite protégée ignore sans doute la réputation de son amoureux. Je croise les doigts pour que les collègues soient discrets. Je pose les coudes sur la table. Mon cœur bascule en même temps que mes avant-bras.

Elle est bancale !

— Comment ça, GiPi ? demande Charlotte en suçotant sa paille avec innocence. Pourquoi il ne perd pas de temps, le commandant ?

Sœur Emmanuelle baisse les yeux alors que Flo les lève au ciel. Georges-Paul lèche avec gourmandise la mousse de sa Boréale accrochée à sa barbe.

— Eh bien, le commandant est si consciencieux qu'il lui arrive de ne pas quitter le lit de l'hôtel pendant toute une escale. Un grand, un très grand professionnel, le commandant Tirain.

*Aïe...*

La blague préférée de tout le personnel navigant ! Georges-Paul ne va pas se priver de la tester sur la petite nouvelle… Elle fronce ses adorables sourcils, mordille encore la paille de son jus de pamplemousse et plonge à pieds joints.

— Pourquoi tu l'appelles Tirain ? Son nom, c'est Ballain !

GPS jubile ! Sœur Emmanuelle soupire, elle connaît la suite. Flo a l'air plus agacée encore.

— Oh Ballain, Tirain, c'est comme tu veux… Tu peux aussi l'appeler Fourrain, si tu préfères…

Les beaux yeux de Charlotte se troublent, elle ne comprend toujours pas. La table manque de chavirer sous mes coudes. Ma Boréale tangue. Georges-Paul vide la sienne d'un coup, avant de triompher.

— Jean-Ballain-Max !

Il explose de rire, avant de continuer.

— Le steward qui a trouvé un jour cette blague est un génie. Est-ce que papa et maman Ballain avaient deviné que leur fils serait le plus grand baiseur de l'univers quand ils l'ont prénommé Jean-Max ?

Il rit plus fort encore. Sœur Emmanuelle esquisse un sourire malgré elle. Flo, que j'ai connue plus sensible aux blagues de comptoir, n'a pas spécialement l'air d'apprécier la plaisanterie. Il est vrai que comme moi, elle l'a entendue cent fois. Suivie de l'interminable concours de noms de famille plus évocateurs encore dont on pourrait affubler Jean-Max : Sautain, Baisain, Culain… Pour Charlotte, c'est la première fois. Elle passe sa main sur la chaise à sa droite, caressant le vide, l'absence, l'indécence. Son genou heurte la table instable, ma bière dorée à peine entamée se renverse sur l'inox, dégouline jusqu'sur les pavés.

— Désolée, s'excuse la pauvresse.

Sœur Emmanuelle se précipite pour éponger avec des serviettes en papier. Toujours aux petits soins, notre chef de cabine ! Elle souffle sur son thé, puis toussote pour réclamer l'attention. Elle a pourtant peu l'habitude de se mêler aux conversations.

— Ballain, Fourrain ou Tirain, il ne va plus longtemps avoir l'occasion de voler, et pas seulement parce que la retraite le guette.

Emmanuelle a jeté un pavé sur la table. Aussi plombée que l'ambiance ! Les zombies accrochés aux murs me paraissent moins grimacer que les navigants attablés. Tout le monde se tait, attendant la suite qui ne vient pas.

— Eh ben, vas-y, s'énerve Flo, balance ton scoop !

Emmanuelle lape une gorgée de thé.

— Un blâme lui pend au nez. Encore un ou deux vols et ouste, terminé !

Je reste bouche bée, autant que Flo ou Georges-Paul. Sœur Emmanuelle est la dernière des navigantes à cracher dans le dos des collègues. Elle est chiante, lente, horripilante, mais il n'y a pas plus réglo qu'elle.

— Qu'est-ce qu'il a fait ? s'inquiète Georges-Paul.

Sœur Emmanuelle prend des airs de conspiratrice. Les doigts de Charlotte se crispent sur la chaise, à en laisser des traces d'ongles dans le plastique. Je réfléchis. Jean-Max Ballain est un pilote irréprochable, trente-cinq ans d'expérience, quasi intouchable, il faut qu'il ait commis une connerie monumentale pour qu'il soit mis à pied.

— Il a passé du shit ? propose Georges-Paul. Du crack ? Ou des maroilles fermiers pour chacune de ses fiancées ?

Ça ne fait rire personne.

— Il a détourné du fric ? essaye encore Georges-Paul.

Sœur Emmanuelle reste muette. Flo s'est appuyée au bord de la table, provoquant de nouvelles vagues de bière mousseuse que les remparts de serviettes inondées ne suffisent pas à endiguer.

— Si personne n'est au courant, s'étonne-t-elle agacée, comment tu sais qu'un blâme lui pend au nez ?

Emmanuelle soutient le regard de Florence, et répond de sa voix de chef de cabine qui exige un service irréprochable de la part de son équipage.

— Parce que c'est moi qui l'ai dénoncé !

Tout le monde se fige. Seule la table continue de trembler. Une coïncidence, Florence, je sais, une coïncidence. Je laisse le soin aux autres navigants de poser les questions qui fâchent à Sœur Emmanuelle, *qu'est-ce que tu as vu ? qu'est-ce que Ballain a magouillé ?*, pour ne me concentrer que sur cette obsession. Cette table qui tangue, qui déverse son goutte-à-goutte de bière sale à mes pieds. Sur la trentaine de tables posées sur le pavé des Foufounes Electriques, combien sont bancales ? Toutes ? Une seule ? Ils investissent une fortune dans leur décoration rock-punk et n'ont pas été foutus de les réparer depuis 1999 ?

J'ai du mal à ne pas serrer plus fort encore, dans ma poche, ma pierre de temps. Etrangement, personne n'a ouvert la bouche pour questionner Emmanuelle. L'ambiance est soudain devenue pesante. Comme si les zombies, loups-garous et autres reptiles mutants avaient fini par gagner la partie. Je lève les yeux vers eux. Dire que ces monstres ont été les témoins de la plus belle rencontre de ma vie ! Ici ! Il y a près de vingt ans.

A nouveau perdue dans mes souvenirs, je m'aperçois, dans une demi-réalité, que tous mes collègues ont les yeux tournés vers la porte d'entrée. Gênés. Seule Charlotte affiche enfin un grand sourire.

Jean-Max Ballain vient d'arriver.

– 11 –

1999

Mon guitariste fixe les masques de morts-vivants aux murs, les têtes décapitées, les toiles d'araignée qui pendent au-dessus de nos têtes. L'air désolé.

— C'est... c'est le bar le plus proche du Métropolis, fait-il pour s'excuser. C'est la première fois que j'y mets les pieds.

J'adore sa mimique de petit garçon dépité qui a réservé pour sa fiancée une chambre d'hôtel dans un château hanté.

— C'est... c'est original.

J'ai répondu en me reprochant déjà de ne pas trouver de réplique plus originale.

Lui l'a déjà trouvée.

— En réalité, chuchote-t-il, je donne toujours rendez-vous aux filles dans les endroits les plus horribles.

Je confirme du regard, sans comprendre où il veut en venir.

— Je m'arrange pour arriver un peu en retard... Si elles m'attendent, c'est qu'elles en ont vraiment envie !

Il se redresse, épaule et menton, guettant ma réaction. Je ne crois pas une seconde à son jeu de paon arrogant. J'ai l'impression qu'il est aussi perdu que je le suis.

Je me penche et chuchote à mon tour.

— Qui est le plus dangereux ? Vous ou cette araignée géante ?

Il ne répond pas, mais le trouble de ses yeux clairs me confirme que le lieu et la situation ne le mettent pas plus à l'aise que moi. Il agite sa casquette, le garçon accourt, je commande une bière Boréale dorée et lui une rousse. Il remarque seulement alors que la table est bancale. Ses mains se mettent à trembler, trop pour que sa pantomime paraisse naturelle. Il avance son visage vers le mien et murmure.

— Restez sur vos gardes, cet endroit est maudit ! Je peux vous protéger si ces serpents venimeux au plafond rampent jusqu'à nous, si ces zombies accrochés se réveillent, si des types avec des tronçonneuses surgissent… mais devant une table bancale, désolé, je reste pétrifié !

Il se fout de moi ou nous partageons vraiment la même phobie ?

— Pas plus hardie ! fais-je en me levant.

Nous changeons de table en riant. Celle d'à côté ne tangue pas. Le serveur vient y poser nos deux bières.

— Sauvés ! souffle mon chevalier casquetté. Je suppose que c'est à ce moment de notre brève relation que je vous demande votre prénom. Je ne vais pas éternellement vous appeler Miss Swallow. Surtout sans votre plumage bleu et rouge.

Je porte un jean taille basse et une chemise mauve décontractée.

— Je suis venue incognito. Vous savez, si les hirondelles parcourent plusieurs centaines de kilomètres par jour, ce n'est pas pour leur plaisir… mais pour nourrir leur petite famille !

— Pas toujours… Elles migrent aussi. Loin de leur nid. Elles peuvent voler plus de dix mille kilomètres à tire-d'aile, quand elles choisissent la liberté !

Malgré moi, je remonte la mèche qui tombe sur mes yeux. Le geste le plus sexy de la terre, prétend Flo. Pour en contrebalancer l'effet, je tends une main énergique.

— Nathalie. Mais je préfère Nathy. Et vous ?

Il la saisit.

— Ylian. Vous pouvez essayer Yl… Vous seriez la première.

*Ylian*

*Yl*

*Ile-Liane*

Nous restons un moment silencieux, à boire trop vite nos bières. Je sais que je devrais vider mon verre, le remercier, et m'en aller. Comme au poker, abandonner ma mise, poser mes cartes et quitter la table. Ylian consulte sa montre puis m'interroge du regard.

— On y va ? Robert Smith nous attend… si on veut les meilleures places !

Je m'entends relancer.

— Vous êtes certain que je vais pouvoir entrer ?

— Certain ! Si un des membres des Cure se blesse, je suis le premier remplaçant… alors ils ne peuvent rien me refuser !

— Je croyais que vous n'étiez qu'un porteur de guitares ?

— Heu… c'était pour ne pas vous impressionner… On ne dirait pas, mais je suis un musicien surdoué !

Je trouve mon guitariste irrésistible quand il frime trop pour être pris au sérieux. Je décide de le prendre à son propre jeu.

— Si, on dirait...

— On dirait quoi ?

— On dirait que vous êtes un bon guitariste. Surdoué je ne sais pas, je n'y connais rien en musique, mais je trouve que vous vous débrouillez plutôt pas mal.

Je bats des paupières façon groupie, il sourit en retenant un faux soupir.

— Ce n'est pas gentil de vous moquer.

— Je ne me moque pas. J'ai adoré vous écouter, porte M à Roissy.

Ylian ajuste sa casquette, pousse sa chaise et se lève. Trop vite.

— Bon, faut y aller...

Je le suis. Nous passons tous les deux sous l'araignée. Il pose un dernier regard sur les affiches branchées des artistes passés sur la scène des Foufounes Electriques, Sudden Impact, Skate Jam, Crew Battle, Smif-n-Wessun, puis sur la fresque noir et blanc, derrière l'escalier, aux dizaines de visages aux yeux exorbités, mi-humains, mi-monstres.

— Pour de vrai, avoue Ylian, je suis désolé de vous avoir invitée ici. Je ne suis ni punk, ni metal, ni électro, ni techno... Je ne compose que quelques vieilles ballades démodées...

Je le regarde. Je trouve si craquante sa façon de ne pas savoir s'exprimer autrement qu'en plaisantant ou en s'excusant. Nous traversons la rue Sainte-Catherine. Le Métropolis se situe à quelques mètres. Je m'arrête au beau milieu de la rue déserte, devant l'alignement des boutiques et restaurants aux décors alternatifs, hauts lieux du Montréal moderne et branché. J'ai de moins en moins envie de contrôler les bouffées d'euphorie qui m'enivrent. Je me penche vers mon guitariste timide et murmure.

— J'aime beaucoup les vieilles ballades démodées.

❀

❀ ❀

— T'as ton badge ?

Le vigile s'exprime avec un fort accent québécois.

— Oui, oui.

Ylian fouille de longues secondes ses poches avant d'exhiber un carton plastifié froissé. L'homme face à nous le détaille avec méfiance. La quarantaine, barbe fournie et front dégarni, sa carrure semble proportionnée pour ne laisser entrer personne, même les deux portes battantes des coulisses ouvertes. Il s'essuie longuement le front avec un coin de sa chemise qui dépasse, comme pour laisser admirer les courbes imposantes de son ventre. Tout juste s'il ne nous demande pas de toucher ses bourrelets, « Tu peux vérifier, chum, c'est des vrais ! ».

— OK, tu peux passer. Et elle, c'est qui ?

— Une copine, affirme Ylian avec assurance. Elle est fan des Cure. Elle restera dans les coulisses. Elle fera pas de bruit !

— Tu la botteras après le concert, ta blonde, réplique le portier. Si on commence à laisser entrer toutes les poupées…

Je lève les yeux au ciel, puis les pose sur Ylian. Son air penaud me donne envie de le prendre dans mes bras. J'avance d'un pas, mèche en essuie-glace balayant mes yeux pleins phares.

— C'est pas ce que vous croyez, monsieur, je me contente de l'accompagner. Je me fiche un peu des Cure, vous savez, pas grave si je ne rentre pas. Mais avant de décamper, je voudrais vous dire un truc important : ce guitariste à côté de moi est un génie. Je ne comprends pas qu'il soit remplaçant... Si vous pouviez en glisser un mot à Robert pour qu'il lui trouve sur scène une place de titulaire !

Ylian, rouge de honte, observe les caisses derrière le vigile pour trouver celle dans laquelle il pourrait se cacher.

— Je crois surtout que ton chum t'a bien baratinée, balance le vigile. C'est juste un trimballeur de guitares. A la limite s'il est sage, il aura peut-être le droit de les accorder...

Je supplie des yeux le portier jusqu'à lui arracher un sourire. Il finit par céder.

— Calvaire ! Vous me pognez les nerfs tous les deux ! Je suis trop sentimental, je supporte pas de voir des amoureux malheureux.

Il tend une main moite.

— Lavallée. Ulysse Lavallée. Organisateur de ce concert. Et vous foutez pas de ma gueule sur mon patronyme. C'est pas mon prénom de baptême, mais le vrai fait encore plus cramper. Alors vous voulez entrer ?

Mon regard croise celui d'Ylian pendant qu'Ulysse soupire comme s'il se dégonflait... même si son ventre ne perd pas un pli. Il fixe la casquette d'Ylian.

— Viens là, les Rubettes. Prends la main de ta blonde et filez vous planquer dans un coin. Dites-vous que si je tire la couverture sur votre bord, c'est parce que ça fait des années que je n'avais pas vu deux amoureux autant focussés l'un sur l'autre. Alors me décevez pas, jouez aux fesses autant que vous pouvez, mariez-vous et faites-nous une ribambelle de flos.

Je sautille sur place, embrasse Ulysse sur la joue et lui promets.

— Vous serez le parrain du premier.

On entre.

Le concert ne commence pas avant une heure. D'autres roadies s'affairent. Finalement, Ulysse vient partager une bière avec nous. Il est imprésario et commence à se faire une petite réputation. Il a ouvert un bureau à Los Angeles, peut-être bientôt un autre à Bruxelles. Ylian pousse l'audace jusqu'à lui avouer qu'il cherche du boulot dans la musique, qu'il joue un peu, mais accepte n'importe quel job dans n'importe quel coin de la planète du moment qu'il lui permet de tenir un instrument entre les mains.

&#42;
&#42;  &#42;

Puis les lumières s'éteignent. Puis sur la scène, à quelques mètres de moi, une ombre blanche s'approche, une silhouette de fantôme ressemblant à celle d'Edward aux mains d'argent. Puis trois autres ombres la rejoignent, en ligne, deux guitares et un clavier.

D'un coup toutes s'affolent.

La salle, comme un seul corps multiplié à l'infini, se soulève.

*In Between Days*

Les titres s'enchaînent. Le chanteur, le bassiste, le batteur, le pianiste, l'autre guitariste ne bougent presque pas, une danse immobile, et pourtant la salle entière chavire.

Jamais je n'ai vécu avec autant d'intensité.

Est-ce le concert ?

Est-ce de le vivre à l'envers, comme si toute logique avait basculé ?

Est-ce d'être si près des musiciens, jusqu'à presque pouvoir toucher leurs chemises blanches trempées de sueur ?

Est-ce les yeux d'Ylian qui suivent, subjugués, la danse des doigts sur l'étrange guitare basse à six cordes ?

Est-ce d'être si près de lui ?

### Close to Me

Comment lutter contre la magie ? Comment repousser cette envie de me lâcher, de danser, de chanter entre les caisses au milieu des machinistes blasés ?

Je vais parfois au concert avec Olivier, et j'y chante aussi, et j'y danse.

Jamais avec autant d'intensité.

Jamais avec une telle envie d'être regardée, d'être comprise, d'être conquise.

D'être surprise. D'être prise.

### Just Like Heaven

Ylian vit chaque note, chaque accord, chaque mot, chaque son, les récite du bout des lèvres, les accompagne du bout des doigts. Ylian est loin, ailleurs, perdu dans les allées de son jardin secret.

Les grilles en sont ouvertes, ses fleurs me sont offertes...

Je sais que c'est un piège, une émotion qui s'évaporera dès que la salle s'éclairera, mais je ne parviens pas à repousser cette illusion stupide. Stupide et pourtant sublime.

Yl me laisserait entrer.

Pour l'écouter, l'encourager, le chambouler, le rassurer. Yl m'accorderait, si je lui demandais, ce privilège qu'Olivier ne m'a jamais accordé. Olivier a seulement besoin d'une appréciation, peut-être d'un peu d'admiration. Pour évaluer son travail, dans son atelier, une fois achevé. Pour l'organiser. D'une secrétaire, d'une comptable, d'une épouse. Pas d'une muse.

### The Hanging Garden

La salle fond sous la chaleur. Les murs sont couverts de sueur. Les spots brûlent, consumant les chanteurs, n'en laissant que des ombres de cendres, qui pourtant s'animent comme des êtres de fumée. Ylian chante à s'en irradier les poumons, et je chante avec lui.

Oh oui je le redis, jamais je n'ai vécu avec autant d'intensité.

Je m'en sens coupable. A cet instant précis, je comprends que j'aurais voulu plus que tout au monde vivre cette intensité avec Olivier. Et je réalise que c'est impossible. Que ce ne sera plus jamais possible. Je sais alors, sans même qu'Yl m'ait touchée, que partager avec lui une telle complicité, c'était déjà tromper Olivier.

Puis, quelques larmes sur les joues d'Ylian ont coulé.

### Boys Don't Cry

Les garçons ne pleurent pas.

A l'exception de ceux qui méritent d'être aimés.

Puis les lumières se sont éteintes.

Les chanteurs se sont assis. Les briquets se sont allumés.

Robert a posé sa guitare à côté de lui et a chanté.

*Sometimes I'm dreaming*
*Where all the other people dance*
*Come to me*
*Scared princess*

Est-ce que je rêve ?

Tous les autres, à l'envers de nous, du premier au dernier rang, dansent.

Pour la première fois, je prends sa main.

Petite princesse apeurée.

Il n'en mène pas large, lui non plus, mon chevalier !

*
* *

La musique s'est arrêtée. Les lumières sont devenues blanches et aveuglantes, le public comprend qu'il doit retourner à sa réalité. La salle se vide comme un sablier crevé. Ylian n'attend pas que les derniers partent pour commencer à enrouler les fils des amplis et ranger les guitares dans les étuis. Je l'aide. Ça nous prend quelques minutes. Yl n'est responsable que des instruments à cordes, la planque pour un roadie ! c'est ce que je lui dis, imagine celui qui s'occupe des batteries.

Yl rit.

Ulysse vient nous saluer, en recommandant à Ylian de ne pas se coucher trop tard, le véritable déménagement débute le lendemain, The Cure et leur staff filent vers Vancouver. Même si Ylian ne les suit pas, son contrat stipule qu'il doit participer au chargement.

— Evitez de me le renvoyer sur le radar demain matin, mademoiselle. On commence à l'aube !

Je souris. Mon avion pour Paris décolle à 6 heures ! Ylian sifflote avec les autres roadies.

### Let's Go to Bed ?

Il n'est pas minuit ! Soudain, j'attrape mon porteur de guitares par la main et je l'entraîne vers la sortie. Je me sens incroyablement sûre de moi. Je ne me reconnais pas.

— Je n'ai pas envie de dormir !

Yl remonte sa casquette sur ses cheveux bouclés, pour se gratter le crâne. J'adore son air de cancre charmeur.

— Vous n'êtes pas raisonnable, mademoiselle Hirondelle.

— D'ordinaire, si, pourtant…

Je me protège d'un sourire désarmant. Mèche balançoire devant mes yeux de sable gris. Il joue au faux méchant.

— Parce que vous prétendez en plus que c'est de ma faute ?

Je regarde autour de nous.

— A part vous, je ne vois pas… On fait quoi ?

— Rien ! (Yl rabat sa casquette sur ses yeux, j'aime moins son air de prof censeur.) Je vous rappelle que vous vous envolez très tôt demain matin.

Je mime un battement d'ailes.

— Je ne peux pas m'en empêcher, je suis une hirondelle… Ou une fée, choisissez !

Je continue d'agiter les bras, légère comme une plume. A la façon dont Ylian me fixe, j'ai presque l'impression que mes pieds vont décoller. Yl saisit avec douceur mon poignet avant que je papillonne jusqu'au plafond du Métropolis.

— Vous êtes incorrigible ! D'accord, venez, on va au cinéma !

Au cinéma ?

Yl m'énerve à reprendre l'avantage en une phrase.

— Vous avez vu l'heure ?

— Et alors ? Vous êtes une fée, je suis un magicien... Je ne pose qu'une condition, mademoiselle, nous restons sages ! Pas de bisous au dernier rang, promis ?

Son regard papillonne, c'est à mon tour d'essayer de l'attraper.

— Vous avez des principes ?

— Non, la trouille ! Je parie que vous avez un mari très jaloux et des enfants très gentils qui ne me pardonneraient jamais d'avoir dévergondé leur maman.

— Une petite fille seulement, et un mari très doux. (J'attrape enfin ses yeux bleus et, d'un mouvement d'index, les ligote à ma mèche en accroche-cœur.) Rassuré ? Mais je suis d'accord avec vous, juste un cinéma partagé, rien de plus, on se le promet !

Je sais que mes yeux parlent une autre langue. Une langue que je n'ai pas apprise, ils improvisent. Yl bafouille, sans parvenir à discerner en moi la part de jeu, la part de sérieux.

Ce n'est qu'un jeu, je veux m'en persuader, avant de rompre les dernières amarres de culpabilité.

Ce n'est qu'un jeu. Je garde la main, il ne se passera rien. Alors, on va voir quoi ?

Je n'arrive pas à croire qu'un cinéma soit ouvert à cette heure. Quel sera son prochain tour de magie ? Yl sort un programme de sa poche et le déplie devant moi.

*Cinéma sous les étoiles.*

— Tout l'été, explique Ylian en libérant ses yeux vers le dépliant, un peu partout dans la ville, Montréal organise des séances de ciné en plein air. Je vous lis ? Promenade Bellerive, 22 heures-minuit, *American Beauty* ; quartier du canal, 22 heures-minuit aussi, *Tout sur ma mère* ; au Marché des Possibles, 23 heures-1 heure du matin, *Matrix* ; place de la Paix, à moins de deux cents mètres d'ici, minuit-2 heures du matin, *La vie est belle*, de Benigni. Vous avez déjà vu *La vie est belle* ?

— C'est triste, non ?

Il me prend la main et se met à courir. Il est presque minuit.

— Alors on ne regardera que les quarante-cinq premières minutes, les plus belles de toute l'histoire du cinéma !

– 12 –

2019

— Bonjour.

Le salut joyeux du commandant Ballain, alors qu'il entre aux Foufounes Electriques, me fait d'un coup revenir à la réalité, dissipe mes souvenirs en un rêve évaporé.

Charlotte a ôté son sac de la chaise laissée vide à côté d'elle, et l'a poussée pour inviter Jean-Max à s'asseoir. Le pilote pose ses fesses en lui accordant à peine un regard. Un demi-regard qui me peine. Comment l'interpréter ? Simple discrétion pour que personne ne soupçonne leur relation ? Indifférence pour rendre la gamine accro ? Ou le commandant Jean-Max Ballain a-t-il d'autres préoccupations ? J'espère... Qu'il ne lui fasse pas de mal ! Une colère animale me pousse à défendre ma petite protégée.

Le commandant Ballain lève la main pour commander un Canadian Club Single Malt, puis observe sans comprendre le silence gêné autour de la table.

— Céline Dion est morte ou quoi ?

Seul Georges-Paul se force à rire. Ballain pose ses coudes sur la table tout en jetant un coup d'œil au décor punk, aux monstres de papier mâché accrochés aux murs rouges d'hémoglobine.

— Faut dire, même à Brasov, au fond de la Transylvanie, on ne trouve pas de bar aussi glauque. Qui a eu l'idée de venir prendre un pot ici ? Et de choisir la seule table boiteuse ?

Personne ne répond. Le sourire accueillant de Charlotte s'est transformé en masque de cire. Elle passe nerveusement la main dans ses cheveux. Cette nuit, osera-t-elle parler à son amant ? Lui demander s'il l'aime vraiment ? Si elle n'est qu'une petite poupée de plus dans sa collection ou si elle compte un peu ?

Flo consulte son téléphone portable. Georges-Paul tente de placer une blague, prétend qu'il préfère le sexe-à-pile aux foufounes électriques, Ballain réplique sans grande conviction « Oh my gode », je leur accorde un demi-éclat de rire pour les récompenser de leurs efforts. C'est long, les escales. Les garçons font ce qu'ils peuvent pour distraire l'équipage. Sœur Emmanuelle n'a pas, ou plus, cette indulgence. La chef de cabine repousse sa tasse de thé et se lève.

— Je vais en ville faire du magasinage. Qui me suit ?

Charlotte observe de profil son amoureux secret, ses tempes grisonnantes, ses boucles poivre et sel, l'orée de sa bouche, bronzée et parfaitement rasée. Elle se lève à son tour, défroisse avec naturel les plis de sa jupe, tire sur son top rose moulant, autant pour couvrir son nombril que pour faire gonfler sa poitrine, tourne le dos au commandant, plutôt ses fesses d'ailleurs, pile à sa hauteur, et interpelle Emmanuelle.

— Tu connais un bon coiffeur ?

— Tu sais qu'au Qu'bec, z'ont l'meilleurs barbiers du monde, parvient à glisser Georges-Paul avec un accent canadien beaucoup moins bien maîtrisé que celui de Jean-Max, resté muet.

— J'ai ce qu'il te faut, répond Sœur Emmanuelle, sans relever l'intervention de GPS. Un truc tendance tenu par des homos. Rue Bonsecours. Tu ne peux pas rater l'enseigne.

Je m'étonne qu'Emmanuelle, avec ses fringues Camif, son thé avec un nuage de lait et son coucher à 22 h 15 précises après avoir téléphoné à sa famille quel que soit le décalage horaire, puisse connaître les lieux branchés de Montréal.

— Pas besoin de réserver, précise Emmanuelle, ils ont au moins vingt employés... Ça s'appelle La P'tite Hirondelle.

Mon cœur se bloque, avant de battre à se rompre et de noyer mon cerveau.

*La petite hirondelle.*

Je jette un regard à Flo, toujours occupée sur son téléphone. Elle n'a pas cillé.

Une coïncidence ? C'est ce que tu m'expliqueras, Flo ? Une simple coïncidence ! Il y a des hirondelles partout autour de nous, dans le ciel, au menu, sur des affiches, dans les rues, comme n'importe quel autre animal. Rien qu'autour de nous, en tournant la tête, je vois des araignées, des chauves-souris, des serpents, des dragons, des loups, des rats. Je ne les remarque pas, simplement parce que Ylian a eu le bon goût de ne pas me surnommer comme ça.

Alors qu'Emmanuelle et Charlotte prennent leur sac, Georges-Paul tente à nouveau de détendre l'ambiance.

— Vous savez que dans mon ADN, des scientifiques ont repéré que j'avais 99 % de gènes communs avec les hirondelles ? Avec les cigognes aussi. Et les pigeons voyageurs... Les médecins appellent ça le gène du migrateur. 31 % des marins le possèdent, 23 % des taximen londoniens... Et seulement 0,3 % des nanas !

Il éclate de rire tout seul. Sœur Emmanuelle hausse les épaules et fait signe à Charlotte de la suivre. Jean-Max regarde les filles partir sans les retenir, Flo est concentrée sur son téléphone et moi perdue dans mes pensées. Nous restons un moment silencieux tous les quatre, Georges-Paul semble hésiter à tenter une nouvelle blague, mais Jean-Max dégaine le premier.

— Ça dit à quelqu'un d'aller au cinéma ? Pour une fois qu'on fait escale dans un pays où ils passent des films en français.

Je ferme les yeux. Je m'accroche à ma chaise.

Ce souvenir me paraît si frais.

*Place de la Paix.*

*Le film de Benigni.*

*La course avec Ylian, main dans la main, à minuit.*

Si Jean-Max Ballain me sort la moindre référence à ce film, je renverse les tables, les bières, les chaises, j'arrache la tronçonneuse du bûcheron borgne devant les toilettes et je réduis en allumettes les Foufounes Electriques, ses monstres en carton, ses clients, ses serveurs charmants... Avant de m'attaquer au reste de la ville.

— Au Beaubien, ils passent un vieux Capra en noir et blanc.

Je respire. Un bref instant.

— *La vie est belle*, lâche le commandant.

Je me lève d'un coup. J'arrache Flo à son portable, je lui tords presque le poignet, la chaise tombe derrière moi sur le pavé, et je crie, fort, très fort, pour couvrir les voix des fantômes qui hurlent plus fort encore dans ma tête. Je revois défiler les rues de Montréal, la place de la Paix, le parc du Mont-Royal, le belvédère Kondiaronk.

— Viens, Flo ! Viens avec moi !

*Quand balancés nos festins*
*Aux poubelles du quotidien*
*Quand balayé mon destin*
*Aux poussières de tes matins*
*Que restera-t-il de nous ?*

La place de la Paix se situe à cent mètres du Métropolis, au cœur du quartier des spectacles. Comme si Ylian avait tout programmé. Le film vient de commencer quand nous arrivons, à peine essoufflés, au moment précis où Dora tombe du haut de la grange, sur un matelas de foin, dans les bras de Guido.

— Bonjour, princesse !

Immédiatement, le sourire de Guido Benigni m'éblouit. Il ressemble à celui du clown émerveillé qui me tient la main. Nous nous sommes installés au dernier rang, les fesses sur le béton froid, derrière la cinquantaine de spectateurs qui se tiennent devant l'écran géant, amarré à l'autre bout de la grande place rectangulaire à deux gros blocs de béton. Certains spectateurs sont assis par terre, sur les pavés carrés entourés d'herbe folle, d'autres sur des chaises pliantes.

Yl ne lâche pas ma main. J'avais entendu parler du film, une fable sur les camps de concentration, j'avais eu peur de le regarder, trop terrible, trop sensible. Pas un film pour vivre des instants de complicité partagée. Pourquoi Ylian m'emmène-t-il voir ça ?

Sur l'écran, Guido rivalise d'imagination pour séduire sa princesse. Trente minutes de film et toujours pas le moindre nazi. Rien qu'une sublime histoire d'amour, avec un grand timide qui utilise les stratagèmes les plus fous pour conquérir sa belle. Je souris. Il trafique les coïncidences. Une clé tombe du ciel, une glace au chocolat arrive pile dandy-minute, un chapeau mouillé par miracle devient sec.

— Incroyable, s'écrie sa belle.

Je n'ai rien vu de plus poétique et de plus romantique depuis les films de Chaplin. Guido embrasse sa princesse sous la table d'un banquet, *s'il te plaît*, supplie-t-elle, *enlève-moi*. Je chuchote à l'oreille d'Ylian.

— Vous croyez qu'il en existe encore, des hommes capables de ça ?

Mon guitariste se redresse.

— Moi ! Davantage encore que cet Italien frimeur !

Yl fait mine de se reconcentrer sur le film. Je me rapproche encore pour lui murmurer :

— Crâneur !

J'adore son petit sourire en coin. Yl ne quitte pas l'écran des yeux.

— Peut-être. Peut-être pas. Pour qu'un homme ose de telles folies, sa princesse ne doit pas avoir le cœur cousu.

Cousu ou pas, mon cœur bondit, de surprise et de colère, à en exploser ses supposées coutures.

— Quoi ? Moi ? J'ai le cœur cousu ?

— Oui. Cousu à un autre. Vous avez un mari...

— Dora aussi !

— Elle est fiancée avec un vilain fasciste, elle attend que Guido vienne l'enlever. Dites-moi que votre mari est un affreux fasciste et j'accours vous délivrer. Ou même, ne me parlez pas de lui, dites-moi seulement que vous n'êtes pas heureuse à ses côtés, et je vous promets de vous inventer la plus belle évasion amoureuse que la terre ait connue.

Yl a débité cela sans quitter des yeux l'écran.

— Ça ne marche pas comme ça, Ylian.

— Je sais.

Je tente de me reconcentrer sur le film. Quarante-cinq minutes de projection et toujours aucune trace des camps. Guido triomphe, emporte sa princesse sur un cheval vert en plein banquet. Son fiancé fasciste, les yeux révulsés, reçoit un œuf d'autruche sur la tête. Bien fait ! C'est beau, c'est du grand cinéma, c'est si facile au cinéma de se faire enlever par un chevalier, pas parce que les gentils y sont vraiment gentils, ce n'est pas ça qui différencie le cinéma de la vraie vie, mais parce que les méchants y sont vraiment méchants. On peut les faire souffrir sans haine, on peut les quitter sans peine.

Ylian me tire la main.

— On s'en va. Vite.

— On ne regarde pas la fin ?

Du coin de l'œil, je continue de suivre le film. Le décor change. Cinq ans plus tard. Un adorable enfant sort d'un placard en saluant sa maman, *bonjour, princesse.*

— Nous avions besoin de poésie, ce n'est pas un soir pour la barbarie.

Il fait doux. Il fait nuit.

— Venez ! me fait-Yl.

— Où ?

— Voir la ville de plus haut. De tout en haut.

*

* *

— Regardez, mademoiselle Hirondelle, le lac aux Castors !

Nous traversons le parc du Mont-Royal. Ylian m'indique du bout du doigt les reflets noirs d'un grand étang bordé de pins et d'érables, comme téléporté du Grand Nord canadien pour faire respirer à la capitale les parfums des grands espaces. Le bassin ressemble à une immense piscine, balisée de dizaines de réverbères en forme d'allumettes géantes.

*Le lac aux Castors, mademoiselle Hirondelle.*

L'association me trouble.

Petit Castor, c'est ainsi qu'Olivier me surnomme.

Les ombres des arbres du mont Royal s'élèvent devant nous, un dôme sombre, une montagne de deux cents mètres de haut, surmontée d'une croix de fer illuminée, une forêt au cœur de la ville, repaire des joggeurs, des rolleurs, des lugeurs pendant les longs hivers de glisse et des amoureux pendant les brefs étés.

Nous montons. Petit à petit, la ville se rétrécit. Les gratte-ciel qui nous écrasaient de leur masse ne sont plus que des cubes empilés sans ordre, entre la montagne et le Saint-Laurent. J'ai appris qu'aucun immeuble n'a le droit de dépasser la hauteur du sommet du mont Royal. Nous parvenons au premier belvédère, dominé par la silhouette d'un grand chalet aux allures de pavillon chinois, devant lequel s'avance une vaste esplanade au nom étrange, Kondiaronk.

Je pose mon sac, prends la main d'Ylian, écoute à peine ses quelques mots d'explication sur le légendaire chef huron, préférant me concentrer sur le panorama sublime. La ville, hérissée de sa trentaine de tours illuminées, aux formes et éclairages tous plus inattendus, ressemble à une armée de géants en armures scintillantes, rassemblés près du fleuve mais incapables de le traverser : du belvédère, le Saint-Laurent paraît aussi large qu'une mer.

Il est près de 2 heures du matin, nous ne sommes pourtant pas seuls. Quelques amoureux s'embrassent et se photographient. Un groupe de jeunes boit, assis sur les rambardes de l'esplanade. Les Montréalais dégustent les nuits douces jusqu'à la dernière goutte, comme on savoure les derniers fruits de l'été. Au loin, vers Mirabel, un avion atterrit. Je serre plus fort la main d'Ylian.

— Mon avion décolle ce matin. Je dois être à l'aéroport dans trois heures.

Nos visages sont noyés dans l'ombre. Nous ne parlons pas fort, mais nos voix semblent portées par le vent jusqu'au Saint-Laurent.

— Moi je reste de ce côté-ci de l'Atlantique, répond Ylian. Pour tenter ma chance. Ulysse m'a donné une ou deux adresses. J'ai aussi quelques amis dans le sud des Etats-Unis.

Tout est dit.

Ylian observe les jeunes alcoolisés à une quarantaine de mètres, lève les yeux vers la croix éclairée, surplombant le sommet le plus élevé de la forêt, puis murmure.

— On y va ?

Sans un mot, nous nous enfonçons dans le sentier forestier. *Chemin Olmsted*, lis-je sur les panneaux, de moins en moins éclairés au fur et à mesure que nous grimpons. Le panorama disparaît derrière les arbres. Personne, la nuit, ne grimpe jusqu'ici.

Enfin seuls.

L'ascension nous prend à peine dix minutes. La croix monumentale, visible de tout Montréal, paraît presque ridicule quand on se trouve à ses pieds : une tour Eiffel miniature d'à peine trente mètres de haut, érigée au centre d'une petite clairière, encerclée par des arbres qui semblent vouloir reconquérir leur territoire. Un pas sous les branches et l'on se retrouve dans les ténèbres.

Ylian fait ce pas. Avec moi.

— Je peux vous demander une faveur, Nathy ?

Son visage se tient à quelques centimètres du mien. Je devine cette faveur, je veux qu'Yl la cueille, qu'Yl la cueille comme on cueille les fleurs, sans leur demander leur permission.

— Je vais rater ma vie, Nathy. A un peu plus de trente ans, c'est au moins quelque chose que j'ai compris.

— Qu'est-ce que vous racontez ?

Ma mèche tombe devant mes yeux, le visage d'Ylian est trop proche du mien pour que je la balaye.

— Oh, ne vous faites aucun souci pour moi, Nathy. Ce n'est pas très grave. C'est au contraire terriblement banal. Je suis simplement né avec l'envie... mais pas le génie. Je ne serai jamais qu'un musicien, qui sait bien jouer, qui aime bien jouer, comme des millions d'autres musiciens dans le monde. Au mieux, si je m'accroche, la musique me fera vivre (il s'approche encore de moi, ma mèche flotte au souffle de sa bouche). On vient au monde avec tellement d'espoir, Nathy. Devenir Hemingway, McCartney, Pelé, ou même Bill Clinton, Michael Jackson. Il y a tellement de rêveurs qui naissent dans chaque coin de la planète, des milliards de rêveurs, et tellement peu d'élus…

Les couleurs de la croix changent au-dessus de nous. Encore un tour de magie ? Elles passent de blanc à pourpre. Je ne sais quoi lui répondre. Que mes rêves à moi sont tout petits ?

— Nathy, j'aimerais une fois, rien qu'une fois, ressentir ce que ressent un être d'exception.

Yl tremble.

— Comment ?

— En vous embrassant.

Je tremble. Pense-t-il vraiment ce qu'il dit ? Je n'ai que la force de plaisanter.

— Je croyais que vous n'alliez jamais me le demander !

Ylian n'a même plus cette force-là.

— Ensuite, on ne se reverra jamais. On se promet de s'oublier ! On se perd quelque part sur terre, chacun de notre côté. Le monde est assez grand pour perdre ceux qui s'aiment.

Je pose mon doigt sur sa bouche.

— Taisez-vous, Ylie. Vous savez bien que la distance n'y est pour rien. Embrassez-moi. Embrassez-moi et ensuite, oubliez-moi !

Yl m'embrasse. Je l'embrasse. Cela dure toute la nuit. Du moins ce qu'il nous en reste. Peut-être même que le soleil a hésité à se lever sur l'Atlantique, à inonder d'or la cime des sycomores, à faire briller de diamant les vitres des gratte-ciel jusqu'aux premiers reflets d'argent des rives du Saint-Laurent. Mais non, il ne s'en est pas privé !

— Je dois y aller.

Nous redescendons, main dans la main, dévalant le chemin Olmsted éclairé par le petit matin. De ma main libre, dans la poche de mon jean, je caresse la pierre de temps. Je veux croire à ce que m'a raconté la vendeuse inuite, il y a quelques heures, rue Saint-Paul, on ne peut pas arrêter un fleuve, mais on peut en retenir certaines gouttes. Je veux croire que ce moment, cette soirée, cette nuit, restera un souvenir à jamais intact. Encadré, verni, et accroché au-dessus du lit de la chambre de mes secrets. Même si la croix au-dessus de moi est redevenue une vulgaire ferraille, même si le belvédère Kondiaronk, où nous parvenons, est jonché de détritus. Je rêve d'un adieu romantique. Un dernier baiser avant de sauter dans un taxi. Pour refermer cette parenthèse magique. Nous n'avons rien fait d'autre que de nous embrasser. Nous caresser un peu aussi, j'en frissonne en me reboutonnant.

Nous n'avons pas été plus loin. Olivier n'en saura jamais rien.

Je l'aimerai mieux à mon retour. Je serai capable de l'aimer mieux. Je l'aiderai à m'aimer mieux, maintenant que j'ai goûté à cette intensité. Je veux m'en persuader. Nous atteignons le parc du Mont-Royal, dépassons le lac aux Castors, apercevons déjà la circulation sur Hill Park Circle et le chemin de la Côte-des-Neiges. Quelques joggeurs nous croisent, fuyant bus, voitures, taxis. Un de ceux que je vais arrêter dans quelques minutes. Machinalement, ma main court le long de ma veste. Mes pensées se bloquent d'un coup.

— Mon sac ! Je l'ai oublié !

Ylian se retourne vers moi.

— Vous êtes certaine ? Où ?

— Sur le mont Royal ! Au... Au belvédère Kondiaronk, je crois. Ou... Ou entre le chalet et la croix. Quelque part dans la forêt.

Sans réfléchir, nous remontons, échangeant des mots affolés. Votre avion part dans combien de temps ? Deux heures, mais je dois y être une heure avant. Et je dois repasser à l'hôtel. Il y avait quoi dedans ? Mes papiers, mon fric, tout tout tout, mon Dieu, tout ! Ne paniquez pas, on va le retrouver.

On ne le retrouve pas. On cherche, on s'énerve, enfin je m'énerve, au bord de l'hystérie, Ylian tente de me calmer, comme si tout était de sa faute, sa présence bienveillante m'apaise, un peu, mais les minutes défilent, je scrute ma montre, impossible d'attendre plus longtemps. Je repense aux jeunes sur l'esplanade hier soir, qui ont disparu au matin en ne laissant que des cadavres de whisky canadien. Et s'ils l'avaient trouvé ? Plus j'y repense et plus je suis persuadée de l'avoir laissé au belvédère Kondiaronk. Et s'ils l'avaient volé ? Peut-être juste l'argent, pas les papiers, ils pourraient avoir balancé le sac à main dans un coin, un petit sac de cuir violet, n'importe où dans la forêt.

Ylian et moi nous sommes séparés, à quelques mètres l'un de l'autre, regard fixé vers le sol, le goudron, les racines, la terre. Tant mieux, Yl ne peut pas apercevoir mes yeux dont les reflets bleus sont devenus verts de colère. Yl finit par dire :

— Allez-y.

Je lève les yeux vers lui.

— Allez-y. Je vais continuer de chercher. Je vais faire ça tout le reste de ma vie. Si je le retrouve, je vous l'envoie, promis.

Je suis déjà en retard. Je suis paniquée. Je dis seulement, avant de m'enfuir en courant :

— Je suis désolée.

❋

❋  ❋

J'arrive à l'aéroport Montréal-Mirabel quarante-cinq minutes avant le départ de l'Airbus. J'ai réussi à téléphoner à Flo pour annoncer mon retard et prévenir que je n'avais plus aucun papier d'identité. Elle a tout arrangé. Je passe les contrôles de sécurité en priorité. Dès que je la retrouve sur le tarmac, juste devant l'Airbus A340, je m'effondre en sanglots dans ses bras.

— Ce n'est rien, ma belle, assure-t-elle en me tapotant le dos. Ce n'est rien. Rien que des papiers. Ils voulaient te garder au Canada, mais après mon témoignage de moralité, ils préfèrent t'extrader.

Je souris, je murmure un « Merci », puis je laisse à nouveau exploser mes larmes.

— Qu'est-ce qu'il y a, ma belle, qu'est-ce qu'il y a ?

— Je suis tombée amoureuse ! Amoureuse d'un garçon que je ne reverrai jamais.

– 14 –

2019

— Tu me gaves, Nathy ! Fallait me prévenir si tu voulais faire un jogging sur le mont Royal, je ne serais pas venue en ballerines.

Je ne réponds pas. Je grimpe ! En silence, avec elle, jusqu'au belvédère Kondiaronk. Flo se calme un peu au fur et à mesure que le panorama se dévoile sur la skyline des gratte-ciel, jusqu'aux rives du Saint-Laurent.

— OK ma vieille, OK. C'est superbe. On va se le faire notre selfie !

Pas moi. J'attends d'être arrivée devant le chalet avant d'exploser, de balancer tout ce que j'ai ruminé pendant la montée.

— Ça commence à faire beaucoup, Flo, tu ne trouves pas ? Emmanuelle qui parle d'hirondelle, Jean-Max qui parle de *La vie est belle*, on se retrouve tous aux Foufounes Electriques, la table bancale, sans oublier tout le reste...

— Doucement, Nathy, doucement. Je ne comprends pas la moitié de ce que tu me racontes.

Elle a raison. Je me rends compte que je suis la seule à pouvoir faire ces liens. Florence n'est au courant que de quelques détails de mon histoire avec Ylian, des détails qui remontent à vingt ans. Je me revois m'effondrer dans ses bras sur le tarmac de l'aéroport Mirabel. Je prends le temps de tout lui expliquer. Elle m'écoute avec patience énumérer les coïncidences, les yeux tournés vers le Saint-Laurent et l'interminable estacade du pont Champlain.

Nous sommes entourées d'une bonne centaine de touristes, de toutes les nationalités, mais il n'est pas difficile de s'isoler sur l'immense esplanade.

Je termine. Flo me fixe avec gravité.

— C'est bon, Nathy, t'as fini ?

— Oui.

— Tu te rends compte de ce que cela signifie ?

Non, vraiment pas. Je suis larguée, Flo, je compte sur toi.

Florence prend encore le temps d'admirer le panorama. La carte postale est parfaite. La forêt du Mont-Royal, sous les derniers rayons de soleil de l'été indien, explose de mille nuances, du vert rouille au rouge vif. Une jungle en feu, un volcan en éruption d'où surgissent des colonnes de basalte hautes de deux cents mètres, les tours de la Gauchetière, de la Bourse, René-Lévesque, CIBC... Flo respire longuement, puis commence.

— Jean-Max évoque un film, *La vie est belle*, Emmanuelle une boutique, La P'tite Hirondelle, un de nous choisit ce bar, le Fouf, un autre une table au hasard dans ce bar, on se retrouve tous sur le même vol, Paris-Montréal... Ça ne peut signifier que deux choses, Nathy : soit tu es dingue, soit on s'est tous ligués pour te rendre dingue.

Je tente maladroitement de faire machine arrière.

— Ce n'est pas ça, Flo, mais...

— Si, c'est ça, ma chérie ! Si tu refuses de croire au hasard, et que tu te considères encore à peu près saine d'esprit, c'est donc que nous sommes tous des pervers qui jouent avec tes nerfs. Franchement Nathy, pourquoi on chercherait à te manipuler ?

Je ne réponds pas, même si je sais qu'elle a raison. Je continue à monter, par le chemin Olmsted, en direction de la croix de fer. Flo jette des yeux effrayés vers le sommet.

— T'es sûre que tu ne veux pas le terminer toute seule ton pèlerinage ?

— C'était ici ! Nous nous sommes séparés au bas du chemin. J'avais perdu mon sac. On le cherchait dans la forêt. Un sac violet, avec tous mes papiers. Tu te souviens de ça ?

— Oui, je me souviens, concède Flo.

Je remarque seulement maintenant que Flo est en sueur. Que cela doit faire des années qu'elle n'a pas fait autant de sport. Qu'à part la piscine de l'hôtel quand on est en escale sous les tropiques, elle n'est guère habituée aux efforts physiques. Je l'aperçois se pencher au pied d'un arbre, quelques mètres plus haut que le belvédère.

— Un sac violet comme ça ?

Elle le ramasse du bout des doigts. Mon cœur bat soudain plus fort que pendant toute la montée, comme si je l'avais gravie en courant. Je m'approche en tremblant. Flo se débarrasse du morceau de cuir violet en le fourrant dans mes mains.

Je le reconnais.

Le sac est taché, le cuir est délavé, le violet a viré mauve pâle, jusqu'à la marque devenue illisible, mais j'en reconnais la forme presque ronde, le cordon qui le ferme, la bandoulière à franges. Je l'ouvre nerveusement. Il est vide.

Flo me regarde, inquiète.

— Si tu me dis que ce truc dégueu est le sac que tu as perdu ici il y a vingt ans, je t'interne !

— Il... Il ressemble !

— Putain Nathy, comment peux-tu te souvenir d'un sac que tu as perdu il y a près de vingt ans ?

— Je n'ai pas dit que c'était lui, dis-je en haussant le ton, j'ai dit qu'il lui ressemblait.

Plus que cela pourtant, mais je n'ose lui avouer.

— A la limite, admet Flo, si on y avait retrouvé tes papiers...

Justement, fais-je dans ma tête. Justement...

Cette télépathe de Flo lit dans mes pensées.

— Ma vieille, tu te rends compte qu'on est en 2019, et que tu as perdu ce sac en 1999, que depuis, la neige est tombée sur le mont Royal, un bon mètre chaque hiver, et des trombes de pluie en automne, et que chaque jour, des brigades vertes ramassent les déchets, y a pas plus écolos que les Québécois, et le mont Royal est leur sanctuaire, alors je peux te dire que ton putain de sac, s'il était resté au pied de cet arbre en 1999, y a longtemps qu'il aurait disparu. Ce n'est pas lui, Nathy, c'est pas lui !

Je sais. Je sais, Flo, que c'est impossible.

Et pourtant, chaque détail me rappelle ce sac perdu. Il possédait une poche intérieure, où je rangeais mon portefeuille, identique à celle du sac que je tiens dans la main.

Flo capte mon regard. Elle agite sa main devant mes yeux, comme pour me réveiller.

— Ecoute-moi, ma grande. Ecoute-moi bien avant de devenir complètement zinzin. Il y a une poubelle derrière toi, et dans la poubelle, tu vois, il y a un carton de pizza qui dépasse. Eh bien si avec ton amoureux, vous en aviez acheté une pour la déguster devant le belvédère, tu aurais trouvé super bizarre de retrouver son carton d'emballage dans cette poubelle vingt ans plus tard. Et ce paquet de Marlboro qui traîne par terre ? Si vous aviez grillé une blonde tous les deux, tu serais en train de te dire que c'est celui de ton Roméo. Et ce vendeur de baudruches là-bas ? Vous ne l'avez pas fait, ça, avec ton guitariste, acheter un ballon et le laisser s'envoler dans le ciel ? Dommage, ça t'aurait fait une coïncidence de plus pour ta collection !

Le sac à main pue l'urine. Mes mains sentent la pisse. Je me sens ridicule, je le lâche et il retombe dans la boue. J'observe autour de moi, un regard panoramique qui tente de capter les milliers de détails qui s'offrent à ma vue, les vendeurs ambulants, les touristes et leurs enfants, le ciel, le fleuve, le port, la ville à l'infini, les couleurs, les parfums, les bruits. Flo a raison. Mes souvenirs tournent à l'obsession.

— On rentre à l'hôtel, Nathy. On va prendre une douche. On va passer une bonne nuit. On grimpe dans le taxi demain matin et on oublie tout ça.

*<br>* *

Je suis dans le taxi. Je n'ai pas passé une bonne nuit. Je n'ai rien oublié. J'ai repassé en boucle dans ma tête chaque mot prononcé, par Jean-Max, par Flo, par Charlotte, par Emmanuelle, par Georges-Paul, par ce passager malais dans l'avion. J'ai repensé à ce sac violet et j'ai regretté de l'avoir abandonné au belvédère Kondiaronk. J'ai hésité à me relever en pleine nuit pour remonter le chercher. Plus je le visualise et plus je me persuade que c'est celui que j'ai perdu. J'ai recalculé les probabilités que trois membres d'un même équipage soient réunis sur un même vol, sans même intégrer la présence de The Cure, et j'ai pesé et repesé les quatre explications de Flo, tout en jouant sur mon lit du bout des doigts, avec la pierre de temps.

J'ai définitivement balayé l'hypothèse du hasard.

Reste les trois autres.

Je suis folle.

Je suis envoûtée.

Je suis manipulée.

Le taxi file boulevard La Fayette en direction de Trudeau, l'aéroport qui a remplacé Mirabel depuis une quinzaine d'années. La circulation est fluide. Nous allons bientôt franchir le Saint-Laurent par le pont Jacques-Cartier et mon regard se perd vers l'île Sainte-Hélène, en direction des super-huit, toboggans et autres manèges géants du parc d'attractions de la Ronde. Flo somnole à côté de moi, en uniforme elle aussi, écouteurs dans les oreilles.

*Je suis folle.*

*Je suis envoûtée.*

*Je suis manipulée.*

Par qui ? Par tous ? Tous complices dans l'équipage ? Jean-Max, Emmanuelle, Charlotte, Georges-Paul, Flo ? Mais même s'ils l'étaient, ça n'expliquerait rien. Comment pourraient-ils être au courant de chaque détail de cette soirée avec Ylian ? De chaque secret d'une nuit clandestine. Seules deux personnes peuvent les connaître.

Ylian et moi.

Si quelqu'un cherche à me manipuler, ce ne peut être que lui !

Pont Jacques-Cartier, la circulation s'intensifie. Le taxi ralentit. Soudain, je me penche en avant, je crispe ma main sur l'épaule du chauffeur et je crie.

— Arrêtez-vous !

Le chauffeur écrase le frein. Flo se redresse, surprise.

Elle me regarde sans comprendre, je suis folle, je le lis dans ses yeux, la première hypothèse est de loin la plus logique, alors pourquoi ne pas supprimer une bonne fois pour toutes la seconde ? Envoûtée ?

Le taxi se gare en catastrophe sur la bande d'arrêt d'urgence. J'ouvre la portière, le vent me saisit, s'engouffre sous la jupe de mon uniforme, fait voler ma veste, je le défie comme

si je nageais contre le courant et je m'approche de la balus-
trade. Le Saint-Laurent s'écoule paresseusement, cinquante
mètres plus bas.

Flo n'a pas le temps de réagir, elle croit que je vais me jeter
dans le vide, j'entends son cri : « Nooooon ! » Sur le pont,
les voitures ralentissent, klaxonnent, s'étonnent, cette femme
en uniforme, en équilibre devant le vide. Je n'écoute plus
personne. J'ouvre mon sac à main et j'y fouille en aveugle. Ma
main se referme sur la pierre de temps. Je la serre dans mon
poing, une seconde, puis je prends une longue inspiration et
la jette le plus loin possible dans l'eau. Un paquebot chargé
de conteneurs passe lentement, indifférent. Des bateaux-
mouches dorment au pied de la tour blanche du quai de
l'Horloge. J'observe un instant les ronds s'éloigner du puits
éphémère où le galet a coulé, puis je remonte dans le taxi,
calmée.

Flo me sourit, elle a compris.

Il ne reste plus maintenant que deux explications.

C'est l'histoire de deux amoureux.

L'un d'eux est fou.

Ylian... Ou moi.

*
* *

J'attends. Le boulot d'hôtesse de l'air consiste à attendre,
les trois quarts du temps. En souriant.

Le brief du vol commence dans vingt minutes. Le vol part
dans une heure. Dans la salle d'embarquement du personnel,
je profite du wi-fi pour surfer. En trois clics, j'ai trouvé ce
que je cherche. Flo papote à l'autre bout de la salle avec des
stewards sexy d'American Airlines.

— Je vais téléphoner chez moi, dis-je à Emmanuelle.

La chef de cabine est concentrée sur la liste des passagers, à croire qu'elle l'apprend par cœur. Je m'éloigne en tentant de masquer mon trouble devant les collègues que je croise dans le couloir du personnel, jusqu'à atteindre un coin désert. Je m'arrête devant une porte fermée où l'on stocke des engins d'entretien. J'appuie mon dos au mur. Malgré ça, j'ai l'impression de glisser. Je force mes jambes à ne pas fléchir. Ma main à ne pas trembler. Une seule pression de l'index suffit à composer le numéro de téléphone qui vient de s'afficher sur mon écran, et à revenir vers ce passé que je devais pourtant rayer de ma vie pour toujours.

*@-TAC Prod*
*Los Angeles*

Une secrétaire me répond en anglais, je suis pressée, je ne lui laisse pas le temps de respirer.

— Je voudrais parler à Ulysse Lavallée. De la part de Nathalie. Une vieille amie. Dites-lui seulement mon prénom, je suis certaine qu'il acceptera de m'écouter.

La fille ne discute pas. A la limite, j'aurais préféré, le temps de laisser mon cœur se calmer. Je prends une longue inspiration. La voix d'Ulysse me saisit avant que j'aie expiré.

— Nathalie ? Nathalie, qu'est-ce qui se passe ?

— Je suis à Montréal. Je décolle bientôt pour Paris. Je vais devoir faire vite, Ulysse.

La voix amusée du producteur résonne dans le téléphone.

— Tu es à Montréal et tu penses à moi ? C'est gentil, ma chérie ! Tu sais que je n'ai pas remis les pieds dans cette bonne ville depuis près de trois ans ? Quand on a goûté au soleil de Californie...

Je remarque qu'Ulysse a perdu son accent québécois. Il n'en reste plus qu'une pointe, qu'on peine à distinguer dans un bouquet d'autres tonalités, belge, parisienne, américaine francisée.

— J'ai peu de temps, Ulysse. Je... je dois parler à Ylian.

Mon dos glisse de dix centimètres sur le mur. Cette fois, Ulysse s'autorise un long silence. Qu'il réponde, bordel, qu'il réponde, mes jambes ne tiendront pas le coup.

— Je ne crois pas que ce soit une bonne idée.

Tant pis. Je me laisse glisser par terre. Mon corps se recroqueville comme une araignée écrasée. Je me blottis en boule de chat, les seins sous mes genoux, le téléphone en doudou.

— Donne-moi son numéro, Ulysse. Je ne te demande rien d'autre.

Le producteur répond lentement, détachant chaque mot de celui qui suit, tel un notaire lisant un acte de vente.

— Tu connais votre contrat, Nathalie. Tu l'as signé, tu l'as signé avec lui. Aucun contact. Aucune nouvelle. Jamais.

— C'était il y a vingt ans, Ulysse.

— C'était un contrat à vie. Ylian a mis beaucoup de temps à se reconstruire. Tu l'as beaucoup fait souffrir.

— J'ai pas mal dégusté moi aussi...

— Ce n'était rien à côté de lui, tu peux me croire.

Des agents d'entretien passent dans le couloir. Deux gars qui portent des sacs-poubelle et une fille poussant un chariot à balais. Ils m'observent telle une petite chose abandonnée. J'attends qu'ils disparaissent. Une question me brûle la gorge.

— Tu as revu Ylian ? Qu'est-ce qu'il devient ? Tu peux au moins me dire ce qu'il devient !

— Il va bien. Rassure-toi, il va bien maintenant. Il vit sa petite vie. Il est vendeur si tu veux tout savoir. Le meilleur job qu'il ait pu trouver. Rayon disques. A la Fnac.

— Quelle Fnac ?

Le producteur s'autorise un petit rire.

— Non, Nathalie, non. Je t'en ai déjà trop dit.

— Tu le vois parfois ?

— On se téléphone. On s'écrit. On se retrouve quand je viens à Paris.

— Où ça à Paris ?

Ulysse retrouve une brève intonation québécoise.

— Crisse, Nathalie ! Laisse Ylian tranquille. Oublie-le comme il t'a oubliée. Reviens pas l'emmerder !

— J'ai besoin de lui parler. C'est important. Donne-moi seulement son numéro. C'est lui qui décidera s'il me parlera ou pas.

— Pourquoi, Nathalie ? Pourquoi tu fais ça ?

— C'est compliqué. Même moi je ne comprends plus rien.

J'entends Ulysse soupirer.

— Jamais j'aurais dû te laisser entrer au Métropolis ! Règle n° 1 : jamais de femmes dans les coulisses !

Il est en train de se laisser amadouer. Je n'ai pas oublié comment Ulysse fonctionne, s'il grogne, c'est qu'il est sur le point de céder.

— On parlera plus tard de tes regrets, promis. Tu me l'as dit, Ylian va mieux. Tu sais, on est devenus grands... Donne-moi son numéro, seulement son numéro, pas son adresse. Ylian a le droit de choisir s'il veut me répondre ou non.

Tout de suite, je sais que j'ai trouvé le bon argument. Une porte de sortie. Ulysse se débarrasse de moi tout en gardant bonne conscience. C'est Ylian qui décidera...

— Calvaire ! T'as de quoi noter ? 0.6.1.6.8.9.2.5.1.4.

— Merci.

— Lui fais pas mal, Nathalie, lui fais pas de mal, je t'en supplie.

— Et lui ? Tu ne t'es jamais demandé le mal qu'il m'avait fait ?

*
\* \*

Ulysse raccroche.

Immédiatement, il regrette. Il a le sentiment de s'être fait manipuler comme un gamin.

*Donne-moi son numéro, seulement son numéro, pas son adresse. Ylian a le droit de choisir s'il veut me répondre ou non.*

Sauf qu'il le réalise maintenant, Ylian ne connaît pas le numéro de Nathalie ! Quand elle l'appellera, forcément il décrochera. Il n'aura aucun choix, sinon celui de lui raccrocher au nez... Ulysse observe son téléphone portable, hésite à rappeler Nathalie. Il s'est fait avoir comme un bleu. Ylian lui avait pourtant fait promettre ! Ne jamais céder, même si Nathy le suppliait. Jamais de nouvelle d'elle. Il réfléchit un moment, puis repense.

*Ylian a le droit de choisir s'il veut me répondre ou non.*

Il a trouvé une idée, toute simple.

OK Nathy, si tu veux jouer à ça... Tu as raison, Ylian choisira.

Il mémorise le numéro de téléphone de Nathalie, fait défiler la liste de ses contacts, s'arrête sur Ylian, puis tape très vite sur son portable.

*Nathalie vient de m'appeler. Oui, ta belle hirondelle, après toutes ces années.*

*Elle m'a supplié de lui donner ton numéro. Je suis désolé, je n'ai pas réussi à refuser. Tu me connais, je n'ai jamais su lui résister.*

*Elle veut te parler. Elle m'a dit que c'était à toi de décider si tu voulais ou non rompre votre contrat. Après tout, c'est la vérité...*

*Voici le sien, 06.25.96.65.40. J'ai rétabli l'équilibre, vous êtes à armes égales...*

*Si elle t'appelle, tu sauras que c'est elle.*

*
* *

Je raccroche. Je me relève. Mes jambes sont engourdies. Je les étire, parce qu'elles vont devoir assurer, j'ai un briefing dans cinq minutes et Sœur Emmanuelle déteste les retards. Ensuite, je disposerai d'une bonne demi-heure de liberté.

Suffisante pour rompre notre pacte.

Suffisante pour taper un numéro à dix chiffres.

Suffisante pour surprendre Ylian de l'autre côté de l'Atlantique, quelque part dans Paris.

L'idée de parler à Ylian dans quelques minutes, après toutes ces années de silence, me semble totalement irréelle. Je n'ai pas d'autre choix pourtant. Je dois comprendre. Lui seul peut m'aider. Tout en marchant vers la salle de réunion, j'ouvre mon sac à main. Je règle mon téléphone portable en mode silencieux, avant de le ranger.

*Un choc.*

Un minuscule choc d'abord, mon téléphone vient de heurter un objet et refuse de se glisser dans la poche intérieure ! Pressée, énervée, j'enfonce une main aveugle, pestant contre le bordel de mon sac. Qu'est-ce qui peut bien le bloquer ? Un vieux stylo ? Un tube d'aspirine ? Une boîte à pilule ? (Le comble du truc inutile que j'aurais dû balancer depuis des années !)

*Un choc.*

Un choc intense cette fois, comme si la foudre était tombée sur l'aéroport Trudeau, terminal A, zone 3, niveau 2, escalator de droite. Celui qui me porte, alors que je me pétrifie, terrassée par une phénoménale décharge électrique.

Foudroyée.

Ma main dans mon sac vient de se refermer sur un petit caillou. Gris et lisse.

Un galet.

Une pierre de temps.

Ma pierre de temps.

Celle que je viens de jeter dans le Saint-Laurent.

## 2019

Olivier observe les objets étalés sur le fauteuil passager. Il regrette de les avoir emportés. Il s'était promis de ne pas les sortir de la chambre, de les étaler sur le lit puis de les ranger dans le tiroir, exactement comme il les avait trouvés. Il n'a pas pu résister à les garder avec lui, à les observer encore, pour comprendre. Rien ne pressait, il a le temps, des heures, Nathalie est au Canada et n'a pas encore décollé.

Il jette un coup d'œil dans la rue autour de lui, puis détaille à nouveau ce trésor d'écolier. Il a de plus en plus de mal à repousser une envie toute simple. Tout ramasser, faire trois pas, et tout balancer à la poubelle. Il y en a une sur le trottoir d'en face. Pas besoin de tri. Tout dans la même benne. Plastique, carton, papier.

Quand Nathalie reviendra du Québec, ouvrira le tiroir et ne trouvera que le vide, elle comprendra. Que pourra-t-elle dire ? Rien… Rien puisque ces objets n'existent pas ! Rien, sinon saisir que c'est fini, définitivement fini, que le passé ne peut pas revenir.

Oui, c'est la meilleure des solutions.

Mettre fin à son obsession.

Tout balayer…

C'est si simple au fond.

Olivier jette un nouveau coup d'œil, furtif, dans chaque rétro, comme s'il se sentait coupable. De quoi ? De quoi, bon Dieu, de quoi ? Il n'ose même pas se débarrasser de ce foutu bordel sur le siège ! Il serre le poing, frappe le tableau de bord du Kangoo. Il doit le faire pourtant. Tout bazarder. Chercher à comprendre quelle valeur possède chacun de ces objets, c'est à coup sûr devenir fou.

Fou de douleur.

Pourquoi des souvenirs aussi banals, un programme de cinéma, une serviette en papier, une enveloppe déchirée, sont-ils devenus de tels trésors pour sa femme ? Quel secret se cache derrière chaque objet ? Quel éclat de rire ? Quelle caresse ? Quelle promesse ?

Oui, le plus simple serait de tout brûler.

Peut-être que Nathalie ne remarquerait rien. Peut-être n'a-t-elle pas ouvert ce tiroir depuis des années. Peut-être même ne se souvient-elle pas de tous ces objets. Qu'ils n'ont plus aucune importance pour elle, qu'elle ne les conserve que par négligence, tels les vêtements usés, les assiettes ébréchées, les ampoules grillées, les piles usagées. Se débarrasser de ces trucs, c'est juste faire du ménage.

Pour sauver le sien ? Non, même pas. Son ménage n'est plus en danger, plus maintenant. Il veut s'en persuader. Pourtant, Olivier ne peut s'empêcher de laisser son cerveau tourner, tout comme sa voiture garée dont le moteur n'est pas coupé. Il repense brièvement à cette brochure de cinéma, *Cinéma sous les étoiles – septembre 1999*, dont il a appris le programme par cœur, ce dessin d'hirondelle sur cette serviette AF, puis s'attarde à nouveau sur la première ligne du mot rédigé sur une enveloppe blanche, gondolée, déchirée et recollée au scotch. C'est la même écriture que celle griffonnée sur la serviette de papier.

*C'est tout ce que j'ai pu sauver.*
*Laura est très jolie.*

*Vous aussi.*

Olivier a vidé le contenu de l'enveloppe sur le fauteuil passager, avec le reste. Des photos, des papiers d'identité, des cartes magnétiques.

Les yeux d'Olivier s'attardent surtout sur les photos. Celle de Laura d'abord, elle a tout juste six ans, une photographie d'école prise lors de son entrée au CP. Laura est déjà sérieuse et appliquée. Rien que l'idée qu'un autre ait pu poser les yeux sur la photo de sa fille, écrire son prénom sur cette enveloppe, parler d'elle avec sa femme, lui donne des envies de meurtre.

Il se calme, se tourne vers un autre cliché. Celui de Nathalie, quatre photos prises dans un Photomaton où elle grimace sur la première, tire la langue sur la seconde, louche sur la troisième et se tient enfin sérieuse sur la quatrième. Nathalie dans toute sa fantaisie ! Elle a un peu plus de trente ans sur la photo. Belle, presque autant qu'aujourd'hui. Olivier laisse couler ses larmes. Ses larmes qui ne coulent jamais devant sa femme.

Il liste rapidement le reste du contenu de l'enveloppe, des cartes diverses, du comité d'entreprise d'Air France, de fidélité de l'Intermarché, du parking de Roissy, de Sécu, d'électeur, d'identité. Un permis de conduire, un passeport. Tout appartient à Nathalie.

Evidemment Olivier a compris. Il se souvient, Nathalie avait perdu son sac à main, en revenant d'un vol de Montréal, il y a une vingtaine d'années. Montréal, déjà… Elle ne l'avait pas retrouvé, elle avait dû refaire tous ses papiers. Une galère… Nathalie était rentrée bouleversée de son vol, il se souvenait qu'à l'époque, il s'en était étonné, ça ne ressemblait pas à sa femme d'être aussi matérialiste. Au fond, il avait pensé que c'était bien fait, un mal pour un mieux, un peu de maturité qui entrait dans sa tête, que ça devait bien lui arriver un jour, elle si distraite. Il avait fait à Nathalie une morale discrète, lui avait recommandé d'être moins follette…

Idiot qu'il était.

Ces papiers, Nathalie les avait retrouvés.

Les avait cachés.

Et ne lui en avait jamais parlé.

Olivier hésite à chiffonner en boule l'enveloppe blanche. Mais non, il se surprend à aimer souffrir. A se laisser hypnotiser par cette écriture inconnue, à la relire et relire les cinq lignes.

> *C'est tout ce que j'ai pu sauver.*
> *Laura est très jolie.*
> *Vous aussi.*
> *Ne cherchez pas à me retrouver, je vous en prie.*
> *Votre guitariste raté qui poursuit son odyssée*

Etrangement, lire en boucle ces cinq phrases a fini par le calmer. La colère est passée. Pas sa froide détermination. Il doit aller au bout de sa mission.

Olivier consulte la pendule du tableau de bord. 12 h 30. Il calcule dans sa tête, il est devenu expert en décalages horaires. C'est donc le matin au Québec et l'Airbus de Nathalie décolle dans une demi-heure, pour n'atterrir que dans plus de six heures.

Il jette un dernier regard aux objets étalés sur le fauteuil passager, ce trésor interdit, maudit, qu'il a pillé, puis desserre le frein à main et tourne le volant.

Rien ne presse.

Il doit simplement être rentré à Porte-Joie avant que Nathalie y soit.

– 16 –

2019

Le brief de Sœur Emmanuelle me semble plus interminable encore que d'habitude. Les blagues de Jean-Max plus sinistres. J'écoute les consignes telle une machine, je les enregistre sans réfléchir, par réflexe professionnel. Le nombre de passagers, la durée du vol, les recommandations particulières, un couple de handicapés, un enfant qui présente des risques de crise d'épilepsie. Quelques hôtesses bavardent au fond de la pièce. Pas moi. Je me suis mise à l'écart, de Charlotte, de Georges-Paul... de Florence aussi.

Je n'ai rien dit de cette pierre de temps retrouvée dans mon sac, ce caillou qu'elle m'a vue jeter dans le Saint-Laurent, du haut du pont Jacques-Cartier. Flo me considère déjà bien assez cinglée comme ça, je devine à l'avance ses explications plus condescendantes que rassurantes.

OK Nathy, OK, cette pierre ressemble à celle que tu as balancée, plus que cela, si tu veux, elle est strictement identique, au grain près, je suis d'accord, c'est la même ! Mais des pierres de temps identiques, il y en a plein une corbeille d'osier dans ce magasin de produits canadiens authentiques. Elles ne sont pas ramassées dans la rivière au petit matin par un sorcier inuit, ma grande, elles sont produites en série dans une usine de Winnipeg ou d'Edmonton.

OK, Flo, OK, je ne suis pas si naïve. Mais qui l'a placée dans mon sac, cette seconde pierre ? Depuis quand s'y trouvait-elle ? Comment m'en souvenir, dans tout mon bordel ? Quelques minutes ? Ou quelques semaines ?

Sœur Emmanuelle nous souhaite enfin bon vol et nous laisse partir. La plupart des navigants filent fumer une cigarette ou se dégourdir les jambes avant les six heures de vol. Jean-Max s'éloigne avec Charlotte vers les boutiques de duty free. Personne n'a évoqué à nouveau la question du blâme du commandant, pas devant moi du moins, mais la rumeur ne tardera pas à circuler.

Je m'éloigne à mon tour le plus possible. Etre seule, cesser de trembler, appeler Ylian, ne plus penser, seulement composer son numéro.

Je m'arrête devant une porte d'embarquement déserte et reste debout face à la paroi de verre, à regarder les avions immobiles. Lentement, je sors mon téléphone portable, j'observe sa coque rose, l'hirondelle noire, sans parvenir à éclipser le poids du galet qui se trouve à nouveau dans mon sac. En jetant la pierre de temps dans le Saint-Laurent, c'est de la sorcellerie que je voulais me protéger. Oter au moins cette folie-là de mes pensées, ne surtout pas croire à cette légende inuite stupide, le temps qui cesserait de s'écouler dans le sens du courant, qui formerait une boucle, entre le présent fissuré et le passé qui parvient à se faufiler, par gouttelettes, dans ma tête.

Foutu ! Cette pierre est encore là. Et avec elle cette explication si simple et radicale à tout cet enchaînement stupéfiant d'événements. Il suffit de croire à sa magie !

Je colle mon front à la vitre, pour écraser mes pensées, les refroidir au moins. Aucun avion ne décolle, ni même ne bouge. Tout semble arrêté pour l'éternité. Un aéroport, comme une gare ou un port, n'est pas un lieu de départ ou d'arrivée, c'est juste une salle d'attente.

Sans reculer, sans décoller mon front de la paroi, j'approche le téléphone de mon oreille.

J'ai enregistré le numéro d'Ylian.

Mon cœur bat fort, de plus en plus fort. Le sang afflue dans mes veines, une crue que mon corps ne parvient pas à dompter. La vitre aplatit ma tête. J'ai l'impression que mes tempes vont exploser, que mon cerveau va doubler de volume.

*Appeler.*

Combien de temps faut-il pour traverser l'Atlantique ?

Combien de temps faut-il pour briser toutes ces années de silence ?

Ylian répondra-t-il ?

Raccrochera-t-il quand il entendra ma voix ?

Prononcera-t-il un mot ?

Entendrai-je au moins sa voix ?

Oserai-je lui demander de me pardonner ? De me pardonner ce crime, le plus grand crime qu'une femme ait jamais commis. Ce crime qu'il m'a suppliée de commettre.

\*
\* \*

Ylian sort de la Fnac des Ternes et laisse un peu d'avance aux clients qui quittent le magasin, puis se range pour laisser passer ceux qui entrent. Les Parisiens pressés courent de boutique en boutique pendant la pause-déjeuner. Lui prend le temps de respirer. Le piétinement des passants est presque aussi frénétique sur le trottoir de l'avenue des Ternes qu'entre les quatre étages de la monumentale Fnac, bien que son rayon disques soit moins pris d'assaut que celui des portables et des jeux vidéo.

La circulation, au carrefour avec l'avenue Niel, est tout aussi dense. Ylian observe avec étonnement les piétons jouer les toreros en dehors des passages cloutés entre les vélos, voitures, scooters, qui pourtant accélèrent tant que le feu est vert. Il choisit de traverser plus loin, à hauteur du Secret Square. La circulation y est moins intense, même si les voitures piaffent au feu rouge du croisement avec la rue Poncelet.

Alors qu'il patiente entre un abribus et un banc occupé par un sans-abri, une musique retentit, comme pour accompagner son attente.

Quelques accords de piano sortent de sa poche.

*Let It Be.*

Nathalie !!!

Ylian remercie mentalement Ulysse. Dès qu'il a reçu le texto du producteur, Ylian a enregistré le numéro et lui a associé une sonnerie.

*Let It Be.*

Quelle autre mélodie pour annoncer l'appel de Nathalie ? Puis il a relu le message. *Nathalie vient de m'appeler. Oui, ta belle hirondelle.* Il ne voulait pas le croire, il ne pouvait pas le croire. *Nathalie...* Il sourit, repense aux mots d'Ulysse. *Si elle t'appelle, tu sauras que c'est elle. C'est à toi de décider.* Qu'a-t-il à décider ? Comment pourrait-il refuser de lui parler ? Vingt ans qu'il attend cela.

Que Nathalie brise sa promesse...

Que Nathalie rompe leur contrat...


Ylian regarde tour à tour le ciel bleu, le feu rouge, le piéton lumineux qui passe au vert, alors que sa main saisit le téléphone dans sa poche. Il traverse la rue en savourant l'ultime instant avant de décrocher. Pourquoi, depuis toutes ces années, n'a-t-il pas fait le premier pas ?

Entendre entendre entendre sa voix.

Un simple bonjour suffira, un simple bonjour et tout recommencera.

Répondre.

Son index coupe la mélodie. Après l'intro piano, c'est à Nathalie de chanter.

Un crissement de pneus agace Ylian, sans qu'il lève les yeux. Il colle plus fort encore le téléphone à son oreille. Il ne veut pas rater le premier mot de la seule femme qu'il ait jamais aimée.

Ylian ne voit pas la voiture blanche accélérer.

Ylian n'esquisse aucun geste quand le pare-chocs fauche ses deux jambes.

Ylian ne prononce aucun mot quand le capot le soulève, quand l'impact tord son corps en toupie, quand ses bras battent le ciel avant de retomber désarticulés, quand ses doigts lâchent le téléphone qui s'envole à son tour et retombe comme une pierre.

Quand sa tête cogne le bitume, quand sa bouche le mord, quand sa salive se répand, souillée de sang, de bave, de larmes, de derniers souffles de vie qui s'échappent par sa poitrine choquée, ses narines écrasées, son oreille arrachée et son crâne ouvert.

— Ylian ? Ylian ?

Des passants s'attroupent tout autour.

— Ylian ? Ylian ? Tu es là ? Tu m'entends ?

La voix de Nathalie dans le téléphone n'est qu'un murmure à fleur de goudron.

Un murmure que personne n'entend dans l'affolement.

Un murmure que jamais Ylian n'entendra.

*Quand rangés tous mes strip-teases*
*Sous la pile de ses chemises*
*Quand quittée la guerre promise,*
*Pour la paix des filles soumises*
*Que restera-t-il de nous ?*

# II

**LOS ANGELES**

## 2019

Ylian n'a pas répondu.

Yl a décroché quand je l'ai appelé. Yl a entendu ma voix. Yl m'a entendue l'appeler.

Mais Yl n'a pas répondu.

Il y avait du bruit, comme s'Yl était dans la rue, comme s'Yl avait posé son téléphone quelque part, loin de lui.

J'ai attendu. Longtemps. Puis j'ai raccroché.

J'ai pensé et repensé à ces mots insensés, stupidement rimés toutes ces années.

*Yl-liane*

*Yl déserte*

*Je tue Yl*

J'ai volé toute la journée. Je suis arrivée à Roissy un peu après 19 heures. J'ai à nouveau téléphoné, dès que j'ai récupéré mes bagages, puis encore dans l'ascenseur qui descendait au parking.

Cette fois, Ylian n'a pas décroché.

J'étais si fatiguée.

Je démarre ma voiture. Je coupe le son de l'autoradio, je n'ai aucune envie de tomber sur *Let It Be*, *Boys Don't Cry* ou *La Bamba*, même si pendant le vol Montréal-Paris, aucune nouvelle coïncidence n'est venue me narguer. Aucun passager pour prononcer les mots qu'Ylian m'a laissés, aucune allusion dans les prises de parole de Jean-Max au micro de l'Airbus, de Sœur Emmanuelle, de Georges-Paul, de Flo (plutôt silencieuse depuis que j'ai joué à la lanceuse de galet sur le pont Jacques-Cartier) ou de Charlotte (plutôt délicieuse avec sa nouvelle frange coupée par le coiffeur québécois le plus branché). La nouvelle pierre de temps a-t-elle perdu son pouvoir ? Ou, si c'est celle noyée dans le Saint-Laurent, réapparue miraculeusement dans mon sac à main, ne supporte-t-elle pas les plongeons, tel un vulgaire téléphone portable ou appareil photo ? Un gadget foutu dès qu'il tombe dans l'eau ! Etrange pour une pierre censée avoir été ramassée par un sorcier dans le lit d'une rivière.

Je sors du parking.

J'en viens presque à m'amuser de cette succession d'événements étranges. Est-ce la tension nerveuse accumulée ? Le jetlag ? Le relâchement après six heures de vol ? Ou tout simplement la joie de rentrer chez moi ? Une grosse heure de route et je serai à Porte-Joie. Une très longue douche dans ma salle de bains. Même si Margot me saluera à peine : *Tiens, t'es rentrée, mam', t'as pris du pain en route ?*, même si Laura ne manquera pas de me téléphoner : *C'est toujours d'accord pour garder les jumeaux demain matin ?*, Olivier, lui, sera là.

Il aura préparé un repas, un plat léger joliment présenté, une salade, des sushis, un saumon gravlax, débouché une bouteille de vin blanc, du gewurztraminer, mon préféré, il ne me posera aucune question, il me laissera redescendre sur terre, il me laissera me coucher tôt, il s'allongera pour lire à mes côtés, il me fera l'amour si je n'ai pas sommeil, il attendra mon réveil, si je tombe comme une masse, Olivier connaît, accepte, anticipe toutes mes imprévisibilités.

Je traverse Authevernes. Je suis exténuée. Comme rarement je l'ai été en rentrant de vol. Presque sans le décider, je m'arrête sur le parking d'une station-service et une dernière fois, je tente d'appeler Ylian.

0.6.1.6.8.9.2.5.1.4.

C'est le bon numéro. Il a décroché, la première fois, sans prononcer le moindre mot.

Il n'y a plus de tonalité. Comme si le téléphone était coupé. Sans doute est-ce mieux ainsi. Du moins, je me force à le penser.

Je laisse passer un camion et je redémarre.

Oui, sans doute est-ce mieux ainsi. C'est fini. Je n'ai plus l'âge de bousculer ma vie ! J'ai mis tant d'années à trouver cet équilibre, à faire le tri entre ce à quoi j'accepte de renoncer et ce qui m'est vital, à choisir mes amis, à aimer mon mari. Oui, aimer Olivier. Me sentir bien à ses côtés, parce que chez lui c'est aussi chez moi, le détester parfois, mais toujours avoir envie de rentrer, de le retrouver. La passion, c'est avoir envie de s'enfuir avec quelqu'un, mais l'amour n'est-ce pas finir par apprécier sa prison ? Olivier s'est arrondi, Olivier s'est dégarni. Olivier est pourtant plus beau qu'avant, plus prévenant, plus élégant.

Je déboîte pour doubler le camion. Une voiture surgit de la colline juste cent mètres en face, l'adrénaline me sort en un éclair de ma torpeur. J'écrase l'accélérateur, me rabats in extremis devant le poids lourd en répondant d'un signe de main à l'appel de phares du véhicule qui freine en face.

Rentrer. Me laver. M'écrouler.

Je quitte la nationale 14 en direction de Mouflaines. Une longue descente le long des coteaux de la Seine et je suis chez moi. J'aperçois les méandres du fleuve à chaque tournant. J'aime tant ce paysage. Ces méandres qui se creusent si lentement qu'aucun être humain n'en serait jamais conscient de son vivant, ces pelouses en pentes raides tondues par des moutons équilibristes, ces falaises blanches hérissées de châteaux et de chapelles.

La côte des Deux-Amants.

C'est ainsi qu'on appelle ici les falaises de la Seine.

*Les deux amants…*

Je m'arrête soudain, devant l'église de Muids je saisis mon téléphone et j'efface le numéro d'Ylian. J'efface également l'historique des derniers appels.

*Les deux amants.*

Je ne regrette rien. Je souhaite même à chaque femme qu'elle puisse vivre un jour une telle passion. Connaître le frisson de l'évasion. Que serais-je aujourd'hui si je ne l'avais pas connu ? Frustrée ? Aigrie ? Déçue ? Qui serais-je si je n'avais pas connu cette certitude d'avoir un jour vécu ? Si je n'avais pas éprouvé, après avoir quitté Ylian, ce manque absolu. La rage du sevrage. Aujourd'hui, Ylian ne me manque plus. J'ai rangé nos souvenirs dans un tiroir que je n'ouvre plus. Mais je sais que c'est à lui que je penserai, le jour où mes yeux se fermeront. C'est Olivier, Laura et Margot qui seront à mes côtés, mais c'est à lui que je dédicacerai ma vie. On ne passe sur terre, au fond, que pour quelques instants d'euphorie.

Je ressens un immense vide. Porte-Joie. Trois kilomètres. La route me paraît interminable ce soir. Je sors du village alors qu'un panneau clignotant indique ma vitesse.

92 kilomètres-heure. Mon record !

Je veux rentrer. Je veux tout oublier. Je veux dormir.

Je sais, bien entendu, je sais pourquoi Ylian ne m'a pas répondu.

Parce que j'aurais dû l'appeler avant.

Parce que j'aurais dû rompre notre promesse.

Parce que j'aurais dû briser notre contrat. Ce contrat qu'aucune autre femme n'aurait pu accepter de signer.

*

\* \*

Je surveille les jumeaux. Ethan et Noé s'amusent avec le petit train de bois que papy Oli leur a fabriqué, sur une grande couverture étalée sur la pelouse, à quelques mètres de la Seine.

— S'ils jouent dehors, tu ne les lâches pas des yeux, maman ! a eu le toupet de recommander Laura avant de filer travailler.

Mais oui, ma chérie ! Tu sais, avant tes deux Petits Poucets, je vous ai élevées ici, ta sœur et toi, au bord de ce grand fleuve aux canards, aux hérons, aux cygnes qui mordent et au clapotis des péniches. Et il ne vous est jamais rien arrivé ! Ah, cette revanche des filles sur leur mère dès qu'elles font des petits, comme si elles voulaient faire payer à leur maman tout ce qu'elles sont convaincues d'avoir raté !

Je remonte un peu le transat sur lequel je suis installée. Hier soir, je me suis endormie à peine allongée. Je somnolais déjà dans mon bain. J'ai à peine touché aux sashimis d'Olivier. Je me suis rattrapée avec les croissants du matin qu'il m'a rapportés. Au lit. J'ai à peine touché à Olivier. Lui ne s'est pas privé. Avant que la Polo de Laura ne crisse sur les graviers et qu'elle ne largue les jumeaux, les couches, les jouets, les deux lits pliants, sans même arrêter le moteur.

Il est 11 heures et demie. Le soleil d'automne a fini par triompher de la brume matinale sur la Seine et des nuages accrochés aux sommets des falaises. J'ai enfilé une jupe et un chemisier échancré. Olivier travaille dans son atelier. Il termine une grosse commande pour un restaurateur parisien, comptoir de bar rétro et étagères Art déco. Assis sur les couvertures, les jumeaux communiquent entre eux dans une langue inconnue. Je m'ennuie un peu.

Je pianote sur mon téléphone portable tout en gardant un œil sur Ethan et Noé (rassure-toi Laura !). Je me laisse envahir par les regrets d'avoir effacé le numéro d'Ylian, puis je soupire, je ne suis plus une ado qui rêvasse devant des textos, cinquante-trois ans, ma cocotte ! Je suis des yeux le plongeon d'un martin-pêcheur, au beau milieu de la Seine. Geronimo, notre cygne, agite ses ailes, aussi agressif qu'un chat qui surprend celui du voisin en train de manger dans sa gamelle. C'est Margot qui a trouvé ce nom, Geronimo, pour le jeu de mots. Un cygne indien ! Ainsi que ceux de ses trois petits, Saturnin, Oscar et Speedy. S.O.S., trois cygneaux de détresse ! Margot est assez douée pour les mots. Margot est assez douée, en général, dès qu'il lui prend l'envie de se reconnecter au monde.

Je me force à ranger mon téléphone dans mon sac à main. Une idée me vient. Je vérifie du regard qu'Olivier ne peut pas me voir, qu'il est enfermé dans son atelier, et je sors de mon sac la pierre de temps, ce caillou étrangement passé du fond du Saint-Laurent au fond de mon sac. Je la soupèse dans le creux de ma paume droite, puis tout en m'approchant des berges du fleuve, de ma main gauche, je ramasse un galet de la Seine. Plus gros, plus blanc, moins rond que la pierre de temps.

L'idée m'est venue comme une évidence. Echanger les deux cailloux ! La pierre de temps grise restera ici, chez moi, au bout de mon jardin, posée parmi les galets blancs au pied du petit muret de briques qui borde le fleuve. Et ce galet immaculé de mon jardin m'accompagnera. Partout, dans mon sac à main. Tel un mini-boulet de prisonnier, facile à transporter.

*
* *

— Ça va, mon petit castor ?

Une heure plus tard, Olivier est enfin sorti de son atelier.

— Un apéritif, ajoute-t-il, ça te dit ?

Quelques minutes de préparation improvisée et nous partageons un pommeau glacé sur la terrasse, alors qu'Ethan et Noé quémandent des biscuits à mamy et papy. Autant que vous voulez, mes chéris ! Aucun de vous deux ne le répétera à maman ! J'adore qu'ils inventent un langage secret pour partager des cachotteries.

Olivier me bombarde de questions. Plus encore que d'habitude. Alors, Montréal ? Il y a longtemps que tu n'y étais pas retournée… On y parle toujours français ? Tu as croisé des écureuils ? Des bûcherons ? Le beau Trudeau ? J'ai à peine le temps de sourire qu'il enchaîne avec une autre interrogation.

— Cette fois-ci, tu n'as pas perdu tes papiers ?

Il n'ajoute rien. Je suis surprise qu'il se souvienne avec tant de précision de ce sac oublié il y a vingt ans.

— Non…

Je n'ajoute rien. S'il te plaît n'insiste pas, Oli. C'est pour toi, seulement pour toi, que j'essaie de tout effacer. Olivier éloigne d'Ethan et Noé le sachet de biscuits.

— Tu voyageais avec des navigants que je connais ?

Je m'accroche à cette bouée.

— Jean-Max Ballain, tu sais, le pilote dragueur. Il paraît qu'il a des ennuis. J'étais avec Florence aussi.

Olivier hoche la tête. Il sait qui est Flo. Il l'a vue quatre ou cinq fois. Elle venait parfois dormir à la maison, avant qu'elle se marie.

— C'est rare, non ? Voyager avec deux personnes que tu connais.

— Ça arrive...

Ethan et Noé m'observent avec leur regard de petits chiens bien nourris, mais qui mendient d'instinct auprès du plus gentil. Je leur accorde à chacun trois Curly.

— Et toi Oli, tu as fait quoi pendant que je n'étais pas là ?

Il a l'air surpris, comme si j'avais renvoyé la balle trop vite.

— Rien... Rien de particulier. J'ai bossé. Heu... Hier, j'étais à Paris... Avenue de Wagram. Pour le resto...

— Toi qui détestes les grandes villes.

Il ne répond rien. Nous restons un long moment sans parler, à regarder la Seine couler. A observer les oiseaux qui survolent la réserve de la Grande Noé. Des cormorans, des mouettes, des avocettes, des sternes. Ethan et Noé sont repartis jouer, ils ratent le héron. Olivier le regarde disparaître au bout du méandre, puis finit par se lever.

— J'y retourne. Tu m'appelles pour le déjeuner ?

Je suis son regard, je le vois glisser sur ma peau dénudée, s'arrêter un instant sur mon épaule tatouée, observer mon hirondelle comme si elle pouvait s'envoler.

Et moi rester ?

Comme gêné, son regard se perd vers notre maison de bois, le verger, les haies taillées, les berges du fleuve désherbées, l'atelier.

Avant de retourner s'y enfermer, il se penche et m'offre un baiser.

— Tu m'as manqué, petit castor.

*
* *

Les jumeaux sont partis. Laura est passée les chercher en coup de vent. Elle travaille le soir même à Bichat, de garde toute la nuit. Elle aussi a des horaires pourris, presque autant que ceux de sa mère, sauf que son univers se limite aux couloirs blancs d'une fourmilière.

— J'ai vu sur ton planning que tu avais un repos de plusieurs jours entre Los Angeles et Jakarta, a tout de même pris le temps de glisser Laura avant de s'en aller.

J'ai cru qu'elle voulait me coller Ethan et Noé en pension complète.

— Alors tu ne fais aucun plan pendant quelques jours ! Promis ?

Je n'ai rien promis.

— Surtout que Jakarta après, c'est pas gagné.

Je l'ai regardée, surprise.

— Tu ne suis pas les actualités, maman ? Le tsunami ? Le volcan sous-marin qui s'est réveillé dans l'océan Indien. Les vagues hautes de cinq mètres, les maisons balayées à Sumatra, à Java… Les milliers de gens sans abri… Et ils attendent encore des répliques dans les jours qui viennent.

J'ignorais. J'ai dû avoir l'air stupide. Instinctivement, j'ai cherché des yeux mon sac à main. Le vol Paris-Jakarta annulé ? Comme si une boucle du temps s'était refermée. L'effet immédiat d'avoir remplacé la pierre de temps par un caillou de mon jardin ?

— A dimanche prochain, maman !

— Dimanche prochain ?

— Ben oui, dimanche prochain, pour ton anniversaire !

*
* *

Le reste de la journée court aussi doucement que coule la Seine. Mon avion décolle à 20 heures. Nous laissons traîner le repas en terrasse jusqu'au milieu de l'après-midi. Les heures avant mon départ sont toujours pénibles, chaque silence semble dissimuler un nouveau reproche. Bien que cette fois, Olivier ne fasse aucune allusion pour me retenir. Margot se lève après les douze coups de midi, nous rejoint au dessert, à peine habillée, pour dévorer un yaourt et des céréales, puis file sous la douche.

Je monte chercher ma valise, au dernier moment comme toujours, je déteste l'exposer dans le couloir de l'entrée, Olivier m'aide à la charger dans le coffre de la Honda Jazz. Je suis un peu en avance, je préfère me méfier des retours de week-end. Je manœuvre déjà ma voiture dans la cour, quand Margot surgit, cheveux mouillés, pieds nus sur les graviers, juste un peignoir enfilé. Elle fait de grands signes pour que je m'arrête, je m'étonne et me doute que ce n'est pas parce qu'elle a oublié de m'embrasser.

Je baisse la vitre de ma portière.

— Maman… Tu vas à l'aéroport ? Tu ne peux pas prendre plutôt le Kangoo de papa et nous laisser la Honda ?

— Quoi ?

— Maman ! (Margot lève les yeux au ciel comme si j'étais une extraterrestre à qui il fallait tout expliquer.) Maman, tu sais bien que je commence la conduite accompagnée… Et je vais pas la faire au volant de la camionnette de papa !

— Je reviens mardi. Ça peut attendre deux jours, non ?

— Maman ! (Margot baisse les yeux, comme si le ciel venait de lui tomber sur la tête.) Maman, je dois rouler mille kilomètres avant d'avoir mon permis, et depuis la rentrée, j'en ai pas fait cent… Parce que tu es toujours partie, maman, avec ta voiture qui ne sert à rien garée sur le parking de Roissy. A ce rythme-là, j'aurai ma voiture à vingt ans !

Vingt ans ! Rien que ça ?

Margot est si différente de Laura !

Si différente de son papa également. Aussi lunaire que son papa est terre à terre, aussi capricieuse qu'il est silencieux, aussi têtue qu'il est conciliant. Ils sont pourtant devenus terriblement complices tous les deux. Quand ils se retrouvent seuls, je les soupçonne de comploter dans mon dos. Olivier lui pardonne tout. Sans doute parce qu'il sait que contrairement à Laura, Margot n'a qu'une envie. S'envoler !

Je regarde ma fille droit dans les yeux.

— Vingt ans ? Tu sais à quel âge j'ai eu mon permis ? Et ma première voiture ? La liberté a un prix, ma chérie ! Et pour cela il faut bosser un peu, au lycée... Et l'été...

Désolée, ma chérie, je n'ai pas pu m'en empêcher ! Margot a passé juillet et août à glander avec sa bande de copines toutes aussi désœuvrées. Je sais que je dois partir, mais tant pis, je ne vais pas lâcher et Margot ne lâche pas non plus.

La dispute s'enlise, je déteste les mots qu'elle me force à employer, travail, obéissance, patience, raison, frustration. Je déteste me sentir aussi vieille. Et Olivier-le-planqué qui ne dit rien à côté ! Margot laisse passer l'orage, un tour gratuit sous la pluie, pour revenir à la case départ.

— OK maman, OK. Alors, tu nous la laisses la Jazz ?

Je me retiens d'être grossière. Elle me désespère ! Je dois partir ! Je tente un dernier argument.

— Non ! Et de toutes les façons, papa a besoin de sa camionnette pour son travail.

Mauvaise idée ! Margot me prend au mot, se tourne vers son père, et je suis persuadée qu'il va accepter, dire qu'il n'a pas besoin du fourgon pendant les jours qui viennent, qu'il peut travailler la nuit dans l'atelier et aligner les bornes en journée, avec Margot, en conduite accompagnée, la copiloter au lycée, au ciné...

— Ta maman a raison, répond calmement Olivier, à mon grand étonnement. J'ai besoin de ce fourgon pour des livraisons. Tu attendras que maman revienne pour conduire.

Margot se fige, trahie. Puis dissimule son visage derrière ses cheveux mouillés pour pleurer. Olivier m'embrasse alors que je reste plantée, surprise qu'il ait pu tenir tête à son ado chérie. Je réagis enfin, je file. J'ai perdu plus d'une demi-heure à parlementer.

\*

\* \*

Je roule vers Roissy, pestant contre les limitations de vitesse sur la nationale qui empêchent de rattraper le moindre retard, bien que le trafic soit plus fluide que je ne l'avais anticipé. Direction L.A. ! Mes pensées ne peuvent se détacher de ces mêmes jours, il y a près de vingt ans, entre mon retour de Montréal et mon départ pour Los Angeles, de cette même route, de ces larmes qui coulaient, intarissables.

Paris-Porte-Joie – Porte-Joie-Paris.

Vingt ans...

Tout un symbole ! Le temps qu'a attendu Pénélope avant de retrouver son amour disparu. Je me force à sourire.

Vingt ans à se convertir à la tapisserie... ou la menuiserie...

Mon téléphone accroché au tableau de bord sonne alors que j'arrive à la sortie de Gonesse, à moins de trois kilomètres de Roissy, si près que les avions semblent traverser les champs. Je vérifie à l'horloge que je ne suis pas en retard, que ce n'est pas Air France qui s'inquiète.

Numéro inconnu.

Tout en décrochant, j'essaie de remonter le temps à toute vitesse, d'abandonner dans un coin de ma tête la Nathalie désespérée de 1999, sur cette route, sur ce même vol, et de revenir à ce téléphone qui s'impatiente, aujourd'hui.

— Nathalie ?

— Oui ?

— Nathalie, c'est Ulysse. J'ai une mauvaise, une très mauvaise nouvelle à t'annoncer.

– 18 –

1999

Pendant tout le trajet, je ne cesse de pleurer.
Montréal-Paris.
Des litres de larmes.
Des mètres carrés de mouchoirs en papier.
Des litres de champagne aussi, que Flo m'apporte
de la classe business.
— Pleure ma belle, pleure.
*Je ne le reverrai jamais...*
— Tu ne l'as croisé que quelques heures, vous
vous êtes juste embrassés.
*Je ne reverrai jamais Ylian.*
— Tu as échappé au pire, ma belle, au tremble-
ment de terre. Crois-moi, tu t'es sauvée à temps. Ça
sera dur quelques jours puis ce ne sera plus qu'un
joli souvenir, pour toujours.
*Comment imaginer ne plus jamais revivre des ins-
tants qui me bouleversent autant ?*
— Et puis arrête de faire ta Bridget. Y a pire que
toi question désert affectif ! Gepetto et ta petite princesse t'attendent à la maison.
Flo a raison. Je suis rentrée à Porte-Joie avec
une unique obsession. *Ylian...* Puis Laura, dont

l'otite s'était miraculeusement soignée, a sauté sur mes genoux, a agité la boule de neige pailletée sur le Château Frontenac avec des yeux où plus d'étoiles encore pleuvaient, m'a demandé si j'avais vu des ours et des pingouins, si j'avais voyagé en traîneau tiré par des chiens, puis m'a suppliée de l'emmener avec elle, la prochaine fois, papa lui avait expliqué que j'allais dans la ville du cinéma, celle où vivent Minnie, Anastasia, Mulan et Pocahontas.

Puis Olivier m'a prise dans ses bras parce qu'il avait remarqué que ça n'allait pas.

— J'ai perdu mes papiers, Olivier, tous mes papiers.

— Ce n'est rien. Ce n'est rien, mon petit castor. Rien que du papier.

Olivier est plus fort que ça. Olivier est en bois.

❊

❊  ❊

Je reste en repos six jours à Porte-Joie avant de repartir pour mon vol suivant, à Los Angeles. Olivier m'a beaucoup parlé. Olivier m'a trouvée fatiguée, Olivier m'a suggéré de demander un mi-temps, Olivier m'a proposé de faire un second enfant. Olivier m'a avoué qu'il était inquiet de me voir repartir, je l'ai rassuré, tout va bien, Oli, tout va mieux, grâce à toi, ça passera.

Je ne mens pas.

Ça passera, même si quand je me confie à Olivier, quand je me donne à Olivier, je pense à un autre. Un autre homme disparu quelque part sur la planète.

Sans me laisser aucune trace, aucune adresse.

Rien qui me permette de me précipiter vers lui.

Alors qu'une idée folle hante mes pensées. Je ne suis devenue hôtesse que pour cette mission. Le retrouver, où qu'il soit sur terre.

❁

❁  ❁

— Nathalie ?

J'ai pleuré tout le trajet de Porte-Joie à Roissy. J'avais retenu mes larmes pendant six jours. Une écluse, recluse, qui enfin s'ouvre pour les laisser couler. N'importe quelle copine me certifierait que je couve une solide dépression. Heureusement, je ne connais ni de près ni de loin aucun des navigants avec qui je vole pour Los Angeles. Florence part pour Shanghai, Jean-Max pour Rio.

— Nathalie ? insiste Gladys la chef de cabine, une fille plutôt distinguée, du style à accepter de naviguer même gratuitement pour voir du pays, parce qu'elle s'ennuie et que son mari est chirurgien, architecte ou avocat. Nathalie, il y a une enveloppe pour toi, au guichet d'Air France.

*Une enveloppe ?*

Je m'y rends en sprintant. Une lettre ? Jamais les navigants ne reçoivent de courrier ! On me fait confirmer mon identité puis on me remet une enveloppe blanche. Je la déchire plus que la décachette tant je suis excitée. J'ai déjà deviné !

L'enveloppe contient tous mes papiers. Ceux perdus avec mon sac à main. Ma carte d'identité, d'électeur, mon permis, mes attestations d'assurance, des photographies aussi, Laura pour son entrée en CP, moi faisant la con dans un Photomaton. Il ne manque que le sac, l'argent, le chéquier et la carte de crédit sur lesquels j'ai déjà fait opposition. Je comprends. Quelqu'un a trouvé mon sac, peut-être les jeunes qui buvaient au belvédère Kondiaronk. Ils ont balancé tout ce qui n'avait aucune valeur et conservé le reste.

Classique !

Puis je repense aux derniers mots d'Ylian, sous les arbres du mont Royal.

*Allez-y, je vais continuer de chercher.*

Fébrilement, je défroisse l'enveloppe que j'ai roulée en boule et je reconstitue le puzzle des lambeaux de papier pour pouvoir lire les mots inscrits au verso, que dans ma hâte je n'ai pas remarqués.

*C'est tout ce que j'ai pu sauver.*
*Laura est très jolie.*
*Vous aussi.*
*Ne cherchez pas à me retrouver, je vous en prie.*
*Votre guitariste raté qui poursuit son odyssée*

Mes larmes explosent à nouveau, je trempe l'enveloppe après l'avoir dépecée. Ylian a continué de chercher ! Yl a retrouvé mes papiers, sans doute éparpillés quelque part dans la forêt. Yl les a rassemblés, puis, connaissant mon prénom, ma profession, la compagnie et le numéro du vol où Yl m'a rencontrée, a adressé le tout à Air France. Avec discrétion, tel un donateur généreux qui souhaite rester anonyme et se retire sur la pointe des pieds.

*Ne cherchez pas à me retrouver, je vous en prie.*
*Votre guitariste raté qui poursuit son odyssée*

Rien que pour cette élégance, j'ai plus envie encore de lui courir après. Moi qui ne connais de lui qu'un prénom, une passion qui n'est même pas une profession, et une direction... le sud de l'Amérique. Je suis consciente que même si le hasard me conduit dans sa direction, je n'ai aucune chance de le croiser en Californie, un Etat aussi vaste que l'Angleterre où vivent presque 40 millions d'habitants.

❀<br>❀ ❀

L'avion vole au-dessus de l'Atlantique. Je m'enferme dans mes pensées. Je repasse en boucle le seul message qu'Ylian m'a laissé.

*Ne cherchez pas à me retrouver, je vous en prie.*
*Votre guitariste raté qui poursuit son odyssée*

Aucun indice, aucune indication ! Ylian avait été clair, rien qu'un baiser, rien qu'un souvenir. Vous êtes mariée, maman, je ne veux pas souffrir, je ne veux pas vous faire souffrir.
Il préfère fuir.
Je n'ai qu'un désir.
Le retrouver.

Les douze heures de vol n'arrangent rien. Pas de Jean-Max aux commandes pour prendre l'accent québécois et faire rire les passagers, aucune Flo pour me saouler. Seule Gladys, la chef de cabine, vient me faire la conversation, et dresser la liste de tout ce qu'elle va adooooorer à L.A. Monter à l'observatoire, tu situes ? *La Fureur de vivre*, le film avec James Dean et Natalie Wood ! Jésus, j'adorerais visiter Santa Catalina, l'île où elle s'est noyée, au large de la baie d'Avalon, une merveille, tu situes ? on y a tourné *Les Révoltés du Bounty*, on y trouve encore des bisons sauvages, tu te rends compte, des bisons sauvages ? Un passager qui fait du golf là-bas m'a expliqué qu'on y protège aussi les derniers Tongvas, tu situes ? les premiers Indiens de Californie.

Je l'écoute… sans l'écouter.

Je regarde seulement sa bouche bouger. Gladys me fait penser à ces filles qui veulent plaire et ne sont pas assez jolies. Alors elles en font trop, trop de bijoux brillants, trop de vêtements moulants, elles croient se rendre plus séduisantes alors que ça ne les rend que plus vulgaires. Gladys est ainsi. Elle veut être intéressante sans être assez intelligente. Alors elle en fait trop, trop de films qu'elle a adorés, trop d'expos qu'elle a visitées, trop de causes qu'elle a épousées. Elle croit se rendre passionnante, ça la rend juste suprêmement chiante.

Ce genre de filles cherchent d'instinct des collègues polies qui ne vont pas les contredire. Je suis la proie idéale et finalement, ça me va plutôt bien qu'elle fasse la conversation seule, ne me demandant qu'une relance de temps en temps. Me laissant libre de faire tourner en boucle deux phrases le reste du temps.

*Ne cherchez pas à me retrouver, je vous en prie.*
*Votre guitariste raté qui poursuit son odyssée*

Gladys aborde le chapitre musique californienne, me raconte qu'elle en a soupé des chanteurs peroxydés qui hennissent dans leur Mustang le long du Pacifique, tu situes ? genre Beach Boys trente ans après, mais elle vénère des groupes locaux dont je n'ai jamais entendu parler, Faith No More, Deftones, Rage Against the Machine, Queens of the Stone Age.

*Votre guitariste raté qui poursuit son odyssée*

Les noms de groupes que Gladys m'énumère explosent soudain dans ma tête, comme des
ballons de baudruche qu'on dégomme un par un à
la foire.

On survole le Grand Canyon, on atterrit dans
moins d'une heure, et je viens enfin de comprendre.

Evidemment !

Ylian m'a laissé un indice, un minuscule indice mais
un indice tout de même. Ses paroles prononcées sous
la croix de fer du mont Royal me reviennent.

*Je reste de ce côté-ci de l'Atlantique. Pour tenter
ma chance. Ulysse m'a donné une ou deux adresses.*

*Odyssée*, c'est l'indice !

A associer à *Ulysse* !

Ulysse Lavallée, le producteur qui possède un
bureau à Los Angeles. Ulysse l'a sans doute engagé
pour un ou deux petits contrats. Ulysse Lavallée ne
doit pas être difficile à retrouver… et il sait où Ylian
travaille !

## 19

2019

Je me gare en catastrophe.

— Attends, Ulysse. Attends !

Ma Honda Jazz saute quelques mètres sur le bas-côté devant un haut grillage qui doit appartenir à l'aéroport de Roissy, avant de s'immobiliser.

— C'est Ylian, explique Ulysse en s'attardant sur chaque mot. Il m'a appelé… Enfin on m'a appelé, il y a quelques heures… Et…

Il n'arrive pas à terminer. Je maudis le téléphone, je maudis de ne pas être face à lui, je maudis de ne pas pouvoir planter mes yeux dans les siens, de ne pas voir sa bouche lâcher ces mots dont je devine déjà qu'ils me faucheront comme autant de balles.

— Ylian, parvient enfin à articuler Ulysse. Ylian a été victime d'un accident.

Ma nuque tombe en arrière sur l'appui-tête. Mes bras pèsent soudain une tonne. Un camion me dépasse sur la nationale, pleins gaz, secouant la Jazz. Je crie.

— Où ? Quand ?

— Hier. En début d'après-midi. Avenue des Ternes. Près de la Fnac où il travaillait… Une voiture l'a renversé.

— Il… va… comment ?

— ...

— Ne me dis pas qu'il...

Je repense à la plus grande crainte de toutes ces années de silence : s'il arrive quelque chose à Ylian, s'Yl meurt, personne ne me préviendra. Yl disparaîtra sans même que je le sache, sans même que je le pleure. Quand on enterre un être, combien d'amours secrètes enterre-t-on avec ? Combien de passions jamais avouées, happées par le néant, disparaissent comme si elles n'avaient jamais existé ? Ulysse s'exprime toujours aussi lentement. Parler semble suffire à l'essouffler.

— Il... Il est toujours vivant, Nathalie. Il respire. Il est conscient. Mais... Il a le poumon perforé. La cage thoracique... écrasée. Les plèvres sont touchées. Les lobes moyens et inférieurs aussi. Ils redoutent l'hémorragie. J'ai eu les médecins du service d'urgence de l'hôpital Bichat. Ils... Ils sont pessimistes... Ils hésitent à l'opérer. Ils attendent... Ils... (Ulysse a du mal à finir sa phrase, hésite, puis vide d'un coup les dernières balles de son barillet.) Nathalie, je crois que ce serait bien d'y aller.

Un nouveau camion me rase, j'ai l'impression que la Jazz va s'envoler.

*Bichat.*

Je consulte l'horloge du tableau de bord. L'hôpital n'est pas très éloigné de Roissy, à peine une demi-heure de route, mais impossible de faire l'aller-retour sans rater mon avion. Si j'avais été au courant avant, si Margot ne m'avait pas retardée avant de partir, si, si...

— Je... je ne peux pas, Ulysse... Je décolle dans une heure. J'irai... J'irai à mon retour... Dans trois jours...

Je n'arrive pas à croire que je prononce ces mots.

— S'il est encore vivant, Nathalie.

Je cherche dans ma tête une solution. Un prétexte quelconque pour ne pas monter dans l'avion. Une façon de prendre des nouvelles d'Ylian, de lui en apporter. J'entrevois une possibilité, une seule, risquée, compliquée...

— Il y a autre chose, Nathalie... Mais... Mais c'est difficile de t'en parler ainsi au téléphone.

— Vas-y !

— Tu n'as pas le temps, tu es pressée.

— Vas-y, je te dis !

— J'ai eu Ylian au téléphone. Ce matin. Il a pu prononcer quelques mots. Il m'a dit quelque chose dont je dois te parler... On doit prendre le temps d'en discuter, Nathalie. Prends ton avion. Une fois arrivée, tu rejoins ton hôtel et tu me rappelles.

— Tu es à Los Angeles ?

— Oui.

— Alors pas besoin de t'appeler. Je viens te voir. Je m'envole pour L.A. !

— Tu te fous de ma gueule ?

— Non, Ulysse. Non.

Ulysse semble soudain méfiant. Quelque chose le gêne dans l'enchaînement des événements.

— C'est un peu gros, tu ne trouves pas, Nathalie ? On ne s'est pas parlé depuis 1999 et tu m'appelles avant-hier de Montréal. Je te confie le numéro d'Ylian et il se fait renverser. Je te rappelle et tu es justement en route pour L.A.

— Oui, c'est un peu dur à avaler, je sais...

Mais je commence à m'y habituer. Comme si tout ce qui arrive suivait une implacable logique. Comme si tout avait été écrit.

— Ulysse, pourquoi veux-tu me voir ?

— Tu connais mon adresse, Nathalie. Elle n'a pas changé.

— Dis-moi au moins de quoi tu veux me parler. Qu'est-ce qu'Ylian t'a dit ?

— Le type qui l'a renversé. Avenue des Ternes. Il ne s'est pas arrêté.

\*
\* \*

— Laura ?

Je colle le téléphone à mon oreille tout en manœuvrant dans le parking de Roissy, tout en me garant, tout en sortant d'une main ma valise du coffre.

Réponds, Laura ! Réponds !

Je claque le coffre. Je verrouille la Jazz.

— Maman ?

J'entends le souffle de Laura. Elle me répond un peu paniquée. Elle se doute que ça doit être important pour que je l'appelle sur son portable alors qu'elle est de garde.

— J'ai besoin que tu me rendes un service, Laura. J'ai... J'ai un ami qui vient d'être hospitalisé à Bichat. Aux urgences. Un accident dans la rue. Hier. Tu peux... Tu peux te renseigner ?

— Evidemment. Je le connais ?

Je bloque ma valise au milieu du parking. Impossible de continuer à faire deux choses à la fois. Je tremble. Jamais je n'aurais cru devoir mêler ma fille à tout ça.

— Non... Non... C'est un vieil ami... (Laura peut-elle tout deviner, rien qu'au son de ma voix ?) Un ami... qui a beaucoup compté (Laura peut-elle tout deviner à cause d'un seul mot de trop ?). Dis-lui. Dis-lui que je pense beaucoup à lui.

— T'en fais pas, maman. On va le dorloter. J'ai passé deux ans aux urgences, je connais tout le monde dans le service, on va traiter ton ami comme un VIP. Il s'appelle comment ?

— Je... Je ne connais que son prénom.

\*
\* \*

J'ai sprinté, traînant ma valise, dès que Laura a raccroché. Elle a mis beaucoup de temps, elle a marqué un long silence après que j'ai prononcé le prénom d'Ylian, comme si... comme si elle savait qui il était.

Je deviens cinglée !

J'interprète les événements d'abord, puis les mots ensuite... Et j'en viens même à interpréter les silences. Les silences de ma propre fille ! A qui je demande de veiller sur mon amant.

Vol AF208 pour L.A.

Derrière la vitre de la porte d'embarquement, je suis du regard des hôtesses d'Emirates qui sortent d'une navette, cintrées dans leur uniforme presque aussi clair qu'une blouse d'infirmière. J'ai envie de m'enfuir, de reprendre ma Jazz, de rouler vers Bichat. J'éprouve un tel dégoût de m'envoler alors qu'Ylian lutte sur un lit d'hôpital...

— Nathy !

Je me retourne.

C'est Flo !

Elle s'avance vers moi, tout sourire. Je ne suis même pas surprise de sa présence. Toute cohérence, toute probabilité a depuis longtemps explosé. A la limite, ce serait voler sans connaître aucun des navigants qui me surprendrait.

Je me force à répondre au sourire de Florence. Je me force à penser que je n'ai pas revu Ylian depuis près de vingt ans, qu'Yl est devenu un étranger, qu'Yl a compté, tant, mais ne compte plus, tellement, que repenser à lui ces derniers jours devait relever d'une sorte de prémonition, qu'au cours de ces dernières années, je m'étais efforcée de l'oublier. Et j'y étais presque parvenue. Si ce n'est...

— Nathy, ça va ?

Flo m'entraîne à part. Nous fendons la file des passagers qui commence à se former. Je n'en peux déjà plus de ce tourbillon.

— On vole avec Charlotte, m'annonce-t-elle. Et devine qui pilote ?

Je réponds machinalement.

— Jean-Max ?

Flo a l'air déçue.

— Exact. Et ça te surprend pas ?

Oui, non, je ne sais plus, Florence...

Elle me liste les noms des autres navigants, Georges-Paul, Sœur Emmanuelle ne seront pas de la partie, puis elle m'entraîne un peu plus loin, vers la boutique quasi déserte de parfumerie duty free, et entoure mon épaule sur un ton de confidence.

— J'ai enquêté !

Ça n'arrête donc jamais !

— Enquêté sur quoi, Flo ?

— Sur toutes tes interrogations, tes coïncidences. Tu sais, tes calculs de probabilités sur ton planning, tes chances d'enchaîner dans l'ordre Montréal, L.A. et Jakarta, de te retrouver avec moi et Jean-Max à chaque fois, pile comme il y a vingt ans...

— Jean-Max et toi n'étiez pas dans l'avion pour Los Angeles il y a vingt ans.

— Exact, mais ça ne change rien à mes conclusions.

— Qui sont ?

— C'est Jean-Max qui a tout organisé !

Je manque de m'effondrer sur le top model en carton qui vante le nouveau parfum de Lancôme. Je m'excuse platement auprès de Julia Roberts.

— T'es certaine ?

— Certaine. Les gars du planning m'ont avoué qu'il a fait pression sur eux pour qu'on voyage tous les quatre ensemble, Charlotte, toi, moi et lui.

— Pourquoi ?

— Ça, les gars du planning n'en savent rien... Mais apparemment, Jean-Max est habitué à leur faire de tels coups. Choisir son équipage. Et comme il a de l'influence...

— Il *avait* de l'influence... Tu te souviens des révélations de Sœur Emmanuelle ? Un blâme lui pend au nez ! A quelques mois de la retraite... Peut-être qu'on est ses hôtesses préférées, et qu'avec nous, il veut finir en beauté !

Flo grimace.

Moi pas. Pour la première fois depuis mon départ de Montréal, un pan de mon ciel vient de s'éclairer. L'une des plus étranges coïncidences s'explique, même si je n'en connais pas encore les raisons. Notre vol est annoncé, je me retourne trop brusquement et bouscule une nouvelle fois Julia. Elle ne m'en veut pas, tout sourire de papier glacé. Je remarque seulement alors le nom de la fragrance auquel son charme intemporel est associé.

*La vie est belle.*

*       *
*   *

Le vol est étrangement reposant. Agir mécaniquement comme je le fais depuis des années m'aide à éviter de penser. Aucune nouvelle coïncidence ne vient me foudroyer. Souvent, c'est presque devenu un toc, j'ouvre mon sac à main et j'en retire le galet blanc ramassé au bord de la Seine. Je le soupèse un instant avant de le ranger, imaginant que ce caillou de mon jardin me protège ! La pierre de temps est restée à Porte-Joie, comme pendant toutes ces années, dans un tiroir, et désormais posée au bord de la Seine, au pied du mur de brique devant la berge. Plus j'y réfléchis et plus j'échafaude une explication rationnelle : celle qui m'a poussée à appeler Ulysse, puis Ylian, avant de décoller de

166

Montréal, à l'heure où un chauffard le renversait. Seul Ylian a pu organiser cette série de coïncidences ! Du moins toutes celles qui ne concernent pas directement Air France.

Depuis hier, Ylian est hospitalisé.

Et les coïncidences ont cessé.

L'Airbus survole l'Atlantique, silencieux et sombre à l'exception de quelques rares écrans allumés. Le personnel navigant s'est regroupé à l'arrière de l'avion. Un essaim de guêpes agitées autour des plateaux-repas vides. Je m'approche et comprends l'objet de la discussion. Le légendaire commandant Ballain ! Tout le monde à Air France ne parle que de la rumeur de blâme.

Habilement, je parviens à convaincre mes collègues, dont Flo, de ne pas parler devant Charlotte. Dès que la stagiaire part s'occuper du siège d'un bébé qui ne semble pas assez amarré, les langues se délient. Patricia, une vieille amie de Sœur Emmanuelle, lâche le morceau. Patricia est aussi garce qu'Emmanuelle est intègre, mais je me demande au final qui est la plus dangereuse des deux.

— Emmanuelle a surpris Jean-Max Ballain en train de baiser !

Les guêpes bourdonnent aussitôt.

Où ?

Avec qui ?

Quand ?

Une fille !

Je me doute !

Où ?

Dans le cockpit !

Une fille dans le cockpit ? Non !!!

Une passagère ou une navigante ?

Quand ?

Dans le Paris-Montréal, la semaine dernière !

Une navigante en uniforme !

Elle avait encore ses habits ? Jean-Ballain-Max ne lui avait pas tout arraché ?

Qui ?

Qui ?

Emmanuelle l'a reconnue ?

Oui !

Qui ?

Vous connaissez Sœur Emmanuelle. Jamais elle ne dira qui c'est !

J'observe la fine silhouette de Charlotte, un peu plus loin dans l'avion, occupée, tout sourire, à discuter avec le jeune couple tout en bordant leur bébé. Flo a tourné les yeux dans la même direction. Charlotte s'est-elle également confiée à Florence ? Florence a-t-elle deviné ? Elle semble aussi gênée que moi… Son trouble tranche avec les remarques salaces de l'équipage, et leurs fantasmes bruyants sur le fameux Mile High Club[1].

Pendant les minutes qui suivent, alors que je rejoins Charlotte, une nouvelle question occupe mon esprit. Je connais Sœur Emmanuelle, elle protégera son équipe, surtout une jeune stagiaire qui s'est laissé embobiner. Mais le commandant Ballain a-t-il assez d'honneur pour ne pas la dénoncer ?

\*

\* \*

Tout le monde, petit à petit, s'assoupit. Puis, comme si à peine quelques minutes s'étaient écoulées, les lumières se rallument et tout recommence. Réveil, plateaux ; madeleine

---

1. Club dont les membres affirment avoir fait l'amour dans un avion.

ou muffin, thé ou café ? Nous accélérons pour débarrasser le petit déjeuner quand les micros du cockpit grésillent à nouveau.

Jean-Max s'exprime avec un irrésistible accent américain. Si c'est son dernier vol, il n'en laisse rien paraître. Ou bien, comme je l'ai suggéré à Flo, il veut finir en beauté.

« Nous avons franchi les Rocheuses et nous allons entamer notre descente sur L.A. J'espère que vous avez passé une bonne nuit car c'était peut-être la dernière. J'ai une sale nouvelle à vous annoncer, les deux réacteurs viennent de lâcher. Je vais donc être contraint de tenter un amerrissage sur le Pacifique, face au Pier de Santa Monica. La bonne nouvelle, c'est que, qu'on s'en sorte ou pas, Clint Eastwood réalisera un film sur nous. Ma dernière volonté, la boîte noire m'en sera témoin, que mon rôle soit interprété par Tom Hanks. Bonne chance à tous. N'hésitez pas à énoncer distinctement les noms de vos acteurs préférés pour assurer votre postérité. Tout sera enregistré pour l'éternité. »

Presque tous les passagers rient aux éclats. Des noms fusent. Tom Cruise, Meryl Streep, DiCaprio, Marion Cotillard, Jim Carrey... Les voyageurs assis près des ailes vérifient que les réacteurs tournent bien, et constatent que l'Airbus survole les lettres blanches géantes HOLLYWOOD de la colline au nord de la Cité des anges.

Quelques secondes encore de répit. Sitôt le dernier plateau rangé, je me plonge dans les documents téléchargés sur mon portable avant de décoller.

Le taxi, réservé dès mon arrivée.

L'adresse, @-TAC Prod, 9100 Sunset Boulevard. L'itinéraire depuis l'aéroport, strictement identique à celui que j'ai suivi, il y a vingt ans, vers le bureau d'Ulysse.

Pour retrouver Ylian.

Ylian qui lutte contre la mort, Ylian que j'ai abandonné, Ylian que je fuis, chaque seconde dans cet avion m'éloignant un peu plus de lui.

Pourtant...

Il y a vingt ans, je m'étais rendue chez Ulysse le cœur battant, poursuivant un Ylian tellement vivant qu'il en était insaisissable, et chaque seconde dans l'avion au-dessus de L.A. me rapprochait de lui.

*Quand nos sens seront interdits*
*Honnis, bannis, de nos mi-nuits,*
*Quand nos volets seront maudits*
*Quand nos mots-dits seront volés,*
*Que va-t-il de nous rester ?*

## 20

1999

Facile. Presque trop. Une simple recherche sur Internet, *Producteur Lavallée Los Angeles,* et l'adresse d'Ulysse s'affiche.

@-TAC Prod

9100 Sunset Boulevard

Un zoom sur la carte et je localise son bureau sur l'avenue longue de trente-neuf kilomètres, dans West Hollywood, au croisement de Cynthia Street. Le taxi met presque deux heures à m'y amener. Los Angeles n'est pas une ville, m'explique le chauffeur, un latino doté d'un flegme presque britannique, c'est juste des buildings qu'on a construits le plus serrés possible, entre la mer, le désert, et les collines, sur la centaine de kilomètres disponibles. On ne s'est pas enquiquiné à construire des rings, pas plus qu'un centre historique, vu que le centre du monde, c'est ici. Puis il hausse à nouveau le volume de la radio et fredonne un vieux tube des Eagles, *Wasted Time,* que je n'ai pas entendu depuis des années. Rien que de remonter Sunset Boulevard sur cinq kilomètres nous prend trois quarts d'heure. Le temps d'apprécier les immenses affiches publicitaires. Logique ! Les embouteillages sont les seuls moments de la journée où les Américains ne peuvent pas zapper.

Les locaux d'@-TAC Prod se situent dans un petit immeuble à flanc de colline, d'où la vue sur le Pacifique et le fameux coucher de soleil pourrait être sublime si elle n'était pas dissimulée derrière une énorme affiche de *Toy Story 2*. Vers l'infini et au-delà, promet Buzz... Au 9100, je repère d'abord un food truck garé le long de Sunset Boulevard, qui vend des hamburgers aux rares clients installés aux chaises et tables de plastique blanc, protégés du soleil par quelques parasols Pepsi. En me concentrant, je découvre un chemin de terre poussiéreux, qui se poursuit derrière la terrasse improvisée, barré une vingtaine de mètres plus loin par un immeuble délabré de trois étages qui sera sûrement le premier à tomber lorsque la faille de San Andreas s'écartera.

J'avance. A l'empilement de boîtes aux lettres aux noms évocateurs, Shrimp Music, New Vinyl Legend, Alligator Records, Deep South Sound, je devine que quelques dizaines de microboîtes de production cohabitent ici. Le bureau d'Ulysse occupe une petite pièce du rez-de-chaussée de l'immeuble. Rez-de-poubelles et rez-de-bagnoles aussi. Rez-de-klaxons dès qu'on doit ouvrir la fenêtre.

Ulysse se tient derrière. Il me fait entrer et, avant même de me parler, arrête le ventilateur sur pied qui, outre un boucan d'enfer, provoque une mini-tornade parmi les papiers empilés un peu partout dans son bureau.

— Vous ? me demande enfin Ulysse, surpris.

— Vous me reconnaissez ?

— Le Métropolis, la semaine dernière. La mère de mon futur filleul ! Vous me l'avez promis, vous vous souvenez ? Dès que vous serez mariée avec le petit guitariste (il s'essuie le front, comme si la température avait grimpé d'un coup). Vous m'avez conté de jolies pipes, ma mignonne ! Mariée et maman, vous l'étiez déjà… Et pas avec votre Clapton à casquette.

Il se lève sans attendre de réponse, attrape une bière dans le frigo posé à côté de la fenêtre, m'en propose une que je refuse. De l'eau plutôt. Il me tend une bouteille d'Aquamantra et m'invite à m'asseoir devant son bureau alors qu'il s'installe derrière.

— J'ai ramassé votre guitariste avec une face d'enterrement ! Plus malheureux qu'une pierre. Il faut dire, une jolie fille comme vous. Vous avez quoi, Nathalie, trente ans ? Trente-cinq ? L'âge où une femme est assez grande pour savoir ce dont elle a vraiment envie, et encore assez jeune pour ne pas se le refuser… Votre gratouilleux, vous le regardiez avec des yeux de chatte qui pisse dans le son, vous lui teniez la main à en croire que le plancher allait se débiner sous vos pieds, close, so close to him. Franchement, Nathalie ? Comment quelqu'un aurait-il pu deviner que vous aviez déjà la corde au cou et même un petit bout d'chou ?

Je réponds sans le laisser respirer.

— Je ne lui ai rien caché.

Ulysse vide la moitié de sa bière, la repose et continue comme s'il n'avait pas entendu.

— Et au moment de prendre le bord, vous ne trouvez rien de mieux que de lui jouer Cendrillon. Vous larguez votre sacoche avec tout votre statut civil, votre numéro de téléphone et votre adresse. Bien plus clair qu'une pantoufle de vair, non ? Vous n'avez aucun remords de l'avoir aussi facilement harponné ?

Je ne réponds pas cette fois. Si je lui jure que je ne l'ai pas fait exprès, il ne me croira pas. D'ailleurs, il vient d'insinuer un doute dans ma tête. Et si cet oubli, c'était un acte manqué ? Et si...

Ulysse pose bruyamment sa bière sur le bureau, clac ! histoire de faire sursauter mes pensées. Il cale son regard droit dans le mien, cherchant à évaluer ma sincérité.

— T'es vraiment tombée en amour de ce guitariste ?

Le tutoiement me surprend autant que la question. Il éclate de rire devant ma mine ahurie. A en postillonner sur le dossier le plus proche de lui. Plus j'examine son bureau et plus j'ai du mal à croire qu'il ait pu organiser le concert des Cure à Montréal. Il ne doit s'occuper que d'une petite partie de la tournée, un intermédiaire parmi une dizaine d'autres micro-entreprises qui gèrent l'intendance et la logistique. Il reprend son souffle, me fixe, et je comprends qu'il aime bien m'estomaquer avec ses interrogations éclairs. Faire les questions et les réponses ! Vas-y Ulysse, surtout ne te prive pas, amuse-toi !

Il ne lâche pas mes yeux. Les siens sont doux et rieurs, comme ceux d'un bon gros Bouddha qui fait ce qu'il peut pour arranger la vie de ceux qui croient en lui. Il continue de me tutoyer.

— Oh oui ! Ça crève les yeux ! T'es en amour par-dessus la tête ! Mais ça rime à quoi, ma belle, de sprinter après lui jusqu'au bout du monde alors que ton mari et ton petit t'attendent à Paris ?

J'espère cette fois encore qu'il va proposer lui-même la réponse. Visiblement, il n'en a plus envie.

— ...

Il finit par se dévouer. Il soulève sa carcasse, ouvre la fenêtre, tire une cigarette dont la fumée se mêle à la poussière et au gaz des pots d'échappement des voitures bloquées sur Sunset Boulevard.

— Ylian avait ton adresse... et il ne t'a pas écrit. Ylian te voulait... et il n'a même pas cherché à te fourrer. Et je peux te dire que c'est un satané exploit d'avoir résisté, parce que t'es une sacrée pitoune avec tes yeux de lune derrière ta mèche en balayette et tes jolies petites courbes moulées dans ton costume de majorette. Ylian s'est effacé. Il t'a respectée plus qu'aucun chum ne l'aurait fait. Alors pourquoi tu reviens le faire souffrir ?

Ulysse se tourne vers le boulevard, évaluant d'un air indulgent le bordel de la ville.

Me laissant le temps d'analyser.

*Ylian ne t'a pas écrit...*

Si, Ulysse, si !

*Votre guitariste raté qui poursuit son odyssée*

Yl n'a pas utilisé un tel mot, *odyssée*, au hasard. Yl laisse la porte ouverte... Yl espère que...

J'éclaircis ma voix pour qu'Ulysse se retourne vers moi.

— Je crois au contraire qu'Ylian avait très envie que je cherche à le retrouver. Et je suis persuadée que vous le savez !

Ulysse esquisse un petit sourire.

— Peut-être bien, petite maligne. Admettons. Vous aviez tous les deux envie de jouer au chat et à la souris. Mais pourquoi Ulysse Lavallée viendrait-il souffler les répliques dans votre tragédie ? J'ai aucune envie de jouer à Frère Laurent, ma jolie.

— Frère Laurent ?

— Le moine qui a tenté de porter secours à Roméo et Juliette... Tu vois comment ça s'est terminé !

176

Ulysse crache sa cigarette, ferme la fenêtre, s'éponge le front, puis s'assoit. A l'inverse, je me lève. Je détaille le bureau miteux d'@-TAC Prod, les étagères surchargées, le plancher élimé, les peintures écaillées.

— Si vous m'aidez, ça vous portera bonheur, je vous le promets.

— Hou là... Ça fait peur, non, le bonheur ?

— Vous deviendrez un grand producteur !

Ulysse vide sa bière d'un coup.

— Te moque pas ! J'arrive à peine à payer le loyer de ce bureau. On est plus de vingt producteurs à se tasser rien que sur les trois étages de cette ruine, on doit être quelques milliers sur L.A., tous rêvant de monter le nouveau Woodstock ou de faire signer le nouveau Kurt Cobain, tous des requins, tous ayant une trouille bleue de se faire dévorer par un poisson plus gros. Le concert des Cure était un coup de bol, je n'étais qu'un sous-sous-sous-traitant dans cette affaire. C'est quoi ton plan ?

J'improvise. Lentement. Je sors de ma poche le galet inuit offert par la vendeuse de Montréal. Ulysse le fixe, pas franchement convaincu.

— C'est une pierre magique ! Elle permet de lire l'avenir et de modifier le passé. Ou l'inverse, c'est comme on veut. Un grand chef esquimau qui voyageait, heu, en business, me l'a confiée.

— Il voyageait dans le Boeing avec ses chiens de traîneau ?

— Oui, il avait privatisé la moitié des cabines de la classe affaires.

— Et la seconde moitié était réservée par le père Noël et ses rennes ?

Ulysse lève les yeux vers le plafond cloqué, puis agite les bras tel un pantin qui s'en remet au destin.

— Calvaire, tu m'emmerdes ! Je vais te la donner, l'adresse de ton chum. Mais je te préviens, écrivez-moi une belle histoire d'amour. Une vraie love story, pas un drame qui se termine en larmes (il attrape un morceau de papier et griffonne). Ylian est à San Diego. Dans l'Old Town. Je lui ai trouvé un contrat avec un groupe de musicos qui cherchaient un guitariste. Des amateurs, t'attends pas au Santana Blues Band.

— Merci !

Je m'approche et l'embrasse sur les deux joues. Je range la pierre de temps dans ma poche. Précieusement.

Je me retiens de sauter de joie. J'ai mon info ! Je suis maintenant pressée de filer, mais Ulysse insiste pour m'inviter à manger. Il prétend que le food truck à l'entrée du 9100 Sunset Boulevard cuisine les meilleurs hamburgers de toute la côte ouest des Etats-Unis. Il me garde encore une heure, en tête à tête sous un parasol Pepsi, le temps pour lui de s'avaler trois California Burgers et moi d'à peine picorer la laitue qui baigne dans le guacamole. Pendant qu'Ulysse me parle d'obscurs groupes de rock canadiens de Vancouver, mon esprit file plein sud.

*San Diego.*
*17, Presidio Park, Old Town.*
A peine deux cents kilomètres plus bas que Los Angeles ! Moins de deux heures de route ! Dès que je serai parvenue à échapper aux postillons d'Ulysse, je cours louer une voiture. J'ai le temps de faire l'aller-

retour, mon avion ne décolle de L.A. que demain en début d'après-midi.

Tout en suçant la paille de mon Sprite, j'observe, cinq mètres devant nous, la file de véhicules qui glissent lentement vers le Pacifique. Je suis un petit soleil radieux, qui s'éveille sur Sunrise Boulevard !

Le taxi me dépose au croisement de Sunset Boulevard et de Cynthia Street. J'ai donné rendez-vous à Flo, Charlotte et Jean-Max plus tard, beaucoup plus tard dans la soirée, ils pataugeront dans la piscine de l'Ocean Lodge Motel sans moi. Nous avons le temps, deux jours complets, pour traquer façon safari les stars de Venice, Malibu, Beverly Hills ou Rodeo Drive.

J'avance d'un pas.

*9100 Sunset Boulevard.*

Je suis venue directement de l'aéroport. J'ai disposé de près de deux heures pour mettre en ordre mes souvenirs. Depuis 1999, le trafic dans les rues de Los Angeles ne s'est pas fluidifié !

Presque tout le reste a changé.

Plus aucune affiche n'obstrue la vue vers le Pacifique. L'immeuble de trois étages, au bout d'une impasse désormais bitumée, resplendit de sa façade fraîchement repeinte rouge brique.

Seul le food truck devant l'entrée du chemin n'a pas bougé. Les tables et chaises de plastique blanches, qui semblent pourtant pouvoir s'envoler au moindre coup de vent, sont encore posées à la même place. Ulysse m'attend sous le parasol Pepsi. J'ai l'impression de l'avoir quitté hier, ici, tellement mes souvenirs sont précis. J'avance.

Au jeu des sept différences, les trois premières me sautent aux yeux.

Ulysse a vieilli. Ulysse a grossi. Et Ulysse ne s'est pas enrichi.

Il porte une chemise hawaïenne chiffonnée, verte et rose, aux palmiers fatigués et hibiscus fanés.

Il désigne une place à côté de lui.

— Installe-toi.

Aucune douceur dans son regard, aucune douceur dans sa voix.

Je m'assois en essayant de ne pas filer mes bas sur les échardes de plastique de la chaise, tire la jupe de mon uniforme, et dénoue mon foulard rouge, avant de forcer mon sourire en fixant le litre de Stone IPA posé devant Ulysse.

Il boit la moitié de sa bière avant de commencer à me parler.

— Tu te souviens ? En partant, il y a vingt ans, tu avais promis à Frère Laurent qu'il deviendrait riche. Cardinal. Pape, même. Pape de la pop. Tu t'es bien plantée, tu vois...

Je regarde la rangée de boîtes aux lettres à l'entrée du bâtiment derrière Ulysse. Désormais, un seul nom, Molly Music, remplace ceux de la vingtaine de petits producteurs indépendants.

— Comme les autres, je me suis fait bouffer, précise Ulysse. @-TAC Prod n'est plus qu'une micro-filiale d'un gros label, une major, comme on dit aujourd'hui. On me laisse survivre, je leur coûte presque rien et je ne leur rapporte pas beaucoup plus. On est vingt créatifs parqués dans leur putain d'open space, qu'ils veulent encore rétrécir pour agrandir la salle de fitness... La majorité des jeunes cons de la boîte qui n'écoutent que du rap ont voté pour ! Tu vois, même pas un bureau peinard là-haut pour te recevoir ! Mais je ne me plains pas. On est mieux là, comme il y a vingt ans. On a l'air conditionné et leurs California Burgers sont toujours à tomber. Tu prends quoi ?

Je ne réponds pas.

Je me souviens qu'en 1999, Ulysse m'avait tutoyée pour la première fois. Ça a pris un peu plus de temps pour moi.

Ulysse continue de soliloquer.

— Non, Nathalie, même si tu t'es plantée dans tes prophéties, je me plains pas. Je vis de ma passion, j'ai mes petits succès, mes petites découvertes, mes vieux musicos aussi, aussi ringards que moi, pour lesquels je me bats. J'ai pas vendu mon âme, au moins. Ça ne m'a pas empêché de vieillir... De vieillir beaucoup plus vite que toi, Nathalie ! Comment fais-tu pour rester encore aussi jolie aujourd'hui ?

Sa question m'embarrasse. Malgré moi, j'entortille autour de mes doigts ma mèche de cheveux, seule plume grise sur mes cheveux corbeau. Ulysse vide le reste de sa bière d'un trait.

— C'est l'effet de ta pierre magique ? Tu te souviens de ça aussi ? Tu l'as gardée ? Tu l'as toujours sur toi ?

La question me surprend. Je me revois l'échanger avec le galet de mon jardin, la laisser au pied du mur de brique, au bord de la Seine.

— Oui... Enfin non... Elle... Elle est restée chez moi.

— Pour protéger ton foyer ? T'as raison. On ne peut pas tout protéger à la fois. Toi. Ta famille. Ton amant... Enfin, ton ex-amant. Tu vois, moi, mes prédictions se sont accomplies. Frère Laurent t'avait prévenue. Une seule issue aux amours impossibles... la tragédie.

Je n'aime pas ce que sous-entend l'insinuation d'Ulysse. Le drame qui a touché Ylian n'a rien à voir avec notre histoire d'amour ! Yl a été renversé dans la rue. Un accident...

Je demande un peu brusquement :

— Ulysse, qu'est-ce que tu avais à me dire ?

182

Il ne me répond pas. C'est une habitude qui n'a pas changé chez lui. Son regard, par contre, est devenu plus dur, ses mots plus coupants, comme si Ulysse avait perdu son humour et ses expressions québécoises en même temps que ses illusions.

Il fait un signe de la main, vers le truck, au type derrière le gril qui fume autant que tous les pots d'échappement des voitures qui bouchonnent sur Sunset Boulevard. J'ignore ce qu'il commande : quelques litres supplémentaires de Stone IPA ou son poids en California Burgers.

Deux types en cravate passent entre les chaises en plastique, pour se rendre à l'entrée du bâtiment de Molly Music. Ils saluent poliment Ulysse, qui leur répond à peine. Le contraste entre ces deux golden boys de l'industrie musicale et la dégaine d'Ulysse est saisissant. Le cuisinier derrière le gril apporte deux gobelets d'un litre de bière blonde et trois hamburgers.

Ulysse pousse un verre et une assiette vers moi. Ses yeux ont à nouveau perdu leur éclat. Ils n'ont plus rien de ceux d'un bienveillant Bouddha. D'un cardinal, plutôt ? Ou d'un ayatollah ?

Il descend la moitié de sa bière, avant de planter son regard dans le mien et de me demander :

— Tu es passée voir Ylian à l'hôpital ?

Mes yeux fuient, suivent deux nouveaux employés cravatés qui entrent dans les bureaux.

— Je... Je n'ai pas eu le temps. Mais... Mais quelqu'un de confiance va s'y rendre... Va... Veiller sur lui.

Ulysse n'insiste pas, paraissant mépriser ce qu'il semble prendre pour de la négligence, ou pire, de l'indifférence. Il se tait et se perd à son tour dans ses pensées. Navigue-t-il lui aussi entre deux décennies ? Je repousse bière et assiette et je me penche vers lui.

— Raconte-moi, Ulysse. Tu es resté en contact avec Ylian toutes ces années. Raconte-moi sa vie.

Ulysse avale les trois quarts de son California Burger, prend le temps de l'arroser en vidant son verre, essuie le mélange sauce guacamole-graisse de bacon au coin de ses lèvres, puis fixe son assiette quasi vide comme s'il s'agissait d'un miroir.

— Ça se résume en une phrase, Nathalie. Ou même en un mot. Désillusion. Ylian s'est accroché à son rêve autant qu'il a pu, ici en Amérique, puis en Espagne, puis en France. Vivre de sa musique ! Puis il a fini par tout lâcher pour vendre les disques des autres.

Ylian... Vendeur dans le rayon d'un centre commercial, 10 heures-19 heures, avec son petit gilet noir et jaune.

Pas ça... Pas lui...

Ulysse me l'avait déjà appris, mais je peine pourtant à retenir mes larmes. Ulysse me regarde froidement, sans aucune compassion, comme s'il ne croyait pas une seconde à ma détresse. Ulysse s'est élargi autant que son cœur s'est rétréci. Je renifle et pose une nouvelle question.

— Il était doué, non ? Même si je n'y connaissais rien... Il... Il jouait bien !

Le producteur sourit. Pour la première fois, je repère de l'indulgence dans son regard, celui qu'un parent adresse à une enfant inconsciente du mal qu'elle a provoqué.

— Oui il jouait bien, Nathalie. Il était doué ce rêveur à casquette. Sacrément doué, même ! Crisse, si j'ai appris quelque chose au cours de toutes ces années à fréquenter des artistes, c'est que le talent ne suffit pas. Presque tout le monde est doué pour quelque chose, ma jolie, tu trouveras des virtuoses de l'accordéon, du banjo ou des maracas dans n'importe quel village de la planète.

— Qu'est-ce qu'il faut de plus alors ? Du travail ?

Je sais qu'Ylian bossait, plus que n'importe qui d'autre, il aurait accepté n'importe quel job pour réussir.

— Non, Nathalie.

Ulysse lâche un petit rire cruel avant de continuer.

— Travail et talent, on croit que c'est la formule magique. Mais non, ça ne suffit pas. Regarde-moi, je suis visionnaire, j'ai du flair, j'étais prêt à bosser des nuits entières, et tu vois le résultat... (il croise deux mains, presque pudiques, sur son ventre énorme). Si tu savais le nombre de gars jouant comme des dieux et prêts à tout donner qui n'ont jamais décollé ! Pour réussir dans ce métier, il ne faut posséder qu'une seule qualité : croire en soi ! Etre mégalo, si tu préfères ! Tous les artistes qui réussissent sont persuadés d'être surdoués. Aucune exception ! Les véritables génies ne l'avoueront jamais, ils parleront de chance, ils la joueront faux modestes. Ils savent qu'ils ont hérité d'un don, alors ils n'ont aucune raison, en plus, de se la ramener face aux médiocres qui rament. Mais crois-moi, ils sont parfaitement conscients de l'exceptionnalité de leurs qualités. Ylian, non. Ylian était un vrai modeste. Ylian s'excusait presque... Vouloir vivre de son talent, quelle prétention ! Ylian était un rêveur, pas un tueur. T'es bien placée pour le savoir...

— Pourquoi ? Pourquoi dis-tu ça ?

Ulysse ne répond pas. Il déplace sa chaise sous le parasol Pepsi pour échapper au soleil. D'autres employés reviennent de leur pause-déjeuner, slaloment entre les tables, gobelet géant de café à la main, saluent Ulysse qui les snobe superbement. Ulysse ressemble à un dinosaure perdu dans le monde de la musique d'aujourd'hui, cynique peut-être, mais au fond, aussi naïf et idéaliste qu'Ylian. Ulysse attaque son second hamburger et m'interroge entre deux bouchées.

— Il y a une question que tu ne m'as pas posée, Nathalie. Un sujet que tu as préféré éviter, non ?

Mon cœur accélère soudain.

Je ne te la poserai pas, Ulysse, cette question. Pas aujourd'hui. Je n'ai pas de leçons à recevoir de toi. Je n'ai pas de leçons à recevoir d'un producteur raté obèse. Je cherche une diversion. Je réponds trop vite. Je crie trop fort.

— Je n'aime pas la façon dont tu parles de lui ! Tu parles comme si tout était terminé.

Ulysse vide sa bouche, sonde un court instant mon regard, puis explose.

— Ostie, Nathalie, n'inverse pas les rôles. Sors un peu de ton putain de passé ! Es-tu consciente de ce qui se passe aujourd'hui ? Deux jours que je ne dors plus. Le pronostic vital d'Ylian est engagé. J'attends à chaque minute que le téléphone sonne et qu'on m'annonce que c'est fini.

Je me sens soudain stupide. Il a raison. Je me mords les lèvres au sang. Que fais-je ici ? Je devrais être auprès de lui. Toutes les excuses du monde ne convaincront pas Ulysse. Ne me convaincront pas non plus. Après toutes ces années, qu'est-ce que je crains ? Un blâme d'Air France ? La réaction d'Olivier ?

J'essaie de faire abstraction de la graisse immonde dans laquelle baigne le hamburger devant moi, de l'odeur d'essence sur le boulevard qui se mélange à celle de viande grillée, des klaxons, du soleil qui rebondit sur le goudron. Je me concentre sur une dernière question, pour éviter d'affronter ma lâcheté.

— Qu'est-ce que tu avais de si important à me dire, Ulysse ? Le chauffard ne s'est pas arrêté, c'est cela ?

— Ce n'était pas un chauffard...

Je ne comprends pas. Ylian a été fauché. A Paris, en pleine rue. Qu'est-ce qu'Ulysse cherche à me révéler ?

Le producteur recule sa chaise, laisse un instant le soleil le fusiller, passe ses mains sur ses tempes en sueur, avant de continuer.

— J'ai pu parler à Ylian ce matin. Ylian a pu parler aux policiers aussi. Une dizaine de témoins avenue des Ternes ont témoigné. Il y a une heure encore, j'ai eu un lieutenant de police au téléphone qui me l'a confirmé. La voiture blanche qui a percuté Ylian a délibérément accéléré, l'a fauché, puis s'est échappée. Ce n'était pas un chauffard, Nathalie. C'était un meurtrier !

*<br>* *

Ulysse m'a laissée, plantée, seule à ma table. Il est reparti bosser en emportant dans un doggy bag le California Burger que je n'ai pas touché. Il m'a abandonnée au bord du trottoir, sous le parasol, au milieu des bagnoles.

Bouleversée.

Ylian n'a pas été renversé par un chauffard. Il a été assassiné.

Je me lève. J'erre sans but précis sur Sunset Boulevard, au milieu des voitures qui roulent au pas. Je mets un certain temps à interpréter les regards étonnés des automobilistes, avant de me souvenir que je suis encore déguisée en hôtesse de l'air. La poussière me pique les yeux.

Ylian, assassiné ?

Ça me semble tellement surréaliste. Et si Ulysse avait tout inventé ? J'attrape mon téléphone portable. Je l'ai senti vibrer pendant que je discutais avec lui.

Un texto. Laura. Enfin.

Je le lis. Plissant les yeux et pestant contre le reflet du soleil qui m'oblige à incliner l'écran.

*Je suis allée voir ton ami, maman. Ylian. Tu avais raison, il n'y a qu'un seul patient dans tout Bichat qui porte ce prénom. Chambre 117. J'ai un peu discuté avec lui. Il est conscient. Il t'embrasse. C'est grave ce qu'il a, maman. Très grave. Les médecins refusent de se prononcer. Pas sûr qu'ils puissent l'opérer. Sans parler du bazar ici. Des flics partout.*

*Ils parlent de tentative d'assassinat. C'est Martine et Caro qui s'occupent de lui. Des amies. Je te tiens au courant, ne t'inquiète pas.*

Je ferme les yeux. J'ai l'impression de naviguer dans une vie parallèle qui n'est pas la mienne.

Laura avec Ylian ? Qu'est-ce qu'ils se sont raconté ? A aucun moment ma fille ne m'a demandé qui était cet ami. Qu'est-ce qu'Ylian a pu inventer ? Ylian, gravement, très gravement blessé. Les médecins refusent de se prononcer. Ylian, que quelqu'un a voulu assassiner.

Ylian m'embrasse. Après toutes ces années.

J'ai la sensation de perdre pied.

Tout se mélange, la douleur, la peur, et même des frissons de bonheur.

Je range le téléphone. Je dois trouver un taxi. Un type au volant d'un pick-up ralentit au point de presque s'arrêter, me klaxonne alors que son copain passager tend ses deux bras pour mimer un avion en train de planer. Les cons ! Je reste à suivre le pick-up qui tourne un peu plus loin dans la poussière, mon sac ouvert.

La remarque d'Ulysse me hante. *Tu as laissé la pierre de temps à ton foyer, pour le protéger.* Je m'en veux de l'avoir abandonnée à Porte-Joie, j'ai le sentiment de n'avoir plus qu'elle pour tenir en équilibre, entre un passé qui m'échappe et un présent qui dérape. A quoi me sert de trimballer dans mon sac à main ce galet de mon jardin ? J'hésite à le laisser là, au bord du Sunset Boulevard, ou à aller le jeter dans le Pacifique au bout du Pier de Santa Monica.

J'attrape le caillou au fond de mon sac. Ma main se fige !

Ce n'est pas le galet blanc de mon jardin qu'elle tient.

Mais un caillou gris.

La pierre de temps !

Ma première réaction n'est pas de chercher une explication rationnelle, j'ai cru échanger les cailloux, j'ai tout mélangé dans le bordel de mon sac, ou bien je perds les pédales, ou je suis victime d'un pickpocket qui me suit depuis Montréal, Flo, Jean-Max, Charlotte ? Ma première réaction n'est pas de chercher à expliquer ce nouveau tour de sorcellerie. Elle est d'y croire, de croire en son pouvoir.

Si je serre très fort la pierre de temps dans ma main, alors le passé pourra revivre.

Alors, Ylian pourra être sauvé !

– 22 –

1999

Rouler de Los Angeles à San Diego me semble d'une incroyable facilité : une Dodge Challenger pour moi toute seule, une boîte automatique, des routes toutes droites, des Américains qui conduisent tous comme s'il ne restait plus qu'un point sur leur permis. Passé Los Angeles, c'est-à-dire la moitié des deux cents kilomètres du trajet, l'autoroute Interstate n'est plus qu'un long ruban. Je dois être la plus inconsciente des conductrices de tout le sud des Etats-Unis à me tordre le cou pour tenter d'apercevoir le *Queen Mary* amarré aux quais de Long Beach, les tours en plastique du Legoland California ou les phoques bronzer sur la plage de La Jolla.

C'est la première fois que je loue une voiture lors d'une escale. C'est la première fois que je pars seule, abandonnant mes collègues. C'est la première fois que je ne donne aucune nouvelle, Olivier me croit évidemment au motel. Je regrette presque de n'avoir pas osé choisir une décapotable pour laisser mes cheveux filer au vent. J'ai ouvert les vitres. J'imagine que le paysage qui défile n'est qu'un décor de cinéma, toute une équipe armée de micros et de caméras me

suit. Ça ne peut pas être la réalité. Pas la mienne !
Pas celle de la sage petite Nathy qui téléphone à
son mari et son bébé dès l'avion posé dans un pays
étranger, qui fait durer son verre de vodka toute la
soirée, qui va se coucher à minuit quand les autres
navigants veillent jusqu'au matin.

Enfin Libre. Complètement Folle. Tellement Vivante.

J'ai collé l'adresse, griffonnée sur un Post-it rose,
sur la boîte à gants.

*17, Presidio Park, Old Town.*

Je l'ai apprise par cœur. Heureusement.

Entre San Elijo et Del Mar, elle s'envole et je la vois
papillonner quelques instants au-dessus de l'interminable plage de Solana Beach.

✵<br>✵  ✵

En partant de Los Angeles, j'ai pris le temps d'apprendre, sur le guide de tourisme offert par le comité
d'entreprise aux navigants, que l'Old Town de San
Diego est le berceau de la Californie, c'est-à-dire
l'endroit choisi par les premiers missionnaires espa-
gnols pour venir éduquer les Indiens qui y vivaient
depuis neuf mille ans. J'étais cependant loin d'imaginer débarquer dans un tel décor de Far West.
L'Historic Old Town est un village entièrement
reconstitué, à l'ancienne, comme seuls les Américains
savent le faire : du vrai qui paraît faux, des petites
églises blanches qu'on imagine vides, des saloons aux
larges balcons de bois qu'on jurerait en carton, des
palmiers et cactus imitation plastique, des tonneaux
et fontaines rococo à chaque coin de rue, le tout si
bien entretenu, peint, verni, qu'à côté, Frontierland

de Disney Resort ressemble à un village médiéval. Ne manquent que les potences... et Zorro. L'activité de l'Old Town semble se résumer à deux missions, attirer les familles dans les boutiques de souvenirs, et les jeunes dans les saloons où l'on sert des hectolitres de Margarita.

*17, Presidio Park, Old Town.*

Je me gare face au parc, en haut d'une petite colline à la pelouse plus verte et rase qu'un green de golf. Un vaste bâtiment colonial blanc est entouré de drapeaux américains, d'écriteaux historiques, de tables à pique-nique... et aucune trace ni de musique, ni de guitare, ni d'Ylian.

— Vous cherchez ?

Le type qui m'interpelle est couché dans un hamac accroché entre deux palmiers. Je repère une tente derrière lui, un réchaud, des glacières, des chaises pliantes et un fourgon. Un Chevrolet Chevy Van de la seconde génération, un conteneur sur roulettes, rectangulaire et presque sans fenêtres, intégralement customisé. Un artiste plutôt doué a peint sur toute la carrosserie des mariachis coiffés de sombreros démesurés, sur fond de désert, de cactus, d'agaves barré en lettres géantes d'un nom que je suppose être celui d'un groupe de musiciens, *Los Páramos*.

— Ylian.

L'homme, la trentaine brune et bronzée, torse et pieds nus dans un sarouel aux motifs précolombiens, un lézard géant tatoué sur l'omoplate, se redresse pour mieux m'observer. Je porte un short en jean Blueberry et un tee-shirt vert Granny Smith. Visiblement, le garçon apprécie les fruits.

— Il a une putain de veine, ce salaud ! Ça serait sacrément manquer de galanterie que de vous aider à le retrouver.

Il fait mine de se rendormir. En observant avec plus d'attention, je remarque une guitare posée près du hamac, contre un palmier. Des maracas et un bongo rangés dans une caisse. Sans doute est-ce la troupe de musiciens latinos dont Ulysse m'a parlé.

J'insiste.

— Sans rire, c'est important.

L'homme-lézard esquisse le geste de se serrer dans un coin du hamac, tout en prenant appui sur le tronc d'un des palmiers.

— Sans rire, vous pouvez l'attendre ici… Il bosse. Je dois aller le chercher avec le camion en fin d'après-midi… D'ici là, vous pouvez vous installer. Y a de la place pour deux dans mon filet. Je connais des berceuses. J'ai de la Margarita au frais.

— C'est important… Et c'est urgent.

Il hausse les épaules, tire un paquet de tabac à rouler de sa poche, fait signe de m'en proposer, puis devant mon refus, hoche la tête, me fait comprendre que je suis dure en affaires, et sort une barre de shit.

— Désolé… Avec moi ou un autre plus chanceux, vous faudra attendre.

Message reçu !

Quitte à attendre Ylian, autant visiter le site historique que faire la sieste avec un guitariste défoncé. Je tourne les talons, enfin, les semelles de mes baskets, quand j'entends la voix du lézard.

— OK, Miss Swallow, vous avez gagné !

Je m'arrête net, surprise.

*Miss Swallow ?*

— Comment m'avez-vous appelée ?

— Miss Swallow ! Mademoiselle Hirondelle, précise-t-il en imitant, mal, l'accent français, señorita Golondrina (en prenant, mieux, l'accent espagnol). Ce salaud d'Ylie ne parle que de vous depuis qu'il est arrivé. Petite brune. Petits seins. Petit cul. Petit sourire qui veut tout dire et grands yeux clairs qui vous prouvent qu'existe le paradis sur terre. C'est vous, je confirme ! Quoiqu'il vous sous-estime un peu côté poitrine.

Je croise comme une gourde mes bras sur mes seins et lui lance mon regard vert. Ylian raconte vraiment tout ça sur moi ? Dans tous les cas, je n'ai aucune envie de rester tout l'après-midi avec le bon copain qui fantasme par procuration sur la copine de son meilleur ami. Je tourne à nouveau mes semelles sans talons.

— Vous effrayez pas, Miss Swallow... Je vous l'ai dit, vous avez gagné. Vous n'êtes pas afghane ? Ni iranienne, nord-coréenne, vénézuélienne, tchétchène, palestinienne ?

Il a allumé son pétard et souffle sa fumée.

— Non...

— Alors vous pouvez y aller. Votre amoureux est à Tijuana, côté mexicain de la frontière. Trente kilomètres au sud de San Diego. Vous pouvez pas vous tromper.

— Et je le trouve où ? C'est grand, Tijuana.

— Installez-vous n'importe où à une terrasse là-bas. C'est lui qui vous trouvera.

❋

❋  ❋

L'homme-lézard n'a pas menti, parvenir à la frontière mexicaine me prend moins d'une demi-heure. Mais le Mexique commence bien avant ! Au fur et à mesure que je traverse les quartiers sud de Chula Vista, le quartier le plus au sud de San Diego, les publicités, les panneaux, les graffitis sur les façades passent de l'américain à l'espagnol.

Je me gare à San Ysidro, jetant un coup d'œil inquiet à la haute frontière grillagée hérissant la colline de la Tijuana River, à l'infini, séparant le Mexique des Etats-Unis, le Nord du Sud, l'hémisphère riche de l'hémisphère pauvre. La frontière la plus fréquentée du monde, indique le guide Air France du CE ! Les *Border Patrol* circulent en hélicoptère au-dessus de ma tête. Pour la première fois, je prends peur. Tijuana est réputée pour être la deuxième ville la plus violente au monde, toujours d'après mon guide du CE. Y pullulent drogués, violeurs, a minima voleurs. Je m'y rends seule, sans aucune idée du quartier vers lequel je dois me diriger. Je prends soin de ne garder que le minimum d'argent sur moi, de cacher tout ce qui a de la valeur dans le coffre et sous les sièges de la Dodge. Un petit sac de toile sur le dos et je suis partie.

Ylian, où que tu sois, me voilà !

Je m'attends à perdre des heures avant de pouvoir entrer au Mexique, habituée que je suis aux interminables files d'attente dans les aéroports. Je me retrouve à l'inverse dans un long couloir en entonnoir bordé de hauts murs gris, surmonté de barbelés, qui s'achève par une simple inscription dans le béton. MEXICO.

Quelques autres Américains, ou touristes, en short et casquette, marchent à mes côtés. Le couloir se

195

termine par un tourniquet. Une simple barrière de métal pivotante, semblable à celle qu'on franchit pour prendre le métro. Et c'est tout ! On la pousse et on entre au Mexique.

Pas de douaniers, pas de guichets, pas de portiques, pas de fouille. Quelques policiers nous regardent de loin, rien de plus. On franchit la frontière la plus sécurisée du monde comme on entre dans un super-marché. Dans le sens Etats-Unis-Mexique du moins !

Derrière la frontière, après un pont surplombant la Tijuana River, perdue et asséchée dans un lit de ciment trop large pour elle, attendent des dizaines de taxis. Pas la peine ! Je n'ai aucune direction à indiquer, et la ville commence dès la frontière franchie. Je la devine aux boutiques vendant hamacs, sombreros, et ponchos aussi bariolés que les chaises en plastique des cantinas improvisées. Je m'enfonce dans les rues étroites et animées, bordées de grands boulevards embouteillés où les voitures semblent faire la sieste sous les palmiers. Partout, des affiches exposent des images de jeunes couples aux dents nacrées, d'Américains grisonnants aux corps parfaits. En dehors des cantinas et des boutiques de souvenirs, le commerce local se répartit entre les dentistes, les cliniques de chirurgie esthétique et les pharmacies. Les teenagers américains passent au Mexique pour brûler leur jeunesse en se saoulant et se défonçant. Les adultes et les vieux y retournent pour tenter d'éteindre l'incendie à coups de bistouri.

Après une demi-heure à errer, sans rien remarquer de la supposée insécurité (l'amour rend-il à ce point aveugle ?), je me retrouve dans une minuscule voie piétonne aux façades colorées dont le ciel est mangé par les drapeaux vert-blanc-rouge suspendus au-dessus de la rue, et le sol grignoté par les bibelots, épices, fruits étalés par les vendeurs ambulants entre les terrasses de restaurants.

Je repense aux paroles du lézard dans son hamac.

*Installez-vous n'importe où à une terrasse là-bas. C'est lui qui vous trouvera.*

Je compte des dizaines de restaurants, des centaines de chaises. Comment savoir si je vais faire le bon choix ?

Au hasard, je m'arrête dans une cantina. L'une des seules où aucune fille en jupe ultra-courte et talons aiguilles n'attend devant l'entrée.

Je m'assois.

Je souris. Je sais.

La table sur laquelle je m'appuie est bancale.

– 23 –

2019

Le saloon Coyote y Cantina sert, paraît-il, les meilleures Margaritas de tout le sud de la Californie, accompagnées des meilleures tortillas *a mano*. C'est du moins ce que promettent les banderoles accrochées entre les deux balcons du bar-restaurant aussi vaste qu'une hacienda, clients de tous âges à tous les étages. Jean-Max, Charlotte, Flo sirotent leurs Margaritas au rez-de-chaussée, déclinées de toutes les couleurs, citron lime, curaçao, strawberry, posées sur une table bien stable, et n'ont pas l'air de m'en vouloir d'avoir proposé innocemment, *et si on louait une voiture, tous les quatre, pour descendre jusqu'à San Diego ?*

Jean-Max a tout de suite adhéré au projet. Il fait une fixette sur le Kansas City Barbeque, le bar de San Diego où ont été tournées les scènes cultes de *Top Gun* ! Et il insiste lourdement pour faire un tour jusqu'à Miramar, l'ex-base aérienne des apprentis pilotes américains.

J'ai applaudi des deux mains alors que Charlotte et Flo grimaçaient.

Le commandant semblait excité comme un gamin. Jouait-il la comédie ? Pouvait-il ne pas être au courant du blâme qui le menace suite à cette fameuse partie de jambes en l'air dans le cockpit, immortalisée par Sœur Emmanuelle ? Depuis les derniers vols, je n'arrive pas à le cerner. Je me souviens des échanges de billets avec deux types aux allures de mafieux dans le Vieux-Montréal, il y a trois jours. De cette impression, partagée avec Flo, qu'il nous suivait. Sans oublier ses intrigues auprès du service des plannings pour qu'on intègre le même équipage, vers Montréal et vers Los Angeles, lui, Flo et moi ? Pour Charlotte, je comprends... mais pourquoi s'encombrer également de deux quinquas, certes les plus sexy de la galaxie ? Charlotte, elle aussi, a tout de suite accepté de se rendre à San Diego. Sa fixette à elle, ce sont les outlets, ces boutiques de marque détaxées qui bordent la frontière mexicaine.

Seule Flo a rechigné et m'a regardée, méfiante, proposer de se taper plus de deux heures de bagnole alors qu'on sortait de douze heures d'avion. Ça ne me ressemblait pas, elle ne comprenait pas... Mais Flo ne connaît pas la suite de mon histoire. Pour elle, mon aventure avec le guitariste s'est arrêtée, enlarmée, sur le tarmac de l'aéroport Mirabel de Montréal. Je n'ai jamais parlé à personne de mon escapade mexicaine solitaire, en 1999.

Flo m'a coincée dans les toilettes d'une station Texaco, après quatre-vingt-dix minutes passées dans la Buick Verano louée par Jean-Max à sortir des embouteillages de Los Angeles sud, et m'a demandé en vrac ce qu'on allait foutre à San Diego, si ça s'était bien passé mon retour avec Olivier, si mes serial coïncidences s'étaient calmées puisque j'avais jeté la pierre de temps dans le Saint-Laurent, si moi aussi je m'étais calmée.

Oui, Flo, ça va, je veux juste oublier. Je n'allais pas lui avouer que la pierre était réapparue deux fois dans mon sac et que j'ignorais par quel miracle. J'avais eu le temps d'y repenser, de trier mes affaires et mes pensées. Aucun doute, j'avais bien emporté le galet blanc du bord de Seine et laissé le galet gris dans mon jardin ! J'avais fini par renoncer à expliquer l'échange, puisque la seule conclusion logique aboutissait à diagnostiquer soit ma folie, soit ma paranoïa. Au choix.

J'avais décidé de me concentrer sur mon intuition. Suivre la piste que ces indices m'indiquaient. Suivre la trace de mes pas, vingt ans plus tôt. Faire revivre le passé. Comprendre pourquoi Ylian avait failli être assassiné. Etait-ce un jeu de piste qu'on m'organisait, pour le sauver ? Ou un piège mortel dans lequel je m'engouffrais ?

Près de trois heures de routes encombrées plus tard, nous sommes parvenus affamés et assoiffés à San Diego. J'ai habilement dirigé mes collègues vers l'Old Town. J'avais pris les devants, téléchargé une carte du quartier historique, et je les ai guidés parmi les rues où les voitures peuvent circuler. Au prétexte de chercher une place au plus près du quartier piétonnier, nous nous sommes retrouvés garés, par le plus grand des hasards, en haut du Presidio Park.

Plus de hamac ! Plus d'homme au tatouage de lézard pour m'interpeller.

*Vous cherchez, Miss Swallow ?*

Plus de guitare, plus de shit, et plus de Chevy Van surtout. Logique... Je m'y attendais ! Comment ce camion aurait-il pu être encore stationné là, vingt ans après ? J'avais pourtant fini par croire à ces trous entre présent et passé, et si des passages secrets existaient, les portières de ce vieux Chevy en ouvraient forcément un. A défaut de Chevy Van, je m'étais forcée à espérer qu'un souvenir au moins traînerait devant Presidio Park.

Rien !

— Bon, on va la boire, cette Margarita ?

On y va, Jean-Max, on y va.

On la boit.

Tous assis devant une grande table de bois brut, sous les murs peints du Café Coyote, pailles géantes et rondelles de citron vert, bouteilles de tequila et de Cointreau plantées dans le sable du désert, quelques cactus et une ou deux têtes de mort pour le décor.

L'étape suivante, évidemment, c'est Tijuana.

Je sais que je n'aurai pas de mal à les convaincre d'aller faire un tour au Mexique. Si près. Ce serait idiot de ne pas en profiter... Mais une question me taraude : pourquoi retourner là-bas ? Depuis que je me suis posée à Los Angeles, aucune nouvelle coïncidence ne m'a connectée à mon passé. Comme si je faisais fausse route. Comme si ma place n'était pas ici, mais à Paris. Comme si je fuyais, refusant la réalité. Ylian, assassiné. Comme si brusquement, la pierre de temps s'était arrêtée.

— On s'en remet une ? propose Jean-Max.

Il envoie, sans trop lui demander son avis, Charlotte chercher la seconde tournée.

Des idées contradictoires s'agitent dans ma tête, toutes cherchent à me convaincre du meilleur choix, dans le désordre le plus total. Je tente de faire preuve d'autorité. Je rassemble ce qu'il me reste de raison, j'ai l'impression d'élever la voix dans mon cerveau, telle une DRH qui finit par se lever et taper du poing sur la table pour stopper les discussions inaudibles d'une réunion qui part en vrille.

Une citation me revient, une citation d'Eluard, *il n'y a pas de hasard, il n'y a que des rendez-vous*. Qui m'a collé cette phrase qui trotte dans ma tête comme le refrain d'une chanson passant en boucle à la radio ?

*Il n'y a pas de hasard, il n'y a que des rendez-vous...* Et si c'était la solution ? Attendre le prochain message du passé. Et s'il n'y en a aucun, laisser tomber ! Retour à L.A. Une bonne nuit à l'Ocean Lodge Motel. Un coup de fil à Olivier.

Et sitôt posée à Roissy, je file tenir la main d'Ylian à Bichat. Je n'arrive toujours pas à croire à un assassinat, malgré le témoignage d'Ulysse, malgré le texto de Laura. Je me surprends même à ne plus croire aux coïncidences de Montréal, à ce sac à main de cuir violet retrouvé sur le mont Royal, à ces bouts de conversations, la vie est belle, l'hirondelle, Miss Swallow, comme si elles s'effaçaient, comme si jamais Sœur Emmanuelle ou Jean-Max ne les avaient prononcées. Comme si j'avais tout inventé.

— Quatre Margaritas ! annonce Charlotte.

Elles sont cette fois-ci toutes jaunes Lemon, avec chacune leur feuille de menthe et leur rondelle de citron vert accrochée.

J'en choisis une au hasard.

Je remarque que sur chaque verre de plastique, en lettres majuscules, est inscrit un court message.

*Drink it all*, sur celui de Jean-Max

*Already Empty*, sur celui de Charlotte

*No Outflow*, sur celui de Flo

Et sur le mien

Contente-toi de l'avaler

*Just Swallow it*

*Just SWALLOW it*

– 24 –

1999

Petit à petit, les terrasses de la rue mexicaine s'emplissent. La rue s'anime d'un patchwork de couleurs bigarrées, de vendeurs ambulants et d'odeurs de viande grillée. J'observe, étrangère, le spectacle de foire permanente, comprenant qu'elle n'est qu'une illusion pour masquer le désespoir d'une ville au bord de l'explosion. Des vêtements débordent des valises posées dans la rue tels des cercueils éventrés, des draps et drapeaux flottent entre les maisons comme autant de linceuls envolés. Comme les lumières d'Halloween narguent la mort, le carnaval permanent de Tijuana nargue l'oppression états-unienne. On vit, de ce côté-ci de la frontière, de tout ce dont les Américains ont besoin sans le vouloir dans leur jardin : prostituées, camés, ouvriers sous-payés des maquiladoras vivant dans des taudis construits sur des sols pollués. A une trentaine de mètres, plaza Santa Cecilia, les mariachis tournent autour des cantinas, guettant les rares couples d'amoureux égarés pour récolter quelques pesos.

Le groupe le plus proche de moi enchaîne *Cielito Lindo* et *La Cucaracha*. Un quatuor vêtu d'un superbe costume bleu roi brodé d'or, chemise blanche, foulard pourpre et chapeau parasol. Des mousquetaires sans leur épée. Un triste et vieux, Athos, jouant du violon avec mélancolie. Un gros et rigolo, Porthos, soufflant dans sa trompette comme si en dépendait sa vie. Un petit futé et agité, Aramis, secouant sa guitare sous le nez des filles les plus jolies. Un second guitariste, de dos, d'Artagnan, grand, élancé, discret, en retrait, pourtant celui qui joue le mieux. Il pourrait ressembler à Ylian. Sans la moustache... Sans le sombrero... Sans les bottes en croco... Même silhouette, même petit balancement de la tête presque imperceptible pour accompagner le tempo, même...

Les mots d'Ulysse rebondissent soudain dans ma tête... *Un contrat avec un petit groupe de musicos latinos. Des amateurs.* Puis ceux de l'homme-lézard dans son hamac, *Il bosse, on va le chercher en fin d'après-midi avec le camion...* Le camion ! Ce Chevy Van peint aux couleurs d'une troupe de mariachis.

*Ylian ?*

Le quatuor entame avec entrain *La Bamba.* Intro guitare du petit excité, quelques passants les accompagnent en frappant des mains et des pieds. Le groupe se déplace tout en jouant. S'approche.

*Bamba, la Bamba...*

Le second guitariste demeure masqué, tête baissée sous son grand chapeau, caché derrière Porthos, mais à de discrets coups d'œil dans ma direction, je suis certaine qu'il m'a repérée.

*Ylian ?*

J'ai traversé la moitié de la planète, un océan et deux continents, pour retrouver un amoureux qui porte une fausse moustache, un sombrero et une tenue de torero ! Heureusement que je n'ai rien avoué à Flo !

Le quatuor joue de plus en plus vite et marche au même pas, passe devant ma terrasse sans s'arrêter. *Bamba, la Bamba,* Athos, Porthos et Aramis accélèrent encore, visant un groupe de vieux touristes américains attablés trente mètres plus loin. Toute une maison de retraite venue se faire poser des dentiers ? *Bamba, la Bamba,* d'Artagnan, lui, a ralenti.

Il me regarde, me fixe, et ne chante plus que pour moi, dans un mauvais espagnol, sa *Bamba.*

> *En habit de lumière*
> *Elle passe les frontières*
> *Et c'est bien pour ça*
> *Qu'elle fait bouger la terre*
> *Du haut en bas*
> *Bamba, la Bamba.*

Il y a un bref moment de silence. Ylian reste debout, à trois mètres de moi. Me sourit. Gêné. Etonné. Quelques mètres plus loin, ses trois collègues entament *Solamente una vez.* L'hymne mexicain, ou quelque chose comme cela. Ylian les accompagne, sans quitter mes yeux. Les paroles rebondissent sur les façades pastel de la ruelle pour monter jusqu'au ciel, j'en attrape quelques-unes, mon cerveau en fantasme la traduction.

> *Une fois seulement dans votre vie*
> *Vous rencontrerez l'amour vrai*
> *Cette chance, vous devez la saisir*
> *Et tout laisser tomber*
> *Même si ce n'est*
> *Que pour cette seule nuit*

Je pousse la chaise à côté de moi. J'interpelle le serveur et lui commande une autre Margarita, je n'ai pas fini la mienne. Pourtant, mon amoureux d'opérette semble encore hésiter à poser sa guitare, à abandonner les trois autres lascars qui s'éloignent dans la rue, sans doute déçus par l'avarice des retraités édentés. On n'entend presque plus le violon, juste quelques notes de trompette. Alors sans rien calculer, dans le silence de la plaza Santa Cecilia, je murmure plus que je chante, suffisamment fort pour qu'Ylian m'entende.

*Tengo miedo a perderte,*
*Perderte otra vez*[1].

Ylian ne dit rien, mais sa guitare parle pour lui.

*Bésame, bésame mucho*[2].

❀
❀ ❀

— Ça vous va bien, la moustache !

Ylian la lisse avec fierté entre ses doigts. Yl en fait un peu trop. Elle commence à se décoller et ça le rend plus ridicule encore. Plus craquant aussi. J'hésite entre appuyer mon index sur les faux poils pour la rajuster, ou l'arracher d'un geste sec comme un pansement qui ne sert plus à rien. Puis à poser un bisou sur son bobo.

— Ne vous moquez pas, Nathy.

— Je ne me moque pas.

J'adore son air de petit garçon pris en flagrant délit après avoir enfilé en cachette une panoplie.

---

1. J'ai peur de te perdre, de te perdre une nouvelle fois.
2. Embrasse-moi, embrasse-moi beaucoup.

— Et vous Miss Swallow ? Tijuana, c'est carnaval toute l'année. Vous avez oublié votre déguisement d'hirondelle ?

J'adore aussi son sens de la repartie. Bien vu, Ylie ! C'est vrai que je me balade moi aussi la moitié du temps affublée d'un costume, des hôtels aux aéroports, des aéroports aux hôtels, et parfois aussi faute de temps pour me changer, dans les rues de toutes les capitales de la planète. Ylian s'installe à côté de moi, grimace quand la table tangue, puis sourit. Il regarde avec inquiétude les trois autres musiciens s'éloigner, mais ne m'a toujours pas embrassée. Pas même touchée. Seule consolation, ses yeux me couvent.

— Que faites-vous ici ?

Tout mignon qu'Yl est, s'Yl espère que je lui avoue que je lui ai couru après ! Yl joue les innocents alors que c'est lui qui a semé ses petits cailloux sur la route de son odyssée. Je prends l'air étonné.

— J'allais vous poser la même question. Qu'est-ce que vous faites là ? Comment avez-vous su que je m'installerais à cette terrasse de Tijuana ? Que je fantasmais sur les hommes à moustache costumés qui chantent *La Cucaracha* ?

Yl fait mine de lustrer d'un revers de main le velours de sa veste dorée. Redresse son col. Fier comme un coq de combat.

— C'est Ulysse qui vous a donné mon adresse ? Puis Luis ?

— Luis, c'est le lézard qui mate les seins des copines de ses copains ?

— Il a maté vos seins ?

Yl rougit et ne peut s'empêcher de baisser les yeux sur les pommes de mon tee-shirt Granny Smith.

— Ça doit être une sale manie chez les mariachis !

Ylian détourne illico le regard et tente de fixer un point derrière moi.

— Allez Ylie. Je vous en prie. Prenez le temps de retirer votre sombrero.

Le guitariste jette des coups d'œil nerveux vers le bout de la rue.

— Je... Je dois rejoindre le reste de la troupe. On a l'air de princes dans notre costume de lumière, mais côté pesos, c'est plutôt la misère...

— OK ! Courez rejoindre vos copains. Mais pas avant d'avoir tenu votre promesse.

— Quelle promesse ? Je n'ai rien promis.

— Votre guitare, si. Bésame... Bésame mucho.

Yl s'avance, je crois qu'il va enfin poser ses lèvres sur les miennes, mais Yl murmure.

*Piensa que tal vez,*
*Mañana yo ya estaré*
*Lejos, muy lejos de ti*[1].

Je le fixe. Est-il sincère ? A-t-il vraiment la frousse de m'embrasser ? Ou joue-t-il une nouvelle fois avec moi au chat et à la souris ? Ce rêveur avec son air de gentleman est parvenu à me faire cavaler jusqu'ici pour me laisser languir devant ma Margarita ? Qu'Yl se méfie. Je peux être plus Speedy Gonzales que Minnie !

— Et trinquer avec moi, ça, vous l'oseriez ?

Yl lève son verre en guise de réponse. Ils carillonnent. Je le regarde droit dans les yeux.

— Aux soirées d'autrefois et aux musiques d'ailleurs.

Si mon guitariste cinéphile n'a pas compris avec ça !

---

1. Pense que peut-être demain je serai déjà loin, très loin de toi.

Enfin, Yl se penche et pose un chaste baiser sur mes lèvres. Un papillon qui effleure la rose à butiner. Tout ça pour ça ? Yl se baisse pour ramasser sa guitare.

— Je dois vraiment y aller.

— OK ! Je vous suis. Mon avion décolle demain midi de L.A. D'ici là, je ne vous lâche plus. A peine vingt-quatre heures et vous serez débarrassé.

Pauvre petite Nathy… J'avais tort. Je suis tellement devenue plus Minnie que Speedy ! Et j'insiste.

— Vous n'avez pas besoin d'une chanteuse dans votre boys band ?

Grosminet s'amuse.

— Si ! Mais à condition que vous portiez la moustache, de gros sourcils, un poncho et un sombrero !

— Jamais de la vie ! Air France interdit par contrat de porter toute autre tenue que celle de l'hirondelle. Vous me voyez en Sancho Panza ? Par contre, je suis certaine que les vieux Américains en cure de jouvence se délesteront de beaucoup plus de leurs pesos si c'est moi qui tiens le sombrero.

Ce salaud évalue les courbes tendues de mon tee-shirt, mes cuisses nues, semblant calculer avec précision ce que je pourrais leur rapporter.

— OK, vous êtes embauchée !

On se lève ensemble pour courir après les trois mousquetaires. Juste le temps de payer les deux Margaritas. Je fouille dans mon sac, cherche, peste, cherche encore, puis renonce. Terrassée.

— Je n'ai pas mes papiers !

Il me regarde sans me prendre au sérieux, comme si c'était une manœuvre pour ne pas payer l'addition.

— Je m'en doutais. Chaque fois que je vous vois, vous les perdez.

— Je ne plaisante pas, Ylian ! Et je ne les ai pas perdus, je les ai oubliés. Ils sont restés à San Ysidro, je les ai cachés sous le siège avant de passer au Mexique, avec mon argent, de peur de me faire voler...

Ylian devient sérieux un instant.

— Perdus... Oubliés... C'est la même chose. Sans eux, vous ne pourrez jamais franchir la frontière. Des Mexicains attendent une vie entière.

— Je suis citoyenne française !

Il pose une main sur mon épaule.

— Nathalie, cette frontière est l'une des plus surveillées du monde. Sans passeport ni carte d'identité, les douaniers vont être inflexibles. Ça va vous prendre des heures pour passer, sans doute plus d'une journée.

Je commence à paniquer. Je décolle le lendemain. Personne ne sait que j'ai traversé la frontière mexicaine. Personne pour m'apporter mes papiers. Personne à qui téléphoner si ce n'est au service d'urgence d'Air France, qui inscrira tout dans mon dossier, sans accélérer pour autant la procédure. Je sens que mes nerfs vont lâcher.

Je suis folle. Je suis coincée. Je vais tout perdre. Mon métier. Olivier.

Comment pourrais-je lui expliquer la situation dans laquelle je me trouve ? Minnie sent les larmes naître au coin de ses yeux. Je devine qu'ils virent du bleu au vert. Je regarde Ylian et sa silhouette se brouille. Tout est de la faute de ce garçon trop mignon, de ce lâche coupable de rien et responsable de tout, qui m'observe au bord de la crise de nerfs et que cela semble pourtant amuser.

Il sourit. Il se penche vers moi, me serre dans ses bras.

— Ne pleurez pas, Miss Swallow, je crois que j'ai une idée.

❋

❋  ❋

Le Chevy Van s'approche du poste-frontière de San Ysidro. Je suis assise à l'arrière, entre les bongos et les maracas qui rythment notre course à chaque secousse. Felipe, alias Athos, et Ramón, alias Porthos, me surveillent du coin de l'œil, hilares. C'est peu dire que ça m'énerve ! Luis, alias l'homme-lézard, conduit tout en me matant dans le rétroviseur et en ricanant plus encore. Comme prévu, il est venu rechercher la troupe de mariachis Los Páramos avec le fourgon, pour ramener tout ce petit monde côté américain. Ylian, assis à ma gauche, plus indulgent que les trois autres, se contente de sourire en détaillant mon déguisement. Yl s'est retenu de tout commentaire jusqu'à présent, mais tiendra-t-il jusqu'à la frontière ? Alors que le Chevy s'immobilise derrière la file de véhicules qui patientent, dans la longue ligne droite précédant les vingt-quatre guérites de douanes en éventail, Yl craque.

— Ça vous va bien, la moustache...

— Je vous hais !

— Vous voulez un autre coussin sous votre poncho ? Sancho Panza était plus gras que ça.

— Je vais vous tuer !

— Une jolie mèche brune dépasse de votre sombrero, enfoncez-le davantage... Et vous avez oublié de serrer votre ceinturon en peau de serpent.

— Et vous avez oublié d'y glisser les pistolets. Je vous descends sitôt la frontière passée !

— Ne froncez pas les sourcils, ça a tendance à les décoller…

Je me tais. Plus je réponds et plus Yl jubile. Sans oublier le sourire banane des trois autres rigolos sous leurs chapeaux. Par la fenêtre avant du Chevy Van, j'aperçois les passants, eux aussi alignés en file indienne, examiner avec curiosité les dessins peints sur l'immanquable camion Los Páramos. Je me laisse tomber au fond de mon siège.

— Ça ne marchera jamais !

— Si, assure Felipe. Les douaniers nous connaissent. On passe tous les jours, ils se souviennent de notre camion. On est des citoyens américains, ou européen pour Ylie, on possède tous les cinq un permis de travail journalier. Avec quarante-cinq mille véhicules et vingt-cinq mille piétons qui traversent la frontière chaque jour, ils n'ont pas le temps de s'attarder sur les transfrontaliers réguliers.

— C'est le plan parfait, renchérit Ramón. Esteban avait prévu de rester au Mexique ce soir avec sa nouvelle copine. On lui rapportera demain son passeport et sa carte de travail. Les policiers se sont habitués à ce que dans nos costumes de mariachis, on ne ressemble pas vraiment aux photos de nos permis. Au début ils nous faisaient enlever nos fausses moustaches et nos perruques, mais maintenant ils s'en foutent ! Esteban est petit et brun comme vous. Avec vos postiches, les douaniers vous confondront.

C'est cela, leur plan parfait ? Me faire passer pour Esteban, alias Aramis, le second guitariste.

— Cela dit, Miss Swallow, ajoute Luis le lézard en me fixant dans le rétro, mieux vaudrait boutonner les deux derniers boutons de votre gilet, Esteban a une poitrine beaucoup moins sexy que la vôtre.

La sale manie des mariachis ! Je tente de refermer ma veste bleu et or sur mes seins et de rajuster sur ma gorge le foulard violet.

— Esteban, précise Felipe, ce sont plutôt les boutons du bas qu'il a du mal à boucler. Ah, la tequila...

Et ça se marre !

Qu'est-ce qui me retient de sortir et de finir à pied ? Le lézard me détaille à nouveau de la tête aux bottes.

— Quand les douaniers vous regarderont, gardez la bouche serrée pour que votre moustache soit fièrement dressée.

Enregistré !

— Ça vous va plutôt bien, ajoute Felipe derrière moi. Vous n'avez jamais pensé à arrêter de vous épiler ?

Servie sur un plateau... Ils explosent à nouveau de rire tous les trois. Seul ce fourbe d'Ylian se contient, prenant un air désolé à chaque remarque de ses complices. Une fois passée la frontière, je suis certaine qu'Yl sera le premier à se rengorger : ça n'était pas si terrible de supporter quelques blagounettes, au regard de son idée de génie... Me déguiser en mariachi. Si je m'en sors...

Je m'en sors !

Tout se déroule avec une incroyable simplicité. Après avoir roulé au pas jusqu'à la frontière pendant une petite demi-heure, Luis choisit avec un soin particulier l'une des vingt-quatre guérites, ayant repéré un douanier qu'il connaît.

Je tremble, je me vois déjà lever les mains sous la menace du colt d'un policier mexicain, déperruquée, démaquillée, démasquée, emmenée vers les cachots de Tijuana, faire la une des journaux le lendemain matin, une hôtesse de l'air française emprisonnée, on ignore encore ce qu'elle trafiquait...

Luis le lézard, au contraire, plaisante avec le douanier comme s'ils avaient joué ensemble au hold'em poker depuis le lycée, alors que Felipe fait glisser nos passeports et permis de travail (enfin ceux d'Esteban, pas les miens) vers un autre militaire fatigué qui les examine avec un regard aussi lointain que s'il lisait Carlos Fuentes en latin. Les deux galonnés jettent un bref coup d'œil dans le camion pour nous compter, puis nous laissent passer !

Le Chevy Van roule encore une centaine de mètres, le temps de se perdre parmi les voitures garées sur l'immense parking de San Ysidro. Mon cœur, bloqué pendant d'interminables minutes, peut enfin exploser. J'arrache tout, faux sourcils, fausses moustaches, fausses rouflaquettes, je fais voler le sombrero façon frisbee au fond du camion, alors que toute la troupe de Los Páramos crie de joie, chante à tue-tête *Hasta siempre* telle une bande de guérilleros venant de faire sauter le palais présidentiel. Dans une glacière, ils dénichent cinq Corona. Ylian me prend dans ses bras. Et pour la seconde fois de la journée, la troisième de sa vie, m'embrasse.

Je suis passée !

Mon cœur n'a aucune envie de se calmer.

Jamais je n'ai vécu avec autant d'intensité !

Mes pensées fusent en feu d'artifice dans mon crâne, bruyantes, pétaradantes, ne laissant place à aucun regret, à peine un petit pétard mouillé.

Ces émotions, à qui pourrai-je un jour les avouer ?

Je viens de franchir illégalement la frontière la plus dangereuse du monde, déguisée en homme, dans un camion décoré avec quatre types habillés en mariachis ! Avec qui pourrai-je un jour partager cela ? Le dire, l'écrire ? Et si par miracle, je trouve le courage de tout raconter, et si je trouve une oreille pour m'écouter, des yeux pour me lire... Comment les persuader que je n'ai pas tout inventé ?

*<br>* *

Ylian a pris le volant du Chevy Van.

— Je vous dépose à votre voiture sur le parking de San Ysidro, Miss Swallow, ou on continue ?

— On continue !

Le fourgon slalome quelques kilomètres dans les rues de Chula Vista, le temps de déposer Felipe, Ramón et Luis successivement à Rancho del Rey, Bonita et Otay Mesa West. Le soir, explique Ylian, adios Los Páramos, Felipe et Ramón rejoignent leur famille, Luis joue dans une cantina avant de rentrer à l'Old Town, et moi je garde le camion.

Nous ne sommes plus que tous les deux. Je suis montée à l'avant du fourgon. Il se dirige vers le Pier d'Imperial Beach. L'autoradio joue de vieux classiques du rock américain. L'océan s'ouvre devant nous, nous suivons une longue langue de sable, la baie de San Diego s'ouvre sur ma droite, le Pacifique s'étend à l'infini sur ma gauche. Une superbe et étroite presqu'île, j'ignore où elle mène, mais la vue sur la skyline des gratte-ciel de San Diego est magique.

— Quelle est la prochaine étape ? S'échapper d'Alcatraz ?

— Hélas non... Fini de s'amuser. Je dois aller travailler.

Nous continuons de remonter l'interminable cordon dunaire, jusqu'à ce que la presqu'île s'élargisse et qu'on entre dans une station balnéaire très chic où chaque pavillon face à la mer possède sa piscine, à croire que les propriétaires ont la flemme de traverser la route pour aller se baigner. J'en lis le nom à l'entrée : *Village of Coronado.*

— Encore ?

— Oui, et cette fois, les rôles sont inversés... Ce sont les musiciens qui se déguisent en femmes !

— Waouh ! On est dans un ghetto de travelos ?

Les rues tracées au carré de cette banlieue aisée m'ont pourtant davantage l'air tirées d'un épisode de *Santa Barbara* que d'une série gay. Devant moi, je découvre un gigantesque bâtiment tout droit sorti d'un conte pour enfants : un château tarabiscoté couronné de dizaines de tourelles rouges pointues, un chapiteau de cirque en guise de donjon, des toits dans tous les sens, des centaines de fenêtres et autant de balcons, comme si un dessinateur l'avait inventé pour un film de Disney et qu'un fou avait décidé de le construire en vrai, avant de le poser sur la plage.

— Non, fait Ylian en se garant. Je vous parle du film le plus connu de San Diego.

— *Top Gun ?*

Ylian lâche un petit rire de surprise, ai-je sorti la pire des âneries ?

— Miss Swallow... Il n'y a pas que les avions dans la vie !

Merci ! Je lui tire la langue. Je n'ai pas traversé la planète pour jouer aux devinettes ! De sa main, il désigne l'incroyable palais de conte de fées face à nous.

— Hôtel del Coronado. Décor éternel de *Certains l'aiment chaud*.

Un de mes films préférés ! Sugar Marilyn, Jack Lemmon et Tony Curtis déguisés en Daphné et Joséphine. Quelle idiote de ne pas y avoir pensé !

Je tente de me rattraper.

— Nobody's perfect... Vous allez jouer pour les clients de l'hôtel ?

Ylian coupe le moteur.

— Oui... Je joue pendant que les clients dégustent leur langouste ou leur chateaubriand. Ça fait partie des prestigieux contrats qu'Ulysse Lavallée m'a dénichés.

Subjuguée par la majesté de l'hôtel, je cherche à superposer des images du film... Une évidence m'apparaît.

— Ne me dites pas que, comme Marilyn, on vous demande de jouer... du ukulélé !

Sans même le vouloir, j'ai visé plein cœur. Ylian baisse les yeux et se ferme comme un petit garçon honteux.

Double idiote ! Je tente d'arracher ma flèche.

— Je suis désolée, Ylian. Je vous jure que vous me faites complètement craquer en mariachi ou avec un ukulélé... Je ne suis pas certaine que j'aurais pu tomber amoureuse de Jimi Hendrix ou de Chuck Berry.

Triple idiote ! Je me penche pour l'embrasser, mais je me rends compte qu'au lieu de le consoler, ma dernière phrase l'a plus encore vexé. Je reste un instant silencieuse. C'est Ylian qui parle le premier.

— Venez, Miss Swallow, vous êtes mon invitée. Champagne à volonté. Je gagne vingt dollars par soir ici, mais c'est open bar !

Pour me faire pardonner, je pose mes lèvres sur ce qui dépasse de son profil crispé. Un bout de nez, un lobe d'oreille.

— Je suis maladroite. Je suis désolée.

— Vous n'avez pas à l'être. Séduire une fille telle que vous en jouant coiffé d'un sombrero, ou avec une guitare de poupée, c'est plutôt inespéré.

Inespéré ?

Sans réfléchir, je plaque mes mains sur ses tempes, lui tords le cou et l'embrasse, à perdre haleine. Ses mains s'égarent enfin sur mes hanches, remontent, puis s'enhardissent et descendent. Les miennes emprisonnent sa nuque. L'empêchent de respirer, elles décideront si je le sauve. Enfin, je décolle mes lèvres et lui murmure au ras du nez.

— Je crois plutôt que vous êtes terriblement rusé.

Je suis bien. Audacieuse, intrépide, provocante. Pas un instant je ne ressens le moindre sentiment de culpabilité.

La main d'Ylian continue de s'égarer le long de ma cuisse, je la soulève délicatement pour la poser sur son genou.

— Un peu de patience, on vous attend à l'hôtel del Coronado, mon joueur de banjo !

Ylian sourit mais n'insiste pas. Je trouve adorable sa façon de dissimuler qu'il est une nouvelle fois vexé. Apparemment, les mots ukulélé et banjo sont tabous, ainsi sans doute que mandoline, sitar, balalaïka...

Yl, docile, ouvre la portière. Ses yeux pétillent à nouveau.

— Moquez-vous ! Ce soir, après avoir fait le pingouin au Coronado, je vous montrerai.

Je l'interroge d'un regard.

— Je vous montrerai le pouvoir d'une vraie guitare.

## – 25 –

## 2019

Olivier se gare sur l'une des dernières places le long du trottoir, coupe le moteur et observe l'étrange agitation. Les voitures entrent et sortent. La barrière se lève et se baisse. Les piétons s'écartent pour la contourner. Ils franchissent les portes vitrées avec des sacs à la main, des fleurs, des enfants. L'endroit est plus visité qu'une galerie commerçante un week-end de décembre. Olivier se souvient des panneaux qu'on lisait jadis.

*Hôpital – silence.*

Aujourd'hui, il n'y a pas d'endroit plus bruyant. Sans même parler des ambulances qui vont et viennent. Une sirène ne semble s'éloigner que lorsqu'une autre approche. Olivier repère un gyrophare bleu dans son rétroviseur qui grossit, grossit, s'avance vers lui et le dépasse. Encore une urgence ? Il réalise, en contrôlant sa surprise, qu'il s'agit d'une voiture de police banalisée. Deux flics en civil en sortent, puis disparaissent par la porte principale de l'hôpital Bichat.

Olivier les suit du regard, il met un moment à se rendre compte qu'on frappe à sa portière. Il tourne enfin la tête. Laura se tient devant lui, blouse blanche, cheveux noués en chignon, index et majeur serrés sur une cigarette. Il déteste toujours voir sa fille fumer. N'importe quel père déteste cela !

Même si Laura vient de fêter ses vingt-six ans, il se retient de lui arracher et de l'écraser. De lui faire la morale au moins.

Il se contente d'ouvrir le Kangoo et de l'embrasser.

— Papa ! Qu'est-ce que tu fais là ?

— Tu vois, je suis passé te faire un petit coucou.

— Sans rire ?

— J'ai un client dans le coin. Avenue de Wagram. J'ai juste fait un petit crochet.

Les sirènes continuent de hurler. Urgentistes ? Police ? Laura tire une bouffée, pressée. Olivier sait que ses pauses sont minutées. Elle raconte souvent qu'ils n'ont même plus le temps de pisser ou de cloper. Les cadences infernales à l'hôpital ont au moins du bon pour ses poumons.

— Tu as l'air fatiguée, Laura.

— Ouais ! Vivement les vacances !

Elle cligne un œil complice à son papa. Il ne réagit pas. Il était concentré sur l'un des deux flics qui ressortent de Bichat en direction de leur Mégane.

— Dis donc, c'est un vrai poulailler ici ?

Laura s'autorise une dernière bouffée.

— Ouais... Bientôt, on nous fera faire aussi les autopsies. Et on portera des flingues sous nos blouses pour protéger les survivants des attentats.

Elle écrase sa cigarette sans la terminer, puis ajoute :

— Ou des tentatives d'assassinat.

— T'as raison, on peut bien se passer des flics. Au boulot. Ou chez soi.

Laura encaisse moyennement l'allusion. Elle sait que son père ne rate pas une occasion de se payer Valentin, son gendarme de mari. S'il apprécie l'amateur de rugby, il déteste le capitaine de brigade aux horaires impossibles. Lui qui a passé sa vie à travailler chez lui, dans son atelier, à adapter son rythme de travail pour respecter celui de ses filles, peine à comprendre la vie de dingue de Laura et de son mari, entre urgences à Bichat et permanences à la gendarmerie de Cergy. Mais surtout, par-dessus tout, il redoute le moment où Valentin leur annoncera sa promotion, synonyme de mutation, et où ils devront déménager avec les jumeaux peut-être à mille kilomètres d'ici.

— Je dois y aller, papa.

— Je sais.

Elle fait un pas vers l'entrée, se retourne.

— Maman ne se doute de rien ?

Si Olivier possède une qualité, c'est de savoir rassurer sa fille.

— Là où elle est, ça m'étonnerait.

Jean-Max gare la Buick Verano de location sur le parking de San Ysidro et observe avec méfiance la longue frontière barbelée qui s'étire à l'infini en haut des collines, les Américains qui se dirigent par grappes vers le poste de douane pour passer au Mexique, les Mexicains qui au contraire pénètrent au compte-gouttes sur le sol états-unien. Le commandant se retourne vers moi, inquiet.

— Tu es sûre qu'une fois rentrés, ils nous laissent ressortir ?

Je hoche la tête en signe de confirmation.

En réalité, je ne suis sûre de rien. Je n'ai aucune idée de l'évolution de la sécurisation de la frontière depuis 1999, mais je me doute que Donald Trump a dû donner des ordres précis pour que les douaniers se méfient… et qu'on ne laisse plus entrer et sortir n'importe quels mariachis ! Les souvenirs me reviennent avec une précision presque irréelle. Le tourniquet à franchir sans montrer ses papiers, la courte marche vers Tijuana, les rues colorées, les gamins dans les rues, les musiciens en sombreros…

Franchir le tourniquet… et après ?

Qu'est-ce que j'espère ? Tomber sur les Los Páramos, plaza Santa Cecilia, Luis, Felipe, Ramón, Esteban, les mêmes avec les cheveux gris, dix kilos de plus chacun dans leurs costumes de velours ternis ? Et si par le plus improbable des miracles, je les retrouvais, que m'apprendraient-ils ? Ce serait à moi de leur donner des nouvelles, et quelle nouvelle... Que le petit Français sympa avec qui ils ont joué, il y a des années, est cloué à dix mille kilomètres d'ici sur un lit d'hôpital et se bagarre entre la vie et la mort. Mille autres questions m'agitent, mais je me force à repousser toute forme de réflexion logique.

Ne pas hésiter, ne pas douter. Je dois seulement suivre le jeu de piste !

Franchir le tourniquet.

— On y va ? fais-je, enjouée.

Charlotte est restée bloquée sur son téléphone. Elle a téléchargé l'application Las Americas Premium Outlets in San Diego et réalise qu'elle se trouve à moins d'un kilomètre d'un mall où s'alignent plus d'une centaine de magasins d'usine, les plus grandes enseignes au monde, bradant leur catalogue. Pas des contrefaçons. Des vrais produits de marque ! Calvin Klein, Guess, Ralph Lauren, Tommy Hilfiger... Charlotte fait défiler les logos comme s'il s'agissait de photos de stars qu'elle pourrait enfin approcher.

Je me rends compte que je vais devoir être persuasive si je veux qu'ils m'accompagnent à Tijuana ! Et je n'ai aucune envie d'y aller seule. Je ressens une étrange sensation de danger. Une menace. Le sentiment que quelqu'un attend que je sois isolée. Pour m'agresser ? En sortant de l'Old Town, une voiture, un Ford Edge gris, a démarré en même temps que nous et a emprunté la même route jusqu'à San Ysidro, prenant soin de garder ses distances, et de disparaître maintenant que nous sommes garés. J'ai eu l'impression qu'elle me suivait ! Tout comme Ylian avait été suivi à Paris. Pour m'assassiner ? Cette étrange sensation s'est transformée en certitude tout au long du trajet, puis s'est effacée, ou plutôt a été étouffée par d'autres pensées, tout aussi insensées. Un mot continue de tourner dans mon crâne.

*Swallow.*

Ce mot que je ruminais dans ma tête, quelques secondes avant qu'il apparaisse inscrit sur mon verre… *Just Swallow it.*

J'essaie d'être le plus lucide possible. Je ne crois plus au hasard ! Fini ! Je me contente de constater les faits, et celui-ci est clair, même s'il relève de la sorcellerie : j'attendais un signe du passé et il m'est apparu. Quelqu'un me l'a servi. Quelqu'un qui sait ce qu'il signifie. Charlotte ? Un serveur machiavélique ? Un Dieu capable de lire dans mon cerveau ? Aucune de ces hypothèses n'a de sens…

Avec un enthousiasme que j'espère communicatif, j'esquisse un pas vers le long couloir gris qui mène à la douane mexicaine, mais je remarque que Jean-Max ne me suit pas, attend, puis se dirige dans le sens inverse, prenant Charlotte par la main.

— Allez, ma petite, tu me fais trop pitié à ne pas oser demander. On y va, voir les outlets ! Je t'accorde trois heures de boutiques et je te porte tes sacs si tu me promets qu'ensuite, on file voir décoller les F-35 à Miramar…

Je les regarde s'éloigner en direction des magasins d'usine, en sifflant rien que pour me narguer *La Cucaracha.* Je devine que Flo hésite à m'abandonner elle aussi… pour les accompagner. Elle semble soudain m'en vouloir terriblement et lève les yeux vers la gigantesque affiche bordant le parking qui vante les tarifs imbattables d'Eterna Primavera, une clinique mexicaine de chirurgie esthétique. Elle jette un dernier regard au commandant et à la jeune stagiaire.

— OK ma chérie, je te suis. Pendant que cette bombasse fait sa provision de jeans slims, on a trois heures pour se faire liposucer et s'acheter une nouvelle poitrine ! On va lui faire préférer les quinquas libérées aux gamines, au Ballain.

J'adore Flo ! Je devrais faire tous les vols, toutes les escales, partager chaque destination du monde avec elle. Alors que nous marchons vers le fameux tourniquet, il n'a pas changé, je l'aperçois au bout de l'entonnoir de béton, j'ouvre mon sac à main.

Un pressentiment soudain.

Puisque la pierre de temps semble recommencer à fonctionner...

Je fouille. Il y a vingt ans, j'avais oublié mes papiers.

Je cherche.

Je me souviens parfaitement avoir rangé mon passeport dans ce sac, après m'être changée à l'Ocean Lodge Motel.

Je m'énerve. Aucune trace de mon passeport. Pas davantage de carte d'identité.

Flo s'arrête net.

— T'as oublié tes papiers à l'hôtel ?

La réponse cogne dans ma tête, non Flo, je ne les ai pas oubliés, je ne les ai pas perdus non plus, impossible... Mais ils n'y sont plus !

Ça ne semble pas particulièrement inquiéter Florence. Au contraire, la traîtresse saute sur l'occasion.

— Pas de papiers, pas de nénés ! Allez, si on sprinte, on peut les rattraper.

Je ne bouge pas. Je continue de retourner mon sac.

Même si j'ai compris le message.

Je dois franchir la frontière mexicaine, sans pièce d'identité, comme il y a vingt ans. Seule ! C'est ce que m'ordonne ce nouveau signe que l'on m'envoie. Qui ? Pourquoi ?

Aller à Tijuana est le seul moyen de le savoir. J'avance d'un pas. Flo me regarde comme si j'avais perdu l'esprit.

— T'es malade, Nathy ! Tu pourras jamais ressortir.

Mais si, Flo, j'ai confiance dans la pierre de temps, un moyen va apparaître, des musiciens, un camion, n'importe quoi.

Je ne dois pas chercher à comprendre, je dois juste obéir.

Flo ne me lâche pas, me retient par la manche, comme si j'allais me jeter dans le vide et qu'elle était la seule à pouvoir me dissuader d'un suicide. C'est ce que je lis dans ses yeux. Je tangue au bord du gouffre et elle veut me sauver.

Mes doigts fouillent dans mon sac à main, une dernière fois, une dernière branche à laquelle je m'accroche avant qu'elle ne cède. Tout au fond, ils se referment sur un morceau de papier que je n'avais pas remarqué. Une feuille A4 pliée en quatre.

Je la sors, la déplie, l'observe, sans comprendre ce qu'elle fait là.

Je n'ai jamais imprimé ou photocopié cette image, mais je la reconnais.

*Une soldadera !*

Une femme mexicaine, regard et longs cheveux noirs, drapeau national en écharpe, sombrero dans le dos, cartouchière en bandoulière et fusil à l'épaule. Les soldaderas sont les combattantes de la révolution mexicaine, des figures légendaires, mais je sais où trouver cette guerrière. Elle est peinte sur une fresque murale, géante, toute la surface d'un large pylône de béton. Les souvenirs me reviennent par bouffées. Si chauds ceux-là. Si beaux.

Je souris à Flo.

— Tu as raison, je suis timbrée. J'ai beaucoup mieux que Tijuana Tour à te proposer.

— Putain... Qu'est-ce que tu vas encore m'inventer ?

— Un truc de fou. Comme tu n'en as jamais vu... Un musée à ciel ouvert. Les fresques murales du Chicano Park dans le Barrio Logan.

Flo ouvre des yeux hallucinés.

— Fais-moi penser de demander aux gars du planning de ne plus jamais, mais jamais, naviguer avec toi !

## 1999

— Le Barrio Logan est le port historique de San Diego où se sont installés les latinos depuis plus d'un siècle.

Ylian m'explique l'histoire des chicanos avec un ton de professeur passionné, tout en arrachant le nœud papillon noir qui lui serre le cou.

— Vous pouvez me tenir le volant ?

Je me penche pour conduire un instant, le temps qu'Yl ôte sa veste noire et la jette à l'arrière du camion.

— Merci. Plusieurs dizaines de milliers de Mexicains sont venus habiter ici pendant la révolution mexicaine, je vous passe les détails, et patati et Zapata, c'est devenu le barrio le plus emblématique de Californie, celui de toutes les luttes sociales hispaniques, quand les Américains ont rasé les usines pour faire de l'ancien port une zone résidentielle, puis ont coupé le quartier en deux en y faisant passer l'Interstate 5, puis le pont de Coronado, celui que nous empruntons.

Tout en parlant, Ylian déboutonne sa chemise blanche, jusqu'à parvenir d'une main à la faire glisser le long de son torse, retirer une manche, changement de main sans lâcher le volant, retirer l'autre manche. Et voici mon guitariste timide torse nu devant moi, les lumières de la ville dansant sur sa peau de cuivre.

— Vous pouvez me donner le tee-shirt à l'arrière ?

— Heu, oui…

Troublée, je lui confie un tee-shirt BB King qu'il enfile avec la même dextérité sans cesser de piloter le Chevy Van. Ni de commenter.

— Les premières fresques murales du Barrio Logan sont apparues dans les années 70, sur chaque mètre carré de béton que les multinationales américaines construisaient dans le quartier. C'est devenu leur symbole, le Chicano Park, plus de soixante-dix peintures monumentales. Le site est aujourd'hui classé, les œuvres protégées, mais ça n'empêche pas le quartier d'être le plus rock and roll de tous les USA. Passez-moi mon blouson, s'il vous plaît.

Je lui tends un blouson de cuir élimé, décoré de pin's des Yardbirds et de Led Zep. Je prends le temps de le regarder conduire avec assurance dans ce quartier qu'aucun non-latino ne doit oser fréquenter après la nuit tombée. Quel contraste avec le mariachi déguisé en torero cet après-midi, ou le guitariste coincé-serré dans son petit costume de feutre noir, accompagné d'un pianiste de bar, reprenant avec son ukulélé les standards du jazz américain. Ce garçon est un caméléon.

Yl gare le Chevy devant un pylône de béton. On doit se trouver sous l'Interstate 5, l'endroit n'est éclairé que par les phares du camion, qui éblouissent une femme mexicaine peinte sur le poteau gris, belle et armée jusqu'aux dents.

— N'ayez pas peur, Nathy, la Soldadera nous protégera.

230

Dans le halo, je repère d'autres fresques. Des portraits saisissants de Frida Kahlo, Che Guevara, Fidel Castro, Diego Rivera, des tableaux de familles mexicaines travaillant dans des champs de pastèques ou de maïs, un aigle survolant la ville et réclamant justice, éducation et liberté, des soldats, vivants ou simples squelettes, mais toujours armés et déterminés. Un feu de camp est allumé un peu plus loin. Des silhouettes s'agitent, plusieurs dizaines. D'autres fresques se dévoilent, toutes rendant hommage à la résistance sud-américaine. Ylian attrape sa casquette écossaise à l'arrière du camion, l'enfonce sur ses cheveux bouclés, saisit sa guitare et me prend la main.

— Suivez-moi.

❉
❉  ❉

Il y a d'abord les applaudissements quand Ylian casse le cercle autour du feu. Un gamin s'empresse de tirer un fil électrique jusqu'à l'ampli posé sur un tabouret. Des ados me font une place près du foyer, des femmes posent par terre des bières et des plateaux de pâtisseries mexicaines, que je goûte au hasard, puis lèche jusqu'au bout de mes doigts parfumés d'anis, de miel et de coco. D'autres habitants nous rejoignent, s'asseyent par terre ou sur de petites chaises qu'ils apportent. Ils forment maintenant un croissant d'une soixantaine de personnes, attendant qu'Ylian finisse d'accorder sa guitare et de régler le micro à sa hauteur.

Puis, Ylian joue. Chante. Yl ne chante pas très juste, mais joue divinement bien !

Est-ce l'amour ? Est-ce l'instant ? Est-ce l'endroit ?

Les silhouettes dansantes de Che Guevara, Frida Kahlo et Pancho Villa, derrière les flammes du feu de camp, sont d'ailleurs toutes d'accord avec moi !

Yl enchaîne *Cocaine, Sultans of Swing, London Calling, Imagine.*

Deux adolescentes, longs cheveux fleuris jusqu'au nombril et longue robe tige jusqu'aux chevilles, se lèvent et réquisitionnent le micro. Ylian ne proteste pas et continue de jouer alors qu'elles chantent. Mieux que lui. Et lui joue mieux encore.

*Mala vida, Gloria, Hallelujah.*

Le moment est magique. Je ne quitte pas Ylian des yeux. Ses doigts qui dansent sur les quatre cordes sans jamais se fatiguer, ses hanches qui ondulent, sa cuisse droite qui accompagne le rythme, la sueur qui mouille le tee-shirt BB King laissant deviner un torse dont je n'ai que le furtif souvenir, ses paupières qui se ferment, sa bouche qui murmure.

Non, ce garçon n'est pas un caméléon. Ce garçon est lui, entièrement lui, ici. Yl est lui quand il interprète Springsteen, Sting ou le King. Yl est lui quand il devient enfin égoïste et ne se préoccupe que de son art. Yl est lui quand il s'abandonne à sa folie, à son génie, seul et coupé du monde, dans ce halo de lumière autant que de poussière, une poussière invisible qui se pose sur ceux qui l'écoutent, une poudre magique qui les rend plus légers. Qui les aide à s'envoler.

*Stand by Me, Eleanor Rigby, Angie.*

Les spectateurs vibrent à chaque accord, telles des marionnettes suspendues aux fils d'un guitariste-araignée.

Yl joue ce qu'il aime. Yl est lui. Et je n'ai qu'une envie.

Etre à lui.

*
* *

Le concert se termine tard. Ylian me confie qu'il vient jouer ici tous les deux jours. Il a commencé par jouer dans la rue, un midi, et le patron du Chiquibaby's Bar lui a demandé de revenir, en lui certifiant qu'on trouvait ici, dans le Barrio Logan, les seuls vrais amateurs de vraie musique de San Diego, pas comme dans les bars branchés du Downtown ou de la réserve d'Indiens de l'Old Town.

Le feu a été noyé à coups de grands seaux d'eau. Le propriétaire du Chiquibaby's Bar a récupéré son ampli, les habitants du Barrio Logan ont déplié leurs jambes et plié leurs chaises pour aller se coucher. Toute lampe de chevet éteinte, Frida Kahlo, Che Guevara et Pancho Villa dorment sans doute eux aussi dans l'obscurité. Le Chicano Park n'est plus secoué que par le tremblement des rares voitures qui circulent encore sur l'Interstate 5, au-dessus de nos têtes, comme si le ciel s'était lui aussi assoupi et, à intervalles irréguliers, ronflait.

Ylian me prend la main jusqu'au camion.

— Je vous ramène quelque part ?

— Où vous voulez, du moment que vous m'accompagnez.

La nuit le rend sérieux.

— Je ne veux pas, Nathalie.

— ...

— Je ne veux pas tomber amoureux de vous.

Je caresse sa main. Au-dessus du camion, la Soldadera veille sur moi.

— Alors il ne fallait pas m'embrasser !

La nuit le rend triste, mais les étoiles le chatouillent. Ylian ne peut s'empêcher de jouer.

— Vous plaisantez ? C'est vous qui m'avez embrassé la première fois, au mont Royal, sous la croix !

— N'importe quoi ! Et votre strip-tease dans le camion tout à l'heure, c'est moi qui vous ai supplié ?

— C'est vous qui m'avez couru après jusqu'ici !

— Grâce à vos sous-entendus, vilain Petit Poucet. Votre guitariste qui poursuit son odyssée...

J'ai cru qu'il allait protester : *Un pur hasard, qu'est-ce que vous imaginez ?*, mais il ne répond rien. Il attend un long moment, puis ouvre la portière du camion, allume le plafonnier et se retourne.

— Si... si nous allons plus loin, Nathalie, je ne pourrai plus jamais vous quitter.

❀

❀  ❀

Juste une nuit... C'est ce que j'ai mille fois imaginé lui demander.

Juste une nuit et l'on s'oublie. On reprend chacun notre liberté. Et voilà que mon guitariste cherche à me ligoter.

*Je ne pourrai plus jamais vous quitter.*

Ce sont les femmes, Ylie, pas les hommes, qui jurent cela.

Tant pis, j'improvise. Moi non plus je ne peux pas te quitter. Pas sans t'avoir aimé.

L'arrière du Chevy Van est aménagé pour qu'on puisse y étendre un matelas, avec un jerrycan d'eau pour une toilette grossière, une glacière, un réchaud pour le petit déjeuner. Je demande à Ylian de patienter devant le camion, je baisse les yeux sur sa guitare.

— Je veux seulement que vous continuiez à jouer, Ylian. A jouer sur vos quatre cordes, rien que pour moi. Je ne vous demanderai rien d'autre, je vous le promets. Rien qu'un petit concert privé.

— Vous le jurez ?

Je dépose un baiser sur ses lèvres, je monte dans le fourgon.

— Je le jure. Vous me laissez la salle de bains en premier ?

Quand Ylian enfin entre, je suis debout à l'arrière du camion, sous le plafonnier, auréolée, enroulée dans un drap blanc, démaquillée. Yl jette un œil sur les lingettes, l'eyeliner, le crayon noir. Peut-être croit-il une hôtesse capable de cela, s'adapter, dormir en copine dans la promiscuité d'un avion. Alors pourquoi pas d'un camion ? Peut-être qu'Yl a vraiment peur. Peut-être qu'Yl se serait contenté de me jouer de la musique toute la nuit. Peut-être qu'Yl ne m'aurait pas touchée. Peut-être qu'Yl savait déjà à quel point, si nous cédions, nous souffririons.

Pas moi.

J'ignorais tout.

Yl attrape mon regard et y lit le désir. Et j'y lis le sien.

Yl recule d'un pas. Croise les bras. Proteste. D'une toute petite voix.

— Vous avez promis, Nathalie… Une simple sérénade. Seulement un peu de musique pour vous bercer.

— Je tiens toujours mes promesses.

D'un doigt, je dénoue le drap. Il tombe. Je suis nue, face à lui, dans la lumière crue. Nue à l'exception de quatre fils que j'ai tracés, quatre cordes dessinées au crayon noir, de ma gorge à mon pubis. Quatre traits bien droits sur mon ventre plat.

Ylian semble hypnotisé.

— Viens Ylian. Viens jouer sur moi.

❊<br>❊  ❊

— Tu vas me quitter ?

Je ne réponds pas. Le soleil du matin parvient déjà à se faufiler sous l'Interstate 5, à éclairer d'un laser rasant les plus basses des fresques murales du Chicano Park. Quelques rayons traversent les rideaux sales des fenêtres du camion, révélant que leur opacité n'était qu'illusion. Je suis assise sur le matelas. Je remonte le drap sur ma poitrine.

Dehors, fusil à la main, la Soldadera veille sur nous.

Ylian est assis à côté de moi, aussi nu que moi. Yl pose sa main sur le bas de mon dos, son pouce pressant mon coccyx, les autres doigts à plat. Yl répète :

— Tu vas me quitter, je le sais. Tu vas t'habiller. Tu dois retourner à l'aéroport. Tu dois prendre l'avion. Tu dois retrouver ton mari. Tu dois t'occuper de ta petite fille.

Une voix le supplie dans ma tête. Tais-toi Ylie, tais-toi. Ne dis rien, pas un mot. Je t'en prie. Je me retiens de poser ma tête contre son torse, de laisser glisser le drap et d'écraser mes seins contre son ventre. Je me contente d'entourer son bassin entre mes deux bras. Yl est mon prisonnier. Yl regarde par la vitre du camion, comme si les barreaux en avaient été sciés, puis murmure.

— Tu vas t'envoler...

Je ne réponds toujours pas. L'admettre, c'est mourir. Nier, c'est mentir. Je ne vais pas quitter Olivier. Je ne peux pas abandonner Laura. Même si la nuit partagée avec Ylian dépasse tout ce que j'ai connu en volupté, s'est inscrite au plus profond de ma chair. Même si jamais je n'ai été aimée avec autant de poésie. Offert à Ylian, mon corps, pendant des heures, n'a plus été qu'un instrument qu'Yl a apprivoisé avec une patience infinie, prenant le temps d'en découvrir toutes les harmonies, toute une gamme de notes des plus sages aux plus audacieuses, parvenant à lui faire interpréter d'insoupçonnables mélodies, à lui arracher les plus inavouables cris.

Tout en serrant plus fort encore la taille d'Ylian entre mes bras, je laisse glisser ma tête jusqu'à ce qu'elle se love entre ses cuisses à peine entrouvertes. A mon tour, je chuchote.

— Je suis une petite hirondelle. On pourra se voir aussi souvent que tu le veux. Je voyage. Tu voyages...

— C'est ce que tu veux alors ? Un amour en pointillé ?

Mon oreille est posée sur son sexe, je l'écoute durcir.

— On se retrouvera dès qu'on le pourra. Je te le promets. Je tiens toujours mes promesses. Je te le prouverai...

— Je n'ai pas besoin de preuves, Nathy.

Son pouce dans le bas de mon dos appuie plus fort, ses autres doigts descendent encore, m'invitent doucement à m'ouvrir pour recueillir la rosée de mon désir.

— Sais-tu ce que font les marins ?

— Ils ont une maîtresse dans chaque port ? Ou un amant, quand ce sont des navigatrices ?

Le plus grand des doigts d'Ylian a fait la loi, et seul, se glisse en moi.

— Quand ils ont vogué plus de cinq mille milles, ils se tatouent une hirondelle. Elle est le symbole de leur liberté. Je vais me tatouer une hirondelle, Ylie. Pour toi. Une hirondelle comme preuve de notre amour éternel.

Ma tête remonte de quelques centimètres. J'envoie mon oreille écouter au puits du nombril d'Ylian, mes lèvres veulent prendre la place. Je les ouvre une dernière fois…

— Je ne veux pas me contenter d'un soir. Je veux te revoir.

… avant de laisser ma bouche accueillir le feu de son désir.

Mon téléphone sonne alors. Ou quelques minutes plus tard. Ou peut-être a-t-il sonné avant et ne l'ai-je pas entendu la première fois ? Il insiste.

— Tu ne réponds pas ?

J'aurais voulu dire non, tant pis, je m'en fous, ça attendra. Et pourtant je rampe jusqu'à mon sac pour consulter l'écran.

*Olivier.* Deux appels.

Et comme en écho, un texto.

*Laura fiévreuse. Au lit.*
*Si tu peux appelle-moi.*
*Oli.*

– 28 –

2019

— Alors ? Ça ne valait pas le coup ?

Je sais que Flo aime les musées, les expos, les sauteries un peu branchées. Etre hôtesse de l'air, quand on apprécie la culture, l'exotisme, des arts modernes aux arts premiers, aide à frimer. Elle observe les fresques murales et a l'air sincèrement épatée par l'imagination fantastique des peintres, la précision des portraits, la dureté des traits contrastant avec la naïveté des thèmes : la liberté, la famille, l'instruction, la révolution, les hommes-dieux, les femmes-soldats. Je tente de masquer mon émotion. J'ai l'impression que rien n'a changé. Je reconnais chaque tableau sur chaque pylône, sans doute parce que je les ai si souvent revus depuis, sur Internet, laissant tourner sur mon écran des diaporamas des plus belles fresques. Au point de mélanger cette réalité virtuelle aux véritables images de ma mémoire ?

Les couleurs me paraissent plus vives que dans mes souvenirs. Les peintures murales sont parfaitement entretenues. Pour les touristes ? Pourtant, en ce milieu d'après-midi, le Barrio Logan est désert. On entend simplement le flux continu de voitures passer au-dessus de nos deux têtes, sur l'Interstate. Sans ces incroyables dessins, le quartier ressemblerait à un de ces coins où il est peu recommandé à deux femmes seules de s'aventurer. Isolé. Coupé du reste de la ville par une voie ferrée. Les pylônes offrent autant d'angles morts, les murs peints autant de cachettes. Un lieu de commerce idéal pour trafiquants en tous genres.

— Si, c'est incroyable, avoue Flo tout en continuant de mitrailler les fresques à l'aide de son iPhone. Mais ça ne craint pas un peu, ton quartier ?

Sans répondre, je lui fais signe de me suivre. Nous remontons l'Interstate, à l'envers et en dessous. Les pylônes se succèdent, pylône-serpent, pylône-arbre-de-vie, pylône-aigle-libérateur, pylône Vierge Marie, jusqu'à ce qu'enfin, je retrouve ma Soldadera.

Elle est toujours là, carabine à la main, cartouches en bretelles, cheveux au vent.

Elle veille.

Sur mon destin.


Mon cœur se bloque soudain. Je ne m'attendais à rien en venant ici. A rien d'autre qu'une plongée dans mes souvenirs. Et il m'attend, là, devant moi.

Le Chevy Van *Los Páramos* est garé le long du pylône, sous la Soldadera. Exactement comme cette nuit-là.

— Viens, fais-je à Flo.

Elle semble de plus en plus méfiante, même si elle mitraille la Soldadera autant que les autres œuvres. Je me rends compte que nous nous trouvons dans l'un des lieux les plus isolés du Chicano Park, aucun trottoir, aucun chemin, aucun vis-à-vis. A l'écart des rares passages, Ylian ne l'avait pas garé là par hasard...

Si les peintures murales ont été entretenues, ce n'est pas le cas du Chevy Van. Il doit m'attendre ici depuis des années. Pneus crevés. Rétro brisé. Portières cabossées. Les dessins de mariachis et l'inscription *Los Páramos* sont toujours lisibles, mais attaqués de toutes parts par des taches de rouille.

Je m'approche, cherchant à comprendre. Qu'est-ce que ce fourgon peut bien faire ici ? Après notre nuit, Ylian m'avait raccompagnée jusqu'à San Ysidro pour que je récupère ma Dodge Challenger de location, puis devait retourner chercher Luis au Presidio Park dans l'Old Town, et passer prendre Felipe et Ramón à Chula Vista. D'ailleurs, le camion appartenait aux Los Páramos. Qui a pu revenir le garer là ? Qui pouvait savoir que je viendrais ici, vingt ans plus tard ?

Parvenue devant le Chevy Van, je constate l'étendue des dégâts. Après tout, ce bon vieux camion doit bien avoir plus de vingt-cinq ans aujourd'hui. Il n'est pas si mal conservé pour son âge. Je me hisse sur la pointe des pieds pour tenter de regarder à l'intérieur à travers les vitres poussiéreuses.

— Qu'est-ce que tu fabriques ? panique Flo. Putain, Nathy, réagis, ça pue la planque de dealers ici !

Je plisse les yeux. J'aperçois un bric-à-brac à l'intérieur, je crois reconnaître le réchaud à gaz avec lequel Ylian m'a préparé le café. Je respire plus fort, je crois même reconnaître son odeur. Je frissonne, ma peau elle aussi...

— Merde, y a du monde, Nathy !

Je me retourne d'un coup, et découvre d'abord le SUV garé derrière le pylône le plus proche. Un Ford Edge gris strictement identique à celui dont je me suis persuadée qu'il nous a suivis, de l'Old Town à la frontière mexicaine. Mon cœur bondit. Un piège ? Foutre le camp ? Pousser un cri ?

Ni Flo ni moi n'avons le temps de réagir. Deux mains se posent sur nos bouches, deux autres tordent nos bras dans nos dos, un pied frappe dans la porte du Chevy Van pour l'ouvrir violemment, deux corps se collent à nous, leur odeur nous enveloppe, suffisamment forte pour que je sente autant les relents de menthe poivrée de mon agresseur que celle de tabac froid de celui qui pousse Flo dans le fourgon.

*
* *

Ils se contentent de nous bâillonner avec un morceau d'adhésif et de nous lier les mains, puis nous jettent sur le matelas. L'un, celui qui mâchonne un mégot de cigare Te-Amo Robusto, a gardé son téléphone collé à l'oreille. L'autre, celui qui toutes les minutes sort une boîte d'Altoids de sa poche pour en sucer une pastille de peppermint, reste debout, derrière la porte fermée du fourgon, surveillant les alentours par la vitre.

Flo, les yeux exorbités, ne cesse de fixer les couteaux rangés dans les étuis de cuir que nos agresseurs portent au ceinturon. Mes yeux papillonnent davantage, vers les étagères renversées, les guitares fendues aux cordes cassées, la pile de vieux sombreros dont la paille semble avoir été rongée par une armée de rats, le drap troué qui pend telle une peau morte de fantôme, ce matelas sur lequel nous sommes assises, éventré sur toute sa longueur, les oreillers crevés.

J'ai dû rêver trop fort.

Te-Amo Robusto raccroche enfin. Il nous dévisage tour à tour, semblant obéir aux instructions précises de son interlocuteur, hésite, s'approche de moi, lèvres serrées sur son mégot, visage fermé, exprimant l'air dégoûté d'un éboueur devant un tas de déchets à évacuer. Sans que j'aie le temps de réagir, il empoigne le col de mon chemisier et l'arrache, le déchirant jusqu'à ma poitrine. Il n'a pourtant pas un regard pour mon soutien-gorge. Il se contente de fixer l'hirondelle tatouée sur mon épaule.

Ça lui soutire un sourire, du moins un rictus sur un coin de bouche, qu'il parvient à exprimer sans cesser de mordiller son mégot à l'opposé.

242

Flo grelotte autant que si elle était enfermée dans un fourgon frigorifique. Je sais ce qu'elle pense. Nous sommes tombées sur des dealers. Nous les avons surpris dans leur petit trafic. Ils vont nous tuer. Et sans doute avant nous violer. Aurai-je le temps de t'avouer la vérité, Flo ? Ce n'est pas nous qui les avons surpris... Ce sont eux qui nous ont suivies ! Qui *m'*ont suivie, d'ailleurs, tu n'as rien à voir dans cette histoire, ma pauvre Flo. C'est moi qu'ils cherchent. L'hirondelle. Miss Swallow.

Pourquoi ? Pas pour me faire parler, ils nous ont bâillonnées !

Pour me faire taire ?

— C'est bien elle, confirme Robusto. Mais on doit s'occuper des deux.

Altoid suce un nouveau bonbon.

— Ça double le tarif, j'espère ?

Robusto hausse les épaules.

— T'as le droit de t'amuser avec elles avant, si t'estimes que t'es pas assez bien payé.

Altoid manque d'en avaler sa pastille.

— Vrai ? Je me taperais bien la grosse blonde qui nous mate le manche.

Il laisse tout de même traîner, à regret, ses yeux sur mes seins dénudés à travers mon chemisier déchiré, puis se tourne vers Flo en jouant ostensiblement avec l'étui de son couteau. Elle a le cran de lui jeter un regard de défi. Je crois entendre toutes les insultes qu'elle leur cracherait au visage s'ils osaient la laisser parler. Je réalise que le pire pour elle sera de mourir muette.

Altoid esquisse une danse étrange. Je comprends qu'il se trémousse pour baisser son pantalon boudiné dans ses bourrelets. Dans sa poche, le bruit des pastilles qui se cognent dans la boîte de fer ajoute à la scène un ultime détail morbide.

Je mets un moment à comprendre qu'un autre bruit, discret, répond à celui des bonbons mentholés.

Quelqu'un frappe au carreau !

L'instant d'après, un visage apparaît, le nez écrasé, les yeux grands ouverts, essayant d'apercevoir quelque chose à travers la vitre. Robusto a le réflexe de se positionner entre nous et la portière, mais j'ai le temps de reconnaître le visage.

Le dernier auquel je m'attendais.

Le commandant Jean-Max Ballain.

\*
\* \*

Te-Amo Robusto sort du Chevy Van, en prenant le soin d'ouvrir au minimum la porte, puis de la refermer derrière lui. Je n'entends que des bribes de conversation. Principalement la voix puissante de Robusto.

*Qu'est-ce que vous voulez ? C'est un espace privé. Non, je n'ai vu personne. Tirez-vous !*

Ça ne dure qu'une trentaine de secondes.

Quand Robusto pénètre à nouveau dans le fourgon, je m'aperçois que son couteau est sorti de son étui. Je peine à déglutir. Un filet de salive m'asphyxie. Au moment où il est apparu à la vitre, j'ai cru que Jean-Max était leur complice. Qu'il était celui qui leur avait ordonné de nous tuer. Au regard furieux de Robusto, je déduis qu'il n'a jamais vu le commandant Ballain, mais qu'il l'a suffisamment effrayé pour qu'il déguerpisse.

Qu'est-ce que Jean-Max fichait là ?

Robusto se penche pour attraper mon sac à main, le vide sur le matelas, puis récupère mon téléphone. Je devine qu'il vérifie mes appels et messages récents. Je ne me suis pas servie de mon portable depuis que j'ai appelé Olivier et Margot, ce matin. Robusto le constate, laisse tomber mon appareil puis se tourne vers Flo. Elle porte toujours son téléphone dans la poche avant de son pantalon, Roberto en repère la forme rectangle et, d'un geste précis, lacère le tissu. La cuisse de Flo s'imbibe de sang sur toute la coupure, elle ne peut retenir un mouvement de recul et un cri d'horreur qui meurt étouffé. La poche pend, le téléphone glisse le long de sa cuisse. Robusto s'en saisit puis, quelques instants plus tard, oriente l'écran vers nous. Je comprends.

Un texto, adressé à Jean-Max.

Juste une photo, celle de la Soldadera.

Flo a prévenu Jean-Max ! Je n'ai pas le temps de réfléchir à la façon dont Flo, ligotée et bâillonnée, est parvenue à réaliser ce tour de passe-passe, ni comment le commandant a pu arriver aussi rapidement sur place. Tout cela n'a servi à rien. Il ne nous a pas vues. Il ignore que nous sommes là. Il a simplement cru déranger un voyou du quartier et il a détalé…

La cuisse de Flo est inondée de sang. Elle tremble, mais s'efforce de maîtriser sa respiration, de garder le contrôle de son esprit, même si ses yeux trahissent son épouvante. L'entaille écarlate n'a pas l'air de refroidir les ardeurs d'Altoid. Il a fait glisser son pantalon jusque sur ses chevilles, dévoilant des jambes maigres et un slip jaune à l'effigie du Club América. Robusto le toise avec mépris.

— On n'a plus le temps ! Les flics risquent de rappliquer. On bute les señoritas et on se casse.

Altoid ne cherche pas à protester. Le tic-tac des pastilles qui accompagne les gesticulations de son pantalon qui remonte est la dernière musique que j'entendrai. Je vais mourir ici, sur ce matelas où pour la première fois, j'ai compris ce qu'être vivante signifiait.

Ils vont commencer par moi. C'est moi qu'ils cherchent. C'est moi qu'ils veulent éliminer ; si je me bats, si je résiste, peut-être pourrai-je gagner du temps, pas pour survivre, mais pour laisser une chance à Flo. Si cela dure trop, peut-être qu'ils fuiront, l'épargneront ?

A travers la vitre de la portière, je fixe le haut du pylône et prie la Soldadera de me confier sa force. Elle ne m'accorde pas un regard, indifférente, absente, les yeux tournés vers une lointaine révolution. Tant pis, je prends un appui mou sur mes pieds, je veux croire qu'il me suffira tout de même pour bondir quand le tueur s'approchera.

Il ne s'approche pas.

Il fait un pas de côté et c'est vers Flo qu'il se dirige. Elle n'esquisse pas le moindre geste. Sa jambe semble paralysée. Chaque trait de son visage traduit sa terreur.

Robusto s'avance, son geste est fluide, souple, sans sadisme ni émotion. Flo tente de reculer, rampe sur le dos, maladroitement, en poussant d'une seule jambe. Elle gagne trente centimètres au prix d'un effort qui dévore ce qu'il lui reste d'énergie. Ses épaules se plaquent au métal de la carrosserie. Robusto n'a qu'à exécuter un demi-pas de plus.

Je bondis. Désespérée. De toutes mes forces. Décuplées.

Altoid me repousse avant que mes pieds aient décollé. Son pantalon retombe alors que ses bras me collent au matelas. Je me débats. Je ne renonce pas. Même si mon agresseur est plus fort que moi.

Je tente de le mordre à travers mon bâillon. Ma tête se cogne à la paroi du fourgon. Ce salaud ne cède pas. Mes pensées se bousculent.

*Je suis désolée, Flo...*

Altoid appuie de tout son poids pour m'immobiliser. M'interdisant de bouger.

*Flo, je suis si désolée. Même si j'ignore quelle faute j'ai commise. Peut-être l'ai-je commise ici, il y a vingt ans, sur ce matelas immaculé que ton sang a rougi.*

Je bats des pieds, cherchant à atteindre l'entrejambe de cet enfoiré. Je n'y arrive pas. Je n'y arrive pas.

A deux mètres de moi, Robusto se penche. La lame au bout de son poing semble suspendue, à hauteur du cou de ma meilleure amie.

Je lutte encore, mais je n'arrive plus à garder les yeux ouverts.

Avant de les fermer, la dernière chose que je vois est le couteau s'enfoncer dans la gorge de Flo.

## 1999

Je saute du matelas et je m'habille le plus rapidement possible. A force de caboter d'hôtel en hôtel, je suis rodée aux départs express. Attraper une petite culotte, sauter dans ma jupe, enfiler mon tee-shirt sans soutien-gorge.

Je sors pieds nus, j'envoie un baiser volant à Ylian et je referme derrière moi la porte du camion. Je m'éloigne tout en appelant Olivier.

*Laura fiévreuse. Au lit.*

Le temps que mon coup de fil traverse l'Atlantique en rebondissant tout là-haut sur un satellite, je calcule le décalage horaire dans ma tête. Il doit être un peu plus de 18 heures en France. Olivier décroche aussitôt. Je m'arrête trois pylônes plus loin, sous le beau portrait de Frida Kahlo, visage de miel, lèvres groseille et regard noir sous ses sourcils en ailes d'aigle. Je laisse parler Oli sans l'interrompre, c'est plus simple ainsi. Les mots se connectent tout seuls, je complète mentalement ceux qui me manquent quand ma concentration saute, à la façon d'une conversation qu'on tente de suivre dans une langue qu'on ne saisit pas tout à fait.

*Tu dormais ? Désolé de t'avoir réveillée. J'ai attendu le plus possible. Laura n'était pas bien à l'école. Maîtresse inquiète. Mal de tête. Maux de ventre. Elle s'est plainte toute la journée. Laura, pas la maîtresse. Le docteur Prieur ne peut pas nous recevoir avant demain matin. Laura est couchée. Elle dort, elle s'est effondrée.*

Je l'ai écouté comme un médecin attentif. Je m'écoute à présent délivrer à mon mari un diagnostic rassurant, lui donner du Doliprane enfant, avec la pipette, dix-neuf kilos, la boîte rose, dans le tiroir de gauche de la pharmacie. Sucer un demi-Spasfon aussi. La faire boire. Surveiller la température. Rappelle-moi si ça ne va pas mieux, rappelle-moi surtout.

Ma diction est fluide et mes conseils clairs, même si tout se bouscule dans ma tête. L'inquiétude, la culpabilité, et pire encore, le sentiment diffus que c'est une punition qu'on m'inflige, ou un premier avertissement plutôt, aujourd'hui, ta fille n'a que 37,9°. La prochaine fois, ce sera plus grave. Une péritonite. Une méningite... Un message déguisé, mais clair, envoyé par je ne sais quel dieu gardien de la moralité : si tu trompes encore ton mari, tu mets en péril ta famille et l'innocent bonheur de ta fille.

Une menace ?

Que ces donneurs de leçons tout là-haut essayent ! Qu'ils touchent à un cheveu de Laura !

Je n'ai aucun compte à leur rendre. Je fais mon job. Mère. Epouse. J'assure. Je donne tout sans calculer. Depuis des années. Mon temps, mes tripes, ma patience, ma constance, ma diplomatie, mon énergie. Sans compter. Alors quoi ? Je n'aurais pas le droit à mon petit moment de liberté ? De changer d'air, de planer, de me sentir légère, de m'élever d'un battement d'ailes ? De décider où me poser ? Ensuite je promets de rentrer. De refermer la cage.

Et même d'y chanter.

Olivier n'est pas bavard. Encore moins au téléphone. Encore moins quand je suis en vol. Peut-être que je l'aime aussi pour ça. En tout cas, je me surprends à le remercier intérieurement de raccrocher aussi rapidement.

Quand je reviens au Chevy Van, Ylian a enfilé un boxer et fait chauffer un café sur le réchaud à gaz. Yl ne me demande rien. Le tact incarné ! Je me baisse pour ramasser mes affaires éparpillées autour du matelas. Mon sac à main. Mon soutien-gorge. La pierre de temps. Ylian s'approche et me tend une tasse fumante.

— Je reste encore quelques jours à San Diego. Ensuite je pars à Barcelone, j'ai un ou deux plans, pour jouer. Mais tu ne fais que des long-courriers.

J'attrape la tasse. Elle me brûle les doigts. Ce serait si simple de répondre oui. Je ne fais que des long-courriers, Ylie. Trois mille cinq cents kilomètres minimum. On ne pourra se revoir qu'à Shanghai, Melbourne ou Johannesburg. C'est-à-dire jamais. Dans un coin de mon cerveau, lointain, j'entends Laura tousser, je vois Olivier inquiet, parfait, veillant à son chevet. Puis je m'entends répondre.

— Je m'arrangerai. Je suis en repos la semaine prochaine, mais je peux poser un desiderata. En clair, choisir la destination où je veux aller.

Ylian ne bouge plus, surpris. J'observe sa nudité pétrifiée. Je m'arrangerai, Ylie... La brûlure au bout de mes doigts se répand en incendie, m'embrase les bras, le cœur, le ventre, incandescente de la pointe de mes seins au moindre poil de mon pubis. Je me laisse consumer par ce feu délicieux tout en maudissant cette saleté de magie qu'on appelle le désir. J'ai beau me dire qu'Ylian n'est pas plus beau qu'un autre, pas plus musclé, ses fesses pas plus galbées, son torse pas mieux dessiné, pourquoi ai-je tant envie de lui ? Parce que la plus belle des paires de fesses ne peut lutter contre un simple sourire ?

Yl me sourit.

— Si tu viens me retrouver à Barcelone, à mon tour de te faire une promesse.

Yl se tient à quelques centimètres de moi. Une de mes mains lâche la tasse pour balayer ma mèche, avant de se poser sur sa barbe naissante et de suivre d'un doigt la pente de son cou.

— Tu te souviens, poursuit-Yl. Le cinéma sous les étoiles à Montréal. Guido, dans *La vie est belle*, comment il parvient à séduire sa princesse ?

Le bout de mon index tout chaud tourne autour de son aréole brune.

— Oui...

— Si tu viens me rejoindre à Barcelone, dit-Yl encore, je te promets que tu tomberas amoureuse de moi !

Mon doigt s'arrête, ma bouche mordille le téton de ce vilain coq dressé sur son ergot. Une nuit d'amour en virtuose, quelques je t'aime avoués quand le corps explose, et le voilà qui surdimensionne son ego. Je murmure.

— Tu crois ça ? Méfie-toi plutôt que ça ne t'arrive pas !

Sa main épouse le bas de mon dos, bien à plat, puis d'une tendre pression, invite le doux coussin de mon ventre à faire une petite place à la bosse qui déforme son boxer.

— C'est déjà arrivé, Nathy. Je le suis déjà. Amoureux de toi.

## – 30 –

## 2019

Paupières closes. Le Chevy Van est plongé dans l'obscurité. Une demi-seconde seulement, je ne parviens pas à garder les yeux fermés. Quand je les ouvre, la première chose que je découvre est la gorge de Flo, rouge de sang.

Le poignard de Robusto est toujours posé sur son cou, mais la lame ne s'est pas enfoncée. Pas encore. Je croise le regard déterminé du tueur alors qu'Altoid, indifférent, se contente de m'interdire tout mouvement. Un simple boulot à exécuter pour eux. Egorger Flo d'abord, moi ensuite. Je perçois l'esquisse du geste de Robusto pour en finir, à peine une torsion de poignet, suffisante pour trancher une carotide. Le monde chavire alors.

Un tremblement de terre.

Un choc insensé soulève le camion, projetant contre la carrosserie tout le bric-à-brac d'objets stockés à l'arrière, instruments de musique, boîtes de conserve, verres et couverts, matelas qui se dresse, assiettes qui se brisent. Comme si un ouragan s'était engouffré dans le Chevy Van. Le couteau que tenait Robusto vole jusqu'au tableau de bord. Altoid, surpris par le séisme, est projeté contre l'armature du fauteuil passager. Je n'entends rien de ses jurons, ni des ordres de Robusto, couverts par la sirène qui s'est déclenchée à l'instant même où la carrosserie a vacillé. Je parviens à rouler en boule sous le choc. Flo a également le réflexe de se recroqueviller. Les parois du camion vibrent encore, mais c'est désormais le vacarme qui impressionne.

Le hurlement d'un klaxon.

Robusto est solide. Il a à peine trébuché sous l'impact. Il reprend ses esprits et jette un œil par la vitre du Chevy. Une voiture, une Buick Verano, a foncé tout droit dans le camion, façon bélier. Le conducteur est le type qui avait cogné au carreau il y a quelques minutes, celui à qui il avait fichu la trouille. Qui avait disparu.

Il est revenu !

Je les observe, pétrifiée.

Le premier réflexe de Robusto et de son complice est de régler son compte à ce cinglé. C'est déjà trop tard. Le choc de la Buick sur le Chevy Van, le klaxon qui beugle sans discontinuer ont alerté le quartier. On entend au loin une véritable sirène, de police cette fois, dont le son s'intensifie, indiquant qu'elle s'approche.

— On se tire, ordonne Robusto.

Il disparaît sans ramasser son couteau, sans attendre son complice qui tient le haut de son pantalon à deux mains et amorce un sprint de pingouin pour le rattraper.

Je respire. J'attrape presque à tâtons la main tremblante de Flo.

La Buick Verano de location est foutue. Nous sommes sauvées.

*
* *

Jean-Max joue les héros. Il ne se lasse pas de raconter son exploit. Il l'a testé d'abord devant les promeneurs du Chicano Park, puis amélioré devant les flics du commissariat du Barrio Logan, pour parvenir à parfaitement le maîtriser devant les navigants du Boeing Los Angeles-Paris. Ni Flo ni moi ne pouvons lui en vouloir. Qu'il le raconte en boucle s'il le veut, pendant des décennies.

Il nous a sauvé la vie !

J'ai eu du mal à comprendre, tout comme les premiers policiers parvenus sur place, comment Jean-Max avait pu nous retrouver. L'explication est pourtant simple : le commandant Ballain, à peine une heure après nous avoir quittés sur le parking de San Ysidro, en avait déjà assez de traîner avec Charlotte dans les rayons des outlets. Il a envoyé un texto à Florence, *Où êtes-vous ?* Flo lui a répondu en postant quelques photos des fresques murales, un petit jeu de piste commençant par la voiture de location garée à l'entrée du Chicano Park, et s'achevant par le camion garé sous le pylône de la Soldadera.

Jean-Max a suivi la piste, collé son nez à la vitre du camion et nous a aperçues à l'intérieur, terrifiées. Il a masqué sa surprise, simulé sa fuite sous la menace du couteau de Robusto, et a ensuite improvisé. Appeler la police et, sans attendre son arrivée, boucler sa ceinture de sécurité, démarrer la Buick Verano et accélérer pour la projeter sur le fourgon sans cesser de faire hurler son klaxon.

— Vous avez eu de la chance, explique le commissaire du Barrio Logan. Beaucoup de chance. Vous promener ainsi toutes les deux dans ce quartier n'était pas très raisonnable.

J'ai vite compris que les flics ne vont pas chercher plus loin que la piste de petits voyous surpris dans leur trafic, ou même attirés par deux femmes, certes de l'âge de leur mère, mais seules. On les retrouvera, mesdames, avec vos portraits-robots, l'ADN qu'ils ont laissé un peu partout, on les retrouvera. Flo a l'air de se contenter de la version des policiers, elle baisse la tête sagement devant les réprimandes du vieux commissaire qui s'exprime dans un mélange d'anglais et d'espagnol, acquiesce quand il lui parle de drogue et de viols à répétition, quand il lui martèle les chiffres consternants et exponentiels de l'insécurité dans le quartier. Ah, si notre témoignage pouvait dissuader d'autres touristes d'une telle imprudence. Il y a déjà tellement à faire, si en plus il faut protéger les étrangers ! Flo promet, pour elle et moi, qu'on ne recommencera pas, qu'elle ne sait pas ce qui nous a pris, que tout de même les fresques sont jolies. Elle ne me charge pas, ne raconte pas que je me suis approchée du camion jusqu'à regarder à l'intérieur ce qui s'y tramait, mais je devine qu'elle m'en veut. Evidemment qu'elle m'en veut. Son cou porte encore la marque rouge d'une lame qui a failli l'égorger. Sa cuisse est entaillée, sans profondeur, sur une partie de sa longueur.

Je me sens honteuse de continuer de lui mentir. De ne pas lui dire la vérité, au moins. Ni à elle, ni à Jean-Max, ni aux policiers. Mais que puis-je leur avouer ?

Que ce camion était déjà garé là, devant ce même pylône, il y a vingt ans ?

Que j'y ai passé la plus belle nuit de ma vie avec mon amant. Que tout recommence, inexplicablement, peut-être par la magie d'une pierre de temps qui apparaît et disparaît dans mon sac à main.

Que c'est moi que ces types ont suivie, puis identifiée grâce à mon tatouage, que c'est moi qu'ils voulaient assassiner, tout comme ils ont tenté de tuer mon amant, à Paris, à dix mille kilomètres d'ici. Puis-je vraiment leur raconter tout ça, dans un mauvais mélange d'espagnol et d'anglais ?

*
\* \*

Jean-Max a été accueilli en héros dans les locaux du personnel de l'aéroport de Los Angeles. Les péripéties, lors des escales, se répandent plus vite qu'un scoop repris en direct par BFM TV. Les navigants tuent le temps collés sur des écrans, infos en boucle, sport en continu et alertes sur les réseaux sociaux en rafale. Le commandant Ballain s'est chargé de faire monter l'adrénaline. Photo de la Buick Verano de location ratatinée. Reportage direct live *Inside Police Patrol.* Texto rassurant alors que tout le monde ignorait encore ce qui s'était passé : deux hôtesses agressées, un commandant de bord les sauve grâce à un réflexe insensé. Flo elle-même, devant l'attention des navigants de diverses nationalités, paraît oublier petit à petit le traumatisme et parvient à plaisanter. Son foulard rouge masque la plaie sur son cou et elle soulève avec un grand sourire son uniforme pour montrer l'entaille sur sa cuisse, en précisant qu'elle n'a heureusement plus l'âge de porter sa jupe au-dessus du genou. Des stewards suédois, un commandant de bord coréen particulièrement baraqué, et un adorable copilote portugais aux tempes grisonnantes semblaient tous prêts à la consoler.

Je la laisse, je sors dans le couloir pour téléphoner à Olivier. Ne lui en dire que le minimum, pour ne pas l'effrayer. Mais le prévenir tout de même. D'une façon ou d'une autre, il l'apprendra par des collègues lors d'une soirée. Et surtout, pourquoi me mentir, j'ai besoin de lui parler. Même en lui cachant la majeure partie de la vérité. Minimiser, minimiser, autant que Flo et Jean-Max en rajoutent.

Ces types ne nous ont pas touchées, Oli. Des petits voyous. Ils ont eu aussi peur que nous. Ils se sont tout de suite sauvés dès que le quartier a été alerté. Ma stratégie pour rassurer mon mari ne semble pas véritablement avoir fonctionné.

— Je viens te chercher, conclut Olivier avant de raccrocher. Je viens te chercher à Roissy. Je t'attendrai à l'arrivée.

Comment refuser ? En lui expliquant, non, chéri, ne te donne pas cette peine. J'ai mieux à faire que de me blottir dans tes bras. Quelqu'un m'attend à l'hôpital Bichat ! Quelqu'un que je n'ai pas revu depuis si longtemps. Mon ex-amant.

*
*  *

« Mesdames et messieurs, c'est le commandant Jean-Max Ballain qui vous parle. Nous allons bientôt décoller de Los Angeles et j'ai une bonne nouvelle à vous annoncer. Pour la première fois au monde, notre Boeing AF485 est équipé de lance-roquettes air-sol. Les passagers assis près des ailes peuvent sans doute les apercevoir. Nous rallierons Paris non pas en survolant l'Amérique et l'Atlantique, mais par l'est, et nous aurons l'honneur de nous alléger à mi-parcours de deux missiles Tomahawk que l'ONU m'a personnellement demandé de larguer sur Pyongyang. Rassurez-vous, la vitesse de croisière de notre Boeing est sensiblement supérieure à celle des chasseurs nord-coréens, chinois et russes. »

L'avion survole maintenant l'Atlantique, même si quelques passagers crédules continuent de se tordre la tête pour identifier l'océan en dessous. Jean-Max attend que les lumières de l'avion s'éteignent, que les derniers plateaux soient desservis et que les passagers soient pour la plupart endormis, pour nous inviter à le rejoindre dans le cockpit.

Charlotte, Florence et moi.

Il ordonne avec autorité au jeune copilote de nous laisser. Le gamin ne discute pas. Le commandant reste un long moment à fixer devant lui le ciel étoilé.

— Je croyais que je ne les supportais plus, finit-il par avouer, plus sérieux qu'à l'accoutumée. Toutes ces étoiles, à longueur de nuit. Même une fois posé, quand je ferme les yeux, quand je m'endors, je les vois encore. Elles... Elles vont me manquer.

Nous ne répondons rien. Charlotte joue avec sa montre Lolita Lempicka, une petite folie qu'elle s'est offerte aux outlets. J'ai passé beaucoup de temps avec elle depuis que l'on a décollé, pour la rassurer elle aussi. Elle nous a retrouvés au commissariat, paniquée, sortant du taxi les bras emplis de sacs, partagée entre euphorie et tétanie.

— Les filles, c'est sûrement mon dernier vol.

— ...

— Allez, ne jouez pas les étonnées, vous savez parfaitement qu'une mise à pied pend au-dessus de ma tête. Ce genre de rumeur court encore plus vite que celle d'un commandant qui se prend pour Bruce Willis... A six mois de la retraite, je pouvais me le permettre. J'ai joué... et je me suis fait gauler !

Je suis consciente de ce que je dois à Jean-Max. Je pose une main sur son épaule.

— Tu t'en sortiras avec juste un blâme. T'es une légende, tout le monde veut voler avec toi. On témoignera. On sera des centaines !

— Des milliers ! précise Jean-Max. Si tu mobilises toutes mes ex, des milliers !

Charlotte rougit, met la main devant sa bouche et mordille le bracelet de sa montre. Flo hésite sur la conduite à tenir. Elle n'a jamais beaucoup apprécié Jean-Max, et encore moins son attitude envers les femmes, mais s'il n'était pas arrivé avec sa voiture-bélier...

Elle prend la parole à son tour.

— OK, Sœur Emmanuelle t'a dénoncé. Tu la connais, intraitable sur la sécurité ! Mais on la raisonnera, elle ne te chargera pas, elle relativisera, elle...

— Il n'y a pas que ça !

Jean-Max a coupé Flo sans cesser de fixer les étoiles. Concentré sur la Voie lactée.

— Il n'y a pas que ça, répète le commandant. Je me suis grillé quand ils m'ont convoqué. Ils m'ont forcé à me confesser, j'ai fini par avouer un péché, mais pas celui dont j'étais accusé.

Un péché ? Un autre péché que de baiser dans un cockpit au-dessus de l'océan. Je m'attends au pire... Jean-Max lâche une main des commandes et fait semblant de se signer.

— Mes sœurs, depuis des années, j'ai monté un petit trafic. D'alcool. Je le fais passer hors taxe et hors contrôle sanitaire. En petite quantité. De la haute qualité, pour des clients privilégiés. J'ai mes filières. Des vodkas exceptionnelles en Russie. Des vieux rhums agricoles. La semaine dernière à Montréal, j'ai déniché un whisky canadien rarissime, un Alberta Premium...

Je revois Jean-Max dans le magasin de la rue Saint-Denis du Vieux-Montréal échangeant des dollars canadiens avec des types aux allures de mafieux. De la contrebande ! Enfin, un autre mystère s'explique, même s'il rend le commandant encore moins facile à cerner : pilote hors pair, dragueur compulsif, héros qui vient de me sauver la vie, traficoteur de planning, et maintenant contrebandier en vins et spiritueux !

— Quelques cadres haut placés ont bien profité de mes petits cadeaux, mais les bœufs-carottes du ciel, eux, ne m'en feront pas... Ils voudront tout savoir. Pas seulement pour le trafic. Egalement pour le dérapage dans le cockpit.

Charlotte rougit. Flo le regarde, semblant se demander s'il aura la grossièreté de révéler le nom de l'hôtesse avec qui il a fauté.

— Je leur balancerai le nom de toutes mes fillettes, admet Jean-Max, avant d'énumérer en souriant : Monopolowa, Żubrówka, Havana, Alberta...

Une nouvelle fois, le courage de Jean-Max me surprend. Je le crois. Il tiendra bon. Il ne donnera pas le nom. Selon toute vraisemblance, c'est avec Charlotte qu'il s'est fait prendre, mais si Emmanuelle ne la dénonce pas, il ne le fera pas non plus et portera seul la responsabilité.

Chapeau !

— Allez, ne soyez pas tristes, mes sœurs ! Je vais négocier avec Air France une dernière chance. Ça vous dirait de tous nous retrouver dans dix jours sur le vol pour Jakarta ? Depuis le Chicano Park, faut que j'assume ma légende de héros, et ils ont sûrement besoin de moi là-bas.

*Jakarta.*

Je repense aux paroles de Laura, juste avant mon départ.

*Tu ne suis pas les actualités, maman ? Le tsunami ? Les vagues hautes de cinq mètres, les maisons balayées à Sumatra, à Java… Les milliers de gens sans abri…*

Un tsunami.

Mon tsunami.

Où tout commence et tout finit.

On cogne à la porte du cockpit. Le copilote s'impatiente. Patricia, la chef de cabine, se tient derrière lui et nous réclame elle aussi. Il nous faut sortir. Retourner travailler. Laisser Jean-Max piloter.

Le commandant nous adresse un dernier clin d'œil. Je devrais être rassurée, tout est rentré dans l'ordre. Quelques mystères supplémentaires se sont même éclaircis, et tout au bord du gouffre, j'ai pu compter sur mes amis. Pourtant, je n'arrive pas à me défaire d'une sensation de malaise. Elle n'a pas cessé de me hanter dans la promiscuité de cette cabine, de s'insinuer, de progresser. Je fixe successivement le pilote et les deux hôtesses, sans qu'ils s'en aperçoivent. Je repense à nos conversations échangées depuis Montréal, depuis Los Angeles, depuis San Diego. Je tente de chasser cette vilaine impression, je tente de me convaincre qu'elle n'est qu'une trahison, mais plus je la repousse et plus elle revient comme une évidence.

Toutes les paroles que nous avons échangées sont truquées.

Tous, absolument tous, Charlotte, Flo et Jean-Max, me mentent !

*<br>*  *

Dans l'avion, nous nous relayons entre hôtesses pour dormir chacune quelques heures. Deux ou trois. C'est mon tour, je n'arrive pas à trouver le sommeil. Des interrogations tournent en boucle. Des contradictions. Je me sens maladivement honteuse de soupçonner mes collègues, mais comment expliquer autrement l'inexplicable ? Mes papiers d'identité par exemple. Je les ai retrouvés dans ma valise, sur le lit de ma chambre de l'Ocean Lodge Motel. Je suis pourtant certaine de les avoir emportés pour passer la frontière mexicaine. La solution est simple, et Flo me l'a servie. J'étais tellement stressée que je les ai oubliés ! OK, Flo, OK, je ne vais pas insister. Même si…

Un type me frôle, s'excuse par réflexe, et s'arrête devant la porte des toilettes, visage fatigué, portable à la main et écouteurs enfoncés. Il ressemble un peu à Olivier, même si je n'ai jamais vu mon mari écouter de la musique avec un appareil vissé dans ses oreilles. Je souris au noctambule, puis je laisse ma mèche grise retomber en baldaquin devant mes yeux. J'aimerais tant dormir. J'aimerais tant me déconnecter. J'ai hâte de rentrer chez moi. De retrouver mes filles. De garder mes petits-fils. De reprendre ma vie de mère et de

JAI DÛ RÊVER TROP FORT

grand-mère. Une vie simple, une vie sans mensonges. Sans mensonges depuis que Margot est née.

Mes interrogations reviennent au galop.

On veut me faire payer un mensonge commis il y a presque vingt ans ? Un mensonge, terrible, jamais avoué... mais depuis, la Seine a coulé ?

On veut pour cela me tuer ? Comme on a voulu tuer Ylian ?

On veut me rendre folle ? Autant que je fus folle de lui ?

Je réalise que petit à petit, ma lucidité s'étiole. Balayées par ma mèche, mes paupières se ferment. Vais-je enfin parvenir à m'assoupir ? Bercées par le roulis, mes pensées se fondent dans le même coton que les nuages que nous traversons. Des voix se mélangent. Des visages se superposent. Des musiques m'apaisent. Quelques accords de guitare jouent en sourdine dans le silence de mon cerveau. Quelques notes de piano. Sur lesquelles se posent des mots.

*When the birds fly from the bush*
*There will be nothing left of us*

Quelqu'un me les chante, à peine un murmure, susurré au creux de mon oreille. Les mots d'Ylian, nos derniers mots, que je traduis dans ma tête.

*Quand les oiseaux envolés, du buisson où l'on s'aimait,*
*Il ne restera rien de nous*

Je rêve. Je rêve forcément. Même si j'ai l'impression que quelqu'un les fredonne vraiment. Tout doucement. Tout près de moi. Ce type ? Ce type qui attendait pour aller uriner ? Je suis définitivement cinglée ! Je suis pourtant persuadée de ne pas délirer : ces mots sont prononcés par un homme, pour de vrai, à côté de moi. J'hésite à ouvrir les yeux... Je les ouvre enfin.

Les paroles s'envolent.

264

Il n'y a personne devant moi. Personne dans le couloir. Seules les toilettes sont occupées, évidemment par le type qui ressemble à Olivier.

Je deviens dingue. Je veux me réveiller. Je ne veux pas sombrer, je vais m'accrocher.

Je vais oublier le passé ! L'enterrer, le balancer. Je voudrais pouvoir ouvrir le hublot et jeter à travers les nuages ma pierre de temps, celle que j'ai abandonnée pourtant, au bord de la Seine. Chez moi. Je veux rentrer chez moi !

Je sors mon téléphone. Je sais désormais que je ne dormirai pas. Mes doigts caressent la coque rose, accrochent l'hirondelle noire esquissée d'un trait de stylo. Je lis et relis le texto que Laura m'a envoyé avant mon départ de L.A. Elle n'y parle ni d'Ylian, ni de l'hôpital. Elle écrit simplement :

*Rentre vite, maman. Moi, Margot et les jumeaux, on a une surprise pour toi.*

# III

Le vent n'est pas particulièrement violent en cette fin de matinée, mais il s'engouffre par bourrasques dans la vallée de la Seine, imprévisibles et suffisantes pour secouer les dernières larmes de rosée des branches des saules pleureurs, pour rider la surface du fleuve, fournir un appui invisible au vol plané des sternes au-dessus de ma tête, et s'amuser à soulever la nappe de papier que Laura a installée sur la table dressée dans le jardin, au milieu de la terrasse en ipé qui fait la fierté d'Olivier. Laura a calé la nappe avec quatre galets, coincé les serviettes sous les assiettes, amarré les gobelets aux couverts. Elle tient à ce que la table soit superbe, joyeuse et colorée. Laura prétend qu'on ne garde aucun souvenir de ses anniversaires d'adulte, ils se ressemblent tous, année après année, seules les photos permettent de les distinguer, grâce aux enfants qui grandissent plus qu'aux visages qui vieillissent. « Regarde, dira-t-on dans quelques années en retrouvant les clichés, Ethan et Noé avaient moins de deux ans ! C'était donc en 2019 ! » Et l'on se souviendra ainsi de cette belle matinée de septembre et de ce repas champêtre dans le jardin pour fêter les cinquante-trois ans de maman.

Merci Laura !

J'observe mon aînée s'agiter, un œil sur la pendule, un autre vers le ciel pour lui intimer de rester bleu jusqu'à la fin de la journée puis les deux vers le bout de l'allée d'où Valentin doit arriver, verser les cacahuètes, noix de cajou, bretzels et autres crackers dans mes raviers de faïence japonaise rapportés d'Okinawa. Si bien élevée, ma petite Laura. A se creuser la tête pour chaque anniversaire de son papa et sa maman. On l'a fait pour elle, et pour Margot, de leurs douze mois à leurs quinze ans, avec copines et famille, gâteaux et cadeaux, bonbons et cotillons. Un bel investissement, si l'on y pense ! Les enfants, en retour, se coltineront l'organisation des anniversaires de leurs parents pendant cinquante ans… disons de leurs quarante à leurs quatre-vingt-dix ans !

Laura m'a virée de la cuisine, puis m'a dégagée de la terrasse. Ne traîne pas dans mes pattes, maman ! Va faire un tour dans le jardin, prends un magazine, bouquine, Margot et moi, on s'occupe de tout.

Enfin, Laura surtout.

Margot s'est levée une heure après que Laura est arrivée, s'est fait une petite place pour pouvoir poser ses céréales sur la table de cuisine déjà encombrée, et a accepté avec mauvaise grâce d'éplucher dix radis et de couper un saucisson, d'une main, sans cesser de jouer de l'autre avec son portable. Olivier se charge des jumeaux, il ramasse avec eux, un peu plus loin sur le chemin de halage, du bois pour le barbecue. Jamais de charbon, jamais !

J'ai profité que Laura ait le dos tourné pour voler sur la terrasse une poignée de Pringles paprika. Je m'approche lentement du bout du jardin, face à la Seine, et je jette les miettes à Geronimo et ses cygneaux.

Joyeux anniversaire à toi aussi !

Je vérifie que tout le monde est occupé et me penche sur le petit mur de brique qui longe la berge. Je n'ai pas eu le temps, ou pas le courage, de vérifier lorsque je suis arrivée. Je me souviens parfaitement avoir remplacé, avant mon départ pour Los Angeles, l'un de ces galets blancs par ma pierre de temps. Et pourtant, arrivée à Los Angeles, c'est une pierre canadienne qui se trouve dans mon sac, pas un galet de la Seine, une pierre canadienne identique aux dizaines vendues dans cette boutique inuite, mais impossible que ce soit la mienne, celle que j'ai cachée ici, dans mon jardin. J'étais seule quand je l'ai déposée. Personne n'a pu me voir faire. Je me penche, détaille l'alignement parfait de galets blancs.

Il n'en manque pas un ! Aucun caillou gris pour ternir le rang ! Comme si je n'avais jamais procédé à cet échange. Comme si, une nouvelle fois, j'avais tout inventé. Qu'un des membres de l'équipage de l'Airbus se joue de moi, fouille dans mon sac à main, s'amuse à remplacer un caillou par un autre, pourquoi pas... Mais ici. Chez moi ! Qui pourrait être venu voler ce galet ?

Un cri m'aide à sortir de mes pensées.

Celui de Laura.

Pour la troisième fois, elle interpelle Margot, de plus en plus fort à chaque fois, et lui demande de l'aider à déplacer la table de desserte, sans remarquer les fils d'écouteurs qui dépassent des oreilles de sa sœur cadette. Margot finit par réagir.

— Ouais ?

— Allô, ici la Seine ! Ça te dérangerait de te débrancher et de m'aider ?

— Désolée, Miss Ratched, je suis occupée !

Miss Ratched, l'infirmière tortionnaire dans *Vol au-dessus d'un nid de coucou* ! Généralement, Laura réagit à ce surnom comme si on l'avait traitée de sang de bourbe.

— Ah ouais ? A quoi, Lolita ?

— Je prépare une playlist pour cet après-midi, figure-toi ! Les chansons préférées de maman. Tu vois, je crois qu'elle aime davantage la musique que tes petits radis sans fanes, sans fanes surtout, et ton saucisson aux noix coupé en rondelles, fines hein Margot, fines les rondelles !

Laura hausse les épaules et soulève la table toute seule. Margot s'éloigne en se dandinant ostensiblement.

Huit ans d'écart !

Est-ce une question d'années ? Ou d'ordre d'arrivée ? Les deux sœurs ne se sont jamais ressemblé. Laura est tellement dévouée, tellement organisée, pousse si loin la générosité, jusqu'à vouloir faire du rangement dans la tête de ceux qu'elle aime. Pas question pour Margot que quelqu'un touche au bazar sous son crâne, dans sa chambre, ou même dans son monde. Seul le désordre est créateur ! Et cette petite maligne de gamine est parvenue à convaincre son papa, le papa le plus maniaque de toute la galaxie, de la pertinence de sa théorie.

Laura et Margot ne se ressemblent pas, et ça ne s'est pas arrangé depuis que Margot est ado, mais je sais qu'un lien indéfectible les unit. Laura protège sa petite sœur, malgré elle, malgré tout, et Laura est pour Margot un modèle, un modèle auquel elle ne veut pas ressembler, mais un modèle tout de même. Une boussole qui indique le nord. Laura et Margot. Je noie mon regard dans le fleuve, de peur que des larmes ne viennent ruiner mon maquillage. Laura et Margot, si vous saviez le nombre de fois où j'ai eu envie de vous avouer mon secret. Ce pacte avec l'enfer. Ce mensonge que vous ne pourrez jamais me pardonner...

Un bruit de klaxon au bout de l'allée déclenche une envolée de canards. Valentin vient d'arriver ! Les jumeaux courent vers leur papa sur le chemin de halage, laissant Olivier en plan avec ses branches plein les bras. Laura ôte à la hâte son tablier. Margot connecte son portable en Bluetooth sur les enceintes posées devant la fenêtre.

*Mister Mystère*, de -M-.
Joli choix, Margot.
Et ta table est superbe, Laura.
Une douce mélancolie envahit mon cœur.

*
\* \*

Nous sommes sept autour de la table. Puis cinq, les jumeaux sont partis jouer au sable. Puis quatre, Margot est toujours assise à côté de nous, mais plongée sur son portable.
Grillades
Valentin a géré à la perfection le barbecue, il a intérêt, Laura ne l'a pas lâché une seconde. A croire que maîtriser la viande grillée est une des épreuves à passer avant qu'elle accepte de se reproduire avec lui dans la grotte conjugale.
Contrairement à Olivier, j'aime bien Valentin.
Je n'ignore pas qu'un jour ou l'autre, il nous volera notre fille pour l'emmener dans la gendarmerie lointaine d'une bourgade sans hôpital où notre Laura deviendra l'infirmière des collines. Mais Valentin me fait rire. Tout inspecteur, ou lieutenant, ou je ne sais plus quel grade il a, il semble subir un interrogatoire dès qu'il se met à table devant son beau-père. Tout juste si Olivier ne lui colle pas l'halogène en pleine tête. Alors ces congés, va falloir les poser, ma fille est fatiguée ! Et la chambre des jumeaux, c'était pas plus urgent de la terminer que le cellier ?
Salade
Je fais glisser vers Laura mon petit cadeau rapporté de L.A., une boule à neige qui tombe en étoiles pailletées sur la montagne de la Paramount. Elle la regarde un bref instant. Comme les autres pièces de sa collection, une collection patiemment reconstituée depuis vingt ans, elle la laissera à Porte-Joie, sur l'étagère de la pièce qui fut sa chambre, qui

accueille désormais ses jumeaux. Trop jeunes pour y toucher, selon leur maman !

Fromage

Laura laisse tomber sa serviette de papier sur le portable de sa petite sœur. Noir complet ! Plus de 4G. Margot s'apprête à mordre, avant de comprendre ce qu'elle veut. Les deux filles se lèvent en riant, et je me surprends à adorer leur soudaine complicité. Valentin tapote avec ses doigts sur le coin de la table, roulement de tambour façon garde champêtre.

Laura et Margot reviennent déjà avec un somptueux gâteau, blanc-manger coco, mon préféré.

Le vent de la Seine sera sûrement plus rapide que moi pour souffler les bougies, mais on les rallumera autant de fois qu'il le faudra, le temps que les jumeaux participent aussi, sur les genoux de leur mamy, à la photographie.

« Regarde, Ethan et Noé n'avaient pas deux ans. C'était en 2019. Mes cinquante-trois ans... »

*

* *

Laura me tend trois enveloppes cadeau.

Valentin le garde champêtre bat la mesure plus fort encore.

— C'est pour toi, fait Laura. Et aussi pour papa. Enfin, c'est pour tout le monde.

Je repense aux paroles de mon aînée avant mon départ pour L.A. Tu n'as rien de prévu pendant tes jours de repos ? Alors ne prévois rien !

Elle précise, d'ailleurs.

— C'est le seul moyen qu'on a trouvé pour t'attacher, maman. Et pour te faire sortir, papa ! Qu'on y aille tous les sept.

— Des vacances ? suggère Olivier, inquiet.

274

Je tâte les enveloppes. Elles ne contiennent que des papiers. Des billets ? Un voyage ? Coincé entre mon retour de Los Angeles et mon départ pour Jakarta ?

Mon cœur se bloque. Sans avoir déchiré l'enveloppe, j'en ai deviné la destination. Comme si mon histoire, une nouvelle fois, bégayait. Pourtant je prie, je prie tous les dieux de l'Univers, tous ceux que les hommes ont inventés aux quatre coins de la planète, je les prie pour ne pas avoir raison.

— Bon, tu ouvres, mam' ? insiste Margot, un peu agacée. Surtout excitée.

## 1999

Nous sommes sur la terrasse tous les deux. En amoureux. Une petite table ronde est posée sur la terrasse de béton. Olivier hésite entre du teck et de l'ipé. Il est capable de me parler pendant des heures des avantages et inconvénients de chaque bois exotique. Je lui réponds que je m'en fiche un peu, qu'il faut juste qu'il se décide, que ce serait bien d'avoir du plancher sur la terrasse avant que Laura ait dix-huit ans. Laura joue à côté.

Le béton, elle, elle aime ! Elle peut dessiner dessus, à la craie. Des cœurs pour ses parents, des soleils, des nuages. Des avions aussi, celui de maman.

Laura a posé à côté d'elle son trésor, la boule à neige que je lui ai rapportée de Los Angeles, Mickey et Minnie, main dans la main, à Disneyland Californie, achetée in extremis à l'aéroport. Laura ne présente aucun signe de fièvre, encore moins de mal de ventre, comme si Olivier avait tout inventé. C'est dans sa tête, a prétendu Olivier, c'est parce que tu lui manquais.

La nuit tombe doucement. C'est le moment que je préfère de la journée, quand tous les oiseaux des étangs de la Seine jouent aux pipelettes. Pendant ces quelques minutes, je suis persuadée que je suis bien, là. Chez moi. Que je pourrais faire mille fois le tour du monde, c'est ici que je reviendrais. Olivier a tenu à déboucher une bouteille de gewurz. Le rituel de presque chaque escale, pour fêter mon retour. On boit un verre ou deux, généralement, je suis déjà repartie que la bouteille n'est pas finie. Olivier aime dire que je lui en laisse assez quand je repars pour qu'il puisse noyer son chagrin.

— Chéri, j'ai posé un desiderata.

Olivier regarde un long moment Laura, concentrée, occupée à tracer avec une craie, sur la terrasse de béton, des noms de villes que maman lui a montrées sur une carte. *Sidné-Bancoc-Nouillorc.* Elle est si fière de savoir presque écrire. J'attends qu'il réponde quelque chose, et comme ça ne vient pas, j'énumère les arguments que j'ai dix fois, cent fois répétés. Un mensonge devient-il une vérité à force de le réciter ?

— Seulement trois jours. De mardi à jeudi. Avec Florence, Laurence et Sylvie, deux autres hôtesses. Ça fait des mois que je ne suis pas partie.

— Tu pars trois fois par mois, Nathy !

L'affrontement peut commencer.

Je respire. Nous revenons en terrain connu. Nous l'avons eue si souvent, cette conversation. Je suis à nouveau sûre de moi.

— Pour travailler, Oli. Pour travailler ! Là, je te parle de trois jours de vacances entre copines.

Olivier détourne le regard, il déchiffre les gribouillis de sa fille. *Dacar-Déli-Kito.*

— C'est dommage pour Laura.

Je force un peu le trait. Je compte sur mon absolue sincérité pour qu'Olivier ne puisse pas se douter.

— J'ai plus de quinze jours de repos par mois, Oli ! Je passe plus de temps avec Laura que la plupart des mamans qui font leurs trente-neuf heures au pied de chez elles. Alors ne me fais pas culpabiliser ! Le seul avantage de mon métier, c'est de pouvoir voyager sans presque rien payer. C'est toi qui veux rester ici. C'est toi qui ne veux jamais venir avec moi. Je te les propose à chaque fois, mes desiderata.

A chaque fois. Mais pas cette fois...

Olivier ne relève pas. Il ne demande même pas où je pars. Il se contente de vider son verre, de se baisser et de commencer à ramasser les jouets de Laura, signe qu'il est temps qu'elle aille se coucher.

— Juste trois jours, Oli. Trois jours à Barcelone avec trois copines. Tu ne vas pas me l'interdire ?

— Je ne t'ai jamais rien interdit, Nathy.

2019

Un point d'interrogation est inscrit au marqueur sur chacune des trois enveloppes. Je déchire avec lenteur la première. Laura s'est amusée. Un ballon de football est dessiné à l'intérieur.

— Alors ? demande Margot à son papa. Où on va ?

— Manchester ? Turin ? Munich ? propose Oli.

— Trop classe ! ironise Valentin. Trois jours en Bavière ! Pourquoi pas à Mönchengladbach ?

Olivier ne répond pas et vide son verre, vexé et surtout étonné des connaissances footballistiques de son gendre, troisième ligne dans le club de rugby de Cergy.

— Et toi, maman, insiste Laura. Tu as une idée ?

Je m'efforce de prendre l'air indécis, de déchirer la seconde enveloppe avec impatience et de contrôler ma surprise. Je découvre un collage réalisé avec des peintures de Picasso, Dalí, Miró. Je crois que mon cœur va lâcher. Laura affiche un grand sourire, Margot frappe des mains. Olivier a compris lui aussi. Je n'ouvre la troisième que pour en avoir la confirmation : sur une feuille ont été assemblés des chefs-d'œuvre de Gaudí : Casa Milà, Casa Batlló et Sagrada Familia.

Je lâche, incrédule :

— Barcelone ?

— Waouh, t'es trop forte en géo, maman ! plaisante Margot. Tu ne serais pas hôtesse de l'air ?

Les minutes qui suivent bruissent d'une joyeuse excitation. Notre départ est prévu demain ! Margot tente d'expliquer aux jumeaux qu'ils vont prendre l'avion dans le ciel, comme mamy si souvent. Laura tente d'expliquer à son père que ce ne sera pas très compliqué, départ de Beauvais et vol avec Ryanair, ainsi aucun risque de tomber sur les collègues de maman ! Valentin explique que tout est réservé. Une pension dans l'Eixample, tout près du centre. Que Barcelone est la capitale des pickpockets mais qu'il assurera personnellement notre sécurité.

*Barcelone.*

Mes filles vendent à Olivier le Camp Nou et les boiseries de l'architecture médiévale du Barri Gòtic, tu vas adorer, papa ! De toute façon, même s'il n'a pas pris l'avion depuis nos quinze jours en Martinique il y a treize ans, il n'a pas le choix. Kidnappé par ses propres enfants !

*Barcelone.*

Le chaînon manquant.

Les rires de mes filles me semblent lointains, presque irréels. Je souris, je simule l'émotion, pourtant étrangère à cette euphorie. Comme si je regardais le film de ma vie. Un film mal écrit. Un film qui ne tient pas debout. Mes deux filles me préparent en secret une surprise, entre deux vols professionnels, Los Angeles et Jakarta, et elles choisissent... Barcelone !

La troisième de mes quatre destinations partagées avec Ylian.

Il est impossible que ce soit un hasard. Un rendez-vous alors ? Quel rendez-vous ? Qu'est-ce que tout ceci signifie ? Que cette cérémonie en famille n'est qu'une comédie ? Que tous complotent contre moi ? Que leurs plaisanteries, Valentin qui raconte ses courtes nuits en camp d'ados place de Catalogne, Margot qui veut à tout prix visiter le palais de la Musica Catalana, ne sont que des dialogues appris ? Que la stupéfaction d'Oli, qui semble chercher tous les moyens pour expliquer qu'il ne peut pas partir si vite, qu'il a des clients, des armoires à finir, des planches à scier, des étagères à raboter, est feinte ? Que ses filles chéries récitent un scénario déjà écrit quand elles lui répondent tout sourire que ses clients sont vivants, qu'ils attendront, qu'il cloue des meubles, pas des cercueils !

Je deviens folle ! Un instant, j'ai l'impression que tout tourne autour de moi et que je vais m'effondrer sur les planches d'ipé. Seule Laura paraît le remarquer.

Elle me prend par la taille.

*Viens, maman, viens.*

— On va faire le café ! annonce-t-elle.

Elle m'entraîne vers le fond du jardin. Personne ne remarque rien.

\*
\* \*

— Ça ne te fait pas plaisir, maman, ce voyage tous ensemble ?

— Si, si, ma chérie.

Mes yeux ne sont plus qu'un barrage retenant une crue de larmes.

— Papa m'a raconté. Tu t'es fait agresser à San Diego. Tu aurais dû nous demander, pour ton anniversaire, de repousser...

Je serre Laura dans mes bras. Ma grande fille ! Tellement plus raisonnable que moi !

— Ce n'est rien, ma belle. Juste une frayeur. C'est terminé.

Je tremble pourtant. Laura me frotte le dos comme je le faisais quand elle était enfant. Sa douceur me surprend ;

peut-être ne devient-on maternelle avec sa mère que quand on devient maman ?

— Je pensais que c'était papa, pas toi, qu'on aurait du mal à convaincre. Tu… Tu t'en fais pour ton ami hospitalisé à Bichat ?

Je laisse couler mes larmes cette fois. Laura m'emmène un peu plus loin, nous sortons du jardin pour longer la Seine. Geronimo regarde Laura avec étonnement, semblant chercher à comprendre comment l'odeur et la voix de cette femme peuvent être les mêmes que celles de la petite fille qui venait lui lancer du pain, soir et matin, pendant des années. Je hoche la tête. Nous marchons. Laura me tient la main.

— Ne t'en fais pas, maman. Son état est stationnaire. Les chirurgiens attendent encore quelques jours, pour observer comment son état évolue, avant de décider s'ils peuvent l'opérer. Tu pourras lui rendre visite à notre retour. Même si je ne suis pas à l'hôpital pendant deux jours, j'ai laissé des consignes aux copines, Caro et Martine, elles me préviendront à la moindre alerte. Je… je ne pouvais pas savoir, dit-elle presque pour s'excuser.

Qu'est-ce que tu ne pouvais pas savoir, Laura ? Que mon ami se ferait renverser par une voiture alors que tu avais déjà réservé les billets ? Ne t'inquiète pas, ma chérie… Même sans cela, serais-je allée rendre visite à Ylie ? Aurais-je déchiré notre contrat ?

Nous continuons de marcher une centaine de mètres, jusqu'au méandre et ses quatre micro-îles. J'aime tant la tranquillité de ces îlots de poche déserts et boisés dans ce bras de fleuve endormi, seulement surveillé par les hérons perchés dans l'eau jusqu'à mi-pattes, comme si l'eau était trop froide pour s'y tremper les plumes. Je me sens en confiance. Je demande doucement à Laura. J'ai besoin de savoir.

— Pourquoi, ma chérie ? Pourquoi as-tu choisi Barcelone ?

— On… On était plusieurs à décider. Valentin. Margot…

Je souris.

— Non, Laura. Je te connais. C'est toi qui as décidé. Personne ne décide à ta place de ces choses-là. Pourquoi ?

— C'est... C'est tout près... Y a la mer, les musées, la cathédrale, les Ramblas, le Camp Nou, la sangria, les palmiers, les palais...

— Pourquoi pas Rome, chérie ? Pourquoi pas Amsterdam ? Pourquoi pas Vienne ou Prague ?

Laura me fixe, elle ne comprend pas.

— Ça aurait changé quoi, maman ?

*Tout ! Tout, ma chérie !*

Je ne réponds pas.

Nous faisons demi-tour. Le reste de la familia doit attendre son café. Nous demeurons silencieuses encore quelques mètres, avant que Laura ne reprenne la parole.

— Maintenant que tu me poses la question, maman, j'ai peut-être une explication. Pourquoi Barcelone ? Tu te souviens, quand j'avais six ans, tu m'avais rapporté une petite boule à neige de la Sagrada Familia ?

Bien entendu, je me souviens, Laura.

— Je l'ai gardée pendant des années. C'était ma préférée ! Pas difficile, tu me diras, toutes les autres étaient cassées. C'était la première de ma nouvelle collection ! Tu sais que ma Paramount d'aujourd'hui, c'est ma cent trente-neuvième ?

Et moi qui pensais que mes cadeaux du bout du monde, désormais, Laura s'en fichait ! Je me retiens de la prendre dans mes bras et de lui dire merci.

Merci merci merci, ma chérie.

*<br>* *

Quand nous revenons, Valentin, Margot et Olivier se sont servi le café eux-mêmes. Ils ont installé des quilles de bois et entamé une partie. Valentin a collé les jumeaux à la sieste.

Laura ne peut s'empêcher de tout débarrasser, alors que je m'effondre sur une chaise. Margot s'amuse à jouer les séductrices entre les deux hommes. Sa complicité avec son papa est touchante. Evidente. Nous avons au moins réussi cela...

Ce n'était pourtant pas gagné.

Olivier a douté, avait tellement douté.

J'observe Margot augmenter le son de la musique avec son portable, un vieux Chuck Berry, et se tortiller en mimant un solo de guitare.

Peut-être doute-t-il toujours...

Les feuilles et les enveloppes restées sur la table dansent elles aussi, doucement soulevées par le vent. *Dalí, Sagrada Familia, Gaudí, Casa Milà*. Je pose ma main à plat pour qu'elles ne s'envolent pas. Mes pensées vers Barcelone, elles, ne s'en privent pas.

– 34 –

1999

— Bonjour bonjour, princesse.

Ylian se tient assis devant moi, à la terrasse des Quinze Nits, sous les arcades ocre de la place Royale. Barcelone.

Mes yeux impriment tout. Le carré parfait de la place fermée, l'ombre des palmiers, leurs longs troncs maigres qui ondulent jusqu'à la cime des toits, la sensation mêlée de chaleur et de fraîcheur, le soleil brûlant et les jets d'eau de la fontaine de fer, les parasols alignés, les chaises éparpillées, celle d'Ylie, l'étui noir de sa guitare posé à côté de lui. Ylian s'est laissé pousser la barbe, s'est laissé bronzer le visage aussi. Ses cheveux bouclés tombent de sa casquette écossaise jusqu'à sa chemise ample rouge et or trop peu boutonnée. Aussi romantique que le décor. Jamais je n'avais remarqué qu'Yl était aussi beau !

Yl se lève, m'embrasse, le simple frottement de son jean sur mon ventre, de sa chemise ouverte sur ma poitrine, suffit à me liquéfier. Ou à me sublimer plutôt. Passer de l'état solide à l'état gazeux. J'ai l'impression qu'il lui suffit de respirer pour m'aspirer, pour avaler mon âme, pour se nourrir de chacun de mes désirs et abandonner le reste comme une fragile coquille inutile. Mes mensonges, les scrupules. Olivier. Laura.

Tout a été si vite. J'ai quitté Porte-Joie il y a moins de quatre heures. Une heure de route, une heure d'avion jusqu'à El Prat, trente minutes de bus jusqu'à la place de Catalogne, dix minutes de marche jusqu'à la place Royale. Je n'ai même pas pris le temps de téléphoner à Florence ni à aucune autre copine pour qu'elles me couvrent.

Irresponsable !

Je m'installe à côté d'Ylian, serrés contre la petite table.

Instable.

Ylian sourit.

— J'ai eu un mal fou à la trouver ! J'ai même dû scier un pied.

L'allusion à la menuiserie me fait sursauter. Comme une petite poussière qui aurait résisté à ma sublimation. Un peu de sciure sur laquelle Ylian souffle et qui s'envole. Je commande une Cap d'Ona blonde pour l'accompagner. Nos regards se perdent dans l'agitation de la place. Les touristes se laissent griller plein soleil le temps d'une photographie panoramique pour ensuite courir sous l'ombre des arcades. Les mots peinent à venir. On les meuble de nos baisers. Je me surprends à penser que malgré mon désir, peut-être m'ennuierai-je avec Ylian. Passé la passion, pourrais-je échanger avec lui de longues conversations, telles ces heures partagées avec Olivier à discuter de l'éducation de Laura, de l'amélioration de la maison ?

— Je vous avais fait une promesse, princesse.

Le « vous » me surprend.

— On ne se tutoie plus, mon petit prince ?

— Seulement quand vous serez tombée amoureuse de moi !

*Que je tombe amoureuse de toi ?*

Je passe une main sur sa poitrine, sous sa chemise, une autre sur sa cuisse, et je pense tout bas, *parce que tu crois que je ne le suis pas déjà ?*

❉

❉  ❉

Que je tombe amoureuse de toi, Ylie ?

Qu'as-tu pu imaginer comme stratégie ?

Nous marchons dans les rues médiévales du Barri Gòtic, tailles crochées, formant un seul être à quatre jambes, parfois trop large pour se faufiler dans les ruelles pavées, nous nous arrêtons à chaque patio et la créature quadrijambiste se replie alors pour ne plus former qu'un seul corps à deux têtes, inondée de soleil par les puits de lumière, avant de se réfugier sous les arches ou grimper quelques marches. Chaque patio de chaque nouvelle ruelle m'apparaît plus élégant, plus luxueux, plus luxuriant que le précédent. La ville entière semble n'avoir été construite, il y a des siècles, qu'en prévision de notre rencontre. Je veux bien laisser Vérone à Roméo, Montmartre à Nino et Amélie, Manhattan à Woody, je garde le Barri Gòtic avec Ylie ! Chaque rayon de soleil au croisement de deux rues me donne envie de chercher un coin d'ombre pour l'aimer, chaque fontaine de pierre de l'éclabousser, chaque porte cochère de nous y cacher. Même le verger du cloître de la cathédrale Sainte-Eulalie, et Dieu sait qu'il en faut pour me traîner dans une église, prend des allures de jardin d'Eden où aucun fruit ne serait interdit.

Nous débouchons, Carrer de la Palla, sur la plaça Nova et ses boutiques de souvenirs. Une cicatrice moderne coupant le dédale des ruelles. Ylian s'arrête pour acheter une carte postale. Yl choisit un perroquet du parc de la Ciutadella, me demande de tenir sa guitare, le temps d'écrire un mot au dos, que je lis par-dessus son épaule. *A ma si belle hirondelle aux ailes de pierre.*

Je m'étonne.

— Aux ailes de pierre ?

— Nous avons deux jours pour les rendre légères ! On va la poster ?

Yl me pousse dans la rue la plus proche, nous passons sous l'ombre des dentelles de pierre du pont del Bisbe, puis Yl s'arrête quelques mètres plus loin devant la Casa de l'Ardiaca. J'observe le mur d'enceinte, l'immense palmier-girafe qui dépasse, j'entends le gazouillis de l'eau qui goutte d'une fontaine, tout m'attire dans la cour intérieure de la maison de l'archidiacre, mais Yl me retient devant la porte.

— Express ou lente ? me demande-t-il en agitant sa lettre. A dos de tortue ou à tire-d'aile ?

Je remarque qu'en effet, nous nous tenons devant une boîte à lettres, juste à côté de la porte monumentale. Une superbe boîte à lettres ouvragée ! Ornée d'animaux sculptés. Une tortue… et trois hirondelles de pierre !

La carte tombe, sans bruit, sans adresse, pas même timbrée !

Joli, Ylian ! Très joli coup monté !

Je l'embrasse. La vie est si belle !

＊
＊　＊

Nous continuons de nous promener au hasard des rues. Le quartier El Born me semble plus labyrinthique encore que le Barri Gòtic. Les ruelles succèdent aux placettes, puis s'ouvrent sur d'autres ruelles. Les restaurants succèdent aux boutiques d'art, puis à d'autres galeries, d'autres musées, d'autres bars à tapas. Nous marchons depuis près d'une heure avec l'impression merveilleuse de tourner en rond dans une ville où les rues prennent un malin plaisir à se déguiser pour échanger leurs places. J'ai mal aux pieds. J'ai faim. J'ai soif. J'ai envie de faire l'amour. Parvenus sur une adorable petite place déserte, plaça Sant Cugat, je décide d'imposer une pause. Je me pelotonne contre Ylian. Yl m'embrasse.

— Vous ressemblez à un petit chat.

Je réponds en ronronnant.

— Je sais… câline et féline… Vous m'auriez connue avant que je rase mes moustaches…

Je m'écroule sur le banc de bois le plus proche. Ylian reste debout, accrochant la guitare à son cou.

— Savez-vous que ma musique apprivoise les chats ?

Je joue avec ma mèche angora, essayant de lui lancer des yeux de minette coquette.

— Vous voulez en attirer d'autres que moi ?

Yl termine d'accorder sa guitare et se contente de me lancer un regard mystérieux.

— Croyez-vous à la magie, Nathy ?

Ylian s'assoit lui aussi sur le banc et se met à jouer dans la petite plaza vide. Une jolie et douce mélodie qu'il semble improviser. Moins d'une minute plus tard, un chat, plutôt maigre et pelé, surgit d'un toit, s'arrête griffer quelques instants l'arbre le plus proche pour nous impressionner, puis vient se frotter à nos pieds. Avant même d'avoir le temps d'hésiter entre le caresser et le repousser, deux autres chats apparaissent, sortant du soupirail d'un restaurant fermé pendant la sieste. Des chats de gouttière plus souvent occupés à traîner par terre qu'en l'air, à en juger par leur état de saleté. Trois autres surgissent encore de nulle part, et viennent se poster devant le banc où Ylian joue. Aucune méfiance chez ces félins sauvages ! Tous se tiennent assis, dans une sorte d'arc de cercle, sages et concentrés, comme n'importe quels badauds s'arrêtant devant un concert de rue.

Je suis stupéfaite. D'autant plus que l'assemblée continue à prospérer. Je compte plus d'une quinzaine de chats maintenant. Je n'aurais pas été plus étonnée, je crois, si Ylian m'avait demandé de faire passer sa casquette et que les matous avaient sorti de la monnaie ! Il s'arrête de jouer un quart d'heure plus tard, à la grande déception du public, que j'évalue à une vingtaine de chats.

Je n'en reviens pas ! Je cherche à comprendre. Il y a forcément un truc !

Mes doigts glissent dans le cou d'Ylian pendant qu'il range sa guitare.

— Allez, allez, dites-moi !

— C'est juste une petite mélodie que j'ai inventée, et qui bizarrement, paraît plaire aux matous. Mais maintenant que le concert est terminé, méfiez-vous de tous ces chats, mon hirondelle, restez bien près de moi.

Les minets n'ont pas l'air de vouloir bouger. Ils continuent de fixer notre banc. Ylian sifflote, se lève, Yl m'agace, je veux savoir, je le sens maintenant pressé de quitter la plaça Sant Cugat. Ça m'intrigue. Yl est deux mètres devant moi, presque engagé dans la Carrer dels Carders, quand je vois la porte rouge de la maison derrière notre banc s'ouvrir. Une vieille femme en sort, courbée sous le poids d'une pile d'assiettes creuses qu'elle dispose sur le trottoir. Puis avec minutie, elle verse un litre de lait réparti entre la dizaine de gamelles. Les chats se précipitent !

Moi aussi. Pour rattraper mon charmeur de minous.

— Vous avez triché ! Vous le saviez ! Je suis certaine que vous êtes déjà venu ici, vous avez joué sur cette place hier, ou avant-hier, et vous avez remarqué le rituel de cette femme. Les chats ont une pendule dans le ventre. Ils viennent patienter devant cette porte à la même heure chaque jour ! Il suffisait de vous placer sur ce banc, entre eux et la maison !

— Ben voyons !

Yl accroche la guitare sur ses épaules, avec autant de précaution qu'un papa porterait sa fille de six ans, et continue d'un bon pas.

Comme je l'aime !

Qui peut faire preuve d'autant d'imagination pour séduire son amoureuse ? Charmer les chats ! Même le plus romantique de tous les amants se serait contenté d'attirer les pélicans de St James's Park ou les pigeons de la place Saint-Marc !

✤

✤  ✤

Nous marchons encore longtemps. Avec un objectif, un seul. Le parc Güell. J'y arrive aussi épuisée qu'après un service petit déjeuner-déjeuner-dîner dans un A380 pour Sydney, et pourtant, Ylian m'invite à ne pas m'arrêter.

— On grimpe ! La vue d'en haut est plus belle encore !

Nous grimpons donc, gravissant les marches d'un étrange escalier tout droit sorti du pays des merveilles d'Alice, serpentant entre des maisons de pain d'épices, surveillés par un dragon et une salamandre recouverts d'éclats de céramique colorés. Un décor de Tim Burton qui aurait carburé au lait-fraise, revisité par un Walt Disney sous acide. Un univers unique, une peinture où Monet aurait croisé Klimt. En haut de l'escalier, des rangées de touristes sont assis sur le célébrissime banc ondulé, dont je découvre qu'il constitue la terrasse supérieure d'un étonnant temple sous nos pieds, soutenu par plus de quatre-vingts colonnes doriques. Nous nous posons nous aussi sur le banc, contemplant le parc dix mètres plus bas. Des dizaines de promeneurs circulent, Ylian les observe avec un agacement qui ne lui ressemble pas.

— Ils m'énervent, tous !

— Comment ça ?

— Trop de monde ! Vous ne trouvez pas ? Je voudrais vous faire l'amour, là, sur ce banc-serpent. On l'a bien mérité, non ?

Son regard embrasse toute la ville qui s'étend devant nous jusqu'à la Méditerranée.

— Eh bien, sortez votre guitare magique et faites-les tous disparaître !

Yl semble réellement se concentrer sur la question.

— Ça me paraît un peu difficile, finit-il par reconnaître. Mais je peux au moins essayer de les endormir.

— Ce serait déjà ça, fais-je, tout en marquant ma déception.

Yl fixe un long moment les passants qui flânent, se photographient, conversent, marchent, puis à voix suffisamment haute, décompte.

— 5, 4, 3, 2…

Yl ralentit, esquisse une incantation des mains.

— 1 !

Tous les touristes s'arrêtent net !

Statufiés ! Tels les personnages de *La Belle au bois dormant* ! Certains bouche bée, d'autres bras levés, appareils photo encore pointés.

Mon cœur tombe de dix étages, s'arrête, s'écrase, puis repart de plus belle sans cesser d'accélérer. Ce n'est ni une illusion ni une hallucination. Les gens se sont pétrifiés ! Ylian a-t-il poussé la fantaisie jusqu'à engager trente figurants rien que pour sa mise en scène ? Tout en privatisant le parc Güell pour qu'aucun touriste ignorant sa combine ne se retrouve près des colonnes doriques au mauvais moment. Impossible !

— Alors, princesse ?

Mon cœur bat toujours à toute vitesse.

— Comment avez-vous réussi ça ?

— Vous ne me tutoyez pas ?

— Allez, répondez-moi… Ce sont tous vos copains ?

— Je ne connais que vous et une autre personne à Barcelone… Alors, vous ne me tutoyez toujours pas ?

— Je vous déteste !

Je scrute, aussi énervée qu'une petite fille qui ne comprend pas un tour de magie, les gens immobilisés.

Même le silence est impressionnant. Même les oiseaux se sont arrêtés de chanter. Ylian est un enchanteur, plus fort, mille fois plus fort que le Guido de Benigni.

Je l'aime je l'aime je l'aime !

Je vais lui dire, quand j'entends un cri.

— OK, coupez, on la refait !

Sidérée, je vois tous les passants se remettre à bouger, mais aussi des techniciens sortir de sous la terrasse que nous surplombons, des filles surtout, se disperser de tous côtés pour modifier divers détails, essuyer un reflet sur une mosaïque, rajuster un chapeau mal posé, ramasser un papier envolé. Des caméras pointent leur museau hors de l'ombre, des hommes armés de blocs-notes donnent des ordres aux figurants pour qu'ils modifient leurs déplacements avant de s'immobiliser.

— Un film ? fais-je, tout sourire. Ils tournent un film ?

— Une publicité, précise Ylian, hilare. Une simple publicité pour un parfum. *Cobalt*, de Parera. Je devais jouer parmi les figurants. Un autre de mes petits contrats pour survivre. Pas besoin d'avoir fait l'Actors Studio pour jouer le rôle de statue. Mais vous êtes arrivée, j'ai dû décliner.

— Vous êtes le garçon le plus timbré que j'aie jamais rencontré !

Je lui prends la main. Nous traversons la terrasse puis nous dévalons le chemin de lutins vers l'esplanade. L'équipe de tournage s'est à nouveau dissimulée derrière les colonnes. On entend le réalisateur crier « En place ! ». On rit, on court, sans s'arrêter.

Les figurants se repositionnent. On dépasse la salamandre multicolore au moment où une voix forte crie : « Action ! » Sur la dernière marche, un technicien tente de nous bloquer.

Qu'il essaye !

Nous nous retrouvons au beau milieu des figurants qui le plus naturellement du monde se promènent, lèvent la tête, discutent, avant de subitement tous s'arrêter.

Silence total.

Alors je crie.

— Je t'aime !

Et j'embrasse Ylian à pleine bouche. Yl me fait voltiger, en toupie, au milieu des hommes et femmes statufiés qui tous doivent penser que nous sommes les acteurs principaux d'un scénario qui vient de changer.

Les caprices d'un réalisateur... par ailleurs hystérique.

— Coupez ! D'où ils sortent, ces deux hijos de puta ?

Nous n'entendons pas la suite, nous nous sommes déjà enfuis.

❀
❀ ❀

Nous sautons dans le premier bus, nous en descendons place de Catalogne. Ylian veut me montrer les Ramblas. Le soir. Quand la foule s'y presse pour descendre jusqu'à la mer. La foule nous a attendus ! Enlacés, nous laissons les passants nous doubler, nous frôler, tels deux nageurs entraînés par le courant.

— Je t'avais prévenue, crie Ylian, tu es tombée amoureuse de moi !

295

Je le serre plus fort encore au creux de mes bras. Je ne veux penser à rien d'autre qu'à l'instant présent. Briser ma montre. Ne surtout pas compter les heures et encore moins les jours. Ne pas penser à après. Ne pas penser parenthèses, guillemets, pointillés. Ne penser qu'à me noyer dans cette foule avec Ylian comme unique bouée. Cette foule qui nous écrase dès que nous ralentissons.

— Viens, propose Ylian.

Nous nous écartons de quelques mètres vers la contre-allée, en direction d'un vendeur de glaces ambulant.

— Quel parfum, señora ?

Je dévore Ylian des yeux. Ils n'ont jamais été aussi bleus.

— Fruit de la Passion.

— Excellent choix, restez ici !

Yl m'invite à m'asseoir sur le banc le plus proche pendant qu'il va commander. Un superbe banc de pierres blanches, dans le plus pur style Gaudí, décoré d'une statue de soldat casqué taillé dans la même roche.

Ylian se retourne une dernière fois.

— Soyez sage. Ne vous faites pas draguer par des inconnus !

Je l'observe attendre devant la roulotte rouge et blanche. Sa nuque, sa chute de reins, ses fesses. J'ai une folle envie de lui.

C'est alors que je sens le banc de pierre bouger ! Puis, comme si un tremblement de terre ne suffisait pas, je vois la statue de pierre s'animer. Ses paupières de grès se soulever, les blocs de roc de son buste se craqueler, son visage se fissurer. Tel un chevalier ensorcelé, il y a une éternité, et qui devait attendre que je m'assoie précisément sur ce banc pour se réveiller, pour sortir d'un très long sommeil et délivrer son message. Un message qui tient en trois mots.

Je crois même qu'en les prononçant, la statue de pierre sourit.

— Bonjour bonjour, princesse.

*Quand nos bouquets d'été, hier,*
*seront fleurs séchées des théières*
*Quand le feu de nos nuits insolentes,*
*ne seront plus qu'insomnies lentes,*
*Quand le jeu des matins de grâce,*
*ne seront plus que matinées grasses,*
*Quand la faim de nos toujours,*
*ne seront plus que jours sans fin*
*Que restera-t-il demain ?*

– 35 –

2019

— Maman, tu me payes un smoothie !

A dix-huit ans, Margot garde ses réflexes d'ado. Et nous voilà tous les sept, à nous faufiler dans les allées du marché de la Boqueria, avec chacun un jus d'orange, de mangue fraîche ou une salade de fruits.

— On va déguster tout ça place Royale ? propose Valentin. Accompagné d'un café ?

Notre petite troupe traverse les Ramblas, quittant l'ombre des platanes pour prendre la direction des palmiers qui dépassent du bloc d'appartements. Olivier mène la marche, ouvrant la voie à Laura qui slalome entre les passants avec sa double poussette, Noé derrière et Ethan devant. Vroum, vroum... Les jumeaux adorent. Peut-être que dans leur langue de petits garçons, ils parlent de la tenue de route de leur Maclaren, de l'adhérence des pneus et de la souplesse de la direction. Margot traîne, on n'a pas tous les jours l'occasion de poster sur Instagram un selfie-smoothie live in Barcelona.

Olivier s'engage Carrer de Ferran, on le suit.

Il jette un œil alentour, traverse... à l'instant précis où une Seat Inca grise surgit.

Crissement de pneus et cris.

Dans un instant de panique absolue, je suis persuadée qu'elle ne va pas freiner et nous renverser. La camionnette pile in extremis !

Mon cœur continue de s'affoler alors que Valentin s'avance et fait signe au conducteur de se calmer. Même en civil, ses gestes ont l'assurance de ceux d'un policier. Laura traverse la route avec les jumeaux, Margot sprinte, mes jambes flageolent. Depuis que je suis à Barcelone, à l'aéroport, dans le bus, dans la rue, je ne peux m'empêcher de repenser à ces deux types dans le Chicano Park, le fumeur de cigare et le suceur de pastilles, ces types qui ne traînaient pas autour du Chevy Van par hasard, ces types qui voulaient m'assassiner. Ces types capables d'agir à San Diego, et quelques jours auparavant à Paris, devant la Fnac des Ternes. Pourquoi pas ici ?

Nous nous installons finalement tous place Royale, à la terrasse des Quinze Nits. C'est moi qui ai choisi l'endroit. C'est Laura qui a choisi la table. Une table qui n'est pas bancale ! Olivier et Valentin ont à peine le temps de vider leur café, Margot de tenter un nouveau selfie devant la fontaine de fer des Trois Grâces, que Laura s'est déjà relevée. Elle a plié sur la poussette des jumeaux une carte de Barcelone sur laquelle elle a surligné tout un parcours dans le Barri Gòtic. Si on avait inventé la poussette avec GPS intégré, Laura l'aurait achetée.

En route !

Le parcours de Laura n'a rien d'original, cathédrale Sainte-Eulalie, palais de la Generalitat, place Sant Jaume, pla de la Seu, mais tous lèvent les mêmes yeux émerveillés à chaque sculpture aux murs, chaque ferronnerie aux portes, chaque céramique, ou les baissent vers chaque vitrine d'art, vers chaque artisan occupé au fond de son atelier.

Carrer del Bisbe, Casa de l'Ardiaca...

La boîte à lettres est toujours là !

La tortue n'a pas bougé, les hirondelles de pierre ne se sont pas envolées. A travers le sac de toile que je porte en bandoulière, je serre ma pierre de temps tel un talisman.

*

\* \*

Petit à petit, chacun trouve sa place dans notre petite troupe. Laura joue à la guide enthousiaste et autoritaire, Valentin au vigile rassurant et souriant, Margot à l'ado bluffée par chaque placette invitant à la fête, fomentant sans doute déjà dans sa tête un plan pour revenir. En été, entre copines. Même Olivier paraît s'intéresser en levant le nez, il est resté longtemps bloqué dans la cathédrale, en admiration devant les grandes orgues de bois.

Et moi, dans ce convoi bruyant et sympa, quelle est ma place ?

Qui suis-je ? Où suis-je ?

Ici, aujourd'hui ? Dans ma famille, dans mon rôle naturel de jeune mamy au sein de trois générations réunies ?

Ou ici, mais hier ? Ici, mais obsédée par le souvenir de la douce fantaisie d'Ylie, si présente que je crois voir surgir sa magie à chaque nouvelle ruelle du Barri Gòtic, ou du quartier El Born où nous circulons maintenant. *Plaça Sant Cugat.*

Mon cœur se serre. Un vieil homme est assis sur le banc où Ylian avait sorti sa guitare. Un artiste lui aussi. Il dessine à la craie sur le goudron de la place. Nous nous approchons. Margot pouffe de rire ! Les gribouillis du peintre sont ridicules ! Laids, ratés, une pitié ! Même Ethan et Noé seraient capables de mieux !

— C'est peut-être un truc, chuchote Laura à l'oreille de sa sœur tout en observant le chapeau posé à côté du vieil homme. Pour attendrir les gens et qu'ils donnent plus !

Margot semble trouver l'hypothèse intéressante. Elle s'approche du chapeau alors que je m'éloigne, de quelques pas, vers la porte rouge face à nous. Mon regard tente d'embrasser toute la place, les murs, les gouttières, les soupiraux.

Aucun chat !

Aucune pièce dans le chapeau, constate Margot après avoir jeté un œil discret.

— Ta théorie est foireuse, explique posément Margot à sa grande sœur, sans se demander si le crayonneur de la place comprend ou non le français. Les passants donneront plus d'argent à un type qui mendie s'il est bien habillé, s'il a de l'humour et s'il joue super bien de l'accordéon ou du violon, avec un joli étui en cuir rouge pour y déposer les pièces. S'il parle en bafouillant, s'il pue, s'il sort un instrument et qu'il joue mal, s'il tend un gobelet en plastique sale, les gens donneront que dalle !

Olivier sourit.

— La loi du marché, mes chéries ! Même pour ceux qui la fuient…

En général, j'aime la façon dont Olivier écoute ses deux filles, avant de proposer une synthèse pondérée. Dans l'instant, je n'y prête qu'une attention distante. Je me tiens devant la porte rouge, personne n'a remarqué que je me suis éloignée. J'essaie de me concentrer, d'entendre des miaulements, des bruits de pas. Je tente de me persuader que la vieille femme aux écuelles de lait est sans doute décédée aujourd'hui. Ou pas ? Je pose la main sur la poignée, elle tourne, et à ma grande surprise, elle s'ouvre !

Avant même que je fasse un pas, avant même que je n'aperçoive ce qui se cache derrière la porte de bois, j'entends un aboiement. L'instant d'après, un doberman jaillit d'une petite cour fermée, oreilles dressées, gueule ouverte. Je reste muette, tétanisée. Je réagis à peine quand une main ferme me tire en arrière, claque violemment la porte rouge devant nous, enferme le chien derrière.

— Qu'est-ce que tu fiches ? me demande Olivier, soufflé.

Il a réagi comme s'il avait anticipé mes gestes, plus vite encore que Valentin.

— J'ai... J'ai juste touché la porte... Je ne pensais pas qu'elle s'ouvrirait.

Olivier me regarde étrangement. Les filles n'ont rien remarqué, occupées à offrir quelques euros au peintre raté. Merci, Olivier !

Merci, Olivier, même si tes enthousiasmes pour l'architecture catalane, les ruelles gothiques et leurs portes, les cathédrales et leurs orgues, m'apparaissent un peu exagérés. Merci d'être venu, merci mon mari de n'avoir rien dit, merci mon ermite d'y mettre tant de bonne volonté. Parce que si Margot et Laura ont choisi cette destination au hasard, ce que je n'arrive pas à croire, je sais que c'est à toi, pas à moi, qu'il joue la pire des farces.

*<br>* *

Sagrada Familia, Casa Milà, Casa Batlló, viva Gaudí ! Laura nous octroie une simple pause le midi, plaça del Sol, tapas et pichet de tarragona, sur une table bien stable. Une escouade de jeunes serveurs bruns s'esquivent entre les clients avec une élégance de toreros. Margot s'intéresse déjà à la corrida, puis sitôt les cafés payés, insiste pour visiter le palais de la Musica Catalana.

Avec autant de détermination qu'elle a guidé le groupe, Laura décide de l'abandonner.

— Je vais promener Ethan et Noé au parc de la Ciutadella.

J'adhère ! Les jumeaux commencent à s'agiter, et tester avec eux l'acoustique du palais de la Musica risque de tourner à la cacophonie.

— Je t'accompagne, fais-je sans avoir rien prémédité.

— T'es sûre, mam' ? s'étonne Margot. Le palais est encore plus beau que la Sagrada !

Elle n'insiste pas et entraîne son père et Valentin avec elle. Avant qu'ils s'éloignent, j'entends Olivier lui murmurer :

— Peut-être l'a-t-elle déjà visité.

Ethan et Noé adoptent immédiatement le parc de la Ciutadella, comme s'ils étaient déjà venus eux aussi, ils se dirigent, d'instinct, vers les perroquets. Dans mon sac, ma main se crispe sur la pierre de temps. Ce geste devient un tic que je ne parviens plus à contrôler. Dès que surgit le passé. Une carte postale. Quelques mots.

*A ma si belle hirondelle aux ailes de pierre*

Pendant que les jumeaux jouent à effrayer les oiseaux, j'interroge Laura. A-t-elle des nouvelles de mon ami, oui, celui qui est hospitalisé ? Je déteste l'absence de coïncidences depuis que j'ai atterri à Barcelone. Aucune table boiteuse. Aucun chat place Sant Cugat. Aucune allusion dans les conversations. Un atroce pressentiment me souffle qu'Ylian est mort, ou va mourir, que le passé s'effiloche et que les hasards précédents en étaient les derniers lambeaux. Laura me rassure comme si j'étais sa fille, sans me poser d'autres questions.

— Tout va bien, maman. Martine et Caro s'occupent vingt-quatre heures sur vingt-quatre de lui. Elles me préviendront s'il y a le moindre souci.

\*
\* \*

Le soir, après un dîner paella et pasta, tout le monde s'entasse dans les deux pièces de la petite pension Carrer d'Hèrcules, à deux pas de la place Sant Jaume. Valentin,

Laura, Margot et les jumeaux dorment tous dans le salon, et nous ont laissé la seule chambre. Pas la peine de protester, elle est tellement exiguë qu'on ne pourrait y faire tenir aucun autre lit.

Olivier est plongé dans un livre sur Gaudí, en espagnol, trouvé dans le salon. J'admire une nouvelle fois ses efforts. Suivre le groupe sans protester, s'intéresser aux musées, participer à la conversation, lui qui, quand je suis en vol, peut rester des jours à scier, raboter, limer, sans prononcer le moindre mot. Je suis prise d'un remords. Je dois me montrer à la hauteur.

— Je vais préparer un programme pour les jumeaux, promets-je en consultant le guide Lonely Planet. Ils ne vont pas tenir si on continue d'enchaîner boutiques et musées.

Olivier referme son livre.

— Je m'excuse, Nathy.

Je ne comprends pas. Pardon de quoi ?

— Je m'excuse, Nathy, poursuit Olivier. Pour le palais de la Musica. L'allusion. A Margot.

Ses mots plaça del Sol me reviennent.

*Peut-être l'a-t-elle déjà visité.*

Olivier, toute sa vie, a protégé nos filles. Il a placé le respect de l'innocence de leur enfance par-dessus tout ! Ce n'est pas pour craquer aujourd'hui. Même ici.

Je m'étire sur le lit pour l'embrasser. Un petit baiser claqué sur ses lèvres.

— C'est moi qui suis désolée. C'est juste pas de chance. Laura et Margot auraient pu choisir n'importe quelle ville…

— Elles ne pouvaient pas savoir. On n'en parle plus, Nathy. C'est fini. On oublie !

Olivier est parfait. Peut-on aimer un homme parfait ?

Une demi-heure plus tard, mon programme est bouclé, et Laura n'aura pas le choix ! Petit déjeuner à la Boqueria pour que les jumeaux s'empiffrent de fruits, puis parc Güell pour leur montrer les dragons en céramique et les maisons de pain d'épices, plage l'après-midi, et retour ensuite sur les Ramblas pour admirer les mimes.

Merci mamy !

*
* *

Laura a tout accepté. Sa maman aurait-elle encore de l'autorité ?

Après s'être gavés de melons, de pêches et de kiwis coupés dans le marché couvert, Ethan et Noé jouent à cache-cache entre les colonnes du parc Güell, tout en gardant un œil méfiant sur la vilaine salamandre géante. On leur a promis la plage après ! Les hommes ont décroché. Valentin est parti faire les boutiques de l'Eixample pour dénicher deux maillots d'Umtiti et Messi à la taille des jumeaux (ils possèdent déjà celui du XV catalan des arlequins de Perpignan !). Olivier l'a accompagné mais je le soupçonne d'avoir rapidement abandonné son gendre. Margot arpente chaque recoin du parc Güell, armée de son portable, et continue sa moisson de selfies qui lui resserviront quand elle reviendra, seule et étudiante, jouer ici à l'auberge espagnole.

Pour la première fois depuis notre arrivée, je me sens bien. Depuis le début de la matinée, je n'ai pas pensé à cette menace qui pèse sur moi. Je suis parvenue à ne consulter mon téléphone que toutes les dix minutes. Ou toutes les cinq ? En tous cas moins que ma pierre de temps. Sans savoir exactement de qui j'attends le message. De Flo ? De Jean-Max ? De Charlotte ? Je n'ai aucune nouvelle depuis Los Angeles. D'Ulysse ? Ou même d'Ylian ? Mon numéro est enregistré sur son téléphone. Yl avait reçu mon appel. Yl...

— La photo ! crie Margot.

Valentin, encombré d'un sac du Barça rouge et or, et Oli, portant, lui, un joli carton Desigual, nous ont déjà rejoints.

— Tous ensemble ! insiste Margot.

Nous voilà assis, alignés, serrés, sur le banc-serpent qui surplombe le parc. Margot confie son appareil à un touriste coréen. Valentin le surveille, prêt à le plaquer au sol s'il tente de se tirer avec. On demande à l'artiste asiatique de prendre une photo. Il en prend vingt, on doit quasiment lui arracher l'appareil des mains. On vérifie. Sur presque tous les clichés, j'ai la tête tournée, de profil, observant le parc en contrebas, attendant le moment où le flux de touristes va, par magie, se figer.

Ce moment qui n'arrive jamais ! Il n'y a pas de magie dans la vie. Juste une réalité qu'on s'amuse à réinventer.

— Allez ! On file à la plage, les cachalots, crie encore Margot en prenant les deux jumeaux sous ses bras et en les faisant tourbillonner.

Ils explosent de rire sous le regard inquiet de leur mère. Je suis des yeux la course de ma fille toupie et de ses deux neveux aux cheveux volants, jusqu'à en avoir le vertige. Je repense à ce parc, je repense à Ylian sur ce banc, je repense à ma déclaration soufflée au milieu des figurants.

*Je t'aime.*

Il n'y a pas de figurants dans la vraie vie. Seulement des vraies gens à qui l'on ne veut pas faire de peine.

*
* *

Les jumeaux n'ont pas aimé la plage, trop de monde, trop de vagues, trop de marche à pied pour y arriver. Par contre, ils adorent courir sur les Ramblas et s'arrêter tous les dix mètres devant les mimes, tous plus extraordinaires les uns que les autres. Laura se ruine en monnaie. Comment résister à l'approche timide de Noé, puis d'Ethan, devant les statues humaines de vampire cycliste, de déesse égyptienne ailée, de chapelier d'Alice et de Charlot, parfaitement immobiles, mais qui s'animent, saluent, éternuent, grimacent, dès qu'un des gamins dépose une pièce.

Les jumeaux entraînent encore leurs parents saluer un chevalier terrassant un dragon vert. Margot s'offre un selfie avec son papa devant Edward aux mains d'argent.

Nous remontons tous la grande allée, la place de Catalogne n'est plus qu'à une cinquantaine de mètres, les mimes se font plus rares. J'ai pris un peu d'avance, j'attends le reste de la troupe, quand je le vois.

Un banc.

Peut-être, parmi tous les mimes des Ramblas, le plus réaliste et le plus surprenant.

Un banc vivant.

## – 36 –

## 1999

Batisto occupe un appartement mansardé, au sixième étage d'un des immeubles du Passeig de Colom, au pied des Ramblas, avec vue imprenable sur la colonne de Colomb et les voiliers du Port Vell. Un vieil appartement délabré, aux murs écaillés et au parquet rayé, qu'on aurait pourtant pu croire neuf, ou récemment rénové, tant l'odeur de peinture acrylique et de vernis prend à la gorge dès qu'on y entre. Un atelier d'artiste. Pots et bombes de peinture entassés dans les deux pièces de la mansarde. Toiles étalées. De véritables toiles ! Pas des tableaux, d'immenses tissus, nappes, rideaux, peints, amidonnés, argentés ou dorés. Seul Batisto peut savoir à quoi ces tentures serviront.

Batisto est particulièrement fier de sa dernière œuvre, son banc-Gaudí, et m'a expliqué, vermouth à la main, en avoir assez des squelettes, zombies et autres monstres pour effrayer les passants. Ce qui paye, c'est l'originalité ! Le risque est élevé, un costume, c'est un an de boulot ! Qui peut rapporter gros... Barcelone est la capitale mondiale des statues vivantes, les Ramblas leur plus grand stade. On est monté jusqu'à plus de cinquante mimes entre la place de Catalogne et la Méditerranée. On en trouve désormais dans toutes les grandes villes du monde, le savoir-faire s'exporte, mais les vraies, c'est ici. Les statues d'origine contrôlée !

Je peine à donner un âge à Batisto. Entre cinquante et soixante ans ? Un visage élastique, tantôt ridé, tantôt lisse. Un corps maigre et courbé, et pourtant étonnamment vif et souple dès qu'il se relève. Une tête de lutin moqueur dégarni se déplaçant avec la grâce d'un danseur étoile. Il y a quelques jours, Ylian a joué de la guitare, sur les Ramblas, pendant tout un après-midi, face au banc-Gaudí. A l'heure de l'apéritif, le banc a invité le guitariste à s'asseoir sur lui, à partager une bière, puis des carbonaras chez lui, puis à rester dormir, tu ne vas pas passer toute ta monnaie dans une auberge de jeunesse, frère ? Les deux artistes se sont adoptés. Ylian pouvait rester. Une nuit, ou deux, ou dix. Du moment qu'il ne touchait à rien.

Batisto est un vieil artiste un peu maniaque. Et plutôt riche... Il gagne davantage dans la rue avec son banc qu'à faire l'acteur dans un téléfilm ou le clown dans un cirque. C'est du moins ce qu'il nous raconte tout en noyant trois olives vertes dans son vermouth, mais l'argent n'est rien, ce qui compte, c'est la gloire ! Batisto, comme les autres plus belles statues vivantes des Ramblas, est mitraillé chaque jour par des milliers de photographes, exposé dans des albums de voyage sur tous les continents, alimente les conversations. Tu es allée à Barcelone ? Tu t'es promenée sur les Ramblas ? Tu as vu le diable-serpent ? La pieuvre géante ? Le banc vivant ? Batisto a des admirateurs arméniens, sud-africains, chiliens... Libre, célèbre et anonyme ! Une équation impossible pour n'importe quel autre artiste.

J'ai tout de suite aimé Batisto ! Lui, adore que je sois française. Il s'appelle Batisto en hommage à Deburau, le Pierrot lunaire des *Enfants du paradis*. Il m'amuse, prétend que j'ai le rire de Garance, parle sans cesse, avec des gestes amples et nerveux. Pose des questions sans écouter les réponses, me sourit, louche sur Ylian d'un air envieux, puis d'un coup, sans prévenir, ouvre en grand la fenêtre sur le Port Vell, allez ouste, de l'air, filez dans la chambre, les tourtereaux, et fichez-moi la paix, j'ai besoin de calme pour cuisiner, je vais vous faire un risotto maison dont vous me direz des nouvelles, ma Garance, en attendant foutez-moi le camp ! Et il claque derrière nous la porte de l'unique chambre. Quelques minutes plus tard, l'odeur de champignons et d'échalotes couvre déjà celle d'acrylique. Et le son de la musique dans le salon notre conversation.

*Tommy*, The Who. A fond !

— Batisto a plutôt bon goût en musique, affirme Ylian en posant sa casquette sur la table de chevet. Et il cuisine comme un dieu.

Je me suis avancée jusqu'à la lucarne, le Port Vell s'étend devant moi. Des touristes flânent sur les planches du Moll de la Fusta, s'arrêtent devant chaque yacht, rêvent, posent devant leurs rêves de bateau, histoire d'y croire le temps d'une photo, avant que la nuit ne tombe. Les derniers rayons de soleil m'éblouissent. Je ferme un instant les yeux et je murmure :

— J'ai une surprise pour toi !

Lentement, je dégrafe ma chemise, quelques boutons seulement, ceux du haut. Je fais glisser le tissu sur mon épaule nue, libérant l'hirondelle noire gravée sur ma peau.

J'entends Ylian s'approcher derrière moi, avant que je précise.

— Elle est née hier, elle est encore un peu fragile...

Avec une infinie délicatesse, du bout des lèvres, Ylian l'embrasse.

Je me retourne.

Je veux me souvenir de tout.

Des derniers boutons qui sautent, de ma chemise qui tombe, d'un soutien-gorge qui glisse, je tremble, je brûle, je meurs, je renais, mais je veux me souvenir de tout, du cliquetis de son ceinturon, de ma jupe et de son pantalon éparpillés sur le parquet, de la pente de la mansarde, de la lucarne ovale, de la lampe de chevet, des odeurs de basilic et de celle d'acrylique, de ce rêve éveillé, être une amante du siècle se donnant à un artiste sous les toits, je veux me souvenir de tout ce que ma tête imagine, je veux vivre cet instant et me regarder le vivre, *carpe diem*, cueillir le jour et vite le coller dans un herbier pour le conserver à jamais. Je ne veux rien oublier des lèvres d'Ylian sur mon ventre, du grain de sa peau bronzée, de sa bouche qui me dévore, je crie sans retenue sous les guitares des Who, je jouis, je ne veux rien oublier de mon audace, du froid de la vitre sur mes seins écrasés, du tableau de nos corps nus dans le miroir, de chaque expression du visage d'Ylian quand Yl explose en moi, de chaque jeu de lumière sur ses fesses quand il se lève pour fumer à la fenêtre, de l'odeur de sa sueur quand agenouillée derrière lui, j'embrasse le creux de ses reins, mes mains réveillant son désir à l'envers de son dos. Je ne veux rien oublier de mon ivresse, de ma fatigue, de sa tendresse. Je veux me souvenir de tout. Je veux cueillir le jour, l'heure, la minute, la seconde et ne jamais les laisser faner.

— C'est prêt.

Batisto a installé une petite table et trois chaises sur le balcon, pile face aux tours Jaume 1 et Sant Sebastià, ces deux vieilles colonnes de fer jamais rasées qui ressemblent à des chaises de maîtres-nageurs pour géants. Des cabines de téléphérique rouges, aussi grosses que des coccinelles domestiquées, montent et descendent entre les tours et la colline de Montjuic.

Batisto est un hôte aussi délicieux que le risotto cèpes-chorizo qu'il a préparé. Capable de tenir une soirée à parler d'hommes muets. Des limites de la vulgarité à ne pas franchir. Têtes décapitées, mimes assis sur des WC... Dios mío, on fait tout de même ça pour les niños ! De ses recherches, de ses idées, de ses rêves, une statue qui défierait les lois de la gravité, encore plus spectaculaire que celles de ces salauds de Carlos et Benito, qui parviennent à se déguiser en Maître Yoda reposant sur une canne à un mètre du sol ou en Petit Prince suspendu à un vol d'oiseaux sauvages. Il y arrivera !

Pendant qu'Ylian joue de la guitare et que sa musique part faire danser les coccinelles au-dessus du Port Vell, Batisto me sort des planches dessinées d'un Adam lévitant dans les airs, relié à un dieu barbu par un unique doigt !

Je suis si bien. Je suis si loin de Porte-Joie. Je vis des instants magiques dans une mansarde d'artiste. Comme avant moi Pilar aimant Miró, Olga aimant Picasso, Gala aimant Dalí. Je suis nue dans une couverture dorée ressemblant à une tenture de déesse indienne, le vent de la Méditerranée souffle un air chaud sur ma peau. Batisto me tend une cigarette.

Tout ce que je vis est tellement surréaliste. Je cueille le jour comme une fleur exotique. Une fleur qui ne pousse pas dans mon jardin.

Une légère brise souffle sur le port endormi. Un vent fainéant et farceur qui n'a pas le courage de gonfler les voiles des yachts amarrés dans le Port Vell, encore moins de faire tanguer les coccinelles accrochées à leur fil dans le ciel, mais s'amuse tout de même à soulever mon foulard Desigual et l'agiter devant mon nez.

Merci, Oli.

Le foulard est joli, comme j'aime, mi-pastel, mi-rebelle, à la fois excentrique et romantique. Olivier a toujours eu ce talent pour m'offrir le cadeau juste au moment le plus opportun, un bouquet de fleurs quand notre maison de Porte-Joie me semble trop grise, un parfum quand l'odeur de cuisine commence à m'insupporter, des sous-vêtements sexy quand le désir s'étiole. Oli a toujours su anticiper mes besoins. Les contrôler, à défaut de les satisfaire.

Oli me connaît. Plus que n'importe qui d'autre.

Il ne m'a pas crue quand je me suis levée avant tout le monde ce matin, quand j'ai prétexté devoir appeler Flo et Jean-Max, à propos du vol pour Jakarta du lendemain. Les chaînes d'information continue ne parlent que de ça depuis hier soir, la réplique du tsunami en Indonésie : les maisons inondées, les voitures emportées, les routes coupées, les touristes hagards et les longues files de réfugiés vers les campements de fortune à l'intérieur des terres. Des experts défilent pour parler de la Venise de l'Asie qui s'enfonce dans la terre, des trente millions de Jakartanais vivant moins de dix mètres au-dessus de la mer sous la menace des inondations récurrentes à chaque saison des pluies, de la corruption, de l'inconséquence des pouvoirs publics qui ont abandonné en cours de construction le Great Wall, le plus grand mur marin du monde, censé protéger la capitale indonésienne. Olivier, avant que je ne referme la porte, en prenant garde de ne pas réveiller les jumeaux, m'a juste rappelé que notre avion décollait dans quatre heures.

— Je n'en aurai pas pour longtemps, ne t'inquiète pas !

Ma réponse m'a presque fait sourire alors que je descendais l'escalier de la pension.

Olivier, ne pas s'inquiéter ?

*
* *

Je m'arrête en bas des Ramblas, au pied de la statue de Colomb. Le navigateur, perché sur sa colonne de soixante mètres, continue obstinément de montrer du doigt la direction des Indes, plein est. Je lui tourne le dos, désolée Cristobal, pour observer les immeubles qui longent le Passeig de Colom, tout en appelant Flo.

Je n'ai pas menti à Olivier. Du moins, pas complètement. J'avais vraiment besoin de parler à mes collègues pour y voir plus clair. Et j'avais besoin de prendre l'air ! Et j'avais besoin de revenir ici, Passeig de Colom, de revoir la façade de cet immeuble, la lucarne du sixième étage, sous la mansarde, de pousser la porte du palier, au numéro 7, de gravir l'escalier si j'en ai le courage, de frapper à la porte, je ne pense même qu'à ça, depuis hier, depuis que j'ai croisé Batisto en haut des Ramblas, même mime, même place, vingt ans plus tard. Lui ne m'a pas remarquée, moi je n'ai vu que lui.

— Nathy ? C'est toi, Nathy ?

La voix de Florence me sort de mes rêveries.

— Flo ?

Je lui précise rapidement que je suis à Barcelone, en famille, que je serai rentrée à Paris dans l'après-midi.

— Prends ton temps, ma grande ! Y a peu de chance que notre avion pour Jakarta décolle. L'aéroport s'est transformé en piscine olympique. Ils annulent tous les vols civils et les remplacent par une chaîne humanitaire aérienne. Ils cherchent des volontaires, des navigants qui ont des notions de secourisme. Je me suis portée candidate... Quand j'avais vingt ans, j'ai tout de même fait trois mois de médecine ! Jean-Max s'est mis sur la liste lui aussi. Ainsi que Charlotte, elle a du cran, la petite... A priori, ils partent dès demain pour atterrir à Denpasar. Ils rejoindront ensuite Jakarta par bateau.

— A moins qu'ils ne préfèrent rester tous les deux à Bali.

Ça m'a échappé. J'écoutais Flo d'une oreille trop distraite, occupée à scruter la moindre silhouette derrière la lucarne au sixième étage du Passeig de Colom.

— Pourquoi ? Qu'est-ce qu'ils ficheraient tous les deux là-bas ?

Quelle conne ! J'en ai trop dit. Flo est une maligne. Oh puis tant pis, pourquoi continuer de dissimuler l'évidence ? Charlotte se cache à peine à roucouler les yeux enamourés autour de son pilote, et Flo saura garder le secret.

— Parce que Jean-Max se tape la petite Charlotte, ma vieille ! Qu'est-ce que tu crois ?

— Quoi ?

— Ils sortent ensemble, Flo !

— Tu... T'es sûre de toi ?

Je m'attends à ce que Flo pousse des cris de concierge excitée, sa voix prend au contraire une intonation de nonne effarouchée. Plus qu'effarouchée, bouleversée.

— Oui, je suis sûre ! Charlotte me l'a avoué. Personne d'autre que moi n'est au courant, mais je te jure, quand tu le sais, tu ne vois que ça !

Je ressens un mélange de honte et de plaisir coupable de révéler à Florence une intrigue sentimentale dont elle n'a rien soupçonné, malgré les indices étalés devant ses yeux. D'ailleurs ma copine ne trouve rien à répliquer. Vexée ?

— Flo ? Flo ?

— ...

— Flo... Qu'est-ce qu'il y a ? Tu ne vas pas me dire que la différence d'âge te choque ? Charlotte a tout ce qu'il faut pour faire craquer un mec, et comme tu dis, elle a du cran, la petite ! Ils sont majeurs. Elle s'amuse. Jean-Ballain-Max s'amuse. Tout va bien...

Flo laisse passer un nouveau long silence. Je l'entends renifler. Je ne reconnais plus la voix moqueuse de ma copine.

— Avant, Nathy, avant... Jean-Max n'est plus comme ça. Du moins... Je le croi... Je le croyais...

J'ai l'impression de parler avec Sœur Emmanuelle.

— Tu croyais quoi, Flo ?

Cette fois, Flo ne retient plus ses sanglots.

— Personne n'est au courant à Air France, Nathy. Personne ! Ni Max ni moi n'avons envie de nous faire emmerder. De toute façon, à part ces deux dernières semaines, on ne vole presque jamais ensemble.

Ma main tord en boule le foulard Desigual. J'ai peur de comprendre.

— Qu'est-ce que t'es en train de me dire, Flo ?

— Putain, mais que c'est lui, Nathy ! C'est lui ! Max ! Le type avec qui je vis ! Ce type parfait que tu n'as jamais vu, celui qui a du fric et qui me laisse libre de voyager. C'est lui l'homme que j'aime et qui m'a promis depuis neuf ans qu'il arrêtait ses conneries. Jean-Max ! C'est lui mon mari !

Merde… Je finis par raccrocher en m'accrochant à ce qui peut être sauvé. Charlotte a peut-être fabulé. Ils n'ont peut-être que flirté…

Flo et le commandant Ballain, ensemble !

Je comprends maintenant cette impression tenace de secret et de mensonges quand Jean-Max et Florence me parlaient, leur attitude parfois étrange, leurs textos échangés au Chicano Park. Je range le téléphone dans mon sac et je longe le Passeig de Colom, fouettée par le vent du port. Je comprends aussi que j'ai terriblement gaffé ! Quelle cruche ! Une fille me confie le nom de son amant marié… et je vais tout raconter à la femme trompée ! Pire que dans le pire des théâtres de boulevard ! Tout en marchant, je tente de me trouver des excuses. Comment aurais-je pu me douter ? Comment Flo a-t-elle pu devenir aussi crédule ? Jean-Max Ballain, devenu un saint n'aimant plus qu'une femme. Une seule. Elle…

J'arrive au 7 Passeig de Colom. Je n'ai plus qu'à pousser la porte vitrée.

Je sais déjà que je vais monter l'escalier. Que si Batisto m'ouvre, je vais entrer, rester, parler, longtemps. J'ai tenté tout ce que je pouvais pour que mon esprit oublie, mais mon corps me désobéit, il se réveille, vibre, marqué à jamais par les quelques heures passées dans cette mansarde d'artiste. Dans une autre vie. Il y a une éternité. Je vais monter, sans hésiter. Et je sais que je vais souffrir à en mourir. Je repense à Flo, ma guerrière, si naïve.

Dès que nous aimons, sommes-nous toutes aussi stupides ?

Tout en grimpant les marches, six étages sans ascenseur, je prends le temps d'écrire un texto à Olivier.

*Je vais un peu traîner. Je serai rentrée avant midi.*

Je trouverai une excuse, je lui rapporterai un cadeau. Aucune idée duquel, j'improviserai dans une des boutiques de souvenirs du Barri Gòtic sur le chemin du retour. Est-ce que l'amour s'arrête quand on ne sait plus quoi s'offrir ? Je desserre mon foulard. Oli m'aime encore, alors.

J'ai chaud, j'ai du mal à reprendre mon souffle et je ne suis qu'au quatrième étage ! Dire que la muse trentenaire que j'ai été s'avalait les six étages presque en courant, jupe au vent et jambes à l'air, poursuivie par les mains baladeuses de son baladin.

J'envoie le message à Oli. Si l'excuse du cadeau ne suffit pas, je lui parlerai de Flo et Jean-Max. Avec un scoop pareil, il comprendra que j'aie pris du temps au téléphone avec ma copine. Olivier m'a souvent entendue parler du commandant Ballain, il connaît sa réputation de tombeur, mais surtout il connaît Florence, du temps où elle venait dormir à la maison, quand elle était célibataire. Olivier aimait bien Flo. Il sera aussi sidéré que moi.

Sixième étage !

Ouf… A bout de souffle.

Batisto Nabirès. Le nom du mime est inscrit sous la sonnette de sa porte.

Ouf, il habite toujours là !

Je range le téléphone dans mon sac. Avant de tendre l'index, je ne peux résister à une tentation devenue un vilain réflexe. Prendre la pierre de temps dans ma main, sentir son poids dans ma paume, caresser du bout des doigts sa surface lisse. Pour me donner du courage. Pour connecter passé et présent. Mes doigts fouillent, cherchent, s'énervent.

La pierre n'est plus là !

Je commence à être habituée, mes doigts en grue trient, soulèvent stylos et rouge à lèvres, porte-monnaie, agenda,

320

puis les laissent tomber. Rien ! Je sais déjà qu'ils ne la trouveront pas.

Je me surprends à n'en être même plus étonnée. Cette pierre était encore dans mon sac, hier. Sa disparition me rassurerait presque. Elle me permet de rayer la pire des hypothèses : quelqu'un autour de moi s'amuse à me la voler, ou à me la rendre. Je n'étais entourée que de ma famille hier, et que de mes collègues quand cette pierre a joué à cache-cache, à Montréal ou San Diego. A moins d'imaginer le plus délirant des complots, c'est donc bien moi qui suis cinglée... Ou ma pierre réellement magique !

Je sonne.

J'attends.

J'entends.

Des pas lents.

La porte s'ouvre doucement.

Batisto me fixe. Son visage est devenu celui d'un vieil homme, un mime dont le visage élastique a fondu, s'est crevassé puis s'est durci de cire, dont les jambes graciles ont été clouées sur un socle. Seul son regard de lutin farceur n'a pas vieilli.

Il m'offre un sourire craquelé.

— Garance ? Entre. Entre, je t'en prie.

Comme s'il m'attendait depuis des années.

## 38

1999

Olivier n'a jamais trahi Nathalie. Il ne se souvient pas lui avoir menti, ou caché délibérément une information. Il a toujours eu l'impression de lui parler aussi librement qu'il exprime ses idées dans sa tête, sans véritable différence entre ses réflexions intérieures et celles qu'il partage avec sa femme. C'est ce qui justifie selon lui qu'on vive au quotidien avec quelqu'un : que le cerveau ne soit plus une prison dans laquelle les pensées tournent en rond, mais que son crâne soit transparent, ouvert à celle qu'il aime, c'est sa conception de la liberté.

Olivier déglutit, espérant se débarrasser du goût acide qui incendie son palais. Il se force pourtant à sourire, lèvres jointes, en se retournant vers Laura, à l'arrière de la voiture. La fillette assise sur son rehausseur n'a pas pris le temps d'ôter son cartable Razmoket. Pas la peine, papa, à peine t'as démarré qu'on est déjà arrivés ! Elle a raison, l'école de Porte-Joie se situe à moins de deux kilomètres de leur maison. Parfois, les plus beaux jours d'été, ils s'y rendent à pied en longeant la Seine. Laura s'amuse à coller son nez au carreau de la voiture pour appeler

Lena, Anaïs et Manon, ses copines qu'elle aperçoit sur le trottoir.

— Du calme, Laura, elles ne peuvent pas t'entendre.

Olivier se gare sur l'une des places du petit parking devant l'école. La bile reste bloquée dans sa gorge, brûle son nez, pique ses narines. Il va trahir Nathalie.

Dès que Laura se sauvera rejoindre ses copines de CP en riant, dès qu'elle franchira la grille de l'école, il la trahira.

Depuis dix ans qu'ils vivent ensemble, jamais il n'est parvenu à saisir avec certitude les sentiments que Nathalie éprouve pour lui. Nathalie n'est pas comme lui, elle ne laisse pas ses pensées se promener librement dans leur foyer, ou au contraire, elle les laisse s'évader sans aucune autorité, contradictoires, en foutoir, impossibles à trier. Mais Olivier est certain d'une chose, Nathalie admire sa franchise. Sa droiture. Sa stabilité. Elle aime qu'il ne soit pas ce genre de mec tordu qui baratine du soir au matin. Qu'il soit du genre qui parle peu mais dit les choses. Celui en qui on a confiance. Celui sur lequel on s'appuie. Comme une table, une chaise, un lit.

Solide. C'est le mot. Solide.

— Tu fais quoi, papa ? Tu m'ouvres la porte ou quoi ?

Laura déteste rester coincée à cause de la sécurité enfant. Olivier la libère, l'embrasse, bonne journée papa ! elle file. Olivier doit serrer quelques mains, embrasser quelques joues, échanger quelques mots. Tant que les enfants vont en classe, tous les parents se connaissent dans les villages. Les mamans sont bavardes et les papas ont toujours l'air sympas. Quelle illusion !

L'agitation devant l'école dure encore quelques minutes, puis brusquement, à 8 h 30 pile, tout s'arrête. Plus de vie. Plus de bruit. Rien qu'une cour d'école vide et une rue déserte.

C'est le moment.

Mentir. Trahir.

Olivier, assis derrière le volant, vérifie une dernière fois qu'il est seul. Curieusement, l'adrénaline parvient à repousser les flux acides. Une excitation qu'il déteste l'envahit. Celle qui pousse les voleurs, les tueurs, à sans cesse recommencer ? Dans quel engrenage met-il le doigt ? Pourquoi ? Pourquoi ?

Il sort son téléphone portable et compose le numéro de Florence.

Alors que ses doigts tâtonnent, son esprit visualise le visage de la jeune hôtesse de l'air, ses joues rondes, ses boucles blondes, ses yeux bleus et ce rire accroché aux pommettes, creusées en fossettes ; visualise son corps aussi, juste un peu trop potelé. Une chair à sculpter. Une silhouette qui deviendrait parfaite entre les mains d'un artisan qui saurait où raboter, poncer, limer. Tout le contraire du corps de brindille de Nathalie.

— Flo ?

— ...

— Flo. C'est Olivier.

— Oli ? Qu'est-ce qui se passe ? Un problème avec Nathy ?

Olivier s'était préparé à sa réaction de surprise. Ce n'est pas parce qu'ils ont échangé quelques œillades complices, quelques fous rires, esquissé quelques gestes troublés en se croisant trop peu habillés le matin au carrefour d'une salle de bains, que Florence s'attendait à son appel. A ses yeux, il doit représenter le modèle du mari fiable et fidèle. Rien que le fait qu'il possède son numéro de portable doit l'étonner, il a dû ruser pour le relever sur l'agenda de Nathalie. Une dernière fois, Olivier hésite à raccrocher. Il est encore temps. Il se déteste. Le poison est le plus fort, il s'entend parler d'une voix qui ne ressemble pas à la sienne.

— Non, Nathalie n'est pas là... Elle... Elle n'est pas au courant... Je... Je voulais qu'on se parle, toi et moi...

Florence semble tout de suite euphorique. Trop ? Waouh... Un complot ? T'organises l'anniv' de Nathy et tu rassembles ses copines ? Tu veux une idée de cadeau ? T'as quelque chose contre les Chippendales ?

Olivier adore aussi l'humour de Flo. Sa joie de vivre simple et communicative.

— Pas... Pas tout à fait... C'est... c'est difficile de tout te dire au téléphone... On pourrait peut-être... se voir...

— ...

L'euphorie de Flo s'est d'un coup transformée en méfiance. En défiance, même. Celle qui aiguise tous vos sens quand on perçoit trop tard le danger. Olivier n'a pas attendu assez. Il est pourtant certain que Florence le trouve mignon, intéressant, qu'ils se seraient rapprochés s'il avait été libre, qu'au fond d'elle, Flo doit être flattée. Stupéfaite de son appel, mais flattée. Il faut juste ne pas la brusquer.

— Tu... Tu es dans le coin en ce moment ?

— Oui, oui mais...

— Aujourd'hui je veux dire... On pourrait se voir aujourd'hui ?

— Aujourd'hui ? Ça ne va pas être...

Olivier la coupe.

— Tu... tu n'es pas seule, c'est ça ?

Il a encore été trop rapide, il s'en veut. Il n'a pas le choix pourtant, il doit tirer profit de l'effet de surprise ! Tout miser. Quitte ou double ! Flo reste silencieuse un long moment. Une maman passe devant la voiture garée, tirant son gamin de huit ans en pleurs par la main, traînant le cartable de l'autre. Stéphanie Levasseur, la mère de Diego. Elle ne le remarque pas. Enfin, Flo réagit. Son timbre a basculé de l'euphorique au colérique, sans même passer par la case ironique.

— Si... Si... Mais... Attends, Olivier, je rêve ! T'es en train de me proposer un rancard ?

Oli essuie les gouttes de sueur qui coulent de ses tempes. Son cœur bat à se rompre. Il a sa réponse ! Il a envie d'écraser le volant, de se cogner la tête contre le tableau de bord. Tout s'effondre. Il trouve la force d'articuler.

— Non... Non, Flo... C'est... C'est... Oublie, Flo, oublie. J'avais une idée mais c'était idiot... Je vais raccrocher... N'en parle pas à Nathalie s'il te plaît.

Florence est maintenant cassante.

— Evidemment, pour qui tu me prends !

Avant de compatir.

— Tu... Tu vas bien, Oli ?

— Oui... Oui... surtout n'en parle pas à Nathalie. C'était une connerie... Je l'aime, tu sais. Je l'aime plus que tout !

— Evidemment je le sais. Ça crève les yeux, salaud ! Alors prends soin d'elle et la laisse pas s'envoler !

— Merci, Flo.

Il raccroche. Maudit. Deux fois maudit.

Il vient de trahir Nathalie, mais avant lui, Nathalie l'a trahi.

Il a eu raison et il se maudit d'avoir raison, d'avoir soupçonné sa femme, de l'avoir espionnée, d'avoir volé le numéro de sa meilleure amie dans son agenda, d'avoir été jusqu'à oser l'appeler sous le prétexte le plus grossier...

Il repense aux mots de Nathalie avant qu'elle s'envole pour Barcelone.

*Chéri, j'ai posé un desiderata. Seulement trois jours. De mardi à jeudi. Avec Florence, Laurence et Sylvie, deux autres hôtesses.*

Il s'en est voulu de ne pas parvenir à la croire, il a lutté contre les soupçons, il aurait voulu pouvoir fermer les yeux et simplement attendre que Nathalie revienne, comme d'habitude. Mais Nathalie n'était pas comme d'habitude. Il se souvient de Nathalie perdue dans ses rêves au bord de la Seine, lui répondant à peine, tu viens manger, petit castor ? tu viens raconter une histoire à Laura ? tu viens te coucher ? Il revoit ce tatouage d'hirondelle, cette lubie soudaine, il rassemble tous ces indices convergents.

*Trois jours de vacances entre copines.*

Il suffisait d'appeler Florence pour vérifier. Il suffisait de la surprendre, en simulant une drague lourdingue, pour qu'elle se trahisse, même si Nathalie l'avait briefée. S'il s'était contenté de demander, Nathy est bien avec toi, quelle météo à Barcelone ?, elle se serait méfiée.

*Oui oui, je suis dans le coin.*

*Si, si, je suis seule...*

Florence n'est pas à Barcelone. Nathalie lui a menti.

❧

❧  ❧

Olivier perd la notion du temps. Ce sont les cris des enfants qui l'extirpent de sa torpeur. Les enfants sortent en récréation en criant, il aperçoit le manteau bleu de Laura, à travers le grillage, après les toboggans. Paniqué, il démarre. Il ne faut pas que Laura le voie. Il ne faut pas qu'elle se demande ce que papa fait là. Déjà, tout déraille.

Il faut sauver ce qui peut encore être sauvé.

Les mots de Flo résonnent à nouveau.

*Evidemment tu l'aimes. Ça crève les yeux, salaud. Alors prends soin d'elle et la laisse pas s'envoler !*

Sera-t-il capable de se taire ? Sera-t-il capable de mentir ? Sera-t-il même capable de ne rien dire ? D'embrasser ses lèvres embrassées par un autre ? De caresser son corps caressé par un autre ? De regarder Nathalie se déshabiller sans penser qu'un autre l'a vue nue, un autre à qui elle veut plaire, un autre à qui elle se donne, un autre pour qui elle a mutilé sa peau à tout jamais ?

Une hirondelle.

Pour qu'il ne puisse jamais oublier qu'elle est en cage avec lui.

Sera-t-il capable de faire comme s'il n'avait pas compris ? Sera-t-il capable d'enfermer ses mots dans sa tête ? De s'enfermer, lui aussi, à sa façon, dans une prison ?

## 39

2019

— Entre, Garance.

J'entre. L'appartement de Batisto ne sent plus l'acrylique ni la colle. Il ne sent plus rien. Il n'y a plus de bombes de peinture entassées par terre, ni tentures tendues, ni bric-à-brac d'outils, de carton, de bois et de plâtre stockés. L'appartement est impeccablement rangé. Dans le salon, Batisto a installé un canapé mauve, avec des armatures en bois, un modèle qu'on ne peut pas déplier. J'en déduis que Batisto doit dormir dans sa chambre et que les amants de passage se font rares. Sur le sol, le parquet est ciré. Aux murs sont accrochés des cadres de Miró, de Dalí, et d'un florilège des plus beaux mimes des Ramblas. Des fleurs séchées et une corbeille de fruits décorent l'unique table. L'appartement entretenu avec goût et soin, un peu démodé, n'a plus rien à voir avec une garçonnière d'artiste. Plutôt une chambre d'hospice, me souffle une pensée méchante.

Quel âge a Batisto ? Entre soixante-dix et quatre-vingts ans ?

Je m'approche de la fenêtre. La vue sur le Port Vell est toujours aussi splendide. Le soleil fait scintiller les écailles de cuivre du Peix, le poisson d'acier géant posé au-dessus de la plage. Je compose un bouquet de mots d'introduction, comme je suis habituée à le faire dans les avions pour les passagers timides qui mendient du regard un peu d'attention, je suis ici en famille, pour deux jours, mon avion décolle dans quatre heures, c'est la première fois que je reviens à Barcelone, on n'a pas arrêté depuis hier, moi ça va, j'ai une deuxième fille, grande déjà, et toi ? La vue est toujours dingue d'ici, on croirait que rien n'a bougé depuis 1999, ils peuvent recevoir les jeux Olympiques demain, toi aussi Batisto, t'es en forme olympique.

Batisto se fend d'un sourire de clown triste. Sans me contredire. Il ne va pas bouder son plaisir. Je me retourne vers lui. Je me demande ce que lui aussi pense de cette femme devant lui, aux cheveux trop noirs pour ne pas être gris, de cette Garance à l'assurance presque arrogante, foulard classe, quinqua coquette, mamy moderne. Cherche-t-il lui aussi où est passée l'amoureuse sensuelle, la fille aux épaules nues vêtue d'une couverture légère, blottie contre Ylie, la rêveuse qui soufflait vers la statue de Colomb la fumée de sa cigarette ?

— Que s'est-il passé, Batisto, après 1999 ? Après que je sois partie ?

— Que veux-tu qu'il se soit passé ? Les étoiles se sont éteintes, tout simplement. Le vent a continué de souffler. Les rivières de couler. La mer de monter. Elle a effacé vos prénoms sur le sable et puis elle est redescendue, laissant la plage vierge pour d'autres amoureux. Ainsi va la vie, Nathalie.

Dans ma poche, je cherche machinalement ma pierre de temps. Idiote !

— Tu veux un thé ?

— Raconte-moi...

Il ne me propose pas autre chose, pas d'alcool, pas de cigarettes, pas même de café. Juste un thé. Il se dirige vers la cuisine. Il marche difficilement. Il cale ses mots sur ses pas lents.

— Ylian est resté, quelques jours. Tu connais une partie de la suite. Il s'est envolé pour Jakarta. Puis il est revenu. Ici. Je crois qu'il n'avait aucun autre endroit où aller. Il est resté plusieurs mois. Il a tenté de percer. Il s'est accroché. La rue. Les bars. Les boîtes sur le port. Il a beaucoup joué, il a peu gagné. Puis un jour, il en a eu assez de squatter, de galérer, et il est retourné à Paris.

Il dose avec une précaution infinie ses cuillères de thé. J'en profite pour effectuer quelques pas dans l'appartement, pousser jusqu'à la chambre, glisser un œil. Immédiatement, je regrette. Rideaux tirés, draps gris sans plis, oreillers alignés. Une veilleuse est accrochée sur la droite du lit, un livre posé sur la table de nuit, *L'Ombre du vent* de Carlos Ruiz Zafón. Une paire de lunettes. Une boîte de Témesta. Ne manque que le verre à dentier ! Une chambre de petit vieux, une chambre qui restera désormais identique, pendant des années peut-être, jusqu'à ce que des voisins inquiets découvrent Batisto allongé dans son lit, endormi à jamais depuis plusieurs nuits.

J'essaie de peupler la chambre de mes souvenirs. De renverser le lit. De froisser les draps. De crever les oreillers. D'ouvrir la fenêtre. Mon corps frissonne. Les murs conservent-ils à jamais l'empreinte, l'odeur, les cris des amants qu'ils ont cachés ?

Batisto me tend une tasse de thé. Sans me préciser son origine, qu'il avait pourtant choisie avec minutie. J'insiste.

— Dis-m'en plus, Batisto. Tu l'as revu ? Tu as eu des nouvelles de lui après Paris ?

— Non. Non, Nathalie, aucune. Il a disparu. Presque du jour au lendemain. J'ai même eu peur qu'il ait fait une connerie.

— Quelle connerie ?

Batisto me regarde d'un air sévère.

— Quelle connerie ? Tu veux vraiment que je te dise ? Qu'il se laisse mourir ! Qu'il se tire une balle dans la tête, qu'il se jette sous une voiture, qu'il trouve n'importe quel prétexte pour en finir... Ylian a beaucoup souffert, Nathy, après Jakarta.

— J'ai beaucoup souffert aussi.

Batisto prend le temps de boire son thé, sans me contredire. Plus la conversation s'éternise et plus je ressens un trouble dans cet appartement. Batisto me dissimule quelque chose, une vérité capitale et décisive, que je n'arrive pas à définir. Un peu comme s'il s'attendait à mon arrivée et que c'était ce qui explique son appartement trop bien rangé.

Batisto m'observe boire. Ses yeux me fixent durement.

— Vous formiez un beau couple, toi et Ylian. Il t'aimait, tu l'aimais... Tu as tout gâché.

— Ce n'est pas ma faute... Tu le sais.

— Ce n'était pas la sienne non plus...

— J'ai souffert moi aussi. J'ai plus souffert que lui.

— Si tu le dis.

Oui je te le dis ! Tu ne sais pas tout, Batisto. Tu ne sais rien de l'inavouable ! Je regarde ma montre. Mon avion décolle dans trois heures. Je ne peux pas repartir ainsi. Pas sans avoir prévenu Batisto. Je rassemble mon courage, les yeux braqués vers le Port Vell, je suis quelques instants l'ascension d'une cabine-coccinelle vers Montjuic, puis je dévoile les terribles nouvelles. Ylian travaillant à la Fnac du dix-septième arrondissement, renversé il y a dix jours avenue des Ternes, hospitalisé. Je ne parviens pas à évoquer la thèse de l'assassinat. Batisto n'a pas besoin de ça.

Batisto s'assoit sur le divan. Mes révélations lui ont scié les jambes. Il s'est figé, à nouveau statue sur un banc. J'ai l'impression qu'il avait réellement imaginé toutes ces années qu'Ylian s'était suicidé, et qu'il aurait préféré apprendre ça, que son ami était mort de chagrin, une mort libre et tragique, pas sous les roues d'un chauffard en sortant du centre commercial où il survivait au milieu de centaines d'employés.

Le temps file. Partir maintenant est difficile, plus difficile que jamais, mais je n'ai pas le choix, Valentin, Oli, Margot, Laura et les jumeaux doivent déjà se préparer à prendre un taxi vers El Prat. Je consulte de plus en plus souvent mon téléphone, guettant un message d'Olivier.

— Je dois y aller, Batisto.

— Bien sûr.

Je ne parviens pourtant pas à quitter les lieux. Je ne parviens pas à me résoudre à laisser le vieil artiste dans cet état. Et plus encore, je n'arrive pas à quitter cet appartement sans identifier ce détail qui ne colle pas. Cette intuition que je passe à côté d'une évidence. Cette sensation qu'une nouvelle fois, toute cette conversation est truquée, préparée, arrangée. Peut-être est-ce seulement de la nostalgie d'être revenue ici. Seulement des regrets. Aucun signe du passé. La pierre de temps n'a pas fonctionné. Logique, on me l'a volée !

— Tu n'as rien d'autre à me dire, Batisto ?

— Si, mais aujourd'hui, ça ne servirait plus à rien...

Je ne comprends pas ce qu'il insinue. Je n'ai plus le temps d'insister. Ma famille m'attend. Mon avion va décoller. Je me rapproche de la porte d'entrée et je laisse une dernière fois mes yeux se perdre dans la chambre, trop rangée. Je repense à une autre nuit, une dernière nuit, du temps où tout était encore parfait...

Avant le tsunami.

## – 40 –

## 1999

— Ce genre de certitude n'arrive qu'une seule fois dans une vie.

Je le murmure à la fenêtre, un léger souffle chaud embue la vitre de la lucarne, un petit nuage de vapeur bien rond que je redessine avec mes doigts pour former un cœur. Je me suis réveillée la première. Je me suis endormie collée à Ylian. Je ne sais pas à quelle heure de la nuit nos corps se sont séparés, qui le premier s'est éloigné, si l'un de nous, inconsciemment, a cherché l'autre sous les draps.

J'ai longuement embrassé le corps brûlant d'Ylian avant de me lever. Le Port Vell est encore ensommeillé. Aucune coccinelle dans le ciel. Juste Cristobal qui tend son doigt vers le soleil levant, et des centaines de voiliers bien amarrés qui s'en fichent, conscients qu'il n'existe plus aucun continent à explorer. J'imagine l'odeur de café et de pain grillé, préparés par Batisto, posés sur le balcon, juste à côté. J'imagine que de la jetée, des yachts, personne ne peut remarquer ma nudité. *Ce genre de certitude n'arrive qu'une seule fois dans une vie.* Dans ma tête, je tente de me rappeler chaque geste de Meryl Streep face à Clint, sa façon d'ouvrir une fenêtre, de tenir sa cigarette en soufflant la fumée, de regarder un pick-up s'éloigner dans un nuage de poussière tout au bout de la route de Madison. De mimer ces gestes. J'entends Ylian bouger dans les draps, je répète à haute voix cette fois.

— Ce genre de certitude n'arrive qu'une seule fois dans une vie.

Ylian est trop cinéphile pour ne pas avoir compris.

— Je sais, Nathy. Je sais. Mais... (Bizarrement, le ton calme et raisonnable de sa voix me rappelle celle d'Oli.) Mais tu ne peux pas quitter ton mari... Pas pour moi.

La passerelle du Port Vell vaut bien l'Holliwell Bridge. Plus encore dans quelques heures, quand les camions poubelles qui nettoient à grandes eaux les beuveries de la nuit sur les Ramblas et le Passeig de Colom auront disparu et rendu la ville aussi belle que la veille.

Ne gâche pas tout, Ylian.

La buée de mon cœur redevient eau, une première flèche s'en échappe.

Je répète, à haute voix cette fois.

— Ne gâche pas tout.

La réponse, immédiate, me cingle.

— Ne gâche pas ta vie, Nathy.

Ylian n'a pas besoin d'un petit déjeuner complet pour retrouver son sens de la repartie. Moi si. Je ne réponds pas. Les caniveaux du Passeig de Colom sont remplis d'eau rose et mousseuse. Mon cœur de vapeur dégouline.

— Ne gâche pas ta vie avec moi, insiste Ylian. Tu aimais ton mari avant de me rencontrer. Tu aimes ta petite fille et tu ne cesseras jamais de l'aimer. Tu as une jolie vie, Nathy. Ne va pas la gâcher avec un musicien raté. Un type qui squatte. Un type qui mendie. Un type qui finira frustré et aigri, avec son balluchon de rêves jamais réalisés à traîner.

*Un balluchon de rêves jamais réalisés à traîner.* Je prends le temps de souffler à nouveau sur la vitre. De dessiner un cœur tout neuf. Je me retourne enfin. Ylian a beau débiter ânerie sur ânerie, ça n'empêche pas ses yeux de me dévorer de la tête aux pieds. Décoiffée, pas maquillée. Fripée. Yl a pourtant l'air d'apprécier. J'essaie de ne rien laisser paraître, ni colère ni ironie.

— Ne t'inquiète pas, chéri. Ne t'inquiète surtout pas. Je ne vais pas quitter mon mari (je laisse filer un long silence, avant d'envoyer valser tout ce que mon visage peut avoir de sérieux). Pas tout de suite !

Je m'approche en trois pas de danseuse, je me jette sur le lit en une galipette de farceuse. Ylian m'immobilise, une main sur ma main, une autre sur ma cuisse.

— Je ne plaisante pas, ma princesse. Je peux exécuter un ou deux tours de magie. T'épater le temps d'une journée. D'une soirée. Mais ça ne change rien. Je ne te mérite pas.

Je le fixe. Allongé. Drap repoussé jusqu'à l'orée de son sexe. Je l'aime. Je l'aime plus encore parce qu'Yl n'essaie pas de m'enlever, parce qu'Yl n'essaie pas de soutirer quelques caresses avec de fausses promesses. Parce qu'Yl n'est pas ce salaud-là. Parce qu'Yl est capable de me perdre plutôt que de me rendre malheureuse. Quel homme est capable de cela ?

— Arrête avec ça.

Je le regarde encore, avant de demander.

— Il contient quoi, ton balluchon de rêves ?

Yl ne répond rien. Yl ressemble à un petit garçon désemparé. Dans le salon, de l'autre côté du mur, on entend la musique que Batisto écoute trop fort.

Quelques accords de piano.

*Let It Be*

Les paupières d'Ylian se ferment.

— Ça ! se contente-t-il de murmurer.

Je ne comprends pas.

— Ça quoi ?

— Juste ça. *Let It Be.* Ou *Angie.* Ou *Hotel California.* Composer une chanson qui reste. Une mélodie qui me survive. Un truc qui rentre dans la vie des gens, qu'ils fredonnent, sur lequel ils collent des souvenirs, des images, qui leur donne du courage. Je crois que c'est la seule façon de devenir immortel.

Ce salaud ne me laisse pas le choix ! Je l'embrasse, à lui voler son âme, à perdre souffle, histoire de lui montrer pour de vrai ce que c'est que l'immortalité.

Une apnée de trois minutes avant que le piano meure.

*Let It Be* s'achève.

Je m'agenouille devant lui. On pourrait croire que je prie, mon ventre ouvert à quelques centimètres de ses paupières, ma poitrine libre flottant au-dessus de lui.

— Je t'aiderai, Ylie… Je te promets. On le portera ensemble ton balluchon. On sera immortels tous les deux.

Je sais qu'Yl brûle de poser ses mains pour soutenir mes seins, d'écarter mes cuisses pour m'engloutir. Pour me faire taire, pour me faire jouir.

— Ose, Ylie… Ose me dire qu'on pourrait tout arrêter là ? Que tu pourrais vivre sans moi ?

— …

— On sera les plus forts. On sera les plus rusés. Donne-moi juste un peu de temps. On a une vie entière pour nous aimer.

Une vie entière. Et un avion qui décolle pour Roissy dans trois heures.

Sa main se pose sur ma poitrine, celle qui abrite mon cœur. Il bat à mille à l'heure. Je continue de prier.

— Nous avons une planète entière pour nous aimer, Ylian. Dans deux jours, je suis à Jakarta.

— Je sais, tu me l'avais dit, à Montréal, mon hirondelle.

— Je pars de Roissy, je reviens à Roissy. Tu... Tu ne peux pas me retrouver à Paris ?

Le drap a glissé. Ylian est réveillé, très réveillé. Je résiste à l'envie de m'agenouiller davantage, de faire grimper mes lèvres jusqu'au sommet de son désir dressé, de les ouvrir pour redescendre, dévaler, l'avaler.

— Non... Impossible... Après Barcelone, Ulysse m'a trouvé un nouveau contrat. Je l'ai tellement harcelé pour cela.

— Un nouveau contrat ? Où ça ?

Mes doigts effleurent sa rigidité, invitent ma bouche à participer au festin. Je m'incline doucement, mais d'un geste de judoka amoureux, Ylian me fait basculer sur le dos.

Yl est sur moi.

— Un truc à la noix, souffle-t-il. Guitariste, dans le bar d'un hôtel de luxe.

— Où ça ?

Yl entre en moi.

— A Jakarta !

*Jakarta.*

Yl est en moi.

*Jakarta !*

Notre histoire continue, plus belle que jamais ! Mon corps m'échappe. Le plaisir me submerge. Par chaque pore de ma peau, me récitant à l'infini

*ce genre de certitude n'arrive qu'une fois dans une vie.*

— Je t'aime, Ylian. Je t'aime. Je t'AIME.

Yl va et vient. M'emmène si loin.

— Où l'on va, Nathalie ? Où l'on va comme ça ?

— A Jakarta.

Nos corps s'épousent. Nos âmes s'envolent. Abandonnant sur le lit deux écorces épuisées.

— Et ensuite ?

— Ensuite nous avons la vie entière, la terre entière pour nous aimer.

*Laisse-moi un peu de toi*
*Une tranche, une branche, un pétale de ta fleur*
*Une miette, trois paillettes, un petit bout de ton cœur*

## – 41 –

## 2019

Pourquoi faut-il tant de précautions avant de monter dans un avion ? Après tout, on n'en impose pas autant avant de monter dans un train, un bus, un bateau, qui pourraient faire autant de dégâts si un fou en prenait les commandes ? Habituée aux raccourcis des navigants, je me pose rarement la question. Engluée dans la foule qui patiente avant de passer sous le portique du détecteur métallique de l'aéroport de Barcelone El Prat, je trouve l'attente insupportable. Une bonne cinquantaine de passagers doivent encore se débarrasser de leurs sacs, clés, bijoux, portables, se déchausser, se déceinturer, se débijouter, avant que ce soit notre tour. Nous patientons tous les sept en silence, les jumeaux sont absorbés par des *T'choupi* qui passent en boucle sur leur tablette, alors que Laura tente de meubler la conversation.

*C'était super, ce petit séjour, non ?* Elle insiste, récapitule, débriefe, nous félicite, s'autocongratule, *c'était une bonne idée, non ?*, anticipe, *on pourrait recommencer, tous ensemble, non ?*

Si, Laura. Si ! Ne t'inquiète pas. C'était une merveilleuse initiative !

Même si Olivier reste muet.

Oli n'a pas apprécié que je disparaisse jusqu'à midi. Il n'a pas été convaincu par mon scoop, Florence, mariée avec le commandant Ballain, tu te rends compte ? Et ça t'a pris toute la matinée ? Il n'a pas été convaincu par le cadeau que je lui ai rapporté, un mug en céramique façon Gaudí, OK, OK, c'est pas l'idée du siècle mais comment faire plaisir à Barcelone à un homme qui n'aime ni vraiment le foot ni la peinture ? Olivier semble pressé de rentrer, souvent j'en ris avec lui, quand nous sommes invités et qu'il bâille et regarde sa montre après le café, qu'il sent la menuiserie, comme les chevaux sentent l'écurie.

Pas aujourd'hui.

L'instant n'est pas à la plaisanterie. Olivier m'en veut, je le sais. Il a fait l'effort de tenir, pour Margot et Laura, ne s'est permis aucune allusion, ou quasi, m'a promis avant-hier dans le lit, *on n'en parle plus, Nathy. C'est fini. On oublie !*

Et moi j'ai fui. Olivier a accepté de tout balayer sous le tapis et j'ai trouvé le moyen de tout secouer. Je suis désolée, Oli.

Je saisis la main de mon mari, pour le rassurer. Pour rassurer Laura. Margot s'en fout. Elle trie ses photos sur son portable. S'amuse toute seule, nous faisant partager les plus belles, les sculptures de la Sagrada Familia, le plafond du palais de la Musica, les plus drôles, Ethan et Noé tirant la langue à la salamandre du parc Güell, un type sans maillot sur la plage de Barceloneta, Valentin posant sur les Ramblas, deux doigts collés contre la tempe, devant la statue vivante d'un James Bond.

A peine une dizaine de personnes devant nous ont franchi le portique.

D'abord, je comprends. La photographie de Margot éclaire tout. Je réalise pourquoi ma conversation avec Batisto, ce matin, m'a semblé avoir été programmée. Comment n'ai-je pas pu y penser avant ?

Soudain je panique. Je dois y retourner, Passeig de Colom. Je dois lui parler. Batisto doit avouer.

Je regarde tour à tour Valentin et Laura, les jumeaux, Margot, Oli. Dans une demi-heure maximum, nous aurons passé la douane. Dans une heure, nous aurons embarqué.

Sans réfléchir, je lâche la main d'Oli. Je crie :

— J'ai… j'ai oublié…

Margot me regarde sans comprendre

— Tu as oublié quoi, maman ?

— Je… je…

Je n'ai aucune idée, aucune excuse. Je n'arrive pas à croire que c'est moi qui agis ainsi. Que c'est moi la cinglée qui commence à faire demi-tour, qui abandonne ses enfants, ses petits-enfants, son mari, qui bouscule la foule derrière elle.

— Ne m'attendez pas. Je vous rejoins.

La démente s'éloigne déjà. Oli reste muet, décomposé. Valentin, pourtant d'ordinaire si réactif, a l'air complètement dépassé. Ma belle-mère est timbrée ! Seule Laura crie.

— Quand ça, maman, tu nous rejoins ? L'avion décolle dans une heure.

— Partez, partez sans moi… Je prendrai le prochain.

Je file en courant. Sans me retourner. Sans oser affronter la honte dans le regard de ceux que j'aime. Je suis folle. Je cours, je bouscule des gens, sans m'excuser. Non, je ne suis pas folle. On veut me rendre folle ! Je n'ai pas le choix. Je dois me battre, je dois me débattre. Je dois savoir.

Une fois dehors, je vole un taxi à la barbe d'un hipster qui semble plutôt ravi de laisser son tour à une femme en furie qui pourrait être sa mère. 7 Passeig de Colom ! Avenue du Parallèle, embouteillages. Je perds mes dernières illusions de parvenir à faire l'aller-retour Port Vell-El Prat avant que l'Airbus ne quitte le tarmac. Six étages ! Je frappe à la porte de l'appartement aussi fort que cogne mon cœur. Batisto m'ouvre, surpris de me revoir. Je ne lui laisse pas le temps d'improviser une défense.

— Qu'est-ce que tu foutais sur les Ramblas ?

— …

— Hier, quand je suis passée avec toute ma famille, tu étais installé près de la place de Catalogne, avec ton banc vivant.

— Je… Je travaillais, Nathalie.

— Conneries !

Et pour bien lui montrer que je ne suis pas dupe, je circule dans le salon, j'ouvre des portes de placard, je tire des tiroirs, je déplace quelques objets si bien rangés. Et je répète.

— Conneries ! T'as raccroché, Batisto. C'est évident que tu as raccroché. Il n'y a plus aucune trace de peintures ici, de masques, de maquillage. Regarde-toi, tu es plié en deux au moindre mouvement ! Tu ne fais plus le mime depuis des années, t'es retraité, ça crève les yeux. Alors pourquoi as-tu enfilé à nouveau ton costume hier, Batisto ? Pourquoi ? Rien que pour moi ! Parce que tu savais que je passerais par là ? Que je ne pourrais pas te rater ? Qui te l'a demandé, Batisto ? Qui tire les ficelles ?

Batisto s'assoit. Il ne nie pas. Il n'avoue rien mais ne nie pas. S'il savait ce que cette simple absence de protestation signifie pour moi… Je ne suis pas cinglée ! Je ne suis pas une mère indigne. Je suis une victime !

— Je ne peux rien te dire, Nathalie.

— Pourquoi ?

— Rentre chez toi, Nathalie. Ta place est auprès de ta famille.

Trop tard, Batisto. Trop tard. Ma famille est installée dans l'Airbus et va s'envoler pour Beauvais. Emportant mon mari qui ne pourra peut-être jamais me pardonner, qui, peut-être harcelé de questions par ses enfants, va finir par leur avouer toute la vérité. Votre maman a eu un amant. Certes, il y a longtemps. Mais votre maman, votre maman parfaite, n'est pas, pas du tout, celle que vous croyez.

— Ma famille, elle est en miettes, Batisto. S'il te plaît. Dis-moi qui se cache derrière tout ça.

Tout ça. Tout est-il lié ? Les coïncidences ? Cette fichue pierre de temps. Les tentatives d'assassinat.

— Je ne peux pas, Nathalie. Je suis désolé.

Je m'effondre en larmes. Mon mime courbaturé fait l'effort de se rendre jusqu'à la chambre et de me rapporter un paquet de mouchoirs en papier.

— Je ne peux pas, Nathalie. Mais je vais tout de même t'avouer un secret.

Je relève les yeux. Ma mèche grise balaie une larme ou deux. Méfiante. Vais-je enfin soulever le suaire des fantômes qui me hantent ?

— Je vais te révéler pourquoi tu es tombée amoureuse d'Ylian !

Batisto se fout de ma gueule ?

Il m'a attirée chez lui, il a renfilé son costume sur les Ramblas, rien que pour me vendre une séance de psychologie ?

— Excuse-moi, Batisto. Je suis la seule responsable de mes sentiments. Je pense savoir mieux que toi pour qui et pourquoi bat mon cœur.

— Non, Nathalie, tu ne sais pas. Du moins, tu n'as pas compris.

Je renifle. Les larmes se sont taries. Je capitule en déchirant en fines lignes le mouchoir en papier trempé.

— Vas-y.

— Ylian n'était pas n'importe qui. J'ai vécu plusieurs mois avec lui. Ylian était quelqu'un de très particulier. Je l'ai découvert petit à petit. J'ai eu du mal à m'en persuader. Mais jour après jour, c'est devenu une évidence...

Je tremble. Je ne peux que répéter.

— Arrête de tourner autour du pot. Vas-y...

— Ylian était un génie ! Pas juste un type doué, pas juste un guitariste talentueux. Non ! Ylian était un génie. Crois-moi ou pas, il était de la trempe des Dylan, des Leonard Cohen, des Neil Young, des McCartney. Il possédait ce don-là.

J'ai du mal à réaliser. Je me revois, porte M, terminal 2E, avant le vol pour Montréal, la première fois que j'ai croisé Ylian. Il jouait seul de la guitare. J'avais été subjuguée. J'avais cru que c'était sa solitude qui m'avait séduite. Mais c'était sa musique ?

Batisto est lancé. Il a ruminé sa certitude pendant des années.

— Un génie, je te dis. Je l'ai vu jouer dans la rue, les passants s'arrêtaient, restaient, fascinés. Il les charmait comme le joueur de flûte charme les rats.

Une voix au fond de moi m'assure qu'il a raison. Que je l'ai toujours su. Mais un mur dans mon cerveau ne veut pas céder.

— S'il était si doué, Batisto, pourquoi n'a-t-il jamais percé ?

Batisto laisse échapper un petit rire. Il prend lui aussi un mouchoir pour s'essuyer les yeux.

— Tu le sais mieux que moi, ma jolie. Parce qu'il n'avait pas la foi.

Je me souviens des mots d'Ulysse, dans son studio de Los Angeles.

*Ylian est un vrai modeste, il est doué mais ne croit pas en lui. Ylian est un rêveur... pas un tueur...*

— Tu viens de me dire qu'il charmait les gens... qu'il les fascinait.

— Les gens s'arrêtaient aussi sur mon banc. Et je n'ai aucun talent. Ça ne suffit pas d'avoir du génie, Nathalie. Encore faut-il avoir l'envie. J'ai vu si souvent Ylian chanter les chansons des autres, sans croire à ses propres mélodies.

Malgré moi, je l'entends interpréter les standards du rock, d'Eric Clapton aux Stones, la nuit du Chicano Park.

Je l'entends me parler de *Let It Be*, d'*Hotel California* et d'immortalité dans la chambre d'à côté. Quand je relève les yeux, ceux de Batisto sont plantés dans les miens. Essuyés, secs et sévères.

— Il avait besoin de toi, Nathalie. Il avait besoin d'une fille telle que toi. D'une muse, si tu veux. D'une femme qui le rassure, qui l'inspire, qui le soutienne, qui le pousse. Tu étais cette femme-là.

J'ai envie de boucher mes oreilles. Je voudrais être dans l'avion avec Oli. Je voudrais être à Porte-Joie. Je voudrais que Batisto baisse les yeux et cesse de brûler ce qu'il me reste d'illusions.

— Quelque chose s'est cassé, quand Ylian est revenu ici, après Jakarta, après que tout soit fini entre vous. Il n'y croyait plus. Plus dans la musique, du moins. Il était redevenu un garçon ordinaire (son regard se fait enfin plus doux). Rassure-toi, Nathalie, sans doute a-t-il été heureux à sa façon, sans doute a-t-il vendu des disques dans sa Fnac avec passion, aimé d'autres femmes avec passion, on croit tous vivre avec passion. C'est la seule façon d'accepter que jamais nos rêves ne s'accompliront. Ylian, comme tout le monde, a dû se trouver une autre raison de vivre.

Batisto me prend la main. J'ai encore du mal à réaliser. Une boule dans mon ventre grossit. *Une autre raison de vivre.* Une autre raison de vivre, pour faire le deuil de la musique. Je suis donc responsable de tout ?

Quand je ressors de chez Batisto, l'avion qui emporte ma famille vers Beauvais a décollé depuis plus d'une heure. Margot, Laura et Oli m'ont inondée de textos.

Je réponds évasivement. *Tout va bien. Juste une heure de retard. Je prends le prochain vol. Je serai à Porte-Joie pour préparer le repas ce soir.*

Je dis vrai. Pourquoi paniquer pour un avion raté ? Barcelone et Paris sont mieux reliés par le ciel que Cergy et Paris par le train. A la teneur des messages, pas vraiment affolés, je comprends qu'Olivier a essayé de dédramatiser, n'a rien révélé à Margot et Laura. Merci, Oli ! Un autre appel, par contre, m'étonne. Florence a tenté de me joindre. Elle a laissé un message sur mon répondeur.

Alors que je remonte la Gran Via de las Cortes Catalanas, je colle le combiné à mon oreille. Flo hurle au point de la perforer.

*C'est quoi ces bobards ? C'est quoi cette rumeur que fait courir cette mytho de Charlotte ? Jean-Max n'est jamais sorti avec cette pétasse ! Ça lui est passé depuis longtemps, le goût des gamines. Et si tu veux tout savoir, l'hôtesse avec qui Jean-Max baisait dans le cockpit, quand il s'est fait gauler par Sœur Emmanuelle, c'était moi !*

Florence en a terminé. J'hésite à la rappeler. Je suis bien obligée de constater que je n'ai jamais vu Charlotte et Jean-Max ensemble, que leur supposée relation secrète n'est liée qu'aux confidences de ma stagiaire et que d'évidence, depuis le début, elle m'a manipulée !

Pourquoi ?

Sur quoi d'autre Charlotte m'a-t-elle menti ?

Qui est cette hôtesse pour qui je me suis prise d'amitié ?

Quel rôle joue-t-elle dans cette effroyable comédie ?

Je dois la contacter, elle est la clé. Dans ma poche, mon téléphone sonne à cet instant. Une seule sonnerie.

Un texto.

Anonyme.

*Ne va pas à Jakarta.*

– 42 –

1999

— Ne va pas à Jakarta !

Ce sont les premiers mots que prononce Olivier.

Je suis rentrée à Porte-Joie sans me méfier, faisant crisser les pneus de ma voiture dans le gravier de l'allée. Heureuse. Lumineuse. Portée par l'euphorie de ces trois jours de féerie passés avec Ylie, par l'urgence de le revoir dans quelques jours, à Jakarta, par l'impatience de serrer Laura entre mes bras, de retrouver ma maison. Un havre de repos entre deux tourbillons. J'avais révisé dans l'avion du retour le Guide du routard de Barcelone, si Olivier me questionnait.

Laura n'est pas là pour m'accueillir. D'ordinaire, quand je rentre un peu tard dans la soirée, Olivier la fait veiller. J'aime qu'elle me guette au bout du chemin et se jette contre mon cœur à peine garée.

La porte est ouverte. L'odeur est étrange. Une odeur de javel. De minuscules morceaux de verre crissent sous les semelles de mes ballerines. D'étranges reflets de paillettes scintillent sur les murs, le sol, les chaises et même le canapé où Olivier m'attend. Hors ces détails étonnants, le salon est parfaitement ordonné.

D'ordinaire, quand je rentre, Olivier m'embrasse. Je mets de longues secondes à interpréter son silence, et quelques secondes de plus à remarquer le vide, sur l'étagère face à moi. Les dizaines de boules à paillettes ont disparu.

J'avance. Du verre invisible craque à chacun de mes pas. Le parquet étincelle d'étoiles.

Olivier ne se donne pas la peine de se lever. Devant lui sont posés un verre et une bouteille de Perrier. Il me parle d'une voix calme, parfaitement contrôlée.

— Où étais-tu, Nathalie ? J'ai appelé tes amies. Elles n'étaient pas à Barcelone. Elles n'étaient pas avec toi. Où étais-tu, Nathalie ?

Quelle conne ! Je n'avais prévenu aucune copine, pas même Flo. Jamais je n'aurais imaginé qu'Olivier puisse les contacter. Mon corps se glace brusquement. Je voudrais avoir six ans, être dans la même situation, surprise après une grosse bêtise, baisser la tête, m'excuser, puis tout serait oublié. J'ai trente-trois ans. Cette bêtise-là ne pourra jamais s'effacer. Ce n'est pas une bêtise. C'est ma vie qui chavire.

Olivier énonce des questions, posément, sans même attendre de réponse de ma part.

— C'est qui ? Je le connais ?

Je comprends les paillettes et le verre. J'imagine Olivier désespéré, saisir chacune des boules de verre et les jeter contre les murs.

— Tu... Tu veux me quitter ?

Je l'imagine laisser exploser sa colère, puis attendre. Balayer les fragments cassés de tours Petronas et de Grande Muraille, de World Trade Center et de mont Fuji. Tout nettoyer et attendre. Tout ruminer et m'attendre.

— La petite dort à côté… Tu te souviens, on devait faire un deuxième enfant. Je me doute que ce n'est plus d'actualité.

Il boit l'eau de Perrier. J'aurais préféré le retrouver saoul. Une bouteille de whisky vidée. Il lève ses yeux bleus sur moi.

— Je t'aime, tu sais.

Je crois un instant que le verre qu'il tient va subir le même sort que ma collection de boules de verre. Sa main tremble mais il la contrôle.

— Je ne t'ai jamais retenue, Nathalie… Jamais. Je ne t'ai jamais empêchée de partir. Jamais…

Je ne suis pas certaine de pouvoir retenir mes larmes. Je ne suis pas certaine de pouvoir longtemps tenir sur mes jambes. Un bruit à l'étage, un tout petit craquement de parquet, me sauve. Laura ?

Je monte les escaliers. Ma petite est assise au bord de son lit, sa poupée Cachou coincée entre ses bras.

— Je t'ai entendue entrer, maman. Je voulais t'attendre mais papa m'a dit que j'étais trop fatiguée.

Je dégage Cachou et enlace ma fille. Résistant à l'envie de ne plus jamais la lâcher. Je murmure à son oreille.

— J'ai une surprise pour toi.

Une boule de verre ! La Sagrada Familia. J'ai presque envie de lui dire de la cacher, de ne pas la montrer à Papa, pour ne pas qu'il la trouve et la brise, avant de me rendre compte à quel point je suis ridicule. Jamais je ne pourrai séparer Laura de son père.

— Il faut faire dodo maintenant.

Ma puce secoue son trésor, puis presque aussitôt s'endort, avant même que les flocons d'or n'aient fini de se poser sur la petite basilique catalane. Je m'éloigne, en silence. Bouleversée, déboussolée.

Descendre l'escalier. Dix marches. J'aurais aimé pouvoir rester une heure sur chacune. Une journée. Une année. Combien de temps me faudra-t-il pour me sortir de ce puits où je suis tombée ? Jamais je ne pourrai vivre sans Laura. Jamais Laura ne pourra vivre sans son papa. Et même si nous en arrivions là, à nous déchirer devant un juge, jamais, avec mon travail d'hôtesse de l'air et mes foutus horaires, je n'obtiendrai la garde de ma fille.

Deux marches.

Olivier est le mari idéal et moi la femme volage. Aux yeux de tous. Même aux miens.

Je reste ou je perds tout.

Tout sauf Ylian.

Cinq marches.

Ylian. Quatre jours et trois nuits dans ma vie. Un météore ? Une parenthèse ? Qu'il suffit de refermer et le temps se chargera du reste. Dans un an, dans dix ans, dans vingt ans, je me demanderai même si j'ai vraiment vécu ces instants, si mon souvenir ne les a pas fantasmés. A force de regarder dans le miroir du passé, je finirai par trouver ridicule cette Nathy amoureuse éperdue d'un quasi-inconnu. Très âgée, à partager un verre dans le canapé avec Olivier, nous finirons par en parler avec légèreté, de ces quelques jours où j'avais failli le quitter, où la maison avait tremblé. Mais résisté.

Huit marches.

Je n'y arrive pas. Je ne veux pas que s'éteigne cette flamme. Je ne veux pas croire que mon adultère est si banal qu'Olivier puisse me pardonner. Je ne veux pas croire qu'après avoir beaucoup pleuré, souffert, espéré, tout s'effacera, et que des jours et des semaines s'écouleront sans que je repense à Ylian.

Qu'il faudra des coïncidences inattendues, pour qu'au cours d'un voyage, je me souvienne de lui.

Dix marches.

Je me tiens à nouveau dans le salon, à marcher sur du verre brisé.

— Que vas-tu faire, Nathalie ?

Olivier a vidé son Perrier. Sa façon de s'enivrer.

— Je ne sais pas… J'ai besoin de faire le point… J'ai besoin… D'aller à Jakarta… Laisse-moi juste partir. Une dernière fois. Une dernière fois, je te promets.

— Ne me promets rien, Nathalie. C'est à toi de décider.

– 43 –

2019

— Ne retourne pas à Jakarta.

Ce sont les premiers mots que prononce Olivier.

Oli est assis dans le canapé. Devant lui, une bouteille de whisky, à moitié vide. Les boules de neige gisent éventrées partout dans le salon. Cent trente-neuf exactement. Cent trente-neuf voyages entre 1999 et 2019. Olivier n'a rien nettoyé. Le canapé, les murs, les meubles sont trempés, le parquet gluant comme si du liquide vaisselle avait été répandu, sans rien rincer. Olivier s'est coupé. Son pouce droit saigne.

Je m'avance avec précaution. Le salon est une patinoire jonchée d'éclats de verre.

J'ai téléphoné à Laura dès mon avion posé à Beauvais, moins de deux heures après le leur.

— C'était quoi ton urgence, maman, rien de grave ? s'est-elle contentée de me demander. Papa a insisté pour qu'on garde Margot ce soir. Je suis contente. Elle commence à s'intéresser à Ethan et Noé.

— Rien, rien de grave. A demain, ma grande.

Les enfants, je crois, n'ont pas tellement envie de savoir ce que leur cachent leurs parents. Du moins tant qu'ils sont vivants.

Le temps de sauter dans une navette, puis un taxi, je suis arrivée à Porte-Joie moins d'une heure après qu'Olivier soit rentré. Il trempe ses lèvres dans le whisky, sans se retourner vers moi.

— Il est revenu alors ? fait Olivier. Il s'est repointé, le type à l'hirondelle. Tu ne l'as jamais oublié ?

— Non, Oli. Non. Il ne s'est pas repointé.

— Il se passe quoi alors, Nathy ? Ça veut dire quoi d'abandonner sa famille ? Tu te rends compte de ce qu'ont dû penser les filles ?

Laisse les filles en dehors de ça, Olivier.

— Le type à l'hirondelle, comme tu l'appelles, n'était pas à Barcelone. Il est à Paris. A l'hôpital Bichat. Il a été victime d'un accident, avenue des Ternes. Il se bat pour survivre.

Olivier marque le coup.

— Tu... Tu l'as revu ?

— Non... Jamais. Jamais depuis toutes ces années.

Il repousse son verre de whisky avec un air de dégoût.

— Bichat... Rassure-moi, t'as pas mêlé Laura à ça ?

Je ne réponds pas. Il hausse les épaules.

— C'était quoi alors, ton cirque à Barcelone ?

— Des souvenirs... Un pèlerinage, si tu préfères. Une série de coïncidences bizarres...

Les yeux bleus d'Oli, malgré lui, pétillent. Comme s'il était incapable au fond de m'en vouloir. J'ai fini par comprendre pourquoi il m'aime encore, après toutes ces années, après tout ce que je lui ai fait subir. Pour le désordre. Pour l'inattendu. Pour la part d'inconnu. On tombe toujours amoureux de ce qui vous manque le plus.

— Ça pour être bizarre, depuis quelque temps, tu es bizarre...

— Je sais. Je suis désolée, Olivier.

Et plus désolée encore de ne rien pouvoir te dire de plus. Te parler de cette pierre de temps, te dresser la liste de ces coïncidences impossibles, te préciser qu'Ylian n'a pas été victime d'un accident... mais d'une tentative d'assassinat. Tout comme moi.

Je ne peux rien te dire de plus parce que j'en suis venue à soupçonner tout le monde, tout le monde sauf mes filles, tout le monde et toi aussi. Une tentative d'assassinat ? Qui soupçonne-t-on d'abord ? Le mari jaloux, non ? Même si tu ne peux rien connaître des détails de mon histoire avec Ylian, Oli. A moins d'un scénario délirant, tu le retrouves, tu deviens son ami, tu le fais parler, tu tentes de le tuer, tu tentes de me rendre cinglée. Mais pourquoi ? Pourquoi après toutes ces années ?

Finalement, Oli vide son verre de whisky, puis suce son doigt rougi. Son regard s'est éteint, comme si un autre fantôme venait hanter son esprit.

— Je n'ai rien dit aux filles, Nathalie. Quand tu nous as abandonnés tout à l'heure à Barcelone, j'ai hésité, mais je n'ai rien dit. J'avais envie de pleurer devant mes filles, tu te rends compte ? Chialer devant mes filles et mon connard de gendre. J'ai failli craquer. Mais je n'ai rien dit. Ni à Laura, ni à Margot. Pourtant... Pourtant Margot, au moins, aurait le droit de savoir...

Voilà... Voilà où Oli veut en venir.

— Tu ne vas pas remettre ça ?

Je suis tombée enceinte de Margot en 2001, deux ans après ma fugue, c'est ainsi qu'Olivier appelle mon infidélité. Olivier a toujours eu un doute. J'ai eu beau lui jurer, sur ma tête et sur celle de Laura, que je n'avais pas revu Ylian ni aucun autre homme, que je n'avais couché qu'avec lui depuis deux ans, que Margot était forcément sa fille, son soupçon ne s'est jamais complètement dissipé. Ça ne l'a pas empêché d'aimer aveuglément Margot. Oh que non ! Mais peut-être est-ce que ça l'a empêché de m'aimer ainsi, aveuglément, depuis.

Pourtant, Margot est bien ta fille, Oli ! Parfois, quand je cherche désespérément une idée de cadeau d'anniversaire, je caresse l'envie de t'offrir un test de paternité. Fais-le, Olivier. Fais-le et ton obsession sera levée !

Olivier ne répond pas. C'est étrange d'être ainsi à la maison tous les deux, sans Margot. Nous savons pourtant que dans deux ou trois ans, elle aussi sera partie, que nous nous retrouverons en tête à tête. Comme tant d'autres couples de notre âge qui doivent apprendre à vieillir ensemble. Ou rajeunir.

Je fais un pas de plus vers lui, balayant du bout de la semelle les éclats de verre.

— Pour répondre à ta première question, Oli, je n'irai pas à Jakarta. Personne ne va à Jakarta. Tous les vols civils sont annulés. Mais je devrai tout de même aller pointer à Roissy, me rendre disponible. C'est le protocole.

Aller à Roissy. Y retrouver Flo, Jean-Max, et surtout coincer cette menteuse de Charlotte. Je suis de plus en plus persuadée qu'elle détient la clé. Je ne vais pas attendre de la croiser à l'aéroport, d'ailleurs. Flo m'a envoyé son 06 par texto, elle l'a récupéré auprès des gars du planning. L'appeler jusqu'à ce qu'elle décroche sera la première chose que je ferai demain.

— Si c'est le protocole…

Olivier pose son verre de whisky et saisit la télécommande. Il zappe un peu. Puis la repose, dépité.

Sur chaque chaîne, on ne parle que du tsunami en Indonésie.

# IV

# – 44 –

## 2019

Je me suis levée tôt. J'ai allumé la radio avant de m'habiller. Sous la douche, je n'entends que des bribes de phrases, de mots, *morts, blessés, inondation, destruction, maladie, sans-abri*, de chiffres, *dizaines, centaines, milliers*, et quelques phrases plus longues alors que je me sèche, *réchauffement climatique, drame prévisible, absence d'anticipation*. La réplique d'un tsunami, déjà cataclysmique quelques jours auparavant, a coupé Jakarta du reste du monde pendant plusieurs heures. Depuis, les secours affluent. La solidarité internationale s'organise.

Olivier s'est levé plus tôt encore pour travailler dans l'atelier. J'ai prévu de préparer le petit déjeuner, en signe d'apaisement. Nous récupérons Margot dans la matinée. Laura la dépose avant de prendre sa garde à Bichat. Ce sera l'occasion de déjeuner tous ensemble. J'envisage même de marcher jusqu'à l'épicerie du village pour acheter du pain et du beurre frais, des œufs de ferme, du fromage.

L'occasion aussi de téléphoner. J'ai enregistré sur mon téléphone le numéro de Charlotte. Merci, Flo ! Je veux comprendre pourquoi cette fille a prétendu coucher avec le commandant Ballain. Depuis cette série d'inexplicables coïncidences, je suis persuadée que quelqu'un dans mon entourage ment. Charlotte s'impose donc comme la première des suspectes ! Ou au moins, le premier fil que je peux tirer.

Je colle le téléphone à mon oreille tout en longeant les murs et le colombier du Manoir de Portejoie. Je m'offre la balade presque chaque semaine depuis près de trente ans et je ne me lasse pas de la beauté de ces vieilles pierres bordant les rives du fleuve. La Seine a fait son boulot, il y a des millions d'années, et découpé une dizaine d'îlots tous boisés, parfaitement encastrés dans les fines courbes du fleuve. Elle peut se reposer maintenant, à peine couler, c'est aux hommes de prendre le relais et d'entretenir les manoirs, villas et moulins posés sur les rives. Et ils le font plutôt bien, ici.

Je laisse le téléphone sonner. Longtemps.

*

\* \*

Dès que le téléphone sonne dans sa poche, Charlotte reconnaît la sonnerie.

*Let It Be.*

Immédiatement, elle sait qui l'appelle.

Elle ne répond pas pourtant. C'est compliqué.

Impossible même de décrocher.

Les mains de Charlotte sont menottées ! Ses pieds liés. Sa bouche bâillonnée.

Son corps a été soulevé, tordu, jeté comme un sac dans le coffre d'une voiture qui maintenant roule. Charlotte ignore qui l'a séquestrée, ignore où elle va. Une seule intuition l'obsède. Une certitude née du silence de son agresseur, son sang-froid, sa calme détermination.

On l'a enlevée pour la tuer !

# – 45 –

## 2019

*Appelle, Laura, appelle !*

Je regarde ma montre, puis la pendule de la cuisine, puis je sors mon téléphone portable, pourtant muet, sans message ni appel, rien que pour vérifier l'heure.

*13 h 03*

Laura doit me rappeler avant 13 heures. Après, l'ai-je prévenue, je file à l'aéroport. Je veux savoir ! Je veux savoir avant de partir, même s'il y a toutes les chances que je reste en attente à Roissy, compte tenu de la situation à Jakarta, et que je sois rentrée à Porte-Joie avant la nuit.

C'est d'ailleurs ce que j'ai affirmé à Olivier. Il bricole une chambre pour enfant dans l'atelier. Un superbe ensemble lit-semainier-chevet, en cerisier, orné de motifs africains, girafes et éléphants gravés. Olivier est doué.

Je range machinalement la cuisine. Lave-vaisselle vidé, boîtes de plastique empilées dans le frigo, légumes épluchés dans le bac. Comme d'habitude quand je pars plusieurs jours. Au cas où…

Je m'occupe ! Je consulte les chiffres lumineux rouges du programmateur du four, ceux du micro-ondes. A défaut de compter les minutes qui défilent, je compte le nombre invraisemblable d'appareils qui vous donnent l'heure dans une cuisine.

*Appelle, Laura, appelle !*

C'est aujourd'hui que les chirurgiens décident.

Laura m'a tout expliqué hier soir, pendant qu'Olivier lisait à l'étage. Ylian va subir des examens complets ce matin. Anesthésie générale puis scanner, échocardiographie, fibroscopie, médiastinoscopie. Ensuite, les médecins décideront s'ils peuvent opérer.

Et s'ils ne peuvent pas ?

Laura n'a rien répondu et c'était pire que le pire des mensonges.

Elle a tout de même tenté de me rassurer avant de raccrocher. Tout se passera bien, maman. Je t'appelle demain. Les résultats d'examen tomberont en fin de matinée.

*13 h 04*

Le téléphone est la pire des inventions ! Il vous promet que chacun est joignable tout le temps, partout, chaque être humain n'importe où sur la planète, alors que le jeu est faussé. Les gens n'appellent pas quand ils ont une mauvaise nouvelle à annoncer, ne décrochent pas quand ils ont quelque chose à cacher.

Depuis deux jours, j'essaie de contacter Charlotte. Presque toutes les deux heures. Je lui ai laissé des messages à en saturer son téléphone. Aucune réponse ! D'ailleurs, Flo et Jean-Max ne répondent pas non plus. Aux abonnés absents eux aussi. Je tombe directement sur le répondeur de Flo à chaque fois que je tente de la joindre, comme si elle avait définitivement éteint son portable.

Margot entre dans la cuisine, ouvre le frigo, grignote deux tomates cerises et un radis sans remarquer les fanes tombées à ses pieds. Sans même me remarquer non plus, concentrée sur son smartphone. La pire des inventions, ça se confirme ! Margot est déjà repartie dans la salle à manger, emportant un sachet de gruyère râpé dans lequel elle pioche, avant de faire demi-tour, étonnée.

— Merde ! Vous avez balancé toutes les boules à neige ?

Margot a repéré l'espace vide sur les étagères ? Miracle ! Moi qui croyais qu'on aurait pu repeindre la maison en rose sans qu'elle le remarque. Que la disparition de ma collection l'affecte me touche. Avant que la punaise n'ajoute :

— C'est pas trop tôt ! C'était quand même ringardissime !

Fille indigne !

Elle disparaît en ricanant avant que je ne lui balance un coup de torchon.

*13 h 05*

*Appelle, Laura, appelle !*

Je ramasse les fanes, j'allume la télé. Des journalistes posent au milieu des ruines sur le port de Jakarta. Au-delà des bateaux échoués sur les digues de béton, des pilotis arrachés et des terrasses de bambou effondrées, des chaises, tables, motos, becaks[1] flottant dans les halls inondés des derniers immeubles encore debout, je reconnais les baies vitrées du Great Garuda, éventrées. Stupeur. Douleur. Les reporters tendent leur micro à des touristes francophones devant les palaces dévastés, parlent d'une cinquantaine de ressortissants concernés. Ça m'agace un peu face aux milliers de morts indonésiens, aux dizaines de milliers de réfugiés. Puis les journalistes zappent et évoquent l'aide internationale qui s'organise, l'élan de solidarité unique, ONG, institutions, artistes…

Je n'entends pas Olivier entrer dans la cuisine. Je ne le remarque que quand il ouvre le frigo pour se servir un verre d'eau. Il est en sueur, de la sciure de bois collée sur ses cheveux ébène et frêne (d'autres diraient poivre et sel). J'ai toujours trouvé beau Oli quand il sort ainsi de l'atelier, avant

---

1. Cyclo-pousse indonésiens.

sa douche, avant de redevenir un homme banal qui s'affale sur son canapé ou avale son journal. Ce bref instant où mon homme des bois quitte sa cabane sans être encore tout à fait connecté au monde.

Nous restons tous les deux les yeux fixés sur l'écran. Nous n'avons pas beaucoup échangé depuis le soir de mon retour de Barcelone, Olivier a nettoyé les débris de verre et d'étoiles en silence, avant que Margot ne rentre. Quand il est monté me rejoindre dans le lit, nous nous sommes tous les deux confondus en excuses. J'ai reconnu que les abandonner à l'aéroport sans explication était un caprice de petite fille. Olivier m'a juré qu'il regrettait pour ma collection, qu'il avait été con, qu'en plus, j'allais devoir à nouveau parcourir la planète pour la reconstituer ! Qu'il s'était puni lui-même.

— C'est parce que je t'aime, Nathalie. Parce que je t'aime.

Nous n'avons pas beaucoup échangé, mais tout de même un peu plus de baisers que de mots. Au matin, nous nous sommes pardonné. Malgré mes questions. Malgré mes soupçons.

— Je crois qu'aucun avion ne va partir vers Jakarta, fais-je en regardant les images de dévastation.

Olivier semble consterné par la violence du monde. Quand ce ne sont pas les hommes, ce sont les éléments. Et dans sa tête, je sais qu'il compare le déséquilibre des zones chaudes dans le monde à l'harmonie de notre coin de paradis, un vieux fleuve calme, des collines arrondies, une maison solide et un couple paisible.

*13 h 06*

— J'espère, répond-il, j'espère. Cette planète a perdu la tête.

Le reportage s'attarde sur les cargaisons d'aide, de vivres, de bouteilles d'eau, entassées dans des gros-porteurs militaires, chargées par des types en treillis. Je vais commenter, dire, *tu vois, Oli, on envoie des soldats en cas de crise, pas des hôtesses de l'air,* quand mon téléphone sonne dans ma poche.

*Laura !*

Je décroche si rapidement que je n'ai le temps ni de trembler, ni de me préparer.

— Papa est à côté de toi ?

Sa voix me glace. Ce n'est pas celle de ma fille, c'est celle d'une infirmière. D'une professionnelle aussi tranchante et précise qu'un scalpel.

— Ou... Oui...

— Alors éloigne-toi, maman. Va marcher un peu. Eloigne-toi.

*Laisse-moi un peu de toi*
*Une miette, d'oreillette*
*Une particule, de ventricule*
*Un petit bout de ton cœur*

*Une ride, avant le vide*
*Un pour cent de ton sang*
*Rien qu'une goutte pour ma route,*
*Ma déroute, rien qu'une goutte*

– 46 –

1999

Les trois cents chambres du Great Garuda de Jakarta sont presque toutes semblables, même lit king size, même bureau en bois verni troué de prises électriques, même miroir mural face à la douche à l'italienne, même immense baie vitrée.

Pourtant, debout derrière les parois de verre, l'illusion d'être unique au monde est parfaite. J'aime cette sensation de dominer la ville entière, de pouvoir en observer chaque lumière, chaque ombre, chaque infime déplacement de chaque être vivant, d'en dominer, comme une chef d'orchestre, l'invisible anarchique chorégraphie.

— Souvent, je me demande où vont tous ces gens…

Je me tiens devant la fenêtre, chambre 248 du Great Garuda. Je suis enroulée dans un peignoir floqué aux couleurs bleu azur et or de l'hôtel. On peut l'acheter pour 80 dollars. Il les vaut. Je n'ai jamais rien enfilé de plus chaud. Je parle toute seule, sans oser regarder Ylian. De l'autre côté de la vitre, le Monas[1] semble si proche qu'on croirait le toucher.

---

1. Monument national.

La finesse du grand obélisque blanc, planté dans son gigantesque bougeoir de béton, tranche avec la forêt de tours massives qui l'entourent, de toutes les hauteurs, de toutes les formes. Des milliers, peut-être des millions de fenêtres, entre lesquelles se faufilent des rivières de voitures qui serpentent jusqu'à la mer.

— Je passe mes nuits à ça, Ylie. A observer les lumières de la ville. A choisir une lucarne éclairée, une seule, et à m'imaginer qui vit derrière. A suivre une voiture, une silhouette qui sort d'un métro, un homme qui attend un bus. A inventer sa vie. Rentre-t-il chez lui ? Part-il au boulot ? Mille vies, dix mille vies, qui se croisent. Comme des lucioles. Avec chacune son histoire. Et moi, rien qu'une autre de ces petites bestioles, derrière son petit hublot allumé, que peut-être quelqu'un observe aussi. Ou personne. C'est ça ma vie, Ylie. Ma vie d'avant. Attendre dans une chambre d'hôtel en Indonésie, en Australie ou au Chili. Vivre en décalé. Chercher le sommeil et ne pas le trouver. Ecouter ma musique allongée, en fixant la lumière rouge clignotante du détecteur d'incendie, juste au-dessus de mon lit. La même dans tous les hôtels du monde. Me lever quand je deviens folle, fumer une cigarette à la fenêtre, suivre des yeux une ou deux lucioles, puis me recoucher. Espérer le sommeil. C'était ça ma vie d'avant, Ylie. Et ce sera ça ma vie d'après.

Les larmes coulent de mes yeux. Je ne les retiens pas. Je ne les essuie pas. Je relève la mèche qui barre mon regard pour qu'elles n'aient rien pour s'accrocher. Ylian est allongé sur le lit. Les yeux rouges lui aussi, aussi rouges que le voyant clignotant au plafond. Yl s'est maladroitement servi de ses longs cheveux pour les sécher. Ses boucles humides pleuvent sur ses épaules, Yl ressemble à un Christ, ou à un Jean Baptiste, ou à n'importe lequel de ces saints androgynes beaux et fragiles. C'est la première fois qu'un homme m'offre ses larmes. Je n'ai jamais vu mon père pleurer, ni même Olivier. La première fois. Ce soir...

... et tant de dernières fois.

La dernière fois que je tiens Ylian dans mes bras. La dernière fois que son regard se pose sur moi. La dernière fois que je ne me sens ni mère, ni épouse, ni proie, juste femme. La dernière fois que je me sens belle, naturelle, immortelle, vivante, vibrante, en communion avec mes désirs les plus intimes. La dernière fois que toutes les planètes sont alignées, où tout l'univers se trouve soudain en harmonie, de l'infiniment grand à l'infiniment petit, chaque millimètre de ma peau, chaque goutte de mon sang, chaque micro-cellule de mes organes vitaux. La dernière fois où je suis libre, la dernière fois que nous faisons l'amour.

Mal cette fois. Trop préoccupés que ce soit parfait. Trop vite. Trop effrayés par le vide qui s'ouvre sous nos pieds. Nous nous sommes précipités l'un sur l'autre. Affamés. Chambre 248 du Great Hotel Garuda. Affolés après nos messages échangés.

Mon mari est au courant de tout ! Je m'en fiche. Je veux te revoir. Une dernière fois, Ylian. Une dernière fois. Je serai à Jakarta. Je n'avais même pas réfléchi, je n'avais pas laissé le choix à Olivier, pas davantage qu'à Ylian, il me semblait tellement inconcevable de ne pas le revoir.

Une dernière fois.

Je me croyais forte, c'était forcément la meilleure idée, il n'y en avait aucune autre possible, emporter l'image d'une dernière nuit, d'un dernier baiser, comme on rend visite à ceux que l'on aime juste avant qu'ils meurent. Conserver une dernière étreinte, graver un dernier mot, emporter une ultime odeur.

La meilleure idée ? La pire ? La seule ?

— Ça va ressembler à quoi, Ylian, la vie sans toi ?

Ylian ne me répond pas. Je connais la réponse pourtant.

A rien, Ylian. A rien.

Une supplique reste bloquée dans ma gorge. Une supplique longuement ruminée depuis trois jours.

Si tu me demandes de partir avec toi, je pars, Ylian. Si tu me demandes de rester avec toi, je reste. J'en serais capable si tu me le demandais, si tu me suppliais, si tu crachais sur Olivier en me jetant à la figure qu'il ne me mérite pas, si tu t'en prenais même à Laura, en me secouant, on ne gâche pas sa vie pour une enfant, une enfant qui dans dix ans t'insultera, qui dans quinze t'abandonnera. Peut-être que si Ylian avait été un autre, un salaud, un amant égoïste et déterminé, il m'aurait convaincue de tout abandonner pour lui. Mais s'Yl avait été cet autre, l'aurais-je aimé ?

Ylian joue avec les draps du lit. Il a enfilé un caleçon. Sa pudeur, déjà, nous éloigne.

Je maudis sa lâcheté tout autant que je la bénis.

Nous ne sommes pas de ces couples qui peuvent être heureux en laissant un champ de ruines derrière eux. Qui savent s'enfuir en riant après avoir déclenché l'incendie. Nous le savons tous les deux. Nous sommes mieux. Nous valons mieux ! Une prière cogne pourtant dans ma tête.

Je t'en supplie, Ylian. Commets une folie, impose-la-moi ! Ne laisse pas notre histoire mourir ainsi.

— On ne devra pas se téléphoner, Nathalie. On ne devra pas s'écrire. On ne devra pas se revoir. Sous aucun prétexte. Jure-le-moi, Nathalie ! Jure-le-moi !

Je ne jure rien.

Je grelotte dans mon peignoir à 80 dollars.

— Pourquoi, Ylian ?

— Tu le sais aussi bien que moi. On n'a pas le choix. On doit tout écraser, tout détruire, tout éteindre. Si on laisse la moindre braise, le feu reprendra.

— ...

Je t'en prie Ylian, invente-moi une séparation à la hauteur de notre passion.

— On doit tuer tout espoir de se revoir. Pourquoi crois-tu que l'on enterre les gens, Nathy ? Qu'on jette de la poussière sur les cercueils avant de les recouvrir de terre ? Pourquoi crois-tu qu'on supporte ça, nos amis, nos amours, nos parents, nos enfants dans un trou ? Pour être sûrs qu'ils ne reviendront pas. Pour être sûrs que c'est fini. Pour ne pas vivre avec en tête cette folie. Et s'il restait un espoir de les revoir ? Ce qui est impossible ne rend pas malheureux. On ne souffre que de ce qui est possible mais qui n'arrive jamais. Alors on devra en être certains, Nathalie, ne se donner aucun signe de vie, jamais ! Tu me le promets ?

Je regarde par la fenêtre la nuit qui tombe sur la ville. Les palmiers, aussi ras que des touffes d'herbe au pied des immeubles-champignons, se réduisent d'abord à des ombres chinoises, avant de plonger dans le noir. Puis disparaissent les ruelles, les maisons basses, leurs jardinets. Seul le ciel est encore éclairé. Les lucarnes s'allument les unes après les autres. Petit à petit, la ville devient galaxie. Une galaxie branchée où les étoiles viennent s'agglutiner. Des milliers de lucioles. Des milliers de vies. Combien, combien parmi elles ont déjà aimé ? Vraiment aimé ?

— Je ne peux pas imaginer vivre sans t'avoir dans ma vie, Ylie.

— Tu seras dans ma vie, Nathalie, et je serai dans la tienne. Je serai dans chaque hasard qui te parlera de moi et tu seras dans chaque avion que je verrai décoller, dans chaque chambre d'hôtel où je dormirai, dans chaque concert, dans chaque accord de guitare… Le monde ne me parlera que de toi.

— Ça ne me suffira pas…

— Si, ça te suffira. Tu as une famille, une fille. Le temps passera et ça te suffira.

Yl a raison. Et je le maudis d'avoir raison. Je le maudis d'avoir été le plus inattendu des amoureux et de n'avoir rien d'autre à me proposer comme séparation que cette putain de raison.

— Et toi ? Ça te suffira ?

— …

Un instant, j'imagine le pire. Ce qu'Yl me propose, c'est son sacrifice. Yl se retire. Yl s'efface parce qu'Yl m'aime. Le silence complet. Pour qu'Yl soit libre de souffrir. De se détruire. De se tuer.

Je demande une seconde fois.

— Vivre avec des fantômes, ça te suffira ?

Yl prend un long moment pour me répondre. Et finalement, ne me répond pas. Yl attrape sur la table de chevet le menu du restaurant gastronomique de l'hôtel. Le consulte, puis sourit.

— *Sarang Walet*, déclame-t-il à haute voix, j'étais certain qu'ils en proposaient, c'est la spécialité nationale ici.

Je ne comprends pas.

*Sarang Walet ?*

— *Sarang Walet*, répète Ylian. Le plat le plus raffiné qui soit. Descendons dans le hall, Miss Swallow. Mangeons. Buvons. Profitons.

Je ne bouge pas.

— J'ai une famille, Ylian, c'est tout ce qui me reste. Et toi, qu'est-ce qui te reste ?

Yl enfile un pantalon, une chemise blanche, puis se tourne vers moi. Les pans du tissu retombent sur son torse nu.

— Jure-moi, Nathalie. Jure-moi que jamais tu ne chercheras à me revoir. Et alors, je te proposerai un contrat. Un contrat qu'aucune femme n'a jamais accepté de signer. Parce que pour le signer, il faut aimer comme personne n'a jamais aimé.

## 47

## 2019

Je longe le fleuve sur le chemin de halage, vers le sud, comme j'ai vu tant de fois Margot le faire dès que le téléphone sonne. Marcher, portable collé à l'oreille, s'éloigner de la maison aussi longtemps que dure la conversation, raccrocher enfin, rebrousser chemin, doucement, pour laisser infuser les mots d'une copine ou d'un petit copain. Avant de se coltiner à nouveau la réalité.

— C'est Laura, ai-je précisé à Olivier avant de m'éloigner.

Pas sûr que ça rassure beaucoup Oli de me voir filer pour parler avec ma fille sans qu'il puisse nous écouter.

Je dépasse l'île du Moulin et m'arrête un peu plus loin, à la hauteur d'un banc de pêcheurs, devant un embarcadère de bois dont il ne reste que trois piles. Le premier endroit où l'on peut s'asseoir face au fleuve sans être vu de la maison.

— C'est bon, Laura, dis-je d'une voix étouffée. Je suis seule.

C'est vrai, à l'exception de Geronimo et de ses cygneaux qui m'observent avec méfiance. Laura ne me répond pas. Pourtant, elle connaît forcément le résultat des examens chirurgicaux d'Ylian… Une terrible angoisse m'étrangle. Si Laura avait reçu des nouvelles rassurantes, elle se serait exprimée sans hésiter. Je hausse la voix, me forçant à desserrer le nœud autour de ma gorge.

— Alors ? Qu'ont dit les médecins ?

— Il... Il faut que tu viennes à l'hôpital, maman.

Oui... Cela fait huit jours qu'il aurait fallu que je vienne. Sauf que j'ai prêté serment, Laura. *On ne devra pas s'écrire. On ne devra pas se revoir. Sous aucun prétexte. Jure-le-moi, Nathalie ! Jure-le-moi !*

Ma voix se fait cassante, j'essaie de rassembler ce qu'il me reste d'autorité. Et de dignité.

— S'il te plaît, Laura, réponds-moi, qu'est-ce qu'ils ont dit ?

— Viens à Bichat, maman. Je ne peux pas te dire cela au téléphone.

Je me laisse tomber sur le banc. Geronimo palme, suivi de ses cygneaux, entre les piles de l'embarcadère de bois. Mes pensées s'entrechoquent. Bien entendu, cent fois, mille fois, j'ai eu envie de rompre ce serment. Mais chaque fois que j'ai imaginé revoir Ylian, c'était dans la plus grande tour d'une grande ville, face à la mer, dans un bar, sur une terrasse ensoleillée, dans la clairière secrète d'une forêt, au milieu de la foule, déguisés... Pas dans une chambre blanche au milieu d'un essaim d'infirmières indiscrètes. Son visage tuméfié. Son corps perfusé...

— Impossible, ma chérie.

Autre chose me retient. Que je ne peux avouer à Laura. Que j'ai plus peur encore de m'avouer. Un fantôme qu'il m'est impossible de croiser.

— Maman, je t'en supplie...

Je laisse mon regard glisser au ras de l'eau. Combien, au fil des siècles, la Seine a-t-elle vu de destins se jouer sur ses berges ? De pêcheurs noyés, de paysans affamés, de marchands égarés, de soldats fusillés, d'amants désespérés ?

Ma pierre de temps me manque. J'hésite à ramasser un galet blanc. Ma voix se fait plus sévère encore. Les trois cygneaux émettent des cris de détresse et se cachent sous l'aile de Geronimo.

— Ecoute-moi, Laura. Je ne suis pas encore une mamie gâteuse à qui on n'ose pas dire qu'elle est bonne pour l'hospice. Alors balance-moi ce foutu diagnostic.

— …

— Quand est-ce qu'ils l'opèrent ? Je passerai à l'hôpital ensuite… Promis.

Je commence à me faire à l'idée. Rompre le serment. Revoir Ylian. Même diminué, même abîmé. Surtout s'il l'est. Je n'ai plus à me cacher. Oli a tout compris, tout appris. Des années d'ambiguïté explosées et balayées en même temps que la collection des boules à neige. Peut-être même qu'Olivier et Ylian pourront s'entendre. Ils se ressemblent, à leur façon. Ça doit arriver qu'un mari accepte de pardonner à son rival, lorsque tout est fini. Une fierté pour lui, c'est moi qu'elle a choisi ! J'imagine Ylian jouant de la guitare sur la terrasse en ipé au bord de la Seine, Olivier lui faisant visiter son atelier. L'idée m'amuse. Aussi absurde que sublime.

— Ils ne vont pas l'opérer, maman.

J'ai l'impression que la Seine s'arrête de couler. Toutes eaux retenues. Quelques secondes, avant qu'une vague ne déferle, emportant tout, berges, bancs, bateaux, maisons, promeneurs, femmes, hommes, enfants, passé, présent.

— Ton ami n'est pas opérable. Les blessures n'ont pas bien évolué. Les plèvres sont inondées. Sa cage thoracique est perforée. Ils redoutent une hémorragie pulmonaire. Les lobes, moyens et inférieurs, se sont remis à saigner. Il… Il… est condamné.

*
* *

— J'y vais, Oli. A… à Roissy…

Je ne sens plus mes jambes, je ne sens plus mes mots, je ne sens plus mes mains, pas sûr qu'elles puissent tenir un volant.

Ylian. Condamné.

Après que Laura a raccroché, je suis revenue telle une somnambule en suivant le chemin de halage. J'ai attrapé mon sac, mes clés de voiture, je n'aurais sans doute pas eu la force de prévenir Olivier s'il ne s'était pas planté devant la porte.

— Le… le protocole, Oli… Les hôtesses doivent… rester à disposition… même… si aucun vol ne décolle… pour… pour Jakarta.

Olivier ne me croit pas. Je ne fais aucun effort pour qu'il me croie. Même si je dis la vérité cette fois. Laura m'a parlé doucement, prends ton temps, maman, prends ton temps, ton ami a subi une anesthésie générale, il ne pourra pas recevoir de visite avant au moins trois heures. J'ai décidé d'aller à Roissy d'abord, d'attendre là-bas un peu, puis de me rendre à Bichat.

— Je croyais qu'on avait cessé de se mentir, Nathy. Pourquoi ne me dis-tu pas simplement que tu vas retrouver ton type à l'hirondelle ?

— Je ne vais pas le retrouver.

— Pourquoi tu t'en priverais ?

— Parce que… Parce qu'il va mourir, Olivier. Il n'a plus que quelques jours à vivre… Il…

Etrangement, Olivier ne semble pas surpris. Peut-être mon visage décomposé, mes pas de momie m'ont-ils trahie.

— Qui te l'a appris ?

— L'hô… L'hôpital m'a appelée et…

— Arrête de me mentir, Nathalie. Je t'en supplie.

— Laura… Laura m'a appelé.

Olivier ne commente pas. La vérité lui suffit.

Il y aurait pourtant tellement à dire.

A accuser. Pourquoi as-tu mêlé notre fille Laura à tous ces secrets, moi qui ne lui ai jamais rien révélé ?

A pardonner. Ce type qui a failli foutre en l'air notre vie, alors vas-y Nathalie, va lui dire adieu.

A triompher. Je suis là, Nathalie, je reste là, quand tous les autres seront partis, moi je serai toujours là. Avec toi.

Olivier me laisse passer. Je m'engouffre dans ma Jazz et consulte l'écran lumineux du tableau de bord.

*13 h 51*

Officiellement, je décolle dans deux heures pour Jakarta.

Les images des rues du centre-ville transformées en canaux, des touristes affolés au pied des décombres, puis des verrières du Great Garuda balayées par les vagues me submergent.

## 48

1999

La baie vitrée du restaurant, au onzième étage du Great Garuda, offre une perspective sublime sur la baie de Jakarta, la jungle de palmiers grignotée par les maisons de pêcheurs, dominée par les toits pyramidaux des temples bouddhistes et taoïstes, tous uniquement protégés de la mer par un mince ruban de sable blanc où jouent des ribambelles d'enfants. Aucune colline, aucune digue, j'ai l'impression que la moindre vague pourrait submerger la ville et que seuls les habitants qui vivent dans les tours pourraient être épargnés.

Un violent orage, comme la plupart des soirs, a frappé Jakarta, puis s'est éteint presque aussi vite qu'il a éclaté. La chaleur équatoriale s'est chargée de sécher les rues, les caniveaux, les vitrines et les terrasses des piscines. La circulation a repris. Les milliers de motards sont repartis. Pas les touristes, qui se contentent de circuler d'hôtels internationaux en malls climatisés.

Sur la cinquantaine de tables du restaurant, moins de la moitié sont occupées, presque toutes par des hommes, presque tous cravatés, presque tous asiatiques à l'exception de rares Occidentaux, une infinie nuance d'hommes d'affaires indiens, malais, coréens, japonais, chinois, que je me surprends à distinguer facilement à la taille, l'élégance ou le degré de décontraction. La vue romantique sur la baie semble avoir dispensé les gérants du Great Garuda de concentrer leurs efforts sur la décoration intérieure. Moquette kitsch au motif d'hibiscus mauves, grand aquarium fluo, immenses écrans de télé, un pour le sport et l'autre pour le karaoké, lointaine odeur de friture.

Et évidemment, table bancale.

Un serveur nous apporte deux menus, brochés de cuir et ornés d'un superbe Garuda, l'oiseau mythique de l'Indonésie. Ylian ne les ouvre pas. Yl se contente de retenir le serveur en lui souriant, puis en lui commandant, d'un ton assuré :

— Sarang Walet. Two.

Je roule des yeux étonnés. Le serveur les remarque, et à ma grande surprise, me précise dans un français quasi parfait.

— Des nids d'hirondelle, mademoiselle.

*Des nids d'hirondelle ?*

Alors que le serveur s'éloigne, mes yeux s'agitent plus vite encore. Je n'en ai jamais mangé, mais je connais la réputation de cette spécialité asiatique. Le must du luxe de l'Orient ! La légende prétend que les hommes vont les cueillir dans des falaises au-dessus de la mer, ou de la jungle, au péril de leur vie... Sauf que ce trésor rare, aux supposées vertus aphrodisiaques, se négocie à dix mille francs le kilo ! Même en Indonésie, le plus grand producteur mondial.

Je pose ma main sur celle d'Ylian.

— Non, Ylie. Ce plat coûte une fortune. Un mois de salaire pour une soupe aux plumes.

— Si tu parles de mon salaire, compte plutôt en années !

Mes doigts s'enlacent aux siens.

— C'est un très joli geste, Ylian. Le nid d'hirondelle pour Miss Swallow. Très romantique. Bravo. Mais non, c'est trop.

— C'est offert !

Je le fixe, plus inquiète encore. Je préfère les inventions, gratuites et inédites, qu'Ylian tire de son imagination.

— Je ne veux pas d'un tel cadeau.

— Ce n'est pas moi qui te l'offre.

Je ne comprends pas. Le regard d'Ylian me guide. Yl passe au-dessus de mon épaule pour se perdre une dizaine de tables plus loin. Je me retourne, suis la direction de ses yeux, jusqu'à me poser... sur Ulysse ! Ulysse Lavallée. Assis au milieu de trois Asiatiques en costume gris presque aussi corpulents que lui.

— C'est lui qui m'a trouvé ce job, explique Ylian. Ulysse est un gros malin. Je crois qu'il n'a pas plus d'argent en poche que moi, mais il rebondit de combine en combine. Pour jouer dans les hôtels de toute l'Asie du Sud-Est, Indonésie, Malaisie, Thaïlande, il m'a proposé un salaire de misère, mais m'a négocié des avantages en nature. Vivre et couvert !

Du coin de l'œil, j'observe Ulysse avaler un plateau de fruits de mer pyramidal.

— Il en profite aussi !

— Oui, admet Ylie. Et si je continue de jouer dans tous les pianos-bars de la terre, de San Diego à Bornéo, avec buffet à volonté, je deviendrai bientôt aussi obèse que lui...

Je fais l'effort de sourire. Yl se penche vers moi et murmure.

— Tu comprends, maintenant... pourquoi il ne faudra jamais chercher à me revoir.

J'admire ses efforts désespérés pour dédramatiser. J'ai envie de pleurer, de me lever, de remonter dans la chambre. De m'allonger auprès de lui et de ne plus prononcer un mot de toute la nuit. Seulement l'aimer.

Je ne bouge pas, pourtant. A mon tour, je murmure.

— Parle-moi de ce contrat. Ce contrat qu'aucune femme n'a jamais accepté de signer.

— Parce que pour cela, complète Ylian, il faut aimer comme personne n'a jamais aimé.

J'apprécie tant notre tendresse désenchantée. Notre délicatesse de continuer à jouer la comédie alors que tout s'écroule autour de nous. Comme des personnages de cinéma. Tout ce que nous vivons est tellement plus fort que nos vies.

— Je t'aime, Ylie. Je t'aime comme personne n'a jamais aimé.


Yl ne répond pas. Je le détaille de la tête au torse, serré dans sa chemise blanche. Déguisé en pingouin perdu sur la ligne de l'équateur, parmi ces hommes d'affaires ventripotents.

Pour moi.

Yl n'a accepté cette minable tournée en Asie, avec tenue correcte exigée, que pour moi.

Déjà, ici, avec moi, il n'est plus tout à fait lui. Il perd ses couleurs. Tel un oiseau amazonien en cage. Ylian est un baladin. Celui du Chicano Park, celui des Ramblas.

Les serveurs ne reviennent pas. Peut-être sont-ils partis cueillir les nids d'hirondelle en haut des falaises d'Uluwatu ? Peut-être le serveur s'est-il écrasé tout en bas. Des larmes perlent au coin de mes yeux. Je prends une serviette blanche, m'essuie et sans réfléchir, au lieu de la poser sur mes genoux, la glisse dans mon sac. J'aime cette tête d'oiseau imprimée sur le tissu, ce bec tordu, ce regard fier et libre. Je crois que j'aurais voulu conserver chaque instant de ce moment. Voler aussi la fourchette, le couteau, la salière. Je sais que plus jamais personne, après cette nuit, ne m'appellera mademoiselle Hirondelle. Peut-être que dans quelques années, pour notre vingtième anniversaire de mariage, Olivier m'emmènera manger dans un restaurant de trappeurs où l'on sert du castor. Moi aussi, je me surprends à ironiser.

Je tends à nouveau la main à Ylian. Il la saisit. Quelque chose me manque, que je n'arrive pas à définir. Ni son sourire. Ni ses yeux. Ni sa mélancolie. Une dernière chose à voler. Nos doigts dansent. Je continue de réfléchir à ce qui rend notre adieu incomplet. Mes yeux se posent sur chaque détail de la salle de restaurant, avant de comprendre enfin.

Pour la première fois depuis que nous sommes amants, aucune musique ne nous accompagne.

Doucement, je demande :

— Tu jouerais, Ylian ? Tu jouerais une dernière fois pour moi ?

Yl caresse ma main et se lève.

Un piano noir est installé dans un coin du restaurant, entre l'aquarium et l'écran de karaoké. L'instrument de travail d'Ylian. Celui où presque tous les soirs, il interprète les standards, jazz, blues, rock. Les standards des autres.

Ylian se dirige vers le piano, Ulysse le suit des yeux. Inquiet. Ce n'est pas l'heure de jouer ! Ylian s'en fiche. Yl prend le temps de positionner sa casquette rouge écossaise sur sa tête, pour moi, rien que pour moi, Dieu qu'il est beau, puis Yl ouvre le piano.

Yl sait jouer aussi de cet instrument-là.

Je comprends immédiatement qu'Yl improvise. La musique du moins. Les mots, qu'Yl a sans doute depuis longtemps tressés, se posent sur une mélodie qui naît sous ses doigts. Une sorte de transe, telle qu'il ne s'en produit que dans certaines circonstances. Les notes appellent d'autres mots. Les mots d'autres notes.

Le brouhaha dans la salle, comme un léger brouillard de bruit, ne cesse pas. Les Chinois et Malais parlent sans écouter, rient.

Moi, je n'entends que lui.

Piano-voix.

Le serveur, bien vivant, apporte nos deux nids d'hirondelle. Je n'y touche pas.

J'ignore encore aujourd'hui quel goût ça a.

Ylian jouait. Jouait et chantait. Seulement pour moi.

*Quand le jour sera levé*
*Quand les draps seront lavés*
*Quand les oiseaux envolés*
*Du buisson où l'on s'aimait*
*Il ne restera rien de nous*

*Quand nos îles seront noyées*
*Quand nos ailes seront broyées*
*Quand la clé sera rouillée*
*Du trésor qu'ils ont fouillé*
*Il ne restera rien de nous*

*Laisse-moi un peu de toi*
*Une tranche, une branche, un pétale de ta fleur*
*Une miette, trois paillettes, un petit bout de ton cœur*

*Quand balancés nos festins*
*Aux poubelles du quotidien*
*Quand balayé mon destin*
*Aux poussières de tes matins*
*Que restera-t-il de nous ?*

*Quand rangés tous mes strip-teases*
*Sous la pile de ses chemises*
*Quand quittée la guerre promise,*
*Pour la paix des filles soumises*
*Que restera-t-il de nous ?*

*Laisse-moi un peu de toi*
*Une tranche, une branche, un pétale de ta fleur*
*Une miette, trois paillettes, un petit bout de ton cœur*
*Une part, de ton regard*
*Un éclat, de ta voix*
*Une larme, de ton charme*
*Une goutte pour la route*

*Quand nos sens seront interdits*
*Honnis, bannis, de nos mi-nuits,*
*Quand nos volets seront maudits*
*Quand nos mots-dits seront volés,*
*Que va-t-il de nous rester ?*

*Quand il n'y aura plus que distance, quand il n'y*
*aura plus que l'absence, quand il n'y aura plus que*
*silence, quand les autres auront gagné, quand tu*

387

te seras éloignée, quand il n'y aura plus de nous,
quatre murs de rien du tout, mais le ciel sera trop bas,
quand il n'y aura plus de toi.
Que restera-t-il de moi ? Que restera-t-il de toi ?

Laisse-moi un peu de toi
Une tranche, une branche, un pétale de ta fleur
Une miette, trois paillettes, un petit bout de ton cœur
Une ride, avant le vide
Un pour cent de ton sang

Quand nos derniers tours de manège,
seront premiers tours de ménage,
Quand le vol de nos cœurs en plumes,
coulera du poids de nos peurs enclumes,
Quand nos fous rires à la fourrière,
Quand nos soupirs à la soupière,
Que restera-t-il d'hier ?

Quand nos bouquets d'été, hier,
seront fleurs séchées des théières
Quand le feu des nuits insolentes,
ne seront plus qu'insomnies lentes,
Quand le jeu des matins de grâce,
ne seront plus que matinées grasses,
Quand la faim de nos toujours,
ne seront plus que jours sans fin
Que restera-t-il demain ?

Laisse-moi un peu de toi
Une tranche, une branche, un pétale de ta fleur
Une miette, trois paillettes, un petit bout de ton cœur
Une part, de ton regard
Un éclat, de ta voix

Une larme, de ton charme
Une goutte pour la route
Un morceau, de ton dos
Un chouïa, de tes bras
Une miette, d'oreillette
Une particule, de ventricule
Un petit bout de ton cœur
Une miette, trois paillettes
Un pétale de ta fleur
Une partie de ta vie
Une miette de ta tête
Un morceau de ton cerveau
Un extrait de tes traits
Un soupçon de ton front
Une ride, avant le vide
Un pour cent de ton sang
Rien qu'une goutte pour ma route,
Ma déroute, rien qu'une goutte
Une tranche, une branche, un pétale de ta fleur
Une miette, trois paillettes, un petit bout de ton cœur
Mais laisse-moi un peu de toi.

– 49 –

2019

— Georges-Paul ?

J'ai reconnu GPS, le steward dépasse d'une tête la horde des passagers qui grouillent et grondent. Tous les vols pour Jakarta sont annulés et tous ceux pour l'Asie du Sud-Est retardés. Des familles entières de Malaisiens, Sri-Lankais, Indiens se sont installées dans les halls de l'aéroport en attendant des nouvelles ; des touristes européens s'inquiètent pour leur départ aux Maldives ; des hommes d'affaires prétendent que le système bancaire asiatique, et par conséquence mondial, va s'écrouler s'ils ne peuvent pas rejoindre Singapour. Je me suis frayé un passage dans les couloirs de l'aéroport. J'ai prévu de rester une heure, montre en main. Ensuite, je reprends ma Jazz et je m'éloigne de Roissy.

Pour retourner à Porte-Joie ?

Pour me rendre à l'hôpital Bichat ?

Rien que d'y penser, la boule dans mon ventre grossit un peu plus encore.

Revoir Ylian ? Toutes ces années après s'être quittés.

Revoir Ylian avant que la vie ne le quitte ?

En aurai-je le courage ? Aurai-je la volonté de rompre ma promesse ? Aurai-je la force d'affronter mon plus grand démon, de le regarder dans les yeux ? D'être confrontée à ma culpabilité, celle qui m'a hantée pendant toutes ces années. Suis-je prête à laisser sortir ce ver qui me ronge, ce ver qui a grandi, ce ver prêt à me dévorer, et avec moi ma vie, ma famille, ma maison, tout ce que j'ai construit ?

Je crie plus fort.

— Georges-Paul ! Tu as des nouvelles ?

GPS nage à contre-courant et tente de me rejoindre.

— Non... C'est l'enfer ! Je sais seulement que Florence et Jean-Max sont partis avant-hier pour Jakarta, dans un vol humanitaire... (Il consulte sa montre un instant.) Ils... Ils doivent être à Bogor à l'heure qu'il est, à cinquante kilomètres au sud de Jakarta, c'est là qu'est installé le pont aérien d'où s'organisent tous les secours internationaux.

Je l'écoute à peine.

Ma décision est prise.

Je ne me rendrai pas à l'hôpital. Je ne pousserai pas la porte de la chambre d'Ylian. Je sais qui se tient derrière. Je sais qui m'attend.

— Tiens, fait Georges-Paul en me tendant un carton, si tu veux les appeler.

Un vol vers Singapour vient d'être annoncé. Le steward doit lutter contre une forêt de jambes, de valises à roulettes et de bras qui le bousculent, mais je parviens à attraper le papier sur lequel il a inscrit un numéro de portable local.

— Et Charlotte ?

J'ai posé la question avant que Georges-Paul ne se laisse entraîner par le flux des voyageurs.

— Aucune nouvelle !

Je me réfugie à l'abri, porte M, brusquement vidée de tous ses passagers, et j'appelle Flo. Dans une heure, je vais me faire confirmer qu'aucun vol ne partira aujourd'hui et que je peux rentrer chez moi.

— Nathy ?

Entendre ma collègue me fait du bien. La boule dans mes entrailles se dégonfle, un peu. Sa voix me paraît lointaine, hachée.

— Nathy, tu m'entends ? Qu'est-ce qui se passe à Roissy ?

Je lui résume rapidement la situation.

— Ouais, commente Flo. Ça ne peut pas être plus le bordel qu'ici ! Je suis dans le dispensaire de Bogor. J'ai dormi trois heures depuis que j'y suis arrivée. Jean-Max assure les liaisons Bali-Java et Java-Padang, cinq fois par jour. Les vivres et les premiers secours arrivent par là. Il a encore moins dormi que moi.

— Et... Charlotte ?

Tout de suite, je m'en veux d'avoir posé une telle question à Flo.

— Aucune nouvelle de cette salope ! Et je peux t'assurer qu'ici, j'ai autre chose à penser qu'à une pouf qui a voulu me piquer mon mari. Les Indonésiens manquent de tout. Putain, tu les connais, c'est le peuple le plus gentil de la terre. Près de trois cents millions d'habitants qui ne font jamais chier personne, qui ne font jamais parler d'eux, qui ne jouent pas au foot, qui ne courent pas après des médailles olympiques, qui ne nous abreuvent pas de films débiles ou de musique de merde. Jamais de guerre, jamais de faits divers, ils n'étalent même pas leur misère, près de trois cents millions de timides qui se contentent de regarder le monde se suicider, et faut que ce soit sur eux que la nature vienne s'acharner !

Malgré moi je souris. J'entends des rires d'enfants derrière elle. Des hommes qui parlent. Des femmes qui chantent. La communication est de plus en plus mauvaise.

— Je dois raccrocher, Nathy. Ça va bientôt être l'heure de la minute de silence. Je dois te laisser. Je suis désolée.

— Attends...

Des rires d'enfants. Des femmes qui chantent... Une hallucination vient de frapper mon cerveau. Une nouvelle illusion.

J'ai cru entendre, juste derrière la voix de Flo, des mots impossibles.

*When the birds fly from the bush*
*There will be nothing left of us*

Je suis immédiatement persuadée que, comme par enchantement, la pierre de temps se trouve à nouveau dans ma poche.

— Attends, Flo, attends.

Ma voix résonne dans le vide, Florence a déjà raccroché. Dans l'aéroport, une voix féminine annonce la fin de l'embarquement pour Manille. Je tente de me concentrer, de repasser la bande de cet appel qui a duré moins d'une minute. Je me fiche des mots de Flo, je veux réentendre les sons derrière elle, les chants des réfugiés dans ce dispensaire indonésien, ces bouts de phrases que j'ai cru saisir.

*Birds, bush, nothing left of us.*

Impossible ! Mon cerveau se fissure. Des souvenirs intimes du Great Garuda s'en échappent, viennent se superposer à ceux d'aujourd'hui, aux images télévisées des fenêtres de cet hôtel, brisées, de ses fondations, noyées. Je fouille mes poches, je fouille mon sac et je n'y trouve aucune pierre. Je reste un long moment, stupide, à hésiter entre rappeler Flo, m'en aller, rester. Des flux de voyageurs déboussolés continuent d'errer entre les portes.

Rappeler ?

Partir ?

Rester ?

Le téléphone sonne, m'empêchant de trancher. Une peur atroce me vrille le ventre. Laura ? Ma fille m'appelle pour m'annoncer la plus terrible de toutes les nouvelles ?

Numéro inconnu.

Je respire. Ce n'est pas elle, ni Olivier. Je décroche.

J'entends distinctement des réacteurs d'avion, une voix qui annonce le départ d'un Boeing pour San Francisco, avant qu'une voix familière ne s'exprime enfin.

— Nathalie ? Nathalie, c'est Ulysse !

Ulysse ? Sa voix essoufflée trahit une profonde panique.

— J'atterris à Roissy. Je viens de checker mes messages en descendant de l'avion. Crisse, je sais que t'es au courant, Nathalie. Ylian ne va pas survivre. A cause d'un salopard de chauffard. Peut-être même un assassin. Je venais l'aider à se reconstruire et je vais juste arriver à temps pour le voir mourir.

— ...

— Tu es où, Nathalie ? Je viens d'avoir l'hôpital Bichat. Le docteur Berger. C'est lui qui me tient informé depuis l'accident. Putain, il m'a dit... Il m'a dit qu'Ylie n'avait reçu aucune visite... aucune visite de toi.

J'imagine le gros corps d'Ulysse suintant de transpiration. Il doit pourtant suer moins que moi. Mon visage ruisselle, mon uniforme est trempé.

— Je...

— Laisse tomber, Nathalie. Me fais pas le couplet de votre vieux serment. J'ai entendu cent fois Ylian m'en parler alors qu'il crevait d'envie de t'appeler. Mais... mais on va arrêter avec ces conneries.

— Ou... Oui...

— Tu es où ?

— A... à Roissy. Terminal 2E. Porte M.

— J'attrape un taxi. J'attrape un taxi et je viens te chercher. On file à Bichat. On ne peut pas le laisser tomber, Nathalie. On ne peut pas !

## – 50 –

## 2019

— Laura, sais-tu quel est le comble de la solitude ?

— Aucune idée, papa.

La télé du salon est allumée. L'écran géant diffuse en boucle des images de Jakarta. Des vues panoramiques de champs de ruines sur des kilomètres de côte. Le littoral de la mer de Java ressemble à une maquette en allumettes sur laquelle un enfant en colère se serait acharné. Margot entre en claquant la porte, balance son sac de classe dans un coin de la pièce, puis s'avance vers son père et sa grande sœur.

— Réunion de famille, alors ? J'espère que c'est important. J'ai laissé mon chéri en plan pour revenir direct du lycée. On n'attend pas maman ?

Olivier semble obsédé par la télé. Aux images de réfugiés succèdent celles de foules colorées qui se rassemblent, se serrent, sur les Champs-Elysées, sur Piccadilly Circus, sur la Cinquième Avenue, place Tahrir, place Tian'anmen, place Rouge... Une marée humaine. Le commentateur précise que la minute de silence universelle en hommage aux victimes commencera à 20 heures précises, heure de Jakarta. Dans quinze minutes ici.

Olivier se tourne enfin vers Margot et Laura.

— Le comble de la solitude, les filles, c'est de respecter une minute de silence seul, chez soi. De se lever, de s'arrêter, comme tout le monde, mais que le silence continue après.

Margot hausse les épaules.

— Ça va, on est là, t'es pas seul, papa !

Laura saisit la télécommande sur le canapé, énervée. Coupe le son.

— Bon, qu'est-ce qu'il y a, papa ? Je suis un peu en mode overspeed, là. Je sors de Bichat. Je dois récupérer les jumeaux avant que leur nounou les abandonne sur le trottoir. Les faire manger avant que Valentin rentre de sa permanence et filer repasser la nuit à l'hôpital.

Olivier regarde attentivement ses deux filles. Puis s'arrête sur Laura.

— C'est de cela que je voulais te parler. De l'hôpital.

Laura soutient le regard de son père. La voix d'Olivier tremble un peu.

— Ma... maman m'a avoué. Tu l'as appelée tout à l'heure... Tu... Tu es au courant.

Laura ne réagit pas. Quelques années de garde aux urgences aident à affronter le pire sans laisser paraître la moindre émotion. A tenir. A s'effondrer après. Margot, moins expérimentée, explose sans retenue.

— Avoué quoi ? Au courant de quoi ? Vous complotez quoi tous les deux ?

Olivier continue de fixer Laura, comme si Margot n'avait pas parlé.

— C'est maman qui te l'a demandé, je suppose. Maman t'a demandé de veiller sur lui ?

Laura esquisse un sourire rassurant.

— C'est cela, papa ? Ce n'est que cela ? Son ami a été hospitalisé. Elle m'a demandé de prendre des nouvelles de lui.

Olivier fait quelques pas dans le salon. Margot se tortille, Laura se tient raide devant la porte. Olivier fait signe à ses filles de s'asseoir dans le canapé, elles hésitent à obéir mais son geste se fait plus insistant. Il attend qu'elles soient toutes les deux installées, côte à côte, face à la télé. Les yeux d'Olivier se posent à nouveau sur Laura, seulement Laura.

— Ce n'est pas un simple ami. Et je suis certain que tu l'as compris.

Puis il détourne le regard, incapable d'affronter la réaction de ses deux enfants. Il se raccroche à l'écran. Des caméras aériennes filment des foules en mouvement. Des rues, des drapeaux, des familles, qui marchent, s'agitent, communient. Même si aucun son ne sort de la télévision.

— Laura, Margot, j'espérais ne jamais avoir à vous en parler. J'espérais que vous seriez épargnées. J'espérais que c'était un passé qui ne ressurgirait jamais. Voilà. Maman a failli nous quitter. Tu n'étais pas encore née, Margot. Tu avais six ans, Laura. Maman a failli nous quitter, en revenant de Jakarta.

Olivier est incapable de se tourner vers ses filles, incapable d'observer leurs réactions. Peut-être pleurent-elles sur le canapé ? Peut-être sont-elles parties sur la pointe des pieds ? Il doit continuer. Aller au bout de son récit.

— Quand maman est revenue de Jakarta, elle est restée un long moment sans reprendre les vols. Son médecin l'avait arrêtée, il avait diagnostiqué une sorte de burn-out, c'est fréquent chez les hôtesses long-courriers. Votre maman pleurait souvent, parlait peu, ne répondait jamais, comme si elle s'ennuyait avec nous. Tu ne t'en souviens pas, Laura, tu étais trop petite. Puis un jour, maman m'a annoncé qu'elle partait. Officiellement, Air France lançait une nouvelle compagnie, une filiale indienne qu'ils rachetaient. Ils recherchaient des volontaires parlant anglais pour former des hôtesses en Inde, elle avait accepté. C'était très bien payé, et on avait besoin d'argent alors, c'est vrai. Mais c'était un prétexte. Un prétexte pour nous quitter. Pour réfléchir. De cela, Laura, tu dois te souvenir. De l'Inde. Tu me demandais si souvent, *elle rentre quand maman* ? Tu lui demandais aussi, chaque fois au téléphone, *tu reviens quand maman* ? Tu te souviens ? Tu te souviens forcément ?

Olivier s'interrompt, les yeux toujours fixés sur la télé. Il entend Margot renifler. Il entend la voix de son aînée.

— Oui. Je me rappelle, papa. Mais dans ma tête, maman est restée en Inde une semaine, peut-être deux, juste un peu plus longtemps que les autres voyages.

— Maman a pris beaucoup plus de temps pour réfléchir. Elle a hésité, pendant plusieurs mois. J'ai cru que nous l'avions perdue, mais elle est revenue. Sans doute grâce à toi, Laura. Un jour elle est revenue. Elle n'est plus jamais repartie. Et petit à petit, elle est redevenue gaie comme avant. Grâce à toi, Margot. Nous avons voulu avoir un second enfant parce qu'on s'aimait à nouveau. Et depuis, on n'a jamais cessé.

Laura est aussi blanche que le canapé. Margot pleure sans se retenir.

— Je... Je suis née combien de temps après ? demande Margot.

Olivier se tourne enfin vers ses deux filles, délaissant l'écran.

— Un peu moins de deux ans.

Plus personne ne parle. Margot pose sa tête sur les genoux de Laura, qui lui caresse les cheveux. La pendule égrène les secondes. A la télé, les foules commencent à s'immobiliser. La minute de silence est programmée dans moins de dix minutes. Margot rompt le silence entre deux sanglots. Des larmes coulent sur les jambes de sa sœur.

— C'est bizarre ces coïncidences, non ? Ce type pour qui maman a failli nous quitter, hospitalisé à Bichat. Et Jakarta maintenant. Jakarta où maman devait aller aujourd'hui.

D'où elle revenait quand tout est arrivé. L'Indonésie qui passe en boucle à la télé, ce pays dont on n'entend jamais parler...

Personne ne lui répond. La télévision montre les images d'un stade. Margot continue de soliloquer, de meubler la conversation, comme elle le fait souvent. Papa, lui, n'a jamais su meubler. Un comble pour un menuisier, c'était l'une de leurs blagues favorites, à égalité avec « Il est pas commode aujourd'hui, papa ». Une famille, ce sont des blagues partagées, pas des secrets.

— Ils préparent le concert à Wembley, fait Margot. Pour l'hommage aux Indonésiens.

L'écran de télé quitte le stade pour diffuser un clip. Les chanteurs défilent devant un micro, avant de tous reprendre en chœur un refrain. Aucun son ne sort de leur bouche, comme si tous leurs efforts étaient vains.

Laura prend la parole, enfin.

— Il s'appelle Ylian, papa. Ylian Rivière. Je lui ai parlé. Je lui ai dit que je suis la fille de Nathalie. Il... Il ne lui reste que quelques jours à vivre. Il est condamné. Les enquêteurs pensent qu'il a peut-être été assassiné. Il est conscient. Pour l'instant... Tu...

Laura hésite. Margot s'est redressée. Son regard oscille entre sa sœur et son père.

— Tu... tu ne veux pas aller lui parler ?

Olivier ne répond rien. Au moins, pense Laura, il n'a pas explosé à la proposition ! Elle insiste.

— Je crois que ce serait bien, papa.

Margot a cessé de les regarder se lancer une balle invisible, elle s'essuie les yeux et se concentre sur la télévision. Ses lèvres s'entrouvrent, elle chantonne.

*Leave me just a little bit of you.*

Personne ne l'écoute.

— Pour lui dire quoi ? demande enfin Olivier.

Laura prend une immense inspiration.

— Je... je crois qu'il a un grand... un très grand secret à te révéler.

A ce moment précis, sur le grand écran divisé en douze petits écrans, aux quatre coins de la planète, de New York à Shanghai, du Cap à Reykjavik, le monde s'arrête.

## – 51 –

## 1999

Les plus grandes tours de Jakarta sont éclairées le soir. C'est le seul charme des villes coloniales, construites trop vite. Trop tard. Sans histoire. Elles ne dévoilent leur beauté que la nuit, une beauté artificielle et agressive, celle des filles trop maquillées qui ne brillent que dans l'obscurité. Toute proche, dans la perspective de la fenêtre du vingt et unième étage du Great Garuda, la tour Monas est la plus fardée, bien davantage que le palais de l'Indépendance, les bâtiments administratifs de la place Merdeka ou le Pullman Jakarta.

Ylian se tient assis sur le lit, à un mètre de la fenêtre. Les projecteurs turquoise qui strient la nuit, braqués sur le Monas, ricochent dans la chambre, bleuissent les murs, le plafond, et plus encore sa chemise blanche, tel un écran vivant. Immobile pourtant.

Je suis assise derrière lui, je le serre, bras noués en bouée, corps de crabe échoué, accrochée à sa taille, en tenaille. J'ai pleuré toute la fin du repas, sur chaque note, sur chaque mot voix-piano. J'ai inondé les nids d'hirondelle, j'ai pleuré dans l'ascenseur, je me suis allongée tout habillée, j'ai pleuré sur l'oreiller.

— Je ne peux pas te quitter, Ylian. Te quitter c'est mourir. C'est ne plus vivre, à peine survivre. Te quitter, c'est accepter que tout soit vide. Aucune femme ne peut quitter un homme qui écrit des chansons comme tu les écris. Après une telle déclaration d'amour. Après...

— C'est une chanson d'adieu, Nathy. Pas une chanson d'amour.

La tour Monas est devenue rose, la chambre et la chemise d'Ylian rosissent aussi, comme par magie, comme si les vêtements de mon Bel au bois dormant changeaient de couleur sous l'effet des baguettes de fées. Chemise bleue, rose, scintillante.

Et transparente. Sous l'effet de mes gouttes d'argent. Peau apparente.

Mes larmes coulent et trempent le tissu blanc.

Ylian ne bouge pas. Son calme ne m'apaise pas. Je sais qu'Yl souffre autant que moi, même s'Yl tente de ne pas le montrer. Qu'Yl me protège. Qu'Yl se sacrifie. Une seule place dans la nacelle, l'un doit sauter. Une seule place sur le radeau, l'un doit couler. Je suis Rose, Yl est Jack, déjà tombé dans l'eau glacée. Je veux le rejoindre, enragée, sans pitié. Je n'accepte pas son sacrifice. Je veux me battre pour deux. Crier, lutter. Nous sauver. Tout sauver.

— Alors tu veux qu'on arrête tout ? Qu'il ne reste rien de nous ? Comme si rien n'avait existé, une nuit, un rêve, et pschitt, on se réveille.

— Ce n'est pas ce que dit ma chanson.

Sa chemise se pare d'étoiles qui dansent dehors sur les façades. Mes mains s'aventurent sous le tissu de nuit, en dégrafent les derniers boutons, caressent son torse pour en retenir chaque infime ondulation. Ylian ne réagit pas. Froid. Comme si l'eau gelée de la banquise le paralysait déjà. Et moi sur mon radeau. Dérivant. Déjà.

— Alors vas-y. C'est quoi ton contrat ? Ce truc qu'aucune femme n'a jamais fait... Parce qu'il faut aimer comme l'on n'a jamais aimé ? Tu ne me crois pas capable de ça ?

Sa chemise tombe. Enfin, Ylian se tourne vers moi. Yl est si beau. Les étoiles se sont retirées, fatiguées, la tour Monas se couvre d'or et son corps se cuivre, miel et caramel. Dans ma tête, je prie pour qu'Yl me propose la pire des folies. Que son atonie dissimule la plus incroyable des fantaisies. Qu'Yl me propose de nous jeter par la fenêtre, main dans la main, de boire juste avant une potion qui nous rende plus légers que l'air. Je rêve qu'il me sorte la clé de la porte secrète d'un monde parallèle, qu'il me tende un fil qui permette de tout rembobiner, depuis le début, avant que j'aie connu d'autres hommes, de détricoter ma vie et de la recoudre avec lui.

Je me colle contre Ylian. Ma peau blanche à son tour se peint de jaune trésor.

Sois magicien, Ylian. Jette-nous un sort. Transforme-nous en statues. On sera si beaux, plaqués d'or, prisonniers de nos corps. Jusqu'à la nuit des temps.

Sa main se pose sur mon sein, l'autre creuse le bas de mes reins. Yl m'embrasse, mais avant de poser ses lèvres sur les miennes, Yl se contente de me demander, une nouvelle fois :

— Laisse-moi un peu de toi.

# – 52 –

## 2019

Sting s'apprête à lancer une bonne vingtaine de fois son SOS quand l'animateur radio interrompt la chanson. Sans sommation. Le *message in a bottle* a dû se briser quelque part sur une planète lointaine, et l'animateur annonce que sur les ondes, comme partout ailleurs dans le monde, sera respectée la minute de silence en hommage aux victimes du tsunami en Indonésie.

Je n'entends plus que le bruit du moteur de la Mercedes Classe C.

Une voiture louée. Ulysse m'avait dit, *je saute dans un taxi*, et il est venu me chercher avec une voiture de location. Sur le moment, je n'ai pas fait attention.

Ni Ulysse ni moi ne parlons. Pas seulement à cause de l'autoradio muet. Je devine l'importance de l'hommage aux victimes en observant les passants immobiles devant les bureaux de Roissy Tech, les commerçants sortis de leurs boutiques sur le parking du centre Paris Nord 2. Une minute de recueillement, dont les secondes qui s'égrènent me transportent à une vitesse supersonique vers Jakarta, douze mille kilomètres plus loin, sept mille jours plus tôt. Une brève parenthèse qui suffit pourtant à faire défiler des images en accéléré, le restaurant panoramique du Great Garuda, un piano, les nids d'hirondelle noyés, dix étages de larmes, la tour Monas illuminée, ma promesse, mon infâme promesse, la pire folie de ma vie.

Une poignée de secondes qui s'étirent en éternité, tels ces jours, ces semaines, ces mois qui m'avaient semblé durer des années, à mon retour d'Indonésie, à ne plus savoir qui j'étais, à me contenter d'agir sans réfléchir. Cuisiner, lire, nettoyer, croiser Laura et Olivier, jouer sans rire, me coucher sans dormir. A ne plus oser dépasser le seuil de Porte-Joie. Le franchir, c'était partir. Pour ne jamais revenir. Il le fallait pourtant. Je l'avais promis à Ylian. M'enfuir. Ne pas réfléchir. Revenir ensuite. Plus légère. Amputée. Mutilée.

La circulation est fluide sur l'autoroute du Nord, la Mercedes file vers le boulevard périphérique.

La minute de silence prend fin brutalement. Sting renvoie son SOS to the World pile là où il l'a laissé. Un instant, j'espère que la chanson prochaine sera *Let It Be*, ou un morceau des Cure, mais non, c'est un tube de Johnny, *Je te promets*. Plus aucun fantôme ne vient me tirer par les pieds. Le souterrain secret entre présent et passé s'est refermé. Jakarta a été enfouie sous un déluge. Demain, un tremblement de terre engloutira San Diego. Un hiver glacial congèlera Montréal. Toute trace de vie antérieure sera effacée. Ma pierre de temps ne peut pas lutter. Elle a fait ce qu'elle a pu, puis elle a disparu.

La Mercedes s'approche du Stade de France. Nous serons à l'hôpital Bichat dans moins de trente minutes. Ulysse conduit sans prononcer un mot. Visiblement, il m'en veut de ne pas être allée visiter Ylian à Bichat. J'habite et je travaille à quelques kilomètres, lui a traversé l'Atlantique. Si tu savais, Ulysse. Si tu connaissais la puissance de la promesse que je dois trahir. Si tu mesurais la peur qu'il me faut dépasser. Alors merci, merci de me forcer la main, merci de me kidnapper pour m'obliger à affronter ce monstre tapi au fond de moi. Sans toi...

C'est à ce moment précis qu'Ulysse se décale.

Il ralentit, enclenche le clignotant pour indiquer qu'il quitte l'autoroute avant de s'engager sur le périphérique, et tourne sur la droite, plein nord, direction nationale 14. Ma route quotidienne !

— Bichat, Ulysse, c'était tout droit.

Je remarque seulement alors la destination enregistrée sur le GPS de la Mercedes. Pas l'hôpital Bichat, une adresse inconnue !

*36 rue de la Libération*
*Chars*

Chars ?

Je situe vaguement ce village, à une cinquantaine de kilomètres de Paris, une dizaine de la nationale que j'emprunte de Porte-Joie à Roissy. Qu'est-ce qu'Ulysse va faire, avec moi, là-bas ?

— J'ai promis à Ylian de faire un crochet chez lui, répond distraitement le producteur. Récupérer quelques affaires et lui apporter.

*Chars ?*

Ylian habite à Chars ? Je suis passée presque devant chez lui chaque fois que je me suis rendue à Roissy ? Ulysse continue de rouler, concentré sur la route. Je détaille la façon inattendue dont il est habillé, à laquelle je n'ai pas prêté attention avant : une veste grise impeccablement coupée, un pantalon tout aussi élégant, une chemise sombre... Rien à voir avec la tenue hawaïenne négligée qu'il portait il y a quelques jours à Los Angeles. Pourquoi un tel changement ? Pour Ylian ? Parce qu'il a choisi de venir en France en portant... un costume d'enterrement ?

Ulysse ne parvient pas à masquer des signes de nervosité, malgré ses efforts. J'observe sa main qui s'agace à chercher le levier de vitesse, habitué qu'il est depuis des années aux boîtes automatiques des voitures américaines, les fines gouttes de sueur qui coulent sur ses tempes grises, son gros ventre calé sous le volant qui ballotte comme un sac, ses paupières qui cillent trop, ce mouchoir blanc qui dépasse de sa poche. Ulysse a-t-il pleuré ?

Il vient d'apprendre que son ami est condamné ! Un ami dont il prend des nouvelles depuis toutes ces années. Je me rends compte que je ne sais rien d'Ylian. A part son travail, dans une Fnac parisienne. J'imaginais Ylian habitant une garçonnière d'artiste, sous un toit de Montmartre, dans un appartement du Marais, un HLM de la Goutte-d'Or, mais jamais je n'aurais pensé qu'il puisse se cacher dans le pavillon d'un village de la grande périphérie de Paris.

Pas Ylian. Pas lui.

Y bricolait-il ? Entretenait-il un jardin ? Sortait-il le chien ? Invitait-il ses voisins ?

Pas Ylian, pas lui.

Nous traversons la forêt du Vexin. Les routes, les croisements, les ronds-points, les bourgs se succèdent. Calmes. Ordinaires. Presque déserts.

Ableiges. Santeuil. Brignancourt.

Encore trois kilomètres. La main droite d'Ulysse lâche le levier de vitesse pour saisir son mouchoir et s'essuyer le front.

*Vous êtes arrivés à destination.*

Ulysse se gare devant une minuscule maison, à l'écart des pavillons voisins. Le jardin est étroit. La descente de garage assez raide. Les murs recouverts de crépi beige. On devine que l'espace habitable doit être à peine plus grand qu'un appartement de trois pièces, réparti sur deux étages, un grenier et une cave. De la taille d'une maison de coron, sans les voisins collés, simplement plus isolée, entourée d'une petite cour pavée. Je n'arrive pas à croire qu'Ylian ait pu vivre là. Je dois pourtant me rendre à l'évidence. Ulysse s'est arrêté devant la boîte à lettres et le nom est inscrit à moins d'un mètre de mes yeux.

*Ylian Rivière*

Ulysse laisse le moteur tourner. Je ne comprends pas pourquoi, je ne me pose pas la question. J'en ai bien d'autres qui occupent mon esprit. Ce nom de famille d'abord, étrangement familier. Puis cette maison. Qu'est-ce que je croyais ? Qu'Ylian habiterait dans un palais ? Non, bien entendu... Mais je n'arrive pas à admettre que depuis des années, j'ai vécu dans un chalet de bois en bord de Seine, tellement plus poétique que ce pavillon de béton. Que j'étais bien, chez moi. Et pas grâce à moi ! Grâce à Olivier. Uniquement grâce à la patience et aux mains d'or d'Olivier. Je continue d'observer les volets écaillés, les touffes d'herbe entre les pavés, les tuiles rouges délavées, les cache-moineaux fissurés. Si j'avais tout abandonné pour Ylian, aurais-je pu vivre dans un endroit aussi froid ?

Dans l'habitacle de la Mercedes, la radio est toujours allumée. A Johnny ont succédé des écrans de publicité, trois fois plus longs que la minute de silence. Ulysse n'a toujours pas coupé le contact, comme passionné par l'annonce des prix discount pratiqués par les grandes chaînes d'hypermarchés. Il semble plus nerveux que jamais. Son visage est trempé de sueur. Son mouchoir ne suffit plus à l'éponger. Je l'observe chercher à décoincer son ventre sous le volant pour fouiller dans le vide-poches. A la recherche des clés de la maison d'Ylian ?

Car personne ne nous attend derrière ses volets, je veux m'en persuader.

— Alors, c'est ici qu'Ylian vivait ?

Ulysse fait comme s'il ne m'avait pas entendue, continue de chercher. Parce qu'il m'en veut ? Il est le parrain de notre histoire. Il nous a laissés entrer au concert des Cure, à Montréal. Il m'a demandé de ne jamais abandonner Ylian. Je repense à ses insinuations, à Los Angeles. Tout est à cause de moi. L'accident avenue des Ternes. Son boulot alimentaire. Cette maison de misère ?

— Oui. C'est ici… admet enfin Ulysse.

A la radio, l'animateur s'est mis à discuter. Il s'emballe pour le mythique concert de Wembley, ce soir, le plus important depuis USA for Africa en 1985. Toutes les légendes du rock en seront. J'ôte ma ceinture de sécurité, je pose la main sur la poignée, je vais sortir de la Mercedes quand Ulysse me retient. Il augmente le volume du son, je comprends qu'il veut que j'écoute la radio.

Pour quelle foutue raison ?

Trois notes de piano.

Mon cœur se bloque.

Trois notes de piano que je reconnais entre toutes.

Une voix hurle dans ma tête que c'est impossible.

La voix d'une star que je n'identifie pas chante les premiers mots.

*When the sun rises, when the sheets wash up*

Je les traduis en français, hypnotisée.

*Quand le jour sera levé, quand les draps seront lavés*

Mes oreilles me trahissent, communiquent de fausses informations à mon cerveau. Ce que j'entends n'a aucun sens. Ce sont les paroles de notre chanson, celle qu'Ylian a composée pour moi au Great Garuda de Jakarta. Je suis la seule à la connaître, gravée à jamais dans le secret de mes pensées. Cette mélodie, ces mots ne peuvent pas passer à la radio !

Ulysse est toujours penché vers le vide-poches. Il me tourne le dos mais me demande pourtant :

— Tu n'as toujours pas compris ?

— Com… Compris quoi ?

Je ferme les yeux.

*When the birds fly from the bush, there will be nothing left of us*

Je continue de traduire les mots qui sortent de l'autoradio.

*Quand les oiseaux envolés, du buisson où l'on s'aimait, il ne restera rien de nous*

Mes mots. Nos mots. Volés. Violés.

— Je suis désolé, murmure Ulysse. J'ai tenté de conserver le secret pendant toutes ces années. Mais toutes les digues ont sauté. Je ne pouvais pas prévoir. Ce raz de marée en mer de Java, cette chanson dont ces foutues rock stars ont fait un hymne, ce *Tribute for Indonesia* qui commence à passer en boucle sur toutes les radios. Qui aurait pu imaginer ça ?

— Quel secret, Ulysse ?

— Seules trois personnes au monde sont au courant, Nathalie. Les deux premières ne peuvent plus parler. Il ne reste plus que toi.

J'ignore tout de ce secret. Les couplets continuent de défiler.

*When our islands are drowned, when our wings are down*
*Quand nos îles seront noyées, quand nos ailes seront broyées*

— Qu'est-ce que tu me caches, Ulysse ?

— Entre, entre dans la maison d'Ylian. Je t'expliquerai à l'intérieur !

*When the key is rusty, from the treasure they desecrate*
Une colère gronde dans ma tête.

*Quand la clé sera rouillée, du trésor qu'ils ont fouillé*

J'essaie de parler plus fort que cette musique, que ces paroles qui me rendent dingue.

— Non, Ulysse. Je ne sors pas. Tu vas m'expliquer ça. Ici. Et maintenant.

J'entends Ulysse rire, un rire un peu forcé que je prends pour une sorte de défi. Enfin, il se redresse, il a trouvé ce qu'il cherchait.

A leur tour, mes yeux me trahissent.

Impossible de croire ce qu'ils voient.

Ulysse tient un revolver braqué sur moi.

Dès que je pousse la porte, dès que j'entre dans la maison d'Ylian, les larmes, sans prévenir, inondent mes yeux. Mon regard se pose un peu partout sur la pièce que je découvre, oubliant un instant cette arme qu'Ulysse braque dans mon dos et le flux de questions qui s'entrechoquent. Pourquoi Ulysse m'a-t-il entraînée jusqu'ici ? Pour me révéler quel secret ? Puis me tuer ?

La pièce n'est pas grande. Une vingtaine de mètres carrés, comprenant une kitchenette, un comptoir de bar et un canapé défoncé recouvert d'un madras orangé. L'évidence m'étreint. Oui, Ylian habitait ici !

Ce pavillon de Chars, au fond, ressemble à Ylian, timide et banal en façade pour mieux dissimuler l'originalité de sa personnalité. Cette pièce est un musée !

Mes yeux se posent tour à tour sur les posters punaisés aux murs, JJ Cale à Tulsa, Stevie Ray Vaughan à Montreux, Lou Reed au Bataclan, sur les cartons de vinyles posés à même le sol, sur les caisses de CD, sur les guitares adossées aux murs ou contre les enceintes plus hautes que les trois chaises de bar, sur les partitions éparpillées sur la table, sur les *Rock & Folk* empilés sur une autre chaise, pour s'arrêter sur la casquette écossaise rouge accrochée à la patère la plus proche de la porte, comme si Ylian n'était sorti que le temps d'une éclaircie, entre deux nuages, et allait rentrer dès que le ciel aurait changé d'avis.

Oui, Ylian s'est enfermé ici ! Pour y vivre sa passion, à l'abri. Pour y écouter de la musique, celle des autres. Pour y jouer sa musique aussi, sans les autres.

Ulysse me fait signe de m'asseoir sur une des chaises de bar. Sans me proposer à boire. Lui choisit le canapé de madras. Il s'installe confortablement, face à moi. Plus aucune goutte de sueur ne trahit sa peur. Son visage semble plus détendu que dans la Mercedes, comme si avoir ôté son masque de producteur protecteur l'avait libéré. Il continue de pointer son revolver vers moi.

— J'ai tout fait pour qu'on n'en arrive pas là, Nathalie. Je pensais le secret bien gardé. Il l'a été, pendant des années. Il y avait si peu de chances qu'il puisse s'échapper.

Perchée sur ma chaise haute, je le défie du regard. Une brève seconde, avant de regarder ailleurs. Bizarrement, même menacée par son arme, je me sens forte. J'observe les trois portes fermées. Elles s'ouvrent sûrement sur une salle de bains, une chambre, une autre chambre ? Ylian vivait-il seul ici ? Je brûle d'envie de me lever et de fouiller. Je devine qu'Ulysse attend que je le questionne, je ne vais pas lui offrir ce plaisir. Pas tout de suite, du moins. Je me tais. Ulysse s'en étonne. S'enfonce un peu plus dans le canapé, et poursuit son récit.

Tu te souviens, Nathy, ce soir-là à Jakarta, au restaurant du Great Garuda, j'étais là. Je dînais à quelques tables de vous avec des producteurs indonésiens. Tout s'est déroulé de façon extrêmement simple. Ylian s'est dirigé vers le piano. Un des producteurs, un certain Amran Bakar, a aimé la chanson qu'Ylian a chantée. Il a eu le réflexe de l'enregistrer et m'a proposé de l'acheter. J'ai accepté. Rien n'était prémédité. Dans les jours qui ont suivi, je n'ai pas eu l'occasion d'en parler à Ylian. Tu en conviendras, il était particulièrement préoccupé... Les semaines d'après, j'ai zappé, j'ai négligé de l'informer et de le faire signer. J'étais alors un imprésario sans une roupie en poche, je survivais comme je pouvais en enchaînant les contrats pourris. Vendre les droits d'une mélodie à un obscur producteur en Indonésie n'allait pas bouleverser ma situation économique, ni celle d'Ylian. C'est ce que je croyais. C'est vraiment ce que je croyais.

Ce salaud s'arrête. Il temporise pour que je craque. Pour que je l'interroge. Il veut se nourrir de ma colère, il a besoin de ma violence pour justifier la sienne. Après m'avoir tout expliqué, me liquider. Je résiste encore. Je laisse s'étirer le silence, jusqu'à ce qu'un son sourd le rompe. Le bruit provient de derrière l'une des portes. Celui d'un meuble qu'on gratte. Mon premier réflexe est de penser à un animal enfermé. Un chien ? Un chat ? Ulysse se remet immédiatement à raconter ses saloperies, plus fort, comme pour couvrir le bruit.

— Ça va peut-être t'étonner, Nathalie, mais il y a aussi de la musique en Indonésie. Des radios, des chanteurs, des concerts. Il y a de la musique dans tous les pays de la planète et, presque toujours, les chanteurs les plus populaires chantent dans la langue que les gens comprennent, ils sont d'incroyables stars chez eux et de parfaits inconnus ailleurs. Personne en dehors du monde francophone ne connaît Hallyday, Sardou, Balavoine ou Goldman. Peux-tu me citer un chanteur polonais ? Russe ? Mexicain ? Chinois ? Bref, tout ça pour t'expliquer qu'à l'exception de quelques divas américaines de la pop et quelques groupes de rock anglais qui saturent les radios et les télés du monde entier, il n'y a rien de plus cloisonné sur terre que la variété !

Je perçois maintenant distinctement les grattements. Ulysse lui aussi les entend, forcément. Il ne réagit pas. Aucun chat n'est capable de griffer aussi fort que ça...

— L'Indonésie, Nathalie, c'est deux cent soixante millions d'habitants. Le pays le plus peuplé au monde derrière l'Inde, la Chine et les Etats-Unis. Quatre fois la population de la France ! Le calcul est vite fait, non ? Un tube en Indonésie, c'est les royalties d'un Sardou, d'un Goldman ou d'un Johnny, multipliées par quatre ! Amran Bakar, le producteur, a fait interpréter la chanson d'Ylian, sans en changer une note, sans en changer une parole, simplement en la traduisant, par Bethara Singaraja, une des chanteuses indonésiennes les plus populaires. Elle avait déjà vendu plus de soixante millions de disques. Avec *Sedikit kamu*[1], elle en a vendu environ dix millions de plus. Pas grand-chose pour elle, elle a continué d'aligner de nouveaux tubes depuis, elle doit approcher les cent millions de rondelles aujourd'hui.

Ne pas l'écouter, ne même pas lui offrir le plaisir de hocher la tête. Me concentrer sur ce bruit derrière la porte. Un chien ? Un gros chien ? Un... Un être humain ?

Ulysse tousse. Ce salaud de Frère Laurent poursuit sa confession, cherchant à me convaincre que tout s'est enchaîné sans qu'il puisse résister, une vague implacable sur la mer de Java née d'un microscopique clapotis. S'il espère mon pardon...

— J'aurais dû en parler à Ylie, Nathalie. J'aurais dû. L'argent tombait, mois après mois, année après année. *Sedikit kamu* était devenu un classique en Indonésie. Les radios locales continuaient de le diffuser. Dix millions de disques vendus... Ostie ! Pas un chanteur en France ou au Canada n'atteint ça aujourd'hui ! L'argent pleuvait... @-TAC Prod se portait de mieux en mieux, et elle est rapidement devenue l'une des filiales les plus rentables de Molly Music, ce label que j'ai créé et dont je suis aussi le patron. (Ulysse marque une très brève respiration, pour savourer la surprise qu'il lit

---

1. Un peu de toi.

sur mon front.) C'est moi, Nathalie, le requin qui a racheté tous les autres, au 9100 Sunset Boulevard ! Je t'ai accueillie devant le food truck, et joué ma petite mise en scène de producteur raté, pour ne pas te mettre la puce à l'oreille. Je n'allais pas te recevoir dans mon bureau de soixante mètres carrés ! Les types cravatés qui passaient devant nous et saluaient poliment le gars qui s'empiffrait de hamburgers, ce sont mes employés. Je suis devenu une référence dans le métier, quelques disques de platine, des concerts dans le monde entier. Je ne suis pas à la tête d'une major, mais pas loin.

Ulysse souffle une nouvelle fois. Il espère quoi ? Que je sois impressionnée ? Mon absence de réaction ne le déstabilise pas et il poursuit son récit sur le même ton, entre fierté et regrets.

— Tu commences à comprendre, Nathalie ? Plus je grossissais et moins je pouvais revenir en arrière. Que pouvais-je faire ? Tout avouer. Rembourser. Je m'étais piégé... Et surtout, qui aurait pu deviner ? Ylian vivait à Paris, avait renoncé à sa carrière. Jamais cette chanson ne dépasserait les frontières de l'Indonésie. Jusqu'à... Jusqu'à ce foutu tsunami.

Ulysse m'interroge des yeux. Je résiste à l'envie de me lever, de lui balancer ma chaise à travers la figure. Il me menace toujours avec son arme, mais osera-t-il tirer ? Enfoncé dans le canapé, le producteur semble plutôt proche de s'assoupir à force d'émailler son récit de justifications qui me donnent la nausée. Derrière la porte, les grattements se sont arrêtés, laissant imaginer que le prisonnier, homme ou animal, a renoncé.

— Un concours de circonstances, Nathalie. Un stupide concours de circonstances. Après le tsunami, devant les images des rivages indonésiens dévastés, des âmes bien intentionnées ont eu l'idée d'un vaste élan de solidarité, type USA for Africa, Chanteurs sans frontières ou Band Aid... Un disque, un concert. Quelques producteurs anglais se sont penchés sur le patrimoine musical indonésien pour chercher une chanson exportable, et sont tombés sur *Sedikit kamu*, qui changeait un peu des insupportables mélodies asiatiques habituelles. Ils ont traduit les paroles en anglais et ont décidé d'en faire un hymne. Sans même me demander mon avis ! Le coup était parti, et compte tenu du contexte, il aurait été malvenu de leur coller un procès... Crisse, il ne restait plus qu'à négocier (le regard d'Ulysse s'allume, me fixe comme s'il espérait trouver dans le mien une expression, n'importe laquelle, répulsion ou admiration). Par respect des victimes du tsunami, je leur ai fait un prix d'ami ! Après tout, la situation présentait quelques avantages... De dix millions de disques vendus, on risquait de passer à cent millions, et même quelques milliards de vues sur Internet. Je me voyais mal laisser filer cette chance. Une chance inouïe... et seulement un ennui : la chanson commençait à être diffusée sur les radios. De temps en temps d'abord, souvent ensuite, un matraquage inarrêtable bientôt. Ylian n'était pas idiot. Il aurait compris.

Il n'y a plus aucun bruit derrière la porte. Le prisonnier s'est endormi. Ou nous écoute. Mon regard se pose avec délicatesse, comme pour ne pas les abîmer, sur les disques d'Ylian, les guitares d'Ylian, les partitions d'Ylian. Je serre les poings, les dents, le cœur. Je commence à réaliser tout ce qu'Ulysse lui a volé.

Bien davantage qu'une chanson. Bien davantage qu'une fortune.

Mes yeux glissent sur l'enceinte la plus proche de moi, à peine deux mètres, et s'arrêtent sur un cendrier négligemment posé dessus. Pourrai-je l'attraper ? Basculer de ma chaise haute, lui balancer ce cendrier de pierre entre les deux oreilles ? Ulysse, concentré sur le poster de JJ Cale accroché derrière moi, n'a rien remarqué.

— Ylian était doué, tu sais. Plus que ça sans doute. J'ai un peu mis la pédale douce sur son talent, quand nous avons discuté de lui à Los Angeles, il y a dix jours, mais je peux te l'avouer aujourd'hui, je crois qu'il avait du génie. Je crois même que c'est de cette graine de génie, autant que de lui, que tu es tombée amoureuse. Je vais même aller plus loin, ma chérie, je suis certain que si tu étais restée avec lui, il aurait composé d'autres chansons, pour toi. Qu'il aurait percé, un jour ou l'autre. (Ulysse ne me regarde plus, ses yeux sautent de poster en poster, Montreux, Tulsa, le Bataclan, Wembley, l'Olympia.) En vérité, c'est toi qui l'as abandonné. C'est toi qui as fait de lui un raté. Il était trop timide pour rechercher la célébrité, mais au fond de lui, il n'espérait qu'une chose. La postérité... Et il l'aura. Grâce à moi, il l'aura...

— C'est toi qui l'as assassiné ?

Ulysse sourit. Il a gagné, j'ai craqué. Il baisse la main qui tient son revolver, la pose sur son genou. Ma chaise haute tangue, très légèrement. Ma main rampe sur le comptoir du bar, vers le cendrier.

— Oui Nathalie, oui... Mais là encore, c'est toi qui as tout déclenché. Quand tu m'as appelé, en revenant de Montréal. J'étais à Paris, pas à Los Angeles, pour négocier les droits de traduction de cette foutue chanson. Ton appel m'a été transféré. Tout se bousculait. Tu voulais parler à Ylian, de toute urgence, sans rien pouvoir m'expliquer. J'ai immédiatement pensé que tu avais entendu le *Tribute for Indonesia* à la radio. Tu ne me soupçonnais pas, pas encore, mais vous seriez forcément remontés jusqu'à moi. De toute façon, le compte à rebours était enclenché. Même si je me trompais, que tu ne l'avais pas encore entendu, un jour ou l'autre, vous seriez tombés dessus. Le calcul était simple, Nathalie. Seules deux personnes au monde la connaissaient. Seules deux personnes pouvaient me démasquer. Ylian et toi...

Ma chaise ne tient plus que sur deux pieds. Ma main gagne encore quelques centimètres vers le cendrier, sans qu'Ulysse s'en aperçoive, regard bloqué sur la casquette rouge d'Ylian. Je parle doucement, pour l'occuper sans qu'il tourne les yeux vers moi.

— C'est toi qui as essayé de me tuer ? A San Diego. C'est toi qui as payé ces types pour me faire taire ?

Un rire gras le secoue. J'ai l'impression que sa main ne tient quasiment plus l'arme posée sur ses genoux.

— Pas assez… Pas assez, tu vois. Ils devaient te suivre, attendre la bonne occasion, faire passer ça pour une agression. Mais ces crétins ont tout foiré.

Foiré ? Je revois la lame du couteau s'enfoncer dans la gorge de Flo, Jean-Max foncer avec sa Buick Verano dans le Chevy Van, les deux salopards, Te-Amo Robusto et Altoid, s'enfuir. Ainsi, Ulysse avait tout commandité. Les aveux du producteur ne m'offrent pourtant que quelques bribes d'explication, ne m'apprennent rien sur le reste, l'inexplicable, le surnaturel, les folles coïncidences. La pierre de temps. Plus tard. Plus tard. D'abord faire payer ce monstre. Faire basculer ma chaise et, dans le même mouvement, saisir le cendrier, lui fendre le crâne. Cette ordure ne s'est pas assez méfiée… Ulysse ressemble à un gros chat perdu dans ses souvenirs sur le point de s'endormir.

Maintenant !

La chaise tombe. Je saute, rétablis mon équilibre, m'accroche à l'enceinte et referme ma main sur le carré de pierre. Je n'ai pas le temps d'esquisser le moindre geste supplémentaire. Le revolver d'Ulysse est braqué sur moi. Le chat ne dormait pas.

— Doucement, doucement, ma belle.

Ma main relâche le cendrier.

— Rassure-toi, Nathalie. Je ferai tout cela plus proprement que ces crétins du Chicano Park. Ça aura l'air d'un accident. Tu ne souffriras pas.

Il se lève avec difficulté du canapé, en prenant soin de ne jamais faire varier la direction de son revolver. Droit sur moi. Le chat est devenu sadique et joue avec sa proie.

— Ah, tu l'aurais davantage connu, ton Ylian... Il n'était pas du genre à entretenir avec soin une maison, tu vois. Pas vraiment bricoleur. Un artiste, quoi... Tant d'accidents domestiques pourraient être évités avec un peu moins de négligence. Une somme de petits détails tout bêtes. Une minuscule fuite de gaz, que personne n'a remarquée, qui s'est amplifiée pendant qu'Ylian était hospitalisé. Des fils électriques dénudés. Un court-circuit, dès que quelqu'un appuiera sur la sonnette d'entrée. Et tout sautera. Boum ! On retrouvera sous les gravats le corps de sa maîtresse. Surprise ! Les tourtereaux étaient rusés. Qui aurait pu soupçonner qu'ils se revoyaient ? Tant d'années après.

Le chat gras en ronronne presque de plaisir. Je résiste à l'envie de me jeter sur ses griffes. Qu'il me balance une balle en plein cœur, rien que pour faire foirer son petit plan parfait. Ma haine s'accroît encore quand je le vois, sans lâcher son revolver, fouiller dans mon sac à main posé sur la chaise et en sortir mon téléphone portable. Il sourit en observant l'hirondelle noire dessinée sur la coque rose.

— A ton avis, Nathalie, qui sera le premier à voler à ton secours ? Ton gentil mari ? Ta fille aînée ? Ta fille cadette ? Qui appuiera en premier sur cette sonnette ? Après qu'ils aient tous reçu le même SMS de détresse, à cette adresse ?

Je le défie du regard.

— Tu es fou !

— Oh non. Riche, oui. Cupide, si tu veux. Sans cœur. Ambitieux. Mais pas fou ! Allez, suis-moi !

Il désigne de la pointe de son canon l'une des portes du salon. Celle derrière laquelle j'entends gratter. Je marche la première, je tourne la poignée. Une violente odeur de gaz me saisit la gorge dès que j'ouvre la porte.

Ce n'est pourtant pas ce qui m'inspire le pire dégoût.

Je déglutis, retenant un haut-le-cœur.

Je me trouve dans une chambre et un corps gît inanimé sur le lit. Un corps que je reconnais.

Charlotte.

Bâillonnée. Menottée. Pieds liés.

Ulysse me pousse pour que j'avance. Impossible de résister. Je remarque un objet tombé sur le parquet, un minuscule caillou, qui roule jusque sous le lit quand mon pied le heurte.

Ma pierre de temps ?

Je me retourne, Ulysse se tient sur le seuil de la chambre, dominant l'encadrement de toute sa carrure. Revolver toujours pointé.

— Que fait-elle là ? Tu... Tu l'as...

— Non, je te rassure, elle s'est juste un peu asphyxiée à sans cesse s'agiter. Un peu d'eau, deux claques, et elle reviendra à elle. Tu m'excuses ? Je dois vous laisser, il faut que j'aille à l'hôpital dire au revoir à Ylian. Veiller à son chevet jusqu'à ce que tout soit terminé.

L'odeur de gaz me tourne la tête. Je ne comprends plus rien. Je hurle, Charlotte sursaute sur le lit, sans ouvrir les yeux.

— Explique-moi, au moins. Qu'a-t-elle à voir avec ça ?

Ulysse ne me répond pas. Il se contente d'agiter mon téléphone. Comme si ce seul pari l'amusait. Qui, d'Olivier, Laura ou Margot, accourra le premier ? Pour tout faire exploser.

— Merde, Ulysse, pourquoi t'en prends-tu à cette gamine ?

Mon regard se perd sur un des posters scotchés au mur. Tokio Hotel. Ulysse consent enfin à me parler.

— Si tu as été bien attentive, dans la Mercedes, je t'ai précisé que trois personnes étaient au courant pour la chanson. Pas deux, pas seulement Ylian et toi. Trois...

Tokio Hotel. Black Eyed Peas. The Pussycat Dolls. Et ce nom de famille, Ylian Rivière. Je ne comprends pas. Je ne veux pas comprendre. Je ne veux pas le croire.

— Souviens-toi, Nathalie. La première fois que tu m'as vu, dans les coulisses du Métropolis. Souviens-toi, je ne t'avais rien demandé. C'est toi, toi seule, qui m'as fait une promesse !

– 54 –

1999

Les spots, désormais émeraude, dessinent des ombres de feuillages sur les muscles d'Ylian. Soulignent ses pectoraux, allongent ses biceps, brunissent les veines de son cou. Ylian est au-dessus de moi. Ses lèvres vont et viennent, passent de mes joues à mon cou, de la mèche de mon front à la pointe de mes seins. Je suis emprisonnée sous lui, la plus sensuelle des prisons. Son ventre cogne au mien, mes cuisses s'enroulent autour des siennes, seul son sexe n'épouse pas le mien. Je le sens me frôler, s'écraser contre mon pubis, s'élever à nouveau, se rapprocher encore.

Entre deux baisers, Ylian m'a répété :

— Laisse-moi un peu de toi. Si je ne peux t'avoir. Si on ne doit jamais se revoir.

Mon ventre est en feu. Mon sang est en lave. Mes pensées ne sont plus que terres brûlées.

Que je te laisse quoi, nom de Dieu ? Je ne peux pas me partager en deux.

Dis-moi, Ylian, dis-le-moi.

Mes yeux supplient, les spots verts se collent à ma rétine, comme si plus jamais leur bleu ne pourrait retrouver sa pureté, Ylian les embrasse. Mon ventre s'ouvre. Ylian, enfin, avec une infinie douceur, y entre. Sa voix murmure, à peine plus audible que mes premiers soupirs.

— Un enfant. Donne-moi un enfant.

Puis Ylian cesse de bouger. Yl reste simplement en moi, immobile et rigide. Ses yeux eux aussi se figent. Sans avoir besoin de parler, je sais ce qu'ils expriment.

*Aucune femme ne l'a jamais fait. Parce qu'il faut aimer comme personne n'a jamais aimé.*

Je ne réponds pas. Que répondre ? Ylian murmure, d'une voix plus douce encore.

— Si tu me le demandais, je le ferais pour toi.

C'est vrai. Je le sais.

Ylian a posé sa tête sur mon sein.

Un homme peut faire cela. Un enfant à une femme, en acceptant de ne jamais le revoir. En ayant juste la certitude que cet enfant existe, quelque part. Laisser la femme jadis aimée l'élever.

Une femme peut demander cela. Ou plus souvent encore, l'ose sans le demander. Faire un enfant, seule. Pour supporter la séparation avec l'homme adoré qu'on doit pourtant laisser partir. Un petit être à élever. Un peu de lui. Oui, les hommes font cela, acceptent cela, en sont sans doute même fiers. Laisser un petit peu d'eux à une femme qui l'élèvera mieux qu'eux, qui possède de l'amour pour deux.

La tête d'Ylian écrase mon sein. Le sexe dur d'Ylian s'est endormi dans mon vagin.

Mais une femme peut-elle accepter cela ? Si c'est elle qui doit partir ? Laisser son bébé à son amant. Pour que du plus bel amour pousse le plus bel enfant.

Un enfant qu'elle n'élèvera pas. Qu'elle donnera. Que jamais elle ne reverra.

Tu as raison, Ylian. Aucune femme n'a jamais fait cela. Tu es fou, le plus fou de tous les hommes.

Je crois que les mots qui suivirent sortirent de mon cœur. Je crois que je ne les ai pas prononcés, mais que l'oreille d'Ylian posée sur ma poitrine les entendit. Ils surgirent sans réfléchir. Comme une évidence.

— Je le ferai, Ylian. Je le ferai pour toi.

A la force des bras, doucement, Ylian décolle son torse du mien. Seuls nos ventres sont désormais reliés. Son dos ondule. Je m'accroche à lui. Sa force cogne au plus profond de moi.

Je sais qu'Ylian sera un merveilleux papa. Je sais que notre amour est à la hauteur de cette offrande. Je sais que je vais souffrir le martyre, que toute ma vie je penserai à cet enfant vivant. Mais que si je ne l'offre pas, c'est un amour mort qui toute ma vie occupera mes pensées. Une absence, je pleurerai une absence. Mais pas le vide.

Mes pensées s'accrochent aux étoiles. Les murs de la chambre se couvrent d'argent. Le plaisir me submerge. Libéré. Comme si déjà, une partie de moi s'abandonnait à l'amant qui explose en moi. Ce n'est pas si compliqué, pour une fille de l'air. Il me suffira d'aimer encore et encore Ylian dans les jours qui viendront, puis de m'éloigner quelques mois. D'accoucher quelque part, loin. Puis de partir, sans me retourner. Jamais.

Ylian s'effondre sur moi. Aussi lourd que je suis légère. Comme déjà lesté du poids de sa responsabilité. Nous restons un long moment silencieux. J'ai eu peur qu'Ylian recule. J'ai eu peur qu'Ylian renonce. J'ai eu peur qu'Ylian regrette. C'est moi qui insiste.

— Je vais te le donner, Ylian. Je te le promets. Le plus merveilleux des bébés. Puis on ne se reverra jamais. On ne se donnera plus jamais aucune nouvelle. Sinon, ce sera trop cruel. Trop cruel pour nous. Trop cruel pour lui.

— Pour elle, murmure Ylian.

*Pour elle ?*

Je souris. Je sais que je vis l'instant le plus beau de ma vie. Un soir de magie auquel succédera un désespoir infini.

— Tu es certain que ce sera une fille ?

Ylian lui aussi sourit. J'adore les rides qui naissent au coin de ses yeux.

— Certain ! Je t'ai menti, je veux que tu me laisses beaucoup de toi.

Yl fixe avec la précision d'une caméra mes yeux, mes cheveux, mon nez, ma bouche, la pointe trop fine de mon menton. Je devine qu'il imagine le visage d'une enfant qui me remplacerait. Qui me ressemblerait.

— Beaucoup de toi, répète Ylian. Et un peu de moi.

— Ou beaucoup de toi et un peu de moi ?

Ylian me mordille l'oreille.

— Ou rien de nous et beaucoup de ma grand-mère sibérienne qui était naine, barbue et bossue.

J'éclate de rire. Ylian, en moi, durcit déjà.

— Sais-tu comment tu l'appelleras ?

Yl avoue.

— Oui. Oh oui... Elle portera le prénom de notre première fois.

❋

❋  ❋

*Sometimes I'm dreaming*
*Where all the other people dance*
*Come to me*
*Scared princess*

– 55 –

## 2019

Je me souviens. Robert Smith avait posé sa guitare à côté de lui et chanté, presque a cappella. Parfois, je rêve.

Tous les autres, à l'envers de nous, du premier au dernier rang, dansaient.

Je n'en menais pas large, petite princesse apeurée.

Pas davantage que mon chevalier.

Nous tremblions de ce qui nous arrivait. Un chemin s'ouvrait, nous ignorions où il menait.

Notre union. La séparation. Ta conception.

Tout commença par une chanson. L'une des plus belles jamais écrites, disait Ylian.

Charlotte. *Charlotte Sometimes.*

J'avais pris la main d'Ylian sur ces paroles, pour la première fois. Ces paroles tirées du livre de Penelope Farmer, *Charlotte Sometimes*, qu'Ylian lisait dans l'avion, la première fois.

*Charlotte. Toujours Charlotte.*

Comment n'ai-je pas pu faire le rapprochement ?

Parce que je ne voulais pas t'imaginer, petite ou grande, blonde ou brune, fine ou boulotte ?

Parce que je ne voulais pas deviner la couleur de tes yeux ?

Parce que je ne voulais pas chercher sous quel prénom Ylian t'avait baptisée ?

Parce que j'aurais trop souffert si j'avais punaisé dans ma tête une image, si j'avais accroché à l'envers de mon front un prénom, parce que tu ignorais tout de ta maman, ta maman qui t'avait abandonnée sept jours après ta naissance, dans cette clinique de Bruxelles où j'avais pris un appartement à mon retour d'Inde.

Charlotte est toujours allongée sur le lit. Endormie.

Je me souviens. Je me souviens de tout, Charlotte. De tes premiers pleurs, de tes premières tétées, de mon dernier baiser sur ta peau de bébé, avant de te laisser aux bras de ton papa, parce qu'Yl serait le seul être au monde qui te protégerait désormais, petite princesse apeurée.

Ton papa. Et ton parrain parfois.

Je me souviens, Ulysse refusant de nous laisser entrer dans les backstages du concert des Cure, au Métropolis, puis se laissant enfin convaincre, *ça fait des années que je n'ai pas vu deux chums être autant focussés l'un sur l'autre*, nous encourageant, *faites-nous une ribambelle de flos,* et moi de l'embrasser, *vous serez le parrain du premier.* Le parrain est devenu mafieux. Cette filleule qu'il avait protégée, aujourd'hui, il la sacrifiait. Après avoir assassiné son père. Puis condamné sa mère.

Je me souviens, de tout. Mais toi tu ne te souviens de rien.

Nous sommes enfermées dans une chambre ordinaire, mais barricadée avec soin. La fenêtre est condamnée par des barreaux de fer scellés, empêchant d'ouvrir les volets cloués. La porte de la chambre elle-même a été cadenassée à l'aide d'une barre d'acier. Impossible de s'échapper ! L'odeur de gaz me tourne la tête, je me force à respirer lentement.

Dans le coin opposé de la pièce, je remarque un petit évier. Une simple vasque, une serviette, une brosse à dents, un gobelet. J'avance, je tourne fébrilement le robinet, je trempe la serviette d'eau froide et je remplis le verre. J'asperge Charlotte. Une fois, deux fois, trois fois. Je frictionne son visage. Avant de nous abandonner, Ulysse a ôté son bâillon, délié ses pieds et ses mains, pour que tout ait l'air d'un accident quand la maison s'écroulera.

Elle réagit enfin. Tousse. Ecarquille les yeux. Se recroqueville de peur, avant de me reconnaître. Je continue, la fais boire, beaucoup. J'ai également trempé les draps du lit et la couverture. Je m'humidifie la figure, je me force à respirer dans les tissus mouillés. Je m'agite. Je cogne à la porte. Je frappe aux fenêtres. On ne peut pas rester ainsi, à attendre qu'une explosion de gaz soulève la maison.

Je m'excite. Hystérique.

Charlotte me lance un regard froid.

— Calme-toi. Il n'y a personne dans le lotissement. Personne ne nous entend. Je le sais, j'ai grandi ici. (Charlotte pose son regard sur les barreaux de fer et les volets cloués.) Ma chambre n'a pas toujours été aussi barricadée qu'aujourd'hui... Mais ça ne m'a pas empêchée de m'y sentir prisonnière.

Charlotte se lève avec difficulté et tousse. Elle attend quelques secondes de maîtriser son équilibre, puis s'avance jusqu'au bureau de la chambre. Elle se penche sur une petite chaîne hi-fi posée sur le meuble, modèle années 2010, en forme de tour permettant de lire plusieurs clés MP3 à la fois. Charlotte paraît très fatiguée. Ses doigts jouent avec les touches argentées. *On. Off.*

— Prisonnière est peut-être un peu exagéré... Isolée... Solitaire... Une fille unique élevée par son papa. Gâtée par son parrain.

Je ne réponds rien. Son index appuie sur la touche *Eject*, elle retire avec calme le disque placé sur le lecteur et le range dans un boîtier.

— Ulysse m'a offert ce lecteur pour mes dix ans. D'après lui, on ne trouvait ce bijou de technologie qu'en Californie. C'est sur cette chaîne que j'ai écouté les Black Eyed Pies pour la première fois. Papa détestait ! Ulysse revenait à Paris presque pour chacun de mes anniversaires. Avec des disques inédits plein les valises qu'ils écoutaient toute la nuit avec papa. Je croyais que c'était par amitié. Papa aussi le croyait. Alors que c'était uniquement pour nous surveiller. Pour être bien certain que papa n'avait pas envie de reprendre la route et sa guitare... Peut-être pour soulager sa conscience aussi. Ulysse n'était pas encore un assassin, juste un voleur. Avec les millions de dollars qu'il gagnait grâce à une unique chanson composée par papa, il pouvait bien offrir quelques gadgets à sa filleule.

Charlotte prend une profonde inspiration, puis d'un geste soudain, balaie le bureau de son bras. La chaîne hi-fi bascule, tous fils arrachés, pour exploser sur le sol. Charlotte se tord en deux, tousse à m'en rendre folle. Je me précipite, colle un drap humide sur son visage. La pousse doucement vers le lit.

Elle accepte, s'assoit. En prenant soin d'éviter tout nouveau contact physique avec moi. En prenant soin d'éviter tout nouveau regard échangé. Sa toux se calme petit à petit, pour laisser place à un silence que je n'ose pas briser. Charlotte se mouche dans le drap mouillé, j'imagine sa trachée irritée, je souffre le martyre pour elle. Enfin, elle s'exprime, les yeux baissés, d'une voix étouffée.

— Papa m'a tout avoué le jour de mes dix-huit ans. Je le harcelais depuis des années. Qui est ma mère ? Pourquoi ne m'a-t-elle pas élevée ? Quand tu seras grande, Charlotte, quand tu seras plus grande. Je cochais les mois, les semaines, les jours, jusqu'à celui de ma majorité. Ça y est, papa, je suis grande ! Il a tenu sa promesse. Il m'a tout raconté. Ici, assis sur ce lit. Tu es une enfant de l'amour, Charlotte, il a commencé ainsi son récit, du plus bel amour qui ait pu exister. C'est cet amour qui a donné à ta mère la force de te laisser.

Je cherche à croiser les yeux de Charlotte. Impossible. Toujours dirigés sur ses genoux, ils semblent veiller à ce que le jeu trop nerveux de ses dix doigts ne dégénère pas. Sa voix prend de la force, petit à petit.

— Je t'ai tout de suite détestée, mais je n'arrivais pas à complètement haïr papa. Je me taisais, je l'écoutais, je serrais les poings. Je savais déjà que dès qu'il aurait terminé son histoire, je partirais. Mais toi, je te maudissais.

Mes yeux se couvrent de larmes. J'attrape à mon tour un drap mouillé. Je le tends à Charlotte qui le repousse.

— Papa m'entourait de ses bras. Plus il parlait, plus je me raidissais. Alors il insistait, il accumulait les détails, tous les détails, des sentiments, des émotions, pour me prouver à quel point votre putain d'amour était exceptionnel, à quel point j'avais été désirée. Et plus il en rajoutait, racontait tout, Montréal, San Diego, Barcelone, Jakarta, et plus je trouvais cela atroce, plus que cela même, monstrueux. Abandonner sa fille. Accepter de ne jamais lui donner de nouvelles. Il m'a dit que tu avais une famille, une fille un peu plus vieille que moi. Je lui ai demandé de me laisser dormir. Je commençais une fac de psycho à l'époque. Le lendemain, je lui annonçais que je ne rentrais pas dormir. Je couchais chez Kevin, un copain. Je ne suis jamais rentrée à Chars depuis. J'ai abandonné la fac. L'idée a germé, jour après jour. Passer le concours d'hôtesse de l'air, te retrouver, t'approcher, apprendre à te connaître sans que tu te doutes de mon identité, t'apprivoiser, en prétendant que je sortais avec Jean-Max Ballain par exemple, te faire réagir, te faire souffrir aussi, reprendre toute l'histoire depuis le début. Peut-être espérais-je en changer la fin... Même si papa a été un papa parfait. Je n'ai manqué de rien.

Pour la première fois, elle relève les yeux vers moi, et répète en me fixant :

— De rien !

Elle est secouée d'un spasme, entre crampe et toux, crache dans la serviette trempée. J'esquisse un geste, j'ouvre mes bras. Charlotte a un mouvement de recul et continue d'une voix un peu éclaircie.

— J'ai surtout pensé que c'était la meilleure solution pour que tu rompes ton serment ! Te faire revivre ton passé. La seule façon pour que tu appelles papa. C'est d'ailleurs ce qui s'est passé, non ? Tu l'as appelé ! Il t'aurait répondu, bien entendu, il t'aurait répondu. Si Ulysse ne l'avait pas...

Charlotte baisse à nouveau les yeux. Je m'éloigne, marche dans la pièce, tourne en rond, dans notre prison. Etrange prison, chambre de toutes les passions. Celles d'une petite fille, d'une ado, d'une jeune adulte, dont j'ignore tout. Sur une étagère, à l'opposé du bureau, je déchiffre les titres des livres rangés, trois *Quête d'Ewilan*, sept *Harry Potter*, treize *Orphelins Baudelaire*, une collection complète de Roald Dahl, autant de livres que j'ai adoré faire découvrir à Margot et Laura, que Charlotte a dû dévorer toutes ces années, seule, sans maman pour lui lire au bout de son lit. Au-dessus de l'armoire, je remarque des poupées et des peluches entassées, un ours, un kangourou, un panda. Des doudous qui ont dû consoler Charlotte depuis sa petite enfance et dont je ne connaîtrai jamais les noms.

L'odeur de gaz est de plus en plus forte. Mes yeux me piquent. Charlotte tousse pourtant de moins en moins, comme si elle s'habituait. Comme si les mots l'anesthésiaient.

— Je crois que les gars du planning d'Air France aiment bien les petites blondes souriantes dans mon genre. Ça n'a pas été difficile de choisir le lieu et la date de mon premier stage de formation, pour me retrouver assise à côté de toi pendant six jours, ni de te mentir un peu sur mon âge pour ne prendre aucun risque. Ça a été encore plus simple de les convaincre, en prétextant une histoire de pari, d'inscrire sur les mêmes vols une bande de vieux amis, Flo, Jean-Max, toi et moi... Montréal, Los Angeles, Jakarta, dans cet ordre, juste une fois, juste un mois ! Je les avais bien briefés, top secret ! Tout le monde, même Flo, a cru que c'était Jean-Max qui avait tout arrangé. Pour le reste, il m'a suffi d'être patiente et discrète, de regarder le calendrier de la tournée des Cure, et de planifier notre vol pour Montréal le bon jour, de choisir une table bancale chaque fois qu'on s'asseyait, de monter au mont Royal un peu avant toi pour y abandonner un sac qui ressemblait au tien, de glisser dans la conversation avec Georges-Paul, Sœur Emmanuelle, Jean-Max ou Florence, quand tu n'étais pas là, des informations qui te reviendraient tôt ou tard aux oreilles, prendre un pot aux Fouf Electriques, se faire coiffer chez La P'tite Hirondelle, aller au cinéma voir *La vie est belle*. Ça n'a pas été plus compliqué à San Diego de demander au serveur du Coyote, dans l'Old Town, de servir ta Margarita dans le gobelet *Just Swallow it* caché dans mon sac. De déplacer tes papiers d'identité de ton sac à main à tes valises et de glisser dans ton portefeuille la photo de la Soldadera. Ou même de retrouver sur Facebook Ramón, le trompettiste de Los Páramos, et de lui demander de garer le vieux Chevy Van qui dormait dans son jardin, à Chula Vista, dans le Chicano Park, en souvenir du bon vieux temps. Plus simple encore à Barcelone, je n'ai eu qu'à convaincre Batisto de reprendre son costume de statue vivante sur les Ramblas, à peine quelques heures, d'être en place au moment où tu passais...

Je repense à cette phrase que Charlotte a prononcée, dans l'avion Paris-Montréal, cette citation d'Eluard. *Il n'y a pas de hasard, il n'y a que des rendez-vous.* Un aveu, déjà, à peine voilé...

Je me lève.

Désormais, c'est moi qui titube.

Le gaz brûle ma gorge, mes narines, mes canaux lacrymaux, mais jamais mes idées n'ont été aussi claires. Javellisées. Karchérisées. Tout a l'air si simple une fois expliqué. Quelques mots prononcés par Charlotte ont suffi. Rien de surnaturel, aucune magie. Rien que quelques petits tours d'illusion, savamment programmés, habilement exécutés, et Charlotte avait parié que mon esprit ferait le reste, fabriquerait de fausses connexions, se perdrait dans des méandres d'hypothèses insensées, mêlerait le faux et le vrai, les hasards trafiqués et quelques véritables coïncidences qui s'imbriqueraient dans la manipulation, *Let It Be* qui passe à la radio, un passager qui revient d'Indonésie et chante *Leave me just a little bit of you,* puis un autre, sur le vol Los Angeles-Paris.

Je sens le regard de Charlotte me suivre. Comme libérée d'avoir parlé. La javel coule dans ma gorge, incendie mon palais. Les mots que formule mon cerveau semblent se dissoudre avant d'atteindre ma bouche.

*Je suis désolée, Charlotte, je suis tellement désolée.*

Je lève les yeux au-dessus du bureau, là où trônait la chaîne hi-fi avant de finir en pièces détachées, vers un cadre photos. Je vois Charlotte grandir, quatre ans, six ans, dix ans, quinze ans, Charlotte toute potelée, toute mouillée, accrochée à une bouée, Charlotte sur un vélo à roulettes, Charlotte qui offre son sourire timide à un peintre place du Tertre, Charlotte cachée derrière un masque de plongée sur la plage d'une mer grise bordée de falaises, Charlotte accrochée au bras d'un garçon dans le train de la mine d'Eurodisney, Charlotte qui souffle ses bougies d'anniversaire, Charlotte déguisée en sorcière, Charlotte sur un scooter, Charlotte entourée de copines que je n'ai pas connues, Charlotte piquant des fous rires que je n'ai pas partagés, Charlotte devenant femme, après mille petits chagrins que je n'ai pas consolés.

Des larmes coulent de mes yeux, brûlent mon visage, un goutte-à-goutte acide ravinant mes rides. Des crevasses de vieillesse express. Je me retourne. Pour la première fois, mon regard croise celui de Charlotte. Pour la première fois, des mots parviennent à s'échapper de la nuée ardente qui me consume.

— Je te demande pardon, mon bébé. Pardon. Pardon. Pardon.

Charlotte ne me répond pas. Mais elle ne détourne pas les yeux. Elle se contente de se lever. De vérifier, elle aussi, les barreaux scellés, les volets cloués, de sonder la porte cadenassée.

— Combien de temps ? demande Charlotte. Combien de temps avant que tout saute ?

— Aucune idée... Quelques minutes ? Une heure ? Ulysse a tout prémédité pour qu'on puisse croire à un accident.

Je m'agrippe aux barreaux de fer de la fenêtre. Impossible de les faire bouger.

— Ce sera un peu louche, non ? Retrouver deux corps dans une chambre dont toutes les issues sont bouclées.

Charlotte hausse les épaules.

— La chambre est inoccupée depuis plus d'un an. Dans le quartier, tout le monde a pris l'habitude de se barricader.

Nous essayons encore pendant quelques minutes de trouver une issue, la moindre faille dans notre prison, puis nous renonçons. Charlotte fait couler de l'eau dans l'évier, s'asperge le visage, ne referme pas le robinet.

— Pendant toutes ces années, continue-t-elle, je me suis confiée à Ulysse. Je lui téléphonais à Los Angeles. C'est vers lui que je me suis réfugiée quand je suis partie d'ici. Il était au courant de tout. Pour toi. Pour nous. Je suis allée le voir à son bureau de Sunset Boulevard, il y a dix jours, juste après toi. Comment aurais-je pu deviner qu'il jouait un double jeu ? Qu'il engagerait des types pour te suivre jusqu'à San Diego. Qu'il n'hésiterait pas à me faire disparaître moi aussi, dès qu'il a eu la certitude que je pouvais reconnaître cette chanson... Qu'il... qu'il n'avait pas hésité à faire taire papa.

Charlotte pose ses mains en calice sous le filet d'eau et s'éclabousse à grands jets. Elle tourne vers moi son visage de larmes noyées.

— Comment aurais-je pu deviner ?

Tu ne pouvais pas, mon bébé. Pas davantage que moi. Mais les dernières confidences de Charlotte ont fait naître une autre question. Charlotte était avec moi à Los Angeles, alors que déjà, Ylian était hospitalisé. Pourquoi ? Pourquoi ne pas avoir annulé son vol ? Qui est resté pour garder son papa ?

J'ose demander :

— Tu as laissé ton père seul à l'hôpital ?

— Non... Non, il n'était pas seul.

Un instant, j'imagine ce dont personne ne m'a parlé. Ce qu'aucun indice ne laisse deviner, mais qui apparaît pourtant si logique. Une femme dans la vie d'Ylian. Une maman de remplacement pour Charlotte. Même par intérim. Je hoquette ma question.

— Qui ?

— Une personne de confiance. De grande confiance. Elle, je ne lui en voulais pas.

Un nouveau hoquet.

— Qui ?

— Je l'ai rencontrée à Bichat. Dans la chambre où papa est hospitalisé. Elle est un peu plus vieille que moi.

*Qui ?*

Je tente de boire cul sec mon gobelet d'eau. Ça ne passe pas, je m'éclabousse, recrache, et répète.

— Qui ?

Charlotte baisse la voix.

— Ma sœur. Enfin, ma sœur à moitié. Je... Je lui ai tout raconté. Elle sait. Depuis qu'Ylian a été renversé. J'ai tout dit à Laura.

Combien de temps avant que la maison explose ?

Quelques minutes ? Une heure ?

Ma vie, elle, c'est déjà fait !

Laura ! Au courant de tout. De mon infidélité, d'une fille cachée.

Laura qui idéalise tout, qui organise tout, Laura et sa vie de famille si bien réglée, Laura tellement à cheval sur ses principes que j'ai eu si souvent peur qu'elle tombe de sa selle. Pourtant non ! D'après Charlotte, elle a encaissé. Laura a assuré. Elle a simplement voulu protéger son père, son père et Margot, se charger de leur annoncer, quand il le faudrait. Il fallait d'abord veiller sur Ylian. L'infirmière avait vite repris le dessus. Les filles uniques sont des bourriques, les filles cadettes des pipelettes, mais les filles aînées sont en acier trempé.

Je repense à mon anniversaire sur la terrasse de Porte-Joie, cette enveloppe, mon cadeau, le voyage à Barcelone. Encore une impossible coïncidence... Qui s'expliquait !

— C'est toi qui as convaincu Laura, pour ce voyage à Barcelone ?

— Uniquement la destination. Le voyage, elle en avait déjà l'idée.

Je repense à la pierre de temps disparue, à Barcelone, entre le parc Güell et la pension dans l'Eixample. J'étais seule avec ma famille. Avec la disparition du galet gris dans mon jardin, c'est ce qui m'a définitivement convaincue de sa magie... ou de ma folie. Ainsi, Laura me l'avait dérobée, en Catalogne, comme Charlotte s'en était chargée au Québec et en Californie, quelques jours auparavant. Seul le mystère de la disparition du galet gris, au pied du mur près de la Seine, reste entier... Peu importe, une seule chose compte : Laura et Charlotte, mes deux filles, complices.

Comment pourrait-il en être autrement ? Chacune veut forcément tout connaître de cet autre amant de leur maman, cet amant si différent. On a toujours peur que les secrets de famille soient éventés, par peur d'être condamnés, mais les questionnements des proches reposent sur la curiosité, jamais sur un procès.

Je ressens soudain une immense bouffée d'amour pour Laura. Ainsi, elle aussi a hérité d'une part de ma fantaisie ? Pas seulement la rigueur et la sagesse de son père. Elle aussi est capable d'une telle cachotterie ! J'ai également une pensée pour Margot, Margot née un peu plus d'un an après Charlotte, Margot qui ne sait encore rien de sa demi-sœur, Margot si proche de son père et en conflit perpétuel avec sa mère. Parce qu'inconsciemment elle avait deviné qu'il existait un autre bébé, et qu'elle n'est venue au monde que pour le remplacer ?

Sans prononcer un mot, je m'allonge sur le sol et me mets à ramper. Charlotte me regarde sans comprendre. Je me glisse jusque sous le lit. Mes mains fouillent dans le noir, accrochent la poussière, soulèvent les moutons, je me surprends à penser à ces moments où j'aurais pu me disputer avec Charlotte pour un aspirateur trop rapidement passé, avant que mes doigts se referment sur le petit galet.

Je me tortille pour ressortir. Je tends la main à ma fille. Je l'ouvre.

Dans ma paume brille la pierre de temps.

— C'est pour toi. Il paraît que grâce à elle, on peut retourner réparer les erreurs du passé.

— …

— Pour quelques minutes au moins. Peut-être même une heure.

Charlotte fixe le galet. Longuement. Elle hésite, elle hésite vraiment. Puis enfin, sa figure s'éclaire. D'un coup, tous ses traits s'adoucissent. Un sourire illumine son visage, j'y reconnais pour la première fois celui de son père. Sa main se pose sur la mienne, elle est chaude, légère, puis lourde lorsqu'elle saisit la pierre, alors que la mienne peut enfin s'envoler. Alors que mon cœur peut enfin recommencer à battre, lui qui s'est arrêté il y a presque vingt ans.

J'ai le sentiment que plus rien de mauvais ne peut m'arriver, quand j'entends ces trois mots, ces trois mots que je croyais égarés à jamais.

— Merci. Merci, maman.

# – 56 –

## 2019

Ulysse peste contre les voitures qui bouchonnent devant lui dans le parking de l'hôpital Bichat. Uniquement des vieux ! Des vieux tout seuls ou des couples de vieux ! Et que je mets dix minutes à récupérer mon ticket. Et que je roule à deux à l'heure dans les travées. Et que je m'y reprends cinq fois avant de me garer. Ils ne peuvent pas venir directement en ambulance ?

Ulysse finit par déboîter, doubler une Picasso Xsara, slalomer, puis souffler une place à une Mamie Panda pas assez réactive en s'engageant dans une allée à contresens. Désolé, y a urgence ! Une fois le moteur coupé, son premier réflexe est de saisir le téléphone portable rose posé sur le fauteuil passager.

Ulysse étouffe un juron. Personne ne lui a répondu. Il relit le message qu'il vient d'envoyer au mari et aux filles de Nathalie.

*C'est moi. Je me suis encore fichue dans de sales draps. J'ai besoin que vous veniez me chercher. Rien de grave mais c'est urgent et compliqué. Et important. Je vous expliquerai sur place. Je suis 36 rue de la Libération à Chars. Chez Ylian. Ylian Rivière.*

*Compliqué, important... Rien de grave mais c'est urgent.* Chaque mot est pesé. Le piège est parfait. Ils vont se précipiter !

Ulysse a passé des heures à tout mettre en place dans la maison de Chars : les fils dénudés qui provoqueront un court-circuit dès que l'on appuiera sur la sonnette d'entrée, les étincelles qui allumeront en cascade les amorces installées un peu partout dans les pièces, avant que le gaz souffle tout, et que l'incendie efface le reste.

Maintenant que tout est en place, Ulysse se force à ne plus y penser. Il a hâte que tout soit terminé. Que les derniers témoins ne puissent plus parler. Qu'il n'existe plus qu'une vérité. Ylian n'a jamais composé cette chanson, pas plus qu'aucun autre musicien connu. Cet hymne est son unique propriété. Un tube légendaire dont lui seul détient le secret. Et les droits !

Tout en sortant de la Mercedes, il consulte à nouveau le téléphone portable de Nathalie. Il s'amuse à relire le texto anonyme qu'il lui a envoyé il y a deux jours, *Ne va pas à Jakarta*, puis se reconcentre sur son appel au secours.

*C'est moi. J'ai besoin que vous veniez me chercher.*

Qui se précipitera en premier ?

Margot ?

Olivier ?

Laura ?

*<br>* *

Margot va poser ses lèvres sur celles de Marouane quand la sonnerie d'un message sur son portable carillonne. Marouane reste la bouche ouverte, yeux clos, attendant son bécot, sans se rendre compte que Margot l'a abandonné pour lire son texto. Un message d'une de ses copines est sacrément plus urgent que de faire des bisous à un mérou ! C'est ainsi qu'elles surnomment Marouane au lycée, avec sa crête et son nez épaté de bébé qui regarde les écrans de trop près.

— Merde, c'est maman !

*C'est moi. Je me suis encore fichue dans de sales draps. J'ai besoin que vous veniez me chercher.*

— Putain, quelle plaie ! peste Margot.

Marou le Mérou finit par réaliser que s'il continue d'avancer, lèvres ouvertes, yeux fermés, il finira par embrasser la vitre de l'abribus (et de s'y écraser le nez, mais ça, il est habitué). Il ouvre ses yeux globuleux.

— Tu réponds pas ?

— Si, attends, je lis.

*Rien de grave mais c'est urgent et compliqué. Et important. Je vous expliquerai sur place.*

Qu'est-ce que mam' a bien pu encore inventer ? Depuis ce matin, question secrets de famille, Margot a donné ! Un moment, elle a même cru qu'on allait lui annoncer qu'elle était une gosse adoptée. Genre abandonnée à sa naissance et trouvée sur le bord de la Seine dans une corbeille d'osier.

*Je suis 36 rue de la Libération à Chars. Chez Ylian. Ylian Rivière.*

*Chars ?* Jamais entendu parler !

Margot clique pour géolocaliser le village. C'est à soixante-dix bornes du lycée ! Qu'est-ce que mam' espère ? Qu'elle va se téléporter ?

— Faut que tu y ailles, c'est ça ? s'inquiète Marou le Mérou.

Margot range le téléphone dans sa poche, sans taper de réponse.

— C'est rien. Elle pète un peu un câble, ma mère, en ce moment. J'espère que je ne finirai pas aussi cinglée…

Elle attrape soudain Marouane par le col, plaque ses deux mains à plat sur ses joues pour lui ouvrir la bouche, puis colle ses lèvres en ventouses, langue en avant. Elle reprend son souffle entre deux apnées, et trouve le temps de philosopher.

— J'ai mieux à faire que de perdre mon temps avec mes parents. L'amour, faut faire le plein quand t'as dix-huit ans si tu veux pas tomber en panne quand t'en auras le double, voire le triple !

*
\* \*

Olivier déteste les feux rouges. Il déteste la ville aussi. Il déteste la foule. Il ne déteste pas les gens, pris individuellement, mais peut-on encore parler d'humanité quand les gens sont entassés dans des rames de métro ou dans des rangées de bagnoles qui s'écoulent aussi vite que les grains dans un sablier ? Son téléphone est accroché au tableau de bord. Souvent, quand il doit quitter son atelier et rouler, Olivier occupe le temps en téléphonant aux clients. Le message le cueille au moment où le feu passe au vert.

*C'est moi. Je me suis encore fichue dans de sales draps. J'ai besoin que vous veniez me chercher.*

Nathy ?

Un connard pile devant lui ! Il a failli l'emplafonner. Le temps que le carrefour se débloque, Olivier a eu le temps de lire une phrase supplémentaire.

*Rien de grave mais c'est urgent et compliqué. Et important. Je vous expliquerai sur place.*

Nom de Dieu !

Ça klaxonne derrière. Olivier est encore à Saint-Denis, planté au milieu du carrefour Pleyel. Il accélère, s'engouffre dans le boulevard Ornano, déclenche son clignotant à la recherche d'une place où il pourrait stationner en double file, tout en accordant un dernier regard au GPS, comme pour lui dire, *désolé mon vieux, ma femme est plus importante que toi.*

Olivier parvient à se garer, mal, en se faufilant entre une place handicapé et un passage piéton, et déchiffre fébrilement la fin du message.

*Je suis 36 rue de la Libération à Chars. Chez Ylian. Ylian Rivière.*

Olivier reste immobile un moment, puis donne un violent coup de poing dans le volant.

Ylian Rivière. Encore lui ! Qu'est-ce que Nathalie fiche là-bas ? Chez lui ? Alors qu'aux dernières nouvelles, le guitariste attendait les derniers sacrements à l'hôpital Bichat. Sous la surveillance attentive de Laura, sa propre fille...

Ça ne s'arrêtera donc jamais !

Il repense aux mots de Laura, après sa confession de ce matin, *tu ne veux pas aller lui parler ? je crois que ce serait bien, papa. Il a un grand... un très grand secret à te révéler.* Il hésite. Une moto frôle le Kangoo, le motard lève un bras d'honneur en signe de mauvaise humeur. Impossible de rester stationné là. Que faire ?

Se rendre à cette adresse ? Histoire de saccager la maison du guitariste... Ou se rendre directement à Bichat, histoire de l'étrangler ?

Olivier vérifie dans le rétroviseur que personne ne le double et poursuit sa route jusqu'au prochain feu rouge. Il a pris sa décision. Il se connaît, il se sait incapable de la moindre violence, même envers l'amant de sa femme. Encore moins capable de tuer...

Mais s'il s'agit simplement de le regarder crever !

Après que ce guitariste lui aura lâché son grand, son si grand secret...

Merci Laura !

Olivier coupe son téléphone portable et se penche à nouveau vers le GPS, comme pour lui dire, *désolé, mon vieux, finalement, c'est toi qui avais raison.*

*
*  *

Laura a déjà les deux mains occupées. Un jumeau dans chaque, Noé dans la droite, Ethan dans la gauche, et le trousseau de clés coincé entre les dents. Et cette nounou qui râle parce que Laura est venue les chercher avec trois minutes de retard ! Purée, nounou, c'est quand même une sorte de profession libérale, non ? Et après, on va se foutre de la gueule des fonctionnaires ? Qu'ils y viennent, tiens, faire le taf des infirmières ! Et Ethan qui pleurniche parce qu'il veut rester avec Nanny Sophie, et Noé qui a faim, et ce foutu téléphone qui vibre dans sa poche !

Laura colle un gosse de chaque côté, harnachés aux sièges bébé, et peut enfin décrocher.

*C'est moi. Je me suis encore fichue dans de sales draps. J'ai besoin que vous veniez me chercher.*

C'est la série ! Maman, maintenant !

*Rien de grave mais c'est urgent et compliqué. Et important. Je vous expliquerai sur place.*

*Je suis 36 rue de la Libération, à Chars. Chez Ylian. Ylian Rivière.*

Chez Ylian… Forcément… Charlotte lui a raconté où elle a grandi. Un petit pavillon au milieu des champs. Un peu comme elle, au final. Laura fait le calcul. Chars se situe à vingt kilomètres de Cergy, à peine vingt minutes de route.

Elle soupire. Evidemment, elle va y foncer. Elle ne va pas laisser maman tomber ! Sauf que Valentin est encore au boulot, elle doit emmener les jumeaux ! Deux monstres fatigués, affamés, qu'elle aurait bien collés au bain puis au lit.

Laura tourne le contact de sa Polo et soupire à nouveau. Vivement que tout se termine ! Que papa et Margot soient au courant, pour Charlotte, qu'ils encaissent le coup comme ils l'ont encaissé pour maman, comme elle l'a encaissé elle aussi, quand elle a recueilli les confidences de sa demi-sœur dans la cafétéria de l'hôpital Bichat. Vivement qu'on crève tous les abcès, qu'on cautérise, que tout se cicatrise et qu'on se retrouve tous ensemble sur la terrasse de Porte-Joie, ou pourquoi pas rue de la Libération à Chars, à rattraper le temps perdu. Papa sera malheureux au début, puis il pardonnera, il comprendra. Il est comme ça, il est comme elle, plus fort qu'un chêne ! Il ne plie pas, mais ne rompt pas.

Les jumeaux commencent déjà à hurler à l'arrière. Ils veulent boire. Ils veulent manger. Ils veulent la télé.

Laura enclenche la marche arrière et fait gicler les graviers de l'allée du jardin de Nanny Sophie. Elle bosse toute la journée chez elle, elle aura le temps de les ratisser !

Oui, vivement que tout se termine ! Elle fixe la route devant elle, son regard se perd, au coin de son pare-brise, sur le badge du personnel hospitalier qui lui permet d'entrer à Bichat sans passer par le parking des usagers.

Un coup de poignard déchire sa poitrine.

*Vivement que tout se termine ?*

Elle réalise soudain toute l'horreur de son cœur. Ylian Rivière est condamné. Il n'a plus que quelques jours à vivre. Et elle, petite mère de famille débordée par ses petits soucis, se plaint ? Putain !

Elle se gare en catastrophe, à cheval sur le trottoir, et tape nerveusement sur son téléphone portable.

*J'arrive, maman. Je suis là dans 20 minutes maxi. J'espère que la maison d'Ylian est solide, genre normes antisismiques, parce que je dois amener les jumeaux.*

## 2019

Je suis allongée à côté de Charlotte. En cherchant la pierre de temps sous le lit, j'ai remarqué que les effets des effluves de gaz étaient moins intenses au ras du sol. Nous nous sommes organisées sans nous concerter : fabriquer une tente avec les draps, les couvertures et le matelas, et nous cacher dessous. Nous nous levons à tour de rôle pour humidifier les tissus.

Mon Dieu que j'aime cette complicité !

J'ignore combien de temps il me reste à vivre avant que tout s'écroule autour de moi, le plafond, le toit, la charpente, les tuiles, mais peu importe, j'aurai vécu ce moment-ci. Intime. Avec ma fille. Ici.

Les ampoules du plafonnier, au-dessus de nos têtes, éclairent la pièce à travers les draps jaunes et les couvertures orange, façon coucher de soleil, option camp de Bédouins. Je suis bien. La dernière fois que Charlotte s'est levée, elle a tiré un vieux carton jusque sous notre tipi. Sans se lever, elle plonge la main dedans.

Elle en sort pêle-mêle une cravate porte-clé en feutrine, un tableau de pâtes farfalle peintes et vernies, un mug DAD décoré d'étoiles au pochoir, une bougie jaune coordonnée, un pot de crayons en papier mâché, je déchiffre les mots griffonnés au feutre, coloriés dans un cœur, peints en lettres majuscules. BONNE FÊTE PAPA ! Je comprends qu'il s'agit d'un trésor accumulé au fil des années, de la maternelle à la primaire.

— De vrais chefs-d'œuvre, non ? commente fièrement Charlotte. De toute la classe, j'étais la plus douée en travail manuel. Faut dire, par rapport aux copines qui devaient aussi préparer le cadeau de leur maman, moi j'avais le double de temps !

Je prends sa main.

— Mais surtout, nuance Charlotte, j'étais la plus motivée. Ylian était le plus merveilleux des papas.

Des gouttes chaudes pleuvent sur nos visages. Nous restons allongées, nous ne nous regardons pas. Nous écoutons seulement nos voix. De temps en temps nous crions, comme des furies, le plus fort possible, au cas où quelqu'un pourrait nous entendre, avant de continuer à converser.

— Tu sais, Charlotte, ton papa était doué. Très doué même. Pas que pour t'élever. Pour la musique aussi.

Charlotte pioche dans le carton. En sort un minuscule ukulélé, rose. Un jouet.

— Oui, j'ai compris ça. J'ai compris ça aujourd'hui. Je ne le voyais presque jamais jouer. Ecouter de la musique, oui. Mais pas en jouer (elle fait glisser d'un geste sec le ukulélé sur le parquet). Il... Il a abandonné tout ça pour moi.

Je serre plus fort sa main. Une goutte tombe du drap et s'écrase sur ma joue, éclabousse mon œil. La lumière crue de l'ampoule m'éblouit. Je ferme les paupières.

— Non, Charlotte, non. C'était son choix... On se trompe, tu sais, choisir, ce n'est pas renoncer. Bien au contraire. Choisir, c'est être libre. Y compris de ne pas être celui que les autres veulent que vous soyez. Y compris de gâcher le talent avec lequel on est né. Y compris de laisser filer les amours que la vie agite sous notre nez. Ylian t'a choisie, ça ne regarde que lui. Les enfants n'ont pas à se mêler de ça. Les enfants doivent vivre leur vie. Et faire leurs choix...

Charlotte pose sa main libre sur mon bras.

— Tais-toi, j'ai une surprise.

Sa main se sauve, j'entends qu'elle fouille dans le carton, puis je sens une caresse sur mon nez, mes paupières, la mèche de mon front. Charlotte a sorti de sa boîte archives un attrape-rêve, laine de mohair, perles de verre et plumes arc-en-ciel... couvert de poussière !

Mon nez me chatouille, je résiste une seconde, et j'éternue. Charlotte éclate de rire. Moi aussi, même si mes poumons se déchirent sous l'effet du gaz que j'ai violemment inspiré.

— Je l'ai fabriqué il y a dix ans, j'étais en CM1. Pour la première fois, on avait eu une remplaçante au printemps et je n'avais pas osé lui dire que je n'avais pas de maman. Il est... il est pour toi.

Charlotte se tait. Je saisis le plus délicatement possible le fragile attrape-rêve. Malgré les larmes qui embuent mes yeux, ils distinguent les cœurs gravés sur l'armature de bois. Dix ans qu'il m'attend... Je le pose sur ma poitrine. La laine, les perles et les plumes pèsent une tonne. A en écraser tous les battements de mon cœur. A en chasser aussi tous les cauchemars sous mon crâne.

Merci Charlotte. Merci. Tu sais, ton papa n'a rien sacrifié. Il t'a simplement choisie. Parce qu'il t'aimait, et tu lui as rendu cet amour. Il aimait aussi la musique, bien sûr, mais elle ne lui a rien rendu du tout.

— Maman ?

Je sursaute.

— Maman, répète Charlotte. C'est si difficile de choisir ? Je souris.

— Disons... Disons qu'il ne faut pas trop traîner. Il faut le faire avant d'être complètement adulte, je crois. Avant qu'il y ait trop peu de chemins possibles, trop de bagages à porter. Avant que choisir ne soit plus qu'être libre de se perdre dans une forêt de regrets.

— Je comprends, murmure Charlotte. J'aurais bien aimé.

— Aimé quoi, ma chérie ?

— Choisir. Choisir plutôt que mourir.

# – 58 –

## 2019

*36 rue de la Libération.*

Laura se gare sur le trottoir en face du pavillon. Elle a mis moins de quinze minutes pour rejoindre la maison d'Ylian. Elle a pris l'habitude de conduire sur les routes de campagne en mode pilote de rallye. A piler dès qu'elle traverse un village, compteur bloqué à 55 kilomètres-heure, et à accélérer pied au plancher dès qu'elle en sort. Laura roule vite quand elle est seule. Toujours pressée. Elle roule plus vite encore quand les jumeaux sont à l'arrière. Plus d'un quart d'heure attachés à leurs sièges bébé et ça devient l'enfer. Cris, pleurs, jouets qui volent et pieds qui cognent.

En quittant Cergy, Laura a allumé la radio pour faire patienter les deux monstres. Généralement, la musique les calme quelques minutes… avant de les exciter, d'autant plus que Laura aurait tendance à monter le volume quand les jumeaux commencent à se disputer. Depuis hier, la chanson pour l'Indonésie passe en boucle, *Leave me just a little bit of you,* ils mettent le paquet avant le concert de Wembley, le genre de mélodie implacable qui vous hante toute la journée. Les jumeaux baragouinent même quelques mots. Un vrai lavage de cerveau ! Sauf que passé le contournement d'Artimont, Noé et Ethan ont déjà abandonné leur numéro de The

Voice Kids en duo pour se disputer Gigi, leur pauvre girafe aux pattes écartelées. Après avoir constaté le carnage dans le rétro, Laura a dû s'arrêter, accrocher son téléphone portable à l'envers du siège passager, et faire tourner une vidéo de l'âne Trotro. Trente secondes de perdues, top chrono ! Et une paix royale jusqu'à Chars !

*<br>* *

Laura prend le temps d'observer la maison isolée. *36 rue de la Libération.* Petite. Banale. Triste. La voiture de maman n'est pas garée devant. Etrange… Elle a lu et relu le texto.

*J'ai besoin que vous veniez me chercher.*

Maman s'est-elle fait déposer à Chars en taxi ?

*Je suis dans de sales draps.*

Qu'a-t-elle encore inventé ? Charlotte se trouve-t-elle avec maman dans ce pavillon ? C'est ici que sa demi-sœur a grandi, elle s'est confiée, les longues nuits de garde où elle veillait son père. Charlotte a-t-elle avoué qui elle était ? Est-ce qu'elles se sont réconciliées ? Laura ne repère aucune trace de véhicule, mais la voiture de Charlotte est peut-être dans le garage, peut-être même est-ce elle qui a amené maman jusqu'ici ?

Laura ouvre la portière. Les jumeaux semblent toujours passionnés par les aventures de Trotro.

— Maman revient tout de suite, mes chéris.

Laura fait trois pas jusqu'à la barrière. Elle n'est pas fermée à clé, mais sa main se fige sur la poignée.

Un cri !

Laura a entendu un cri ! Etouffé, lointain, impossible de savoir s'il s'agit de celui d'un humain, mais elle a cru entendre une sorte d'appel. Elle sonde le silence, oreilles aux aguets, quand Noé se met à hurler.

— Mamaaaan !

Laura peste, retourne à la Polo, détache Noé. Lui prend la main.

— Sage, Nono, hein ?

Elle écoute à nouveau les sons diffus du lotissement désert. Des voitures passent au loin, sur la nationale. Un ronronnement plus lent de moteur s'élève des champs, sans doute un tracteur. On entend aussi des cris d'oiseaux, si on se concentre. Beaucoup. C'est tout. Laura pousse la petite barrière. C'est au tour d'Ethan, resté seul dans la voiture, de pleurer. Evidemment, qu'est-ce qu'elle espérait ? Ces deux-là sont reliés ! Une chaîne en stéréo. Un permanent écho. Depuis qu'ils sont nés, Laura a l'impression de tout faire deux fois, avec quelques secondes de décalage, comme une vie qui bégaierait. Elle coince Noé sous son bras et libère Ethan, un dans chaque main, comme à chaque fois. Les mamans de triplés se font-elles greffer un troisième bras ?

— Sages, les bébés, hein ? On ne fait pas de bruit et on écoute les oiseaux.

A l'exception des pépiements, Laura n'entend aucun bruit nouveau. Rien que le décor sonore d'un village de campagne. Elle lâche la main des jumeaux une fois dans le jardin, tout en repensant aux mots de maman.

*Rien de grave mais c'est urgent et compliqué. Et important. Je vous expliquerai sur place.*

Maman doit forcément être à l'intérieur et l'attendre. Elle doit aller cogner à cette porte. En avoir le cœur net. Pourtant, instinctivement, Laura se méfie. Elle trouve de plus en plus inquiétant qu'il n'y ait aucune voiture garée, aucun bruit. Que maman ne soit pas derrière la fenêtre, n'ait pas ouvert la porte pour l'accueillir. Et ce cri... l'a-t-elle réellement entendu ? Avec toutes ces histoires, est-ce qu'elle ne devient pas dingue elle aussi ?

— Mamaaaan !

452

Elle se retourne. C'est Ethan cette fois. Il a avalé une pleine poignée de petits cailloux roses dans l'allée et tente de les recracher dans un mélange de bile et de bave. Laura se penche, un mouchoir, vite, nettoie tout, sèche les yeux, mouche le nez, éponge la bouche. Puis secoue Noé qui a lui aussi sucé un gravier rose, un seul, et semble trouver ça aussi bon qu'une fraise Haribo !

— Crache, Nono, crache !

Laura décide de ne plus lâcher les jumeaux. Elle est à deux mètres de la porte. Une dernière fois, le silence de la maison la trouble. Elle hésite à retourner à la voiture pour consulter son téléphone portable. Maman a peut-être laissé un message ? Ou elle pourrait en envoyer un. *Je suis arrivée, maman. Où tu es ?* Elle déteste entrer ainsi, sans y être invitée, dans une propriété privée. Au fond d'elle, Laura a surtout peur de ce qu'elle va y trouver.

Sa mère en pleurs. Dans les bras de sa demi-sœur.

Elle tire sur les bras des deux jumeaux avec à peu près autant de délicatesse qu'ils tirent toute la journée sur les pattes de Gigi la girafe, ça leur apprendra ! Vivement que tout se termine, pense à nouveau Laura.

Frapper à cette porte.

Ouvrir.

En finir.

# – 59 –

## 2019

Ulysse sort de la chambre 117 pour lire le message. Il obstrue les trois quarts du couloir étroit, ralentissant les infirmières pressées qui ne cessent de circuler, mais ne fait cependant aucun effort pour se replier vers un endroit plus large. Il préfère garder un contrôle visuel sur la chambre par la porte ouverte, et adresse un petit signe de la main vers le lit médicalisé. Seuls les yeux d'Ylian lui répondent.

Ulysse prend le temps d'en recueillir toute la détresse, toute la tendresse, comme il s'y est habitué depuis des années. *Oui, Ylie, je suis ton ami*, puis se recule d'un pas, *puisses-tu partir avant d'apprendre que je t'ai trahi.*

Ulysse a installé une chaise à côté du lit. Il a prévu de veiller Ylian jusqu'à ce que tout soit terminé. Son premier réflexe a été d'éteindre la télévision. Les chaînes ne parlent que de Jakarta, des secours qui arrivent au compte-gouttes, des artistes solidaires et de la préparation du concert. Ulysse ne veut prendre aucun risque.

— Attends-moi, vieux frère, je reviens tout de suite.

Le producteur consulte discrètement le téléphone de Nathalie.

*J'arrive, maman. Je suis là dans 20 minutes maxi. J'espère que la maison d'Ylian est solide, genre normes antisismiques, parce que je dois amener les jumeaux.*

Laura ! C'est Laura qui se dévoue. La fille aînée. Il l'aurait parié… Sauf qu'il n'avait pas prévu qu'elle viendrait avec les marmots ! Crisse ! Deux flos de deux ans. Dès qu'elle leur lâchera la main pour appuyer sur la sonnette de la porte d'entrée, tout sautera… La maman, les enfants…. Calvaire ! Il n'avait pas imaginé ça !

Une fille en blouse blanche, aussi fine qu'il est gras, le croise dans le couloir sans même le frôler et lui adresse un sourire sincère, celui des infirmières aux visiteurs qui accompagnent les derniers instants d'un parent. L'empathie de la fille lui poignarde le cœur.

Il donnerait tout pour revenir en arrière.

Pour avoir fait signer ce contrat à Ylian, au Great Garuda de Jakarta, fifty-fifty sur les droits, et je me charge de ta carrière, vieux frère ! Au départ, Ulysse n'avait fait que mentir. Même pas mentir, d'ailleurs, pas même voler, juste oublier. Puis les dollars se sont accumulés, Molly Music a prospéré, mais à bien y penser, il n'avait encore rien, ou presque rien, à se reprocher. Certes, il touchait des dollars dont une bonne partie n'aurait pas dû tomber dans sa poche, mais est-ce que tous les gens riches sur la planète ne profitent pas du talent des autres pour construire leur fortune ? Ylian s'en foutait, il était un papa comblé, depuis longtemps rangé des guitares.

Et tout s'est accéléré. Il y a dix jours. Il a perdu la tête et roulé sur Ylian, avenue des Ternes, plutôt que de tout lui avouer, plutôt que de lui proposer de le rembourser, quelques dizaines de milliers de dollars, et même davantage s'il le voulait, mais Ylian aurait refusé. On ne rembourse pas un rêve brisé. Une vie gâchée. Après avoir volé les paroles et la musique d'une vie, on n'en achète pas le silence.

Puis tout s'est précipité. Faire taire Nathalie. Puis Charlotte. Trois témoins, simplement trois témoins à éliminer et il tirait un trait définitif sur le passé. Mais les gosses maintenant ? Ça ne s'arrêterait donc jamais ?

Le producteur essaye de réfléchir le plus vite possible. Il peut encore tout stopper. Il suffit d'envoyer un texto à Laura, signé de Nathalie. Il suffit de lui demander de faire demi-tour. Il pourra ensuite se rendre à Chars. Il trouvera un moyen pour se débarrasser des deux derniers témoins sans avoir sur la conscience la mort de ces gamins.

Une nouvelle infirmière passe, moins souriante, plus petite et plus large que la précédente. Ulysse tente de rentrer son ventre alors qu'elle s'efforce de soulever sa poitrine.

— Faut pas rester là, monsieur, grogne la fille.

Ulysse prend un air désolé, marmonne quelques fausses promesses, puis adresse un nouveau signe de la main à Ylian. Il doit rester vigilant, ne pas s'éloigner... à cause de cette foutue télé ! Même s'il a laissé la télécommande à bonne distance sur la table de chevet et qu'Ylian n'aura pas, seul, la force de l'allumer. Ylian ne parvient presque plus à utiliser ses muscles. A peine parler. Petit à petit, son corps se paralyse. Doucement, la vie le quitte. Ce n'est plus qu'une question de jours maintenant, peut-être d'heures, mais Ylian reste conscient, parfaitement conscient.

Ulysse aussi peut sauver ce qu'il lui reste de conscience. Ne plus impliquer personne dans sa fuite en avant. Finir le travail, seul. En famille. S'occuper lui-même des deux amants et de leur fille. Sans réfléchir davantage, il sélectionne trois destinataires, Olivier, Margot et Laura, et rédige son message.

*Fausse alerte. Je me suis débrouillée toute seule comme une grande. Pas besoin de venir à Chars. A ce soir.*

Cling.

Le message est parti ! Ulysse s'étonne un instant du carillon indiquant l'envoi du texto. Il a pourtant pris soin de régler le téléphone de Nathalie en mode silencieux. Etrange... Quelle importance ? Il fait un pas vers la chambre. Ylian partira heureux. Il lui tiendra la main jusqu'au bout. Il lui doit bien ça.

— J'arrive, frérot !

Une voix le glace dans son dos.

— Excusez-moi.

Ulysse se retourne. Un type se tient face à lui. Un type qu'il n'a jamais vu. Grand, cheveux ras, yeux bleus. Il tient un téléphone portable dans la main.

— Je... Je crois que vous venez de m'envoyer un message.

Ulysse met une demi-seconde de trop à réagir. Le calme du type devant lui l'a surpris.

— Avec le téléphone de ma femme ! précise l'homme, d'une voix toujours aussi monocorde.

Ulysse baisse bêtement les yeux vers la coque rose qu'il tient encore dans la main, la queue de la petite hirondelle noire coincée sous son pouce. Avant même qu'il ait le temps de les relever, l'homme s'est jeté sur lui.

Olivier ? Le mari ? Putain, qu'est-ce qu'il fout ici ?

C'est la dernière pensée cohérente que le cerveau d'Ulysse parvient à articuler. Un premier coup de poing le cueille plein front. Un second lui arrache la mâchoire. Il s'affaisse dans le couloir. Olivier le bourre de coups de pied, dans le ventre, le torse, les jambes. Ulysse tente maladroitement de se rouler en boule. Les semelles lui brisent le dos.

— Où est ma femme, gros enculé ?

Ulysse est incapable de répondre. Le sang inonde sa bouche. Le seul geste dont il est capable est de lever les yeux vers la porte ouverte de la chambre 117. De croiser ceux d'Ylian.

— Salaud ! continue le mari. Qu'est-ce que tu trafiques ?

Des bruits de pas résonnent au bout du couloir. Des cris affolés. Une infirmière appelle à l'aide. Ulysse crache du sang, il coule sur le sol vinyle blanc, son nez baigne dedans.

— Ri... Rien, parvient-il à articuler. J'ai... J'ai tout... tout arrêté... Personne... Personne ne va mourir.

De chaque côté du couloir, une armée d'infirmiers et de brancardiers arrivent au pas de course. Olivier ne se prive pas de frapper une dernière fois l'homme à terre, au moment où il tente de relever la tête pour guetter les secours. Sa chaussure s'écrase entre la tempe et l'oreille du producteur, une énorme détonation explose sous le crâne d'Ulysse. Tout bourdonne, et comme si le coup de pied avait rayé le disque de ses pensées, une voix répète à l'infini dans sa tête

*Personne ne va mourir*

*Personne ne va mourir*

Olivier semble calmé, mais les brancardiers approchent avec méfiance.

*Personne ne va mourir.*

Le producteur sent alors le poids d'un regard sur lui. Plus violent, plus douloureux encore que les coups qui viennent de pleuvoir. Un regard qui le crucifie.

Ylian le fixe à travers la porte ouverte.

Il est parvenu à rassembler ses dernières forces, à se redresser de quelques centimètres sur son lit. Ulysse réalise alors qu'Ylian a tout entendu, tout vu. Qu'il a compris que le chauffard, c'était lui, son protecteur, le parrain de sa fille, son vieux frère.

Ses yeux le visent, plein front, plein cœur, pendant de longues secondes, puis comme si Ulysse ne méritait même pas qu'on le fusille, fût-ce du regard, les yeux d'Ylian obliquent, un infime changement d'angle, pour se poser sur l'homme debout dans le couloir, les poings en sang.

Ylian a également compris qui est cet homme qui vient de frapper son meurtrier. Qui vient de le venger. Ylian trouve les ressources pour esquisser un sourire.

Le regard d'Olivier le traverse comme s'il n'était déjà qu'un fantôme.

Ylian insiste. Il mendie juste un pardon. Rien qu'un éclair de complicité, pour l'amour d'une femme partagée. Olivier peut bien lui accorder ça. Il a gagné. Il a vécu avec elle. Il survivra avec elle.

Ylian se redresse encore, au prix d'un effort suprême, ses lèvres esquissent quelques mots. Quelques mots que personne n'entendra jamais.

D'un dernier coup de pied, vif et sec, Olivier claque la porte de la chambre 117.

– 60 –

2019

Laura s'énerve devant la porte fermée. Elle a l'impression d'avoir cogné dessus depuis près d'une heure. Ça amuse Ethan et Noé qui frappent eux aussi sur la porte de bois de toute la force de leurs petits poings.

Rien !

Il n'y a personne à l'intérieur.

Maman n'est pas là, pas plus que Charlotte.

*Je suis 36 rue de la Libération à Chars. Chez Ylian. Ylian Rivière.*

Est-elle déjà repartie ? Pas encore arrivée ?

*Qu'est-ce que tu fiches, maman ?*

Noé en a assez de taper sur une porte morte, et a l'idée de tester si son frère réagit davantage. Gagné ! Ethan a eu la même idée, en simultané. Tous les deux commencent à échanger coups de poing et de pied, en riant d'abord, puis en pleurant, exactement au même moment. Laura les sépare en soupirant.

*Je t'en supplie, maman…*

— Restez là, les enfants. Et pas touche aux cailloux ! Maman va voir si mamy a laissé un message.

Laura franchit en courant les trente mètres qui la séparent de la Polo, ouvre la portière arrière, se penche pour récupérer son téléphone portable.

Merde ! Ecran noir ! C'est la journée ! La vidéo de Trotro a continué de tourner, elle n'a pas pensé à l'arrêter. La batterie, déjà bien entamée, s'est complètement déchargée.

OK, pense Laura, pas de panique. J'embarque les gamins, je rentre à Cergy, je téléphone à maman avec le fixe. Et au besoin, si elle insiste, je reviens à Chars. Je ne vais pas passer la soirée à attendre ici avec les deux lutins en furie.

Laura laisse la portière ouverte. Elle s'apprête à appeler les jumeaux, *Noé, Ethan, allez ouste, on s'en va*, quand un cri précède le sien. Un cri provenant de la maison.

Pas un miaulement ou un aboiement, cette fois c'est certain, un cri humain.

Ethan et Noé, enfin calmes, cueillent des pissenlits dans les touffes d'herbe entre les pavés. L'un d'eux a-t-il crié ? Non, Laura en mettrait sa main à couper !

Il y a quelqu'un ! Il y a quelqu'un dans cette maison. Elle a pourtant tambouriné jusqu'à s'en faire mal au poignet. Quelqu'un qui est enfermé ? Quelqu'un qui dort à poings fermés ? Qui se serait brusquement réveillé ?

Elle claque la portière de la Polo et lève les yeux. Les jumeaux se sont éloignés du pavillon pour s'aventurer dans le petit jardin et compléter le bouquet avec des sauges et de la bruyère. Laura leur jette un regard attendri. Des jumeaux ! Deux fois plus de conneries ! Deux fois plus de fleurs cueillies pour leur maman chérie.

Elle fixe à nouveau la porte et, soudain, se frappe le front. Trop absorbée à surveiller Ethan et Noé, elle s'est échinée à cogner à la porte, alors que presque à la hauteur de ses yeux est installée une sonnette. Elle ne voit qu'elle désormais… Une simple sonnette toute bête.

Laura contourne la descente de garage, longe la petite allée dont toutes les tiges ont été décapitées. Maman est peut-être à la cave, à fouiller des vieux souvenirs avec Charlotte. Ou au grenier. Elles ne l'ont pas entendue frapper, trop concentrées à rattraper le passé. Elle imagine Charlotte déballer les dessins conservés pendant toute son enfance, lire des poèmes écrits pour sa maman imaginaire, lui ouvrir le coffre secret de tous ses trésors de petite fille. Des poupées, des bijoux, des cailloux, des scoubidous... Laura comprend leur silence, elles voyagent dans le temps. A la vitesse de la lumière.

Quelle journée ! Laura se perd dans ses pensées. Maman et Charlotte, réconciliées ?

Elle l'espère tellement. Le courant est immédiatement passé avec sa demi-sœur. Elles se sont reconnues comme si elles s'étaient toujours connues. Petite veinarde, avait osé plaisanter Laura, si tu savais le nombre de fois où j'ai rêvé de ne pas avoir de mère ! Et toutes les deux avaient éclaté de rire.

Laura jette un dernier regard aux jumeaux, ils jouent aux explorateurs au bout du jardin, cherchant des fleurs rares sous les haies de troènes, puis elle se tient debout devant la porte.

Son sourire est toujours accroché à ses lèvres quand elle pose le doigt sur la sonnette.

L'instant suivant,

    le ciel,

    la maison,

      le jardin,

        chaque mur,

          chaque touffe d'herbe,

          chaque fleur décapitée,

            chaque pierre

            basculèrent.

*Quand le jour sera aveugle*
*Quand les draps seront linceuls*
*Quand quatre murs seront cercueils*
*D'un bois de deuil sans fleur ni feuilles*
*Que restera-t-il de nous ?*

*Quand nos os seront broyés*
*Quand nos larmes seront noyées*
*Quand nos regrets abymés*
*Aux abysses de l'éternité*
*Il ne restera rien de nous*

## – 61 –

## 2019

— Maman ! crie Noé.

Puis il éclate en sanglots.

*Maman maman maman.*

Noé a entendu maman crier. Il a vu maman s'envoler, comme un ballon qu'on lance trop haut, et retomber dans l'herbe, allongée, sans bouger, sans se relever, comme si elle dormait. Comme un jouet cassé.

Noé pleure.

Il voudrait que maman se réveille.

Il voudrait que maman n'ait plus mal.

Il voudrait que maman lui parle.

*
* *

— Papa ! crie Ethan.

Puis il éclate de rire.

*Papa papa papa*

Ethan court pour se réfugier dans ses bras. Noé le suit avec moins d'un mètre de retard.

Alors rugissent les sirènes des gyrophares. Les voitures de police et de gendarmerie pilent rue de la Libération avant même qu'Ethan et Noé aient atteint le milieu de la pelouse. La maison est encerclée de policiers à l'instant précis où les jumeaux se jettent sur leurs parents, les piétinent et les embrassent, debout sur leurs genoux, mains grappins autour de leurs cous, bisous qui mouillent et chatouillent.

*Papa maman maman maman papa papa*

Laura est encore sous le choc. Elle a seulement senti, alors qu'elle posait son doigt sur la sonnette, deux bras la soulever. Elle n'a pas eu le temps d'appuyer, elle a juste vu le ciel basculer, puis a roulé sur l'herbe en réalisant enfin qu'elle se trouvait dans les bras de son mari. Le plaquage le plus réussi de toute sa carrière !

Les policiers examinent avec minutie la porte, les volets fermés. D'autres camionnettes se garent, des flics en sortent, portant des appareils compliqués, semblables à ceux dont sont équipées les brigades qui interviennent sur les alertes attentats.

Valentin reprend son souffle.

— C'est ton père qui m'a appelé. Il m'a expliqué en quelques mots, complètement paniqué. Le faux message de ta maman, la maison de cet Ylian Rivière, piégée. Heureusement, on patrouillait au nord de Cergy. Je crois que j'ai battu ton record sur la nationale 14, ma championne de rallye. Quand je t'ai vue devant la porte, j'ai sprinté et j'ai plongé. Juste à temps !

Fier de lui, il coiffe Noé de sa casquette, ébouriffe les cheveux d'Ethan, avant d'embrasser leur maman.

— Mon chevalier ! murmure Laura. Tu vois, j'ai bien fait de tenir bon, une petite voix me soufflait que j'avais raison.

La police scientifique investit les lieux. Sécurise le péri-mètre. Des policiers en tenue de cosmonautes sondent avec précaution les murs. On entend distinctement des coups de l'autre côté des volets.

— Raison de quoi ?

— D'épouser un gendarme ! Si tu me sauves encore deux ou trois fois la vie, peut-être même que papa va finir par te dire merci.

Valentin lui tire la langue, avant de l'embrasser à nouveau. Ethan a arraché la casquette de Noé et la moitié de sa tête avec. Valentin récupère sa casquette et leur fait signe d'aller jouer plus loin. Les deux jumeaux filent en courant, sans discuter son autorité. Valentin, surveillé par tous ses collègues, apprécie.

Il tend son téléphone portable à Laura, pour qu'elle rassure son père. Ses doigts tremblent sur les touches de l'écran.

*Tout va bien. Tout va bien.*

Le commando de la police scientifique est parvenu à découper un volet. Ils sortent avec précaution la lourde planche de ses gonds. Les visages de Nathalie et de Charlotte apparaissent derrière la demi-vitre. Vivantes. Souriantes.

Deux nains de jardin surexcités sautillent derrière les cosmonautes.

— Mamy ! Mamy mamy mamy !

*Bientôt, mes chéris, bientôt, je vous présenterai aussi votre tatie.*

Laura appuie sa tête contre l'épaule de son mari.

*Tout va bien, papa. Tout va très bien.*

2019

– NATHY –

Chambre 117.

Yl est allongé à côté de moi. Immobile. Muet.

Je me suis assise à côté de lui. Volubile. Agitée.

Un torrent de mots, si longtemps retenus, se déverse en un raz-de-marée.

— Je t'aime, Ylie. Je n'ai jamais cessé de t'aimer. Je ne sais pas si tu m'entends, les infirmières prétendent que oui, que tu entends tout, que tu vois tout, simplement tu ne peux pas répondre. Pas même par un battement de paupières. Je leur ai demandé de sortir. Elles ont compris. Et j'ai demandé à Laura de bloquer toutes les entrées. De nous laisser seuls dans cette chambre d'hôpital, quelques minutes. Avant que tous les autres arrivent.

Yl ne dit rien, Yl m'entend pourtant.

— J'ai été si stupide, Ylie, j'ai été si stupide toutes ces années. Respecter notre contrat, quelle folie ! Pourras-tu un jour me pardonner ? Tu as dû maudire chaque jour mon silence, autant que j'ai maudit le tien, mais je peux te le jurer, oh oui je peux te le jurer, je n'ai jamais cessé de t'aimer.

Pas une journée où je n'aie pensé à toi. Pas une journée où je n'aie pensé à Charlotte. Même si elle n'avait ni prénom ni visage. Bien avant que Charlotte ne s'amuse à faire revivre le passé et à transformer le hasard en rendez-vous, je vous voyais partout, un rire dans une cour d'école, un air de guitare sortant d'un bar, un avion qui décolle quelque part. Vous étiez devenus mes petits fantômes. D'affreux fantômes, les premières années, à en pleurer, en cauchemarder des nuits blanches, des nuits noires, puis des fantômes que j'ai appris à apprivoiser, je peux bien te l'avouer. Je n'ai pas été si malheureuse toutes ces années. J'étais entourée, aimée, par deux fillettes devenues ados, aussi insupportables qu'adorables, par un homme capable de m'aimer pour deux, capable aussi de souffrir pour deux, capable de pardonner. Et quand malgré tout, ce sentiment atroce de passer à côté de ma vie me tétanisait, vous étiez là, mes fantômes adorés, je vous parlais, dans le secret de ma chambre, dans mes longues promenades sur les rives de mon fleuve ou dans des hôtels tous semblables à chaque escale quelque part dans le monde, je vous parlais comme je te parle aujourd'hui, sans attendre aucune réponse.

Yl ne réagit pas quand je saisis sa main, Yl ne bouge pas quand je me penche vers lui.

— Pourtant, Ylie, pourtant j'aimerais tant que tu me répondes aujourd'hui. Et toi ? As-tu été heureux ? Elle a eu quelle couleur, ta vie ? Tu le sais, tu as deviné, j'ai fait connaissance avec Charlotte. Tu as assuré, Ylian ! Tu as assuré pour deux ! C'est le plus joli fantôme de toute la galaxie. Je sais aussi que vous vous êtes quittés fâchés, mais sois rassuré, elle reviendra, elle reviendra très vite, dans quelques minutes, pour une sacrée surprise qu'elle ne voudrait rater pour rien au monde, une surprise que personne au monde ne voudrait rater.

Yl s'endort, doucement. Mon visage touche presque le sien. Mes lèvres touchent presque les siennes.

— Tu es fatigué, Ylie, je le vois, tes paupières se ferment, mais tu luttes. Si tu luttes, c'est que tu m'entends. Alors je ne vais pas te faire veiller plus longtemps, nous avons encore du temps, à la fois si peu et tellement de temps, beaucoup plus qu'au cours de toutes ces années. Je te laisse dormir, il faut que tu te reposes, il faut que tu sois en forme quand tu vas te réveiller, tout à l'heure. Pour la surprise.

Mais avant cela, je veux t'avouer une dernière chose, Ylie, une dernière chose que je n'avais pas réalisée il y a vingt ans, que Batisto m'a aidée à comprendre, et Ulysse aussi, à sa façon. Si je t'ai tant aimé, Ylian, ce n'est pas seulement parce que tu es un garçon sexy, gentil, un amant attentionné et futur papa parfait… Cela, des milliards d'hommes sur terre en sont capables. Si je t'ai tant aimé, c'est parce que tu es un être exceptionnel. Un artiste doué. Surdoué. Tu étais trop modeste pour te l'avouer, tu avais besoin qu'une femme te le dise, te le redise, jusqu'à t'en convaincre. Je n'ai pas su le faire, il y a des années, je crois que je ne me le pardonnerai jamais. Alors résiste encore quelques secondes à la fatigue, mon amour, et écoute-moi, tu n'es pas un être insignifiant, tu n'es pas un grain de poussière, tu es un de ces hommes qui laissent un peu d'eux sur cette terre. Merci, Ylian, merci de m'avoir aimée, j'en suis si fière. Dors, repose-toi, mon guitariste adoré. Je t'aime. Je t'aime pour la vie entière.

Mes lèvres se posent sur les siennes.

Puis je sors sur la pointe des pieds.

## – 63 –

## 2019

### – YLIAN –

Quand je me suis réveillé, chambre 117, allongé sur mon lit et ligoté de perfusions de la tête aux pieds, face à moi, un écran géant était installé.

Une télévision deux fois plus grande que celle d'avant !

Il y a beaucoup de monde devant, des infirmières, des médecins, ma famille. Ils ont apporté des chaises, ils se tassent autour de mon lit. Ils sont plus d'une quinzaine. Pour un réveil, c'est assez surprenant.

J'avoue que je ne sais pas trop si je suis déjà mort ou si je suis encore vivant.

Je ne peux pas faire le moindre geste, ni même tourner la tête, ni bouger les yeux, je peux juste les garder ouverts et fixer la pièce devant moi.

Cela me suffit.

Je suis entouré de tous ceux que j'aime pour la première fois de ma vie.

A la télévision, Ed Sheeran chante *Perfect*.

Les filles de Nathy sont là, Margot et Laura, elles se sont présentées. Elles sont jolies, elles sont polies, elles me sourient, une de chaque côté du lit, j'ai l'impression d'être le papy à qui on va rendre visite, une dernière visite, avant que tout soit fini.

Elles ont l'air de bien s'entendre avec Charlotte. Laura surtout, mais je crois pourtant que c'est Margot qui deviendra sa demi-sœur préférée, quand la petite aura tout digéré. Elles ont presque le même âge. Le même caractère. Celui de leur mère. Des oiselles ! Ce goût de la liberté qui rend si fier et si triste celui qui a construit leur nid.

Ed Sheeran a terminé de chanter. Charlotte se tourne vers moi pour vérifier que je respire toujours, puis reprend sa conversation avec Laura. Alors c'est cela, mourir ? Se dire que tout continuera sans vous. Que si tout est en place, si tout le monde s'entend bien, si les jeunes générations fleurissent après qu'on les a regardées pousser, il n'y a pas de raison d'insister, de s'incruster. Comme quand Charlotte invitait des copines pour Halloween. Je montais les voir au grenier, décoré de toiles d'araignée et de draps troués, puis, puisque tout allait bien, je me retirais sur la pointe des pieds. Je vais faire ça, je vais me retirer sur la pointe des pieds.

C'est déjà ça, si ceux qui vous ont aimé, ceux que vous avez aimés, vous ne les avez pas abîmés. Si vous les avez empruntés le temps d'une vie et les avez rendus avant de partir, rendus heureux.

Adele a remplacé Ed Sheeran et entonne les premières paroles de *Someone Like You*, presque a cappella, soutenue par des millions, peut-être des milliards de voix.

Nathalie fixe l'écran elle aussi. Nathy, ma petite hirondelle, j'aurais tant aimé pouvoir répondre à ta rivière de mots quand tu t'es assise à côté de moi tout à l'heure, te dire que oui, je t'entendais, que j'ai entendu chacun de tes mots, que je les ai attendus, toutes ces années, et que je peux partir en paix. Te dire aussi que tu en faisais un peu trop avec tes compliments, que dans mon état, il est un peu tard pour que mon rêve de guitariste mythique s'accomplisse, et qu'à l'inverse, tu n'en as pas assez dit pour ta surprise. Quelle surprise ? Quelle surprise, Nathy ?

J'aurais surtout aimé te dire que tu es toujours aussi jolie.

Je te regarde, tu fronces un peu les yeux, comme si ta vue était moins nette, ça dessine en leur coin de délicieuses griffes d'hirondelle. Jamais pour moi elles ne seront pattes d'oie.

Je te vois. Du bout de tes doigts, tu relèves ta mèche. Que j'aime ce geste ! Que j'aime que tu ne l'aies pas coupée, que tu l'aies juste laissée se griser.

C'est cela aussi une vie. Aimer aimer aimer.

Tu es entre de bonnes mains avec ton menuisier. Le fait même qu'il ne veuille pas me parler, et encore moins me pardonner, qu'il m'ait claqué la porte au nez, prouve à quel point il t'aime. Il versera toute sa rancune sur moi pour mieux accueillir Charlotte. Peut-être même que Charlotte lui demandera de scier et d'assembler les planches de mon cercueil. Et il le fera avec talent et plaisir, ce salaud ! Il est doué. Il faut être doué pour être aimé de toi, Nathy. Et qu'il ne s'y trompe pas. Au final, c'est lui que tu as choisi. Il a gagné ! On croit toujours que les cocus sont les perdants, mais non, ce sont pour eux que les amants acceptent de mentir, de souffrir, de se cacher, de se quitter. Ce sont eux les seigneurs, les vainqueurs, drapés dans leur honneur, face aux pitoyables menteurs.

Sur scène, Madonna, bras en croix, jambes en feu, exécute sa prière. Ça danse dans ma chambre. Des infirmières surtout, celles qui sont restées debout. Je ne saisis pas ce que tout le monde fait là, personne ne m'a expliqué. OK, j'ai compris ça, je suis dans le train vers l'au-delà, mais je ne m'attendais pas à ce qu'il y ait autant de monde sur le quai. Surtout ces inconnus plus occupés à regarder la télé qu'à me veiller.

Je n'ai pas trop compris le reste non plus. Ce que les flics m'ont raconté. Je n'ai pas voulu écouter les détails, Ulysse, l'accident, la voiture qui n'a pas freiné, cette histoire de droits volés. Il est trop tard pour m'encombrer avec ça. J'ai souri à Ulysse, quand les policiers l'ont embarqué. Par solidarité ? Je ne sais pas trop à quel jeu la vie nous a fait jouer, mais je crois qu'on a perdu tous les deux.

Je sursaute. Du moins, à l'intérieur de mon corps de momie, une émotion a tressailli. Tu t'es levée d'un bond, Nathy, en même temps que Charlotte. Unies par la même excitation, vous pointez ensemble le doigt vers l'écran. Cette simple scène est comme une petite flamme qui illumine mon cerveau vide. Quel miracle de vous observer ainsi, mère et fille. Complices ! Vous avez du temps à rattraper ! La petite flamme sous mon crâne aimerait se faire joyeuse, farceuse. Si je pouvais encore parler, j'adorerais plaisanter, te dire, heureusement Nathy, heureusement que j'ai élevé Charlotte seul, parce que sinon, tu me l'aurais piquée, ma petite princesse, jamais tu ne m'aurais laissé la coiffer, l'habiller, inviter ses copines, nous cacher dans la cuisine, tous ces divins moments improvisés, j'aurais été relégué au rôle de gardien de l'autorité et des câlins dans le canapé, comme tous les papas. J'aurais tant aimé te dire ça, Nathy, que je l'ai jouée fine sur ce coup-là !

*Laisse-moi un peu de toi.*

Elton John s'est installé au piano, approche le micro, et allume d'une voix brûlante sa *Candle in the Wind*.

— Ils sont là ! hurle Charlotte.

Parfaitement coordonnée avec sa maman, elle agite son bras, comme si à travers la télé, les spectateurs du monde entier pouvaient les voir. Eux aussi agitent les bras. La caméra arrimée à une grue survole la foule en rase-mottes. Lentement. Les visages s'éclairent et s'excitent dès qu'ils se reconnaissent dans l'écran géant.

— Flo, Jean-Max, c'est eux ! confirme Nathy en sautillant sur place.

La caméra est déjà repartie. Le concert est retransmis sur la plage de Jakarta, comme partout ailleurs dans le monde, il paraît. Sur presque tous les écrans de télé. Des millions de spectateurs, des milliards de téléspectateurs. Le plus grand concert depuis le Live Aid de 1985.

Comme tout le monde, j'ai suivi les répliques du tsunami en Indonésie. Je m'en suis voulu quand la première fois, à la radio, j'ai entendu le nom de cette ville, Jakarta. Je n'ai pratiquement pas écouté la suite, l'énumération sidérante du nombre de décès, de blessés, de réfugiés, la seule image qui s'affichait était celle d'une chambre d'hôtel au vingt et unième étage du Great Garuda. La seule pensée qui s'imposait était que le malheur de ces gens à Jakarta pesait moins que celui que j'y avais vécu. Quand on va mourir, on peut dire ces choses-là. Que le moindre chagrin d'amour fait plus souffrir que le pire des cataclysmes. Que le monde peut bien s'arrêter de tourner, la Troisième Guerre mondiale éclater, la terre se réchauffer de dix degrés, rien ne compte d'autre que la vitesse à laquelle bat notre cœur. Et l'heure où il s'arrête, parce qu'une femme, une seule, décide de nous quitter.

Elton John a fini de chanter, sous les applaudissements. Un peu facile pourtant, le coup de la chandelle dans le vent. Il la replace à chaque grand événement... Puis cessent les applaudissements. La télévision zappe entre Hyde Park, la plage de Copacabana, le Trocadéro, l'avenue Omotesandō, la piazza del Popolo, le Camp Nou, l'Eden Park, Wembley. Bien entendu, Wembley, où s'étire un long silence hérissé de cris d'impatience.

Tout le monde se tait dans ma chambre. Je ne sais pas pourquoi. Petit à petit, tout le monde se tait aussi dans la télé. Des millions de spectateurs, et presque plus un bruit.

Peut-être que je suis mort. Peut-être qu'ils parlent tous et que je ne les entends plus.

Peut-être qu'après avoir perdu le goût, le toucher et l'odorat, l'ouïe est partie aussi. Qu'il ne me reste que la vue.

Lui je le vois.

Un type, plutôt petit, qui prend son temps pour entrer sur la scène de Wembley.

Je le reconnais ! Robert Smith. Dire que je l'ai croisé. J'ai même porté sa guitare, dans une autre vie. Il s'installe derrière le piano.

Puis Carlos Santana entre dans la lumière, guitare en bandoulière, qu'est-ce que j'ai pu jouer sa musique à celui-là, de San Diego à Tijuana, puis Mark Knopfler s'avance, un dieu, un autre dieu, puis Jeff Beck, Jimmy Page, David Gilmour, Keith Richards, puis Elton John et Ed Sheeran reviennent, alors qu'à l'autre bout de la scène s'invitent Stevie Wonder, Iggy Pop, Patti Smith, Brian May, nom de Dieu, ils ont réuni tout le panthéon ! Les rejoignent Sting, Bono, Tracy, Norah, Dee Dee, je commence à comprendre ce que la planète attendait, putain, ils sont tous là, une bonne centaine, Madonna est réapparue dans les bras de Rihanna, je ne les reconnais pas tous, ils se tiennent sur quatre rangs serrés, je dois être mort cette fois, c'est ça, mon subconscient a convoqué toutes mes idoles, pour la photo finale avant le grand noir.

Le concert a l'air bien réel pourtant.

Margot a posé sa tête sur l'épaule de Laura. Charlotte et Nathy pleurent et je ne comprends pas pourquoi. Je ne comprends plus grand-chose, je crois.

Vous vous êtes déplacées pour vous asseoir sur mon lit, chacune d'un côté. Robert Smith semble vérifier que tout le monde est là, puis pose ses doigts sur le piano.

Charlotte prend ma main droite, Nathy saisit la gauche.

Trois notes.

Puis sa voix. Il chante en anglais, mais mon cerveau, affolé, déboussolé, traduit les mots en simultané.

*Quand le jour sera levé*
*Quand les draps seront lavés*
Je ne sais plus trop si je suis encore vivant ou si je suis déjà mort.

Les spots éclairent Paul McCartney, sa voix fait trembler les murs, *Quand les oiseaux envolés, du buisson où l'on s'aimait,* avant que celle de Bruce Springsteen ne les fissure, *Il ne restera rien de nous.*
Le premier rang s'écarte. Bob Dylan a l'air tout surpris, pas tant que moi, Robert, pas tant que moi, mon corps frissonne alors qu'il fredonne le refrain comme s'il s'agissait d'un classique du folk américain, *Laisse-moi un peu de toi.*

Et cent chanteurs reprennent en chœur.
*Une tranche, une branche, un pétale de ta fleur*

Ai-je vraiment écrit ces mots ? Ai-je vraiment joué ces notes ?
Charlotte et Nathy serrent ma main si fort.
C'est peut-être que je ne suis pas mort.

Carlos, Keith, Mark, Brian, David et Jeff improvisent un riff à six guitares, exactement celui que j'ai composé dans ma tête. Tant de fois. Mille fois.
La foule chante à tue-tête, à Paris, à Tokyo, à Jakarta, à Los Angeles, à Barcelone, à Montréal, comme si tous, aux quatre coins de la planète, des milliards d'êtres humains connaissaient la chanson par cœur, qu'elle était entrée, pour ne plus jamais en sortir, dans leur tête. Ma mélodie. Ma poésie.
*Quand nos îles seront noyées*
*Quand nos ailes seront broyées*
Je ne sais plus si je suis vivant ou si je suis mort. Je sais seulement que je peux partir en paix. Mon regard se mouille

aux yeux enlarmés de Charlotte et Nathy. Je sais que je vis le plus beau jour de ma vie.

*Une miette, trois paillettes, un petit bout de ton cœur*

Après tout, peut-être ai-je composé un tube qu'on joue en boucle au paradis ?

\*

\* \*

Olivier tente de zapper sur une autre chaîne. Sans succès. Toutes diffusent les mêmes images.

Calmement, Olivier éteint la télévision, se lève et pose la télécommande sur la table basse. Il sera le seul être humain à ne pas regarder le concert ce soir !

La nuit est douce.

Olivier descend dans le jardin, jusqu'à la Seine. Il prend le temps d'admirer la terrasse en ipé, les marches de padouk, les barrières de palissandre, avant de marcher jusqu'à la berge. Il reste un long moment à fixer le fleuve, observant au loin une corbeille d'osier glisser sur l'eau puis s'échouer sur la rive opposée. Sans doute un nid de foulques arraché par le courant. Geronimo quémande quelques miettes de pain pour ses cygneaux, qu'Olivier lui jette distraitement.

Un détail l'agace près du mur de la digue. Les pierres blanches ne sont pas tout à fait alignées. Il déteste. Il ne peut pas s'arrêter dans le jardin sans arracher une herbe qui lui semble trop haute, ramasser une feuille envolée dans l'allée, ou vérifier que les pierres sont parfaitement disposées, qu'un petit caillou gris, comme s'il avait roulé tout seul jusqu'ici, ne s'est pas faufilé.

Olivier se penche et rectifie avec précision l'alignement des galets, puis, satisfait, s'arrête pour suivre des yeux, au-dessus de la colline des Deux-Amants, le vol d'une hirondelle qui s'éloigne. Puis revient.

Imprimé en France par CPI
en février 2019

Composition et mise en pages
Nord Compo à Villeneuve-d'Ascq

N° d'impression : 3032388